에드가상 수상작품집 IV
THE EDGAR WINNERS

정태원
신재원 編譯

명지사

서 문

　미국추리작가협회(MWA＝Mystery Writers of America)는 1945년 엘러리 퀸, 안소니 바우처, 저드슨 필립스, 로렌스G. 블록맨 등 위대한 추리소설 작가들의 만남으로 설립되었다. 이 협회의 목적은——처음이나 지금이나 변함이 없지만——1946년에 간행된 최초의 미국추리작가협회의 연간 앤솔로지 Murder Cavalcade의 서문에서 리차드 로크리지가 쓰고 있듯이, "적어도 두 가지" 있다. "회원은 무여서 살인전문가들의 강연을 듣는다. 검시관, 경찰 간부, 독물 연구가, 둔기가 두개골에 미치는 영향을 가르쳐 주는 전문가들이다. 이런 모임에서 우리들은 독자의 피를 얼게 하는 새로운 방법을 배우고, 때로는 우리들 자신의 피마저 얼어붙게 한다. 이들 전문가들은 우리들이 다루는 테마를 보다 쉽게 접근하도록 도와준다."

　두번째 목적은, 독자들에게는 그다지 중요하지 않지만 우리들에게는 더 중요한 것이다.——우리들은 아주 단순한 슬로건을 만들었다. "범죄는 끌어들이지 않는다."라는 표어다. "우리들이 노리는 것은 범죄를 더 인용하도록 하는 것이다."

　미국추리작가협회가 이 두 가지 목표를 향해 성공의 길을 걸어온 것은 미스테리 소설 독자들이 해마다 늘어나는 것으로 증명되었다. 이것은 회원들의 끊임없는 연구의 결과로, 작가가 출판사로부터 받는 비싼 저작권료의 덕분이다. 미국추리작가협회의 성공은 그 성장 발자취에서도 알 수 있다. 주로 뉴욕 주변의 실력 있는 소수의 프로 작가들에 의해 1945년 발족된 이후 협회는 날로 성장을 해서 지금은 회원이 7백 명이 넘는 전국적인 조직으로 발전했다. 회원 가운데는 프로 작가들 외에도 다른 직업을 가진 작가나, 출판인, 편집자, 평론가, 미스테리 연구가와 독자도 포함되어 있다. 우리들의 성인(聖人) 에드가 알란 포를 기념하기 위해 명명된 에드가상 수상 파티는 뉴욕시에서 매년 4월 마지막 금요일에 개최되어 문단에 관계 있는 저명인사 4백 명 이상이 참가한다.

그리고 이 에드가상이야말로 미국추리작가협회의 세번째 목표다. 이 상은 보다 뛰어난 미래의 야심적인 작품의 등장을 기대하면서 미스테리 장르의 우수한 작품에 영예를 주는 상이다.

에드가상이 미국추리작가협회의 회원 작가에게 특별히 중요한 의미를 갖는 이유는 거기에 있다. 오스카상이나 에미상이 영화계나 TV의 배우들에게 특별한 의미를 갖는 것과 마찬가지다. 장편, 처녀장편, 단편, 범죄실화 등 각 분야에서 같은 동료들로 구성된 심사위원회에 의해 수상작 선정 투표를 한다. 나이가 많거나 젊거나, 또는 작가활동 기간이 길거나 짧거나 관계없이 동료들에 의해 가장 우수한 작품이라고 인정되는 것처럼 빛나는 영예는 없을 것이다.

1945년, 1회 에드가상은 쥬리어스 퍼스트(처녀장편상 「밤의 감시」), 안소니 바우처(우수 미스테리 비평상), 그리고 고전적 하드보일드 사립탐정 영화 Murder, My Sweet(딕 파웰 주연, 레이몬드 찬들러 원작)에 수여됐다. 해가 지나면서 새로운 부문상이 추가되어, 범죄실화상과 단편소설상은 1947년부터, 장편소설은 1953년부터, 그랜드 마스터상은(미국추리작가협회 의사회가 미스테리 장르에 중요한 공헌을 한 개인에게 여러 가지 이유로 수여한다.) 1954년부터, 아동소설상은 1960년부터, 페이퍼백상은 1969년부터, 평론 / 평전상은 1976년부터 각각 수여되었다. 그 외에도 1948년에 시작된 특별상과 거기에 준한 대아상(大鴉賞)이 있고, 중요하고 특이한 소설, 연극, 영화, 개인의 활동에 대해 상이 수여된다.

본서는 미국추리작가협회에서 편찬한 33번째의 앤솔로지다. 하지만 세 가지 이유로 지금까지의 앤솔로지와는 완전히 다르다. 우선 첫째 이유는, 지금까지의 앤솔로지가 협회의 이익을 위해 회원이 무상으로 작품을 제공한 것과는 달리 본서의 일부는 비회원이 무상제공한 작품이다. 둘째 이유는, 본서에 부록으로 붙어 있는 주요 분야의 에드가상의 작품 리스트로 당연한 일이지만 종래의 앤솔로지에는 없었다. 그리고 가장 중요한 세번째 이유는, 본서가 연간 최우수단편상이라는 누구나가 부러워하는 에드가상을 과거에 수상한 작품만을 한 권에 모은 앤솔로지라는 것이다.

여기서 특기하고 싶은 것은, 에드가상의 첫 두 작품은 작가의 작품 전체에 수여됐다. 세번째 상은 〈엘러리 퀸즈 미스테리 매거진〉에, 계속해서 4회는 개인 단편집에 각각 수여됐다. 에드가상이 한 편의 단편소설에 주어지도록 바뀐 것은 1954년부터였다. 지금 말한 최초의 6명의 수상자는 미스테리 분야 내외에서 위대한 업적을 남긴 삭사들— 엘러리 퀸, 윌리암 아이리쉬, 로렌스 G. 블록맨, 존 콜리어, 필립 맥도날드, 로알드 달——이다. 이들의 작품을 본서에서 빼는 것은 '범죄적 행위'라고 할 수 있을 것이다.

본서에는 과거 40여년 간에 발표된 최고의 미스테리 소설 몇 편이 들어 있다. 그뿐만 아니라 형식, 주제, 스타일 등에 가능한 한 다양한 변화를 주었다. 이것은 어느 평론가들이 생각하고 있는 것과는 반대로, 미스테리 소설의 세계가 결코 한정된 편협한 장르가 아니라는 것을 말해 준다.

여기에는 전통적인 추리 이야기, 정통 심리 서스펜스 소설, 경찰수사소설, 성격 묘사에 초점을 맞춘 이야기, 도덕적인 소설, 사회비판소설, 좋았던 시절을 잠시라도 생각나게 하는 노스탤지어 소설, 전위적이라고 할 수 있는 실험소설 같은 작품까지 들어 있다. 유명한 미스테리 작가의 작품도 있고, 거의 알려지지는 않았지만 역시 유능한 미스테리 작가의 작품도 나란히 있다.(엘러리 퀸, 윌리암 아이리쉬, 로렌스 G. 블록맨, 필립 맥도날드, 스탠리 엘린, 윌리암 오파렐, 데이빗 일리, 로렌스 트리트, 에드워드 D. 호크,

워너 로우, 조 고어즈, 로버트 L. 피쉬, 토마스 월쉬 등.) 조이스 해링턴, 에타 리베스, 바바라 오웬스 등 신인 여류작가의 작품은 놀라야 할지 기뻐해야 할지 세 편 모두 〈엘러리 퀸 미스테리 매거진〉에 게재된 처녀단편이다. 문학계에서도 유명한 로알드 달, 리스 데이비스, 마저리 핀 브라운, 제시 힐 포드의 작품이나, SF 장르에서 뽑힌 하란 엘리슨의 작품도 있다.

이 모두가 여러 가지 의미로 수상한 작품이다. 즐겁게 읽으시기를.

샌프란시스코에서
빌 프론지니

에드가상 수상작품집 IV / 차례

에드가상 수상작품집 II / 차례

에드가상 수상작품집 III / 차례

번개를 타라 / 존 러츠

1985 Ride the Lightning

John Lutz

존 러츠(미국, 1939~   )

텍사스주 달라스 출생. 트럭 운전수 등을 하면서 〈AHMM〉에 단편을 기고해서 작가로 출발. 장편 데뷔작은 「The Truth of the Matter」. 77년에 센트루이스의 아나 로자가 첫등장하는 작품을 발표. 시리즈는 현재까지 장편 6작, 단편이 다수 있다. 본편을 기본으로 한 동명 장편도 호평을 얻었다. 86년부터 플로리다의 사립탐정 프레드 카바 시리즈를 쓰기 시작했다. 본편은 〈AHMM〉에 수록.

번개를 타라

존 러츠

1985 Ride the Lightning

풀을 베는 큰 낫같이 옆으로 들이치는 비가 프라시드 커브 트레일러 파크에 쏟아져 내리고 있었다. 이따금 복잡한 거미줄 같은 번개가 주위를 번쩍 비추고 있었다. 그때마다 몇 줄이나 늘어진 이동식 주택이 밤의 어둠 속에 쓸쓸하고 창백한 모습을 나타냈다. 마지 차양과 텔레비전 안테나가 달린 묘석 같다고 나쟈는 생각했다. 그는 바람을 등지고 우산을 비스듬히 하여 걸어가면서 주머니에 손을 넣어 종이조각을 꺼냈다. 그리고 트레일러의 미로 속에서 목적의 트레일러를 찾기 위해 주소를 다시 한번 확인했다. 트렁키리티 레인의 끝까지 와서 겨우 307호를 찾았다.

그는 그 트레일러의 금속 문을 노크했다.

"나쟈입니다."

문이 열리자, 그는 이름을 댔다.

나온 여자는 입구에 서서 잠시 그를 쳐다보았다. 비가 차양 밑에서 들이쳐 여자의 수레국화 같은 푸른색 옷을 적셨다. 바람이 여자의 밀짚색 브론드 머리카락을 휘날리고 있었다. 여자는 키가 컸다. 하지만 아주 말랐다. 너무나도 섬세한 느낌이었다. 한눈에 보면 12살 전후, 다시 한번 보면 20대 중반의 느낌이 드는 여자였다. 얼굴에 닿는 빗방울 때문에 얼굴을 찡그리자 빛나는 푸른 눈의 눈동자에 전문가의 흔적이 나타났다. 정사에 정통한 얼굴을 한 소녀 같은 도톰한 입술을 하고 있었다. 그리고 약간 뻐드렁니였다. 개성적인 얼굴이었다. 한 가지 타입으로 단정짓기 어려운 얼굴이었다. 남자의 눈에는 너무 말라서 별로 성적인 느낌은 나지 않았다. 독특한 아름다움이라고도 할 수 있었다. 하지만 나쟈는 망아지 같은 소녀의 모습을 한 이 여자가 마음에 들었다. 그는 그녀를 매력적인 여자의 부류에 넣었다.

"후우!"

그녀가 겨우 말했다. 마치 밖의 모습을 그때 비로소 알아차렸다는 듯이.

"비가 굉장히 많이 오네요."

"네, 제 위에도."

그녀는 미안한 듯한 미소를 띠웠디. 그때 그녀의 마른 몸이 흠칫 떨렸다.

"호리 앤 아담스입니다, 나쟈씨. 다 젖었군요. 안으로 들어오세요."

그녀는 옆으로 비켰다. 나쟈는 계단을 올라 트레일러 안으로 들어갔다. 그는 트레일러라는 것이 밖에서 보는 것보다 훨씬 넓다고 생각했다. 그도 이전에 트레일러 생활을 한 일이 있었기 때문에 그때의 경험으로 그렇게 생각하고 있었다. 하지만 이 트레일러는 실내도 소형 사이즈였다. 가구는 싸구려 같고, 의자 커버는 닳아서 떨어져 있었다. 바둑판 무늬의 소파 옆의 작은 테이블 위에 흑백 포터블 텔레비전이 놓여 있었다. 그 텔레비전에서 쇼핑 퀴즈 프로 응모자의 몹시 감격한 듯한 외침 소리가 들려왔다. 방안은 어떤 기름에 볶는 것이 너무 볶은 듯한 기름에 찌든 냄새로 가득 차 있었다.

호리 앤은 비닐 커버 의자 위에 있던 〈피플〉지를 뭉쳐서 치우더니 그곳에 앉도록 나쟈에게 권했다. 나쟈는 우산을 접어 문 옆에 놓고 그 의자에 앉았다. 호리 앤은 뭔가 말을 걸려고 하다가 그녀의 독특한 동작으로 몸을 꿈틀하며, 마음뿐만 아니라 마치 몸도 뭔가 생각해 냈다는 듯이 텔레비전 쪽으로 걸어가서 시끄러운 텔레비전을 껐다. 갑자기 방 안이 조용해져서 금속 지붕을 치는 빗소리가 격심해진 것처럼 생각되었다.

"이제 얘기를 할 수 있겠군요."

호리 앤은 나쟈와 마주보며 작은 소파에 앉아서 말했다.

"당신은 진짜 사립탐정이세요?"

"네."

나쟈는 대답했다.

"누가 나를 소개했습니까, 미스 아담스?"

"직업별 전화번호부에서 봤어요. 저, 그리고 만약 일을 맡아 주신다면 아담스를 뺀 호리 앤이 좋겠어요."

"수표 외에 말인군요."

나쟈가 말했다.

그녀는 작은 악마 같은 12세 소녀의 미소를 지었다.

"네, 그건 물론. 돈에 대한 일이라면 걱정하지 마세요. 이미 수표에 이름을 써 놨어요. 이제는 금액을 써 넣기만 하면 돼요. 물론 당신이 이 일을 맡아 주실 경우의 이야기지만요. 하지만 맡아 주지 않으실지도 몰라요."

"어째서?"

"내가 맡기고 싶은 일은 나의 약혼자인 커티스 컬트와 관계 있는 일이에요."

나쟈는 잠시 지붕을 두드리는 빗소리에 귀를 기울였다.

"다음 주 처형될 그 커티스 컬트 말입니까?"

"네, 그래요. 하지만 그는 그 술집의 여자를 죽이지 않았어요. 나는 알고 있어요. 하지만 그가 번개를 타야 하는 건 틀림없는 사실이에요."

"번개를 타다니요?"

"죄인들은 전기 의자를 그렇게 불러요, 나쟈씨. 죄인들은 그 의자를 여러 가지로 불러요. 올드 스파이크라든가 신의 프라이팬이라든가. 하지만 커티스는 그런 의자에 묶여 앉아야만 하는 그런 짓은 아무것도 하지 않았어요. 난 그걸 증명할 수 있어요."

"그런 말을 하기에는 늦지 않았을까요?"

나쟈가 말했다.

"당신은 법정에서 그를 위해 증언하지 않았잖아요?"

"그래요. 증언할 수 없었어요. 판사도 배심원도 변호사도 누구 한 사람 나에 대해서 아는 사람이 없어요. 그 이유는 커티스가 나에 대해서 그들에게 알리지 않았기 때문이에요. 그 사람은 나에 대해서 그들에게 말을 하지 않았어요."

그녀는 다리를 꼬더니 유쾌한 듯이 오른쪽 다리 끝을 흔들었다. 그녀는 미소짓고 있었다. 그렇게 하면 나쟈가 이야기를 더 듣고 싶어하고, 그렇게 되면 그가 옛날 영화에서처럼 커티스 컬트를 마지막 순간에 극적으로 도와줄 거라고 생각하기라도 하는 것처럼.

나쟈는 그녀의 가늘고 사랑스러운 시골 소녀 같은 얼굴을 보면서 말했다.

"커티스 컬트의 일을 우선 얘기해 줘요, 호리 앤."

"당신, 그의 일을 신문에서 읽거나 텔레비전에서 보거나 하지 않았어요?"

"텔레비전이나 신문의 보도는 엉터리투성이기 때문에 별로 보지 않아요. 자세히 얘기해 줘요."

"그러지요. 이렇게 된 건——커티스는 술집에 강도로 들어갔었죠. 그와 그의 친구는 그날 밤 그 전에도 다른 세 군데에 강도로 들어갔었어요. 그 세 군데는 모두 주유소였어요. 그런데 어쨌든 그 술집의 늙은 주인이 그때 안쪽에 있는 방에서 나왔어요. 그리고 카운터 뒤에서 그의 아주머니가 손을 들고 있고, 커티스가 아주머니에게 총을 겨누고 있는 것을 본 거예요. 그래서 그 주인은 앞뒤의 분별이 없어진 거지요. 커티스를 향해 갔어요. 그래서 커티스는 그 주인을 쏘게 됐어요. 이번에는 그것을 보고 있던 아주머니가 커티스에게 덤벼들었어요. 커티스는 그 아주머니도 쏴 버렸어요. 죽은 건 그 아주머니예요. 주인은 살았지만 말할 수도 없고, 생각할 수도 없고, 혼자서 먹을 수도 없는 식물인간이 돼 버렸어요."

나쟈는 그 사건에 관해서 조금 전보다 상세히 생각해 냈다. 그 사건으로 커티스 컬트는 제1급 살인으로 유죄가 될 것이다. 또 의회에서는 유독성 가스와 전기 중 어느쪽이 적절한가에 대한 의론이 있었고, 그 때문에 주 당국은 전기 의자를 꺼내서 그를 지난 4반세기 동안 처음으로 전기로 처형되는 살인범으로 만들었던 것이다. 확실히는 모르나 그것이 기본으로 돌아가라는 그들의 생각이었다.

"커티스는 다음 주 토요일에 전기로 처형돼요, 나쟈씨."

호리 앤은 슬픈 듯이 말했다. 하지만 그녀는 말하고, 자신이 낸 레포트의 평가가 공정하지 않다고 불평을 하고 있는 소녀 같은 어조가 되었다.

"그건 나도 알고 있어요."

나쟈는 말했다.

"하지만 안됐지만 당신을 도와줄 수 없을 것 같아요. 아니, 정확히는 커티스의 도움이 될 수 없을 거라고 말하는 편이 좋을지도 모르겠군요."

"나쟈씨, 당신은 인간의 생각이라는 게 정말 어떤 건지 알고 계세요?"

호리 앤은 나쟈의 솔직한 말을 무시하면서 말했다. 그리고 말을 생각해 내려고 그 푸르고 커다란 눈으로 허공을 멍청히 응시했다.

"인간의 생각이라는 건 뇌에 일어나는 작은 충격에 지나지 않아요. 어딘가에서 읽었어요. 그러니까 전기가 커티스의 몸을 흐를 때, 그것은 그의 생각에 어떤 영향을 끼칠 거라고 생각하지 않을 수 없어요. 전기가 흘러서 죽을 때까지의 시간이 그에게는 어느 정도로 느껴질까? 고통과 함께 어떤 미치광이 같은 생각에 사로잡히지는 않을까? 이런 말을 하면 왠지 머리가 이상한 것처럼 생각될지도 모르겠지만, 이런 걸 생각하면 밤에도 잠을 잘 수가 없어요. 그리고 또 생각해요, 커티스를 돕기 위해서 할 일이 만약 남아 있다면 그것이 무엇이든 해야 한다고요."

그녀가 말하고 있는 것은 단락적이지만, 그것은 그것으로 일리가 있다고 나쟈는 생각했다. 분명히 만약 생각이 약한 전기 충격이라고 하면 고전압 충격은 구제하기 어렵고 무서운 생각이 될지도 모른다. 하지만 그는 그저 잠자코 호리 앤의 이야기를 듣고 있을 수밖에 없었다.

"커티스를 주유소에 내버려 두고 혼자서 차로 도망친 그의 동료는 아직 잡히지 않았나요?"

나쟈가 물었다.

"네, 커티스는 차를 운전했던 동료의 이름을 아무리 해도 말하지 않아요. 아무리 위협을 받아도. 커티스는 아주 완고한 점이 있어요."

나쟈는 커티스가 어떤 남자인지 알 것 같은 느낌이 들었다.

"하지만 당신은 운전했던 그의 동료를 알고 있나요?"

"네, 그 사람은 술집에 강도가 들었을 때 자신과 커티스는 그곳에서 몇 마일이나 떨어진 곳에 있었다고 나에게 가르쳐 줬어요. 그 사람

은 커티스가 담배를 사려던 주유소에서 경찰관이 커티스에게 질문하
려고 하는 것을 보고, 자신은 붙잡히기 전에 주차장에서 도망쳐 버
렸다는 거예요. 경찰은 그때 그 차의 번호를 확인하지 못했고요.”

나쟈는 호리 앤이 박절기처럼 다리를 흔드는 것을, 손으로 턱을 문
지르면서 쳐다보았다. 그녀는 맨발로 스타킹도 신지 않고 있었다.

“배심원의 평결은 커티스가 가게에 들어가서 늙은 주인과 그의 아내
를 쐈다는 거예요.”

“그건 사실이 아니에요, 커티스씨———.”

거기서 그녀는 커티스의 동료의 이름을 말할 뻔했는데, 그것을 깨닫
고는 말을 멈췄다.

“커티스와 커티스의 친구는 몇 마일이나 떨어진 곳에 있었지요?”

나쟈는 뒤를 이어받아 질문했다.

“그래요, 커티스의 친구는 그렇게 말했어요. 그 사람은 아주 정상적
이고 거짓말을 할 사람이 아니에요.”

호리 앤은 힘을 주며 말했다. 마치 그 정보는 따로 소중히 간직해 둔
비장의 카드로 의논은 이것으로 끝이라고 말하기라도 하는 것처럼.

“하지만 그의 동료가 나와서 강도가 들었을 때 그들이 다른 곳에 있
었다는 걸 증명해 주지 않는 한 아무런 의미도 없어요.”

호리 앤은 고개를 끄덕이고 다리 흔드는 것을 멈췄다.

“네, 알고 있어요. 하지만 그 사람은 그렇게는 해 주지 않을 거예요.
아니, 할 수 없을 거예요. 그러니까 당신에게 이렇게 부탁하고 있는
거예요.”

“내 직업으로는 개도둑보다도 한 단계 낮은 명예밖에 얻을 수 없지
요.”

나쟈가 말했다.

“하지만 나는 고용되었다고는 해도 불법행위는 하지 않아요.”

"내가 당신에게 부탁하고 싶은 건 합법적인 거예요."

호리 앤은 조금 상처를 입었다는 듯이 말했다. 나쟈는 그녀에게서 눈을 돌려 간이 부엌을 들여다보았다. 그곳에는 빈 진 병이 있었다. 그 것을 보고 그는 그녀는 어쩌면 약간 취해 있는 걸까 하고 생각했다.

"커티스가 유죄가 된 결정적인 건 목격자의 증언뿐이에요."

그녀는 계속해서 말했다.

"하지만 그 증언은 모두 틀려요. 나는 당신에게, 사건 날 밤 그들이 본 건 커티스가 아니라는 걸 알릴 방법을 찾아 달라는 거예요."

"목격자는 네 명 있었어요. 그 중 두 사람은 술집의 손님이었어요. 그 네 사람이, 네 명 모두 용의자 확인에서 그를 가리켰어요."

"그래요, 하지만 목격자의 증언이라는 건 곧잘 틀리는 일이 있잖아 요?"

나쟈도 그 일을 확인하지 않을 수는 없었지만, 이 사건에 그럴 가능 성이 어느 정도 있을까는 의문이었다. 뭐라고 해도 목격자는 네 사람이 나 있기 때문이다. 하지만 그래도 호리 앤이 말한 건 틀리지는 않았다. 인간은 자기 5피트 앞에서 일어난 일에 관해서도 틀린 증언을 하고 그 것을 확신하는 일이 있다.

"나는 당신에게 목격자들과 이야기해 주기를 바라고 있어요."

호리 앤은 말했다.

"어째서 그들이 커티스를 살인범이라고 생각했는지 그 이유를 물어 봐 주셨으면 해요. 그리고 어쩌면 자신들의 증언은 틀릴지도 모른다 는 걸 그들에게 알려 줘서 자신들이 말한 걸 정정하게 해 주세요. 진 실은 우리 쪽에 있어요, 나쟈씨. 다시 한번 곰곰이 생각하게 하면 적 어도 한 사람 정도는 증언을 바꿀 목격자가 있을 거예요. 그럴 것이, 그들이 말하는 곳에는 커티스가 없었으니까요."

"커티스는 이미 상소권을 다 써 버렸어요."

나쟈가 말했다.

"그러니까 가령 목격자 모두가 증언을 뒤집어엎었다고 해서 반드시 그가 재심을 받을 수 있는 건 아니에요."

"네, 그럴지도 몰라요. 하지만 그를 죽이는 것만은 연기해 줄 거예요. 몇 명의 목격자가 자기들은 틀렸다, 늙은 주인을 죽인 건 다른 사람이라고 말해 준다면, 공무원들도 그걸 내버려 둘 수는 없을 거예요. 그래서 어쩌면, 정말로 어쩌면인데, 다시 한번 재판을 해서 그를 형무소에서 꺼내 줄지도 몰라요."

나쟈는 오히려 두려움에 사로잡혔다. 호리 앤의 극단적인 낙천주의는 그 자신의 낙천주의를 넘고 있었다. 그는 그녀에게 질리지 않을 수 없었다.

수레국화 같은 푸른 옷 밑에서 다시 발이 흔들리기 시작했다. 나쟈가 그쪽으로 눈을 떨구고 져나보자, 호리 앤온 말했다.

"나를 도와주세요, 나쟈씨."

"좋습니다. 기꺼이 응하겠습니다."

"어째서 다시 이것저것 생각해야 하는 거지?"

랜디 갠트너는 삽에 팔꿈치를 대고 나쟈에게 말했다. 그는 나쟈와 이야기하는 걸 싫어하지 않았다. 이야기하고 있는 동안에는 새로운 주간도로 170호의 입체교차 공사 작업을 쉴 수 있었기 때문이다.

"컬트의 유죄는 확정됐고, 그는 전기 의자 신세가 되는 거 아니야?"

오후의 햇살은 나쟈를 가차 없이 내리쬤다. 목덜미가 뜨거워져서 그는 속이 메슥메슥했다. 그래서 제산제인 알약을 셔츠 주머니에서 꺼내 엄지손가락으로 포장지를 뜯고 하얀 알약을 입에 넣었다. 다른 손으로 그는 커티스 컬트의 사진을 갠트너에게 내밀었다. 그 사진은 호리 앤에게서 빌린 것인데, 말랐지만 근육질의 컬트가 웃통을 벗고 펜스 기둥에 기대어 장난스럽게 죽음의 신이여! 하고 말하고 있는 듯한 느낌으로 캔맥주를 높이 들고 있는 사진이었다.

"이 사진을 당신은 법정에서는 못 봤을 거요. 나는 당신이 이 사진을 잘 본 다음에, 술집에서 본 건 컬트가 틀림없다고 다시 한번 분명히 말해 줬으면 해요. 새삼스럽게 이런 짓을 한다고 해도 아무것도 되지 않겠지요. 컬트의 처형은 변함없겠지만, 그래도 이렇게 하는 걸로 그를 사랑하고 있는 어떤 사람의 마음이 편해질 거예요."

"재판은 이미 끝나 버렸는데, 여기서 내가 말을 바꾼다면 바보 같겠는데."

갠트너가 말했다. 당연했다.

"하지만 만약 지금 확신을 가질 수 없게 되었다면, 당신이야말로 살인을 하게 되는 거요."

갠트너는 한숨을 쉬고, 청바지 주머니에서 더러운 붉은 손수건을 꺼내 소 같은 얼굴의 땀을 닦았다. 그리고 사진을 자세히 보고 어깨를 으쓱했다.

"놈이야, 컬트야. 나는 그 술집 안의 통로에 서 있었어. 그리고 이 놈이 그 아저씨와 아주머니를 쏘는 걸 봤어. 만약 이 놈이 그때 나와 샌더즈가 그곳에 있다는 걸 알아차렸다면 우리도 그 노부부와 똑같이 됐을 거야."

"이 사진의 남자가 그때의 남자가 틀림없소?"

갠트너는 옆으로 침을 뱉더니 얼굴을 찌푸렸다. 점점 나쟈가 귀찮아지는 것 같았다. 현장 감독이 멀리서 그들을 보고 있었다.

"나는 경찰에도 배심원에게도 이미 말했어, 나쟈. 그 컬트라는 비열한 녀석이 그 아주머니를 죽였다고. 그건 몇 번을 물어도 똑같애. 놈은 당연한 죄값을 치러야 돼."

"그가 총을 쏘는 걸 실제로 봤소?"

"아니, 나와 샌더즈는 안쪽 통로에서 적당한 가격의 버본을 찾고 있었어. 그러는데 총성이 나서 보니까, 커티스 컬트가 도망치고 있었어. 놈은 한번 뒤를 돌아보더니 차 쪽으로 달려갔어. 차는 검은색 아니면 짙은 그린색 포드였어. 놈은 차로 도망칠 때도 몇 발인가 쏴댔어."

"그 차를 운전하고 있던 사람의 얼굴을 봤소?"

"응, 검은 곱슬머리에 콧수염을 기른 마른 남자였어. 그것도 경찰에 말했지. 그것이 내가 본 거야. 그리고 그게 내가 아는 거고."

거기서 말은 중단되었다. 현장 감독이 불쾌한 듯한 얼굴로 그들 쪽으로 걸어왔다. 갠트너는 삭 소리를 내며 삽을 땅에 꽂았다. 그렇게 하는 것으로 공사가 하루라도 빨라지기라도 하는 것처럼.

나쟈는 그에게 인사하며, 뜨거운 햇볕 아래서 너무 많이 일하지 말라고 충고했다.

"그렇다면 도와주겠어?"

갠트너는 땀투성이의 얼굴에 미소를 띄우며 말했다.

"나는 나대로 땅을 파 일구는 일은 벌써 끝냈어."

나쟈는 그렇게 말하고 현장 감독이 오기 전에 그곳을 떠났다.

다른 목격자들도 갠트너와 마찬가지였다. 나쟈가 네번째로 만난 최후의 목격자 아이리스 랑게네커트라는 나이 많은 여성은——그녀는 개를 산책시키며 술집 근처를 지나갈 때, 커티스 컬트가 가게에서 뛰어나와 도주용 차에 타는 걸 봤다——갠트너가 말한 것에 한 가지 덧붙였다. 차를 운전하고 있던 남자에 관해서 갠트너와 똑같이 검은 곱슬머리로 턱수염인가 콧수염을 기른 마른 남자라고 말한 다음, 이렇게 말했다.

"커티스 컬트와 똑같은 머리와 수염이었어요."

나쟈는 호리 앤에게 빌려 온 사진을 다시 보았다. 커티스 컬트는 신장이 5피트9인치 정도이고, 윤기가 흐르는 검은 머리에 산적 같은 콧수염을 기른, 천한 얼굴 모양의 마른 남자였다. 그 사진을 보면서 나쟈는 생각했다. 도주용 차를 운전하고 있던 것이 커티스 컬트이고, 술집의 노부인을 죽인 것이 그의 동료일 가능성은 없을까? 믿기 어려운 가능성이기는 했지만.

그는 차로 메이플워드의 교외에서 가까운 자기 사무실로 돌아왔다. 그리고 책상에 앉아 창문에 붙어 있는 에어컨에서 나오는 바람을 맞으면서, 곧 아래층의 '대니스 도너츠'에서 가지고 온 종이컵의 공짜 아이스 티를 마셨다. 도너츠의 단 냄새가 평소보다 심하게 느껴졌다. 나쟈는 그 냄새에 익숙하지 않았다. 그것이 그의 섬세한 위에 주는 영향에 관해서도.

마음이 안정되고 생각할 수 있을 정도로 날씨가 서늘해지자, 그는 사건에 관해서 또 커티스 컬트에 관해서 호리 앤 아담스보다도 더 객관적인 정보원이 필요하다고 생각했다. 그래서 잭 해머스미스 경감보의 자택에 전화를 걸었다. 해머스미스의 아들인 제드가 받았다. 해머스미스는 오후 근무를 하러 막 나갔기 때문에 연락은 좀더 있어야 될 거라고 했다.

나쟈는 자동응답기를 틀었다. 하지만 희망이라는 것은 영원히 바보의 가슴에 머무는 것이다 라는 것을 알았을 뿐이었다. 지난달 분의 부양 수당을 청구하는 이혼한 아내 아이린의 쌀쌀맞은 말이 녹음되어 있었다. 가스와 전기요금의 만성적인 인상을 저지하는 감시위원회 설립을 위한 찬조금의 불입액을 젊은 남자가 그럴 듯한 목소리로 소리내어 읽고 있었다. 쾌활한 목소리의 남자가 핫도그의 패키지에 붙어 있는 라벨 10장으로 커디널즈 전의 표를 반액으로 살 수 있다고 말하고 있었다.(이것은 핫도그를 80개 이상 먹어야만 한다는 것이다. 그 정도로 먹었을 때에는 야구 시즌은 이미 끝났을 것이라고 나쟈는 생각했다.)

모두가 돈을 얼마 내라고 말하고 있었다. 돈을 주겠다는 사람은 한 사람도 없다. 호리 앤 아담스를 제외하고는. 이 커티스 컬트의 사건에 정력을 쏟는 편이 나을 것 같다고 나쟈는 생각했다.

그는 고개를 뒤로 젖히며 아이스 티의 마지막 한 방울까지 마셔 버렸다. 그리고 얼음 조각을 먹으려고 했다. 하지만 작아진 얼음 조각은 종이컵 바닥에 완고히 찰싹 달라붙어 있었다. 나쟈를 깔보는 것처럼. 그의 인생은 대체로 이런 식이었다.

그는 종이컵을 구겨서 쓰레기통에 버렸다. 그리고 나서 아래층으로 내려가 건물 그늘에 주차한 폭스바겐을 타고, 맨체스터 거리를 동쪽으로 달려 다운타운에 있는 제3구 경찰서로 향했다.

잭 해머스미스 경감보는 제3구의 사무실에 있었다. 금속 책상 맞은편에 앉아 있었다. 뚱뚱하게 살이 쪘지만 시원한 느낌의 멋장이였다. 당연히 10년 전 나쟈와 짝을 이뤄 경찰차에 타고 있던 때의 핸섬한 경찰과는 체중도 연령도 좀 거리가 멀어져 버렸시만. 하지만 그것은 단지 자신이 10년 전의 그를 알고 있기 때문일지도 모른다고 생각했다.

"앉아, 나쟈."

해머스미스는 입언저리에 미소를 띄우며 말했다. 하지만 푸른빛이 도는 잿빛의 그의 눈은 읽기 어려웠다. 눈이 마음의 창이라면, 그의 눈에는 언제나 블라인드가 처져 있었다.

나쟈는 해머스미스의 책상 앞에 있는, 의자 등이 똑바른 의자에 앉아 말했다.

"자네 도움이 필요해."

"좋아."

해머스미스가 말했다.

"자네가 요리법 따위를 배우거나 잡담을 하러 온 거라고는 생각치 않아.”

“커티스 컬트의 일이 알고 싶어.”

나쟈는 말했다.

해머스미스는 셔츠 주머니에서 싸구려 담배를 꺼내더니, 마치 그 라벨에 삶과 죽음에 관한 중대한 수수께끼라도 쓰여 있는 것처럼 물끄러미 응시했다.

“컬트? 이제 곧 번개를 탈 그 컬트 말인가?”

“요사이 그런 말투를 듣는 건 이걸로 두번째야. 처음에는 컬트의 약혼자에게서 들었어. 그녀는 컬트가 무죄라고 말하고 있어.”

“약혼자는 원래 그런 식으로 생각하고 싶어하는 거 아닌가? 그 약혼자가 의뢰인이야?”

나쟈는 고개를 끄덕였다. 하지만 호리 앤의 이름은 꺼내지 않았다.

“어리석은 사람 덕분에 세상은 움직이고 있군.”

해머스미스는 말했다.

“컬트의 건은 살인과가 조사했어. 놈이 무죄일 가능성은 없어.”

“네 명의 목격자의 증언이 결정적인 증거가 됐지.”

나쟈가 말했다.

“하지만 도주용 차를 운전했던 놈에 관해서는 어떻게 됐지? 그 놈의 외모는 컬트와 대단히 닮았어. 정말은 그 놈이 총을 쏜 놈이고, 컬트는 운전수였을 가능성은 없나?”

“그 일은 컬트의 변호사도 지적했어. 하지만 배심원은 인정하지 않았어. 나도 인정하지 않아. 그 남자는 유죄야.”

“하지만 목격자의 증언이라는 것이 얼마나 부정확한 것인지, 자네도 잘 알고 있을 텐데.”

나쟈는 물고 늘어졌다.

그런 나쟈의 말이 해머스미스의 기분을 상하게 한 것 같았다. 그는 그저 잠자코 담배에 불을 붙였다. 사무실 안은 곧 연기로 자욱해졌다.

나쟈는 겸손하게 나왔다.

"컬트 사건의 자료를 보여줄 수는 없을까?"

해머스미스는 연기 너머로 나쟈를 뚫어지게 응시했다. 그리고 몇 번인가 연기를 마시고는 내뿜었다. 그때마다 연기가 짙어졌다.

"어째서 그 약혼자는 법정에서 컬트를 위해 증언하지 않았지? 적어도 사건이 있었던 밤은 그와 함께였다는 정도의 거짓말은 할 수 있었을 텐데."

"컬트가 그녀를 증인대에 세우는 걸 싫어했기 때문인 것 같애."

"참으로 고결한 얘기군."

해머스미스는 말했다.

"하지만 어째서 그 약혼자는 그녀의 고결한 왕자님이 무죄라고 생각하고 있지?"

"가게의 부인이 총을 맞았을 때, 컬트가 다른 장소에 있었던 걸 그녀는 알고 있대."

"그렇다고 해서 그녀와 함께였다는 것도 아니잖아?"

"응."

"뭐, 하지만 일단은 새로운 증언이군."

아마 그것은 해머스미스가 편의를 도모할 기분이 들 정도로는 새로웠던 것 같다. 그는 수화기를 집어들더니 컬트에 관한 자료를 가지고 오도록 명령했다. 굵은 담배를 문 채 지껄이는 해머스미스의 말을 나쟈는 거의 알아들을 수 없었지만, 제3구의 인간은 모두 그것을 알아듣는 데 숙련돼 있는 것 같았다.

하지만 자료 그 자체는 나쟈가 몰랐던 걸 그렇게 많이는 제공해 주지 않았다. 그저 체포 당시의 모습을 상세히 기록하고 있었다. 사건 15분 후에 두 명의 경찰관이 수배된 인물의 풍채에 근거하여 주유소의 자동판매기에서 담배를 사려 하고 있던 컬트에게 다가갔다. 그들이 주유소의 사무실로 들어가려고 하자, 약간 어두운 주차장의 구석에 주차돼 있던 차가 갑자기 달려나갔다. 갑작스러운 일이라서 두 명의 경찰관은 그것이 짙은 그린색의 낡은 포드라는 것밖에 몰랐다. 번호까지는 몰랐지만, 맨처음 문자는 'L'이었던 것처럼 생각한다고 나중에 두 사람은 증언했다.

컬트는 체포 당시 저항을 하지 않았고, 그날 제3구 경찰서에서 대질을 받았다. 네 명의 목격자가 일제히 늘어선 남자들 중에서 그를 가리켰다. 또 도주차에 관한 그들의 증언은 주유소에서 갑자기 달려나간 차에 관한 두 명의 경찰의 증언과 일치했다. 술집에서 훔친 돈도, 그날 밤 그보다 전에 주유소가 몇 군데 털렸지만 그것들에 관한 돈도 컬트는 소지하고 있지 않았지만, 아마 돈은 차에 둔 채일 거라고 했다.

"그걸 읽고 컬트의 무죄를 확신했나?"

해머스미스는 굵은 담배 주위에 굵은 미소를 띄우면서 말했다.

"흉기에 관해서는 어떻게 됐지?"

"컬트는 체포됐을 때 총을 가지고 있지 않았어."

"이상하지 않나?"

"아니, 그렇지도 않아."

해머스미스는 말했다.

"그는 그저 담배를 사려고 했던 것뿐이니까. 그리고 막 사용한 흉기를 가지고 가는 건 위험하다고 생각했겠지. 그러니까 차에 두고 나갔겠지. 그 총은 아직 위험한 물건이야. 하룻밤에 몇 번이나 사용된 것이니까."

연기가 충만한 사무실에서 너무 숨을 깊이 쉬지 않도록 주의하면서 나쟈는 어깨를 으쓱했다.

"아마 감정의 문제일 거야. 그녀는 고전압의 전류가 컬트의 몸에 흐를 때 그가 시간의 일그러짐을 체험하고 이상한 생각에 사로잡히지는 않을까 하고 걱정하고 있어. 인간의 생각이라는 건 작은 전기적인 충격이라는 거라서. 그녀는 악몽을 꾸고 있는 것 같아."

"틀림없군."

해머스미스는 말했다.

"하지만 악몽을 꾸고 있는 건 컬트도 똑같을 거야. 당연히 놈의 경우는 그렇겠지만. 하지만 그녀는 옳아."

"뭐가?"

"전기가 생각과 시간을 일그러트리는 것에 관해서. 누가 말했지?"

"커티스 컬트는 아닐 거야."

나쟈는 말했다.

"또 그건 전기 스위치가 넣어진 다음의 일도 아니야."

"하지만 재미있는 지적이군."

해머스미스는 말했다.

"기억해 두지. 범인에게 살해당한 피해자의 가족을 만날 때 그걸 말하면 조금은 그들의 위로가 될지도 몰라."

"때때로."

나쟈는 말했다.

"자네는 너무 많은 걸 본 경찰 같은 사고방식을 가지고 있군."

"이제는 모두 진절머리가 나, 나쟈."

해머스미스는 놀랄 정도로 쓸쓸한 듯한 목소리로 말했다. 그리고 연기를 콧구멍과 입으로 내뿜었다. 향의 연기 속에 진좌해 있는 석가의 돌상 같았다.

나쟈는 인사하고 그곳을 나왔다.

"목격자가 두 사람 있는 것만으로도 결정적인 유죄의 근거가 돼요."

나쟈는 다음날 호리 앤의 트레일러에서 말했다.

"그런데 이 사건에는 네 사람이나 있어요. 그리고 모두가 커티스 컬트를 범인이라고 간주한 자신의 증언에 자신을 가지고 있어요. 내 생각을 정직하게 말하지요. 이제 당신도 현실을 직시하는 거예요. 컬트는 유죄예요. 당신은 어리석은 조사를 나에게 시켜서 돈을 낭비하고 있을 뿐이에요."

"그 사람들은 모두 커티스가 어떻게 될지 알고 있어요."

호리 앤이 말했다.

"그러니까 어쩌면 자신이 틀렸다고는 생각하고 싶지 않을 거예요. 어쩌면 무죄인 인간을 죽음으로 몰아가게 될지도 모른다고, 그런 기분으로 앞으로 살아가고 싶진 않을 거예요. 그러니까 그 사람들은 자신들의 증언은 정확했다고 생각하지 않을 수 없는 거지요."

"인간의 심리에 관한 당신의 생각은 맞는다고 생각합니다."

나쟈가 말했다.

"하지만 그렇다고 해도 그건 아무 도움도 되지 않아요. 이미 목격자들은 3개월 전에 법정에서 단호히 증언해 버렸으니까요. 나는 법정 기록도 읽어 봤지만, 컬트를 유죄로 하는 것 이외에 배심원에게 선택의 여지는 없었어요. 증거도 증언도 뭐 한 가지 뒤집혀지지 않았으니까요."

호리 앤은 두 팔로 무릎을 감쌌다. 그 소녀 같은 포즈는 자기 연인의 무죄를 믿는 그녀의 소녀다운 신념과 잘 맞았다. 지금도 백마의 기사가 나타나서 커티스 컬트를 사지에서 구해 줄 거라고 그녀는 믿고 있었다. 그것도 진심으로. 나쟈는 자기가 걸으면 갑옷 소리라도 들려올 것 같은 기분이 들었다.

하지만 그녀는 그에게도 똑같이 믿게 하고 싶어했다.

"당신도 커티스의 억울함을 확신해 주지 않으면 안 돼요."

그녀는 약간 결심한 듯이 말했다. 나쟈가 그녀를 그런 기분으로 몰
아넣은 것이 틀림없었다.

"오늘 밤 8시에 이곳으로 와 주신다면, 나쟈씨, 당신도 그의 무죄를
알 수 있으리라고 생각해요."

"어떻게 해서요?"

"지금은 말할 수 없어요. 하지만 와 주시면 알 수 있어요."

"어째서 밤까지 기다려야만 하지요?"

"그것도 오시면 알아요."

나쟈는 소파 위에서 버려진 강아지나 새끼 고양이처럼 몸을 웅크리
고 있는 그녀를 보았다. 그리고 커티스 컬트는 전기 의자로 보내질 자
기의 순서를 기다리고 있는데도, 자기들은 어린아이들이 하는 알아맞
히기 놀이를 하고 있는 것 같은 기분이 들었다. 나쟈는 그 처형 현장을
본 일은 없다. 하지만 대개의 사람들이 생각하고 있는 것보다 그것은
시간이 걸린다는 걸 들은 적이 있다. 그는 속이 꽉 죄어 아파 오는 걸
느꼈다.

"지금 여기서 스무 고개를 할 수는 없을까요?"

호리 앤은 고개를 옆으로 저었다.

"그건 안 돼요, 나쟈씨."

나쟈는 한숨을 쉬며 일어섰다. 트레일러의 낮은 천정에 머리를 부딪
칠 것 같은 기분이 들었다. 그의 키는 6피트가 될까말까 하지만.

"8시 정각에 오세요, 나쟈씨."

호리 앤은 문으로 나가는 그에게 소리쳤다.

"꼭이오."

그날 밤 8시, 나쟈는 호리 앤의 트레일러의 간이 부엌에 있는 작은
테이블에 앉았다. 그와 마주보며 마르고 신경질적일 것 같은 20대 후

반이나 30대 전반의 남자가 앉아 있었다. 남자는 이렇게 더운데도 긴 소매 셔츠를 입고, 은색 렌즈의 선글라스를 끼고 있었다. 호리 앤은 그 남자를 나쟈에게 소개했다.

"이쪽은 레인. 본명은 아니지만."

그가 커티스 컬트의 동료이며 사건이 있었던 밤 도주차를 운전했었다고 말했다.

"하지만 나도 커티스도 그 술집의 주인들이 총을 맞았을 때 그 근처에도 있지 않았어요."

레인은 약간 흥분하면서 말했다.

나쟈는 레인의 선글라스는 만일 법정에서 그의 이야기가 나와도 나쟈에게 그의 얼굴을 모르게 하기 위한 것이라고 생각했다. 레인은 길고 윤기 없는 다크 브라운의 머리를 어깨까지 늘어트리고 있었다. 또 손을 움직였을 때 그의 손목에 뭔가 파랑과 붉은색이 섞인 것이 힐끔 보였다. 문신이었다. 그것으로 긴 소매의 이유를 알았다.

"레인이 법정에 나와서 커티스를 위해 증언할 수 없었던 이유는 당신도 알겠죠?"

호리 앤이 말했다.

알겠다고 나쟈는 말했다. 그것을 했다면 레인도 유죄가 됐을 것이다.

"우리는 그 술집과는 반대편에 있었어요."

레인은 말했다.

"그 술집에서 살인사건이 일어났을 때 우리는 다른 곳의 주유소를 털고 있었어요. 농담이 아니에요. 우리는 주유소밖에 턴 일이 없어요. 우리는 주유소 전문이거든요."

그것은 정말이었다. 그것은 나쟈도 인정하지 않을 수 없었다. 커티스는 6년 전 1주일에 여섯 군데의 주유소에 강도로 들어가 복역했었다. 그리고 나서 지금까지 그가 잡혔던 건 모두 주유소를 습격한 권총 강도 때문이었다. 그러니까 술집이라는 건 그의 그때까지의 수법에서 벗어나 있었다. 하지만 그것은 어수선한 그의 재판에서는 별로 문제가 되지 않았다.

"그런 머리가 좋아요?"

나쟈가 레인에게 말했다.

"네?"

"사건 후 3개월 동안에 머리가 그렇게 자라지는 않겠지만. 목격자의 증언으로는 도주차를 운전했던 남자는 더 짧은 곱슬머리였다는 거예요. 커티스와 똑같은. 그리고 콧수염도 있었다는데."

레인은 어깨를 움츠렸다.

"당신에게는 정직하게 말하겠어요── 당신에게 숨기는 건 의미가 없으니까요. 나와 커티스는 비슷한 타입이에요. 그러니까 잡혔을 때 목격자의 눈을 속이기 위해서 우리는 일부러 서로 비슷하게 했어요. 이 긴 머리를 하나로 묶고 나는 커티스의 머리와 비슷한 가발을 쓴 거예요. 콧수염은 진짜였어요. 커티스의 콧수염과 비슷해요. 하지만 나는 한 달 전에 깎았어요. 그래도 어쨌든 우리는 아주 닮았어요. 마치 형제 같아요."

나쟈는 그 설명도 진짜일 거라고 생각했다. 권총 강도가 목격자나 경찰의 눈을 속이기 위해서 이것저것 변장하는 건 그렇게 드문 일은 아니다. 그런 것은 변호사가 꾀를 부리는 것이다. 경찰만큼 강도들도 사건을 일으키기 전부터 재판을 생각하고 자기들 변호사의 충고에는 귀를 기울이는 것이다.

"사건이 있었던 시간 당신들이 마을의 반대편에 있었다는 걸 증명할 수 있는 게 뭐 없을까요?"

나쟈는 선글라스 렌즈에 비친 두 개의 작은 자기 얼굴을 보면서 말했다.

"그건 내 말밖에 없어요."

레인은 오히려 위장하듯이 말했다.

나쟈는 그것에 어느 정도의 가치가 있다고는 말하지 않았다. 여기서 레인을 적으로 돌려서 무슨 득이 있겠는가?

"커티스가 억울하다는 건 당신도 믿어 주길 바래요."

레인은 호소하듯이 말했다.

"아무튼 그 녀석은 억울하니까요! 나도 억울하고요!"

나쟈는 왜 레인이 위험을 무릅쓰고까지 오늘 밤 여기에 찾아왔는지 이해했다. 컬트가 살인죄로 유죄라면 당연히 레인도 그 공범으로 유죄다. 컬트가 번개에 타 버리고 자기가 잡히게라도 되면 어쩌면 종신형, 재수가 없으면 자기도 번개에 타야만 한다고 레인은 생각했을 것이다. 실제로 방아쇠를 당기지 않아도 살인죄가 확정되는 예는 얼마든지 있다.

"그러니까 나는 당신이 어떻게 하든 커티스의 무죄를 증명해 주기를 바래요."

레인이 말했다. 그의 얇은 입술은 떨리고 있었다. 지금도 울음을 터트릴 것 같은 모습이었다.

"나를 고용하는 돈은 당신이 호리 앤에게 냈소?"

나쟈가 물었다.

"일부는. 커티스와 내가 훔친 돈이에요. 그리고 커티스의 몫은 전부 호리 앤에게 건네 줬어요. 당신을 고용하는 돈은 나와 그녀가 반반씩 냈어요."

더러운 돈이라고 나쟈는 생각했다. 더러운 일. 하지만 만약 커티스 컬트가 억울하다면 이것은 시간을 되돌려서라도 해야만 하는 일이다.

"알았소. 이제 좀더 조사해 보지."

"고마워요."

레인은 말했다. 그리고 작은 손을 충동적으로 움직여 테이블 너머로 나쟈의 어깨를 잡고 감사의 표시를 했다. 레인은 마약중독자처럼 보였다. 긴 소매 셔츠는 문신뿐만이 아니라 주사바늘의 흔적을 숨기기 위한 건지도 모른다고 나쟈는 생각했다.

레인은 일어섰다.

"내가 사라지는 동안, 호리 앤과 10분 정도 함께 있어 줘요. 내가 미행당하지 않는다는 걸 확실히 해 두고 싶어요. 알아 주리라고 생각하지만, 당신을 신용하지 않는 건 아니에요. 지금의 내 입장으로는 주의를 해야만 해요. 그뿐이에요."

"아아, 알겠소. 가시오."

레인은 약간 기분 나쁜 미소를 짓더니 문으로 나갔다. 밖의 자갈길을 달려가는 소리가 들렸다. 나쟈는 43세로 10파운드 체중 초과였다. 그러니까 마르고 발이 빠른 레인이 10분의 여유를 달라고 말한 것은, 시나트라가 노래 레슨을 받고 싶다고 말한 것과 똑같았다.

"레인은 마약을 하고 있나요?"

나쟈는 호리 앤에게 물었다.

"가끔요. 하지만 커티스는 마약에는 절대로 손을 대지 않았어요."

"알고 있으리라고 생각하지만, 나는 레인의 일을 경찰에 알릴 수밖에 없어요."

호리 앤은 수긍했다.

"네, 그러니까 이런 식으로 만나게 해 드린 거예요. 이 일로 경찰이 레인을 붙잡기 쉬워졌다고는 생각치 않아요."

"경찰은 당신에게도 여러 가지 묻고 싶어할지도 몰라요, 호리 앤."

그녀는 어깨를 움츠렸다.

"상관없어요. 그래도 나는 레인이 어디에 있는지도, 그의 본명조차

도, 어떻게 하면 그와 연락이 닿는지도 몰라요. 그는 커티스에 관해
알고 싶은 건 전부 신문에서 읽으면 돼요.”
“당신은 상당히 약군요.”
나쟈가 말했다.
“마치 바비 인형의 시골 사촌 같은 얼굴을 하고 있는데도.”
호리 앤은 좀 놀란 듯한 얼굴을 한 다음에 즐거운 듯이 미소지었다.
“나도 매력적이지요, 나쟈씨?”
“네, 매력적이고 나에게는 고통스러울 정도로 젊어요.”
그때 그저 한순간이었지만, 나쟈는 커티스 컬트를 행운의 남자라고
생각했다. 그리고 팔목시계를 본 그는 딱 10분이 경과한 것을 확인한
다음, 그녀에게 작별 인사를 했다. 바비 인형에게 사랑스러운 사촌이
있다면, 캔 인형에게도 똑같은 형제가 어딘가에 있을 것이다. 어쨌든
임박한 시간만은 어떻게 할 수도 없었다. 커티스 컬트에게 직접 물어야
겠다고 나쟈는 생각했다.

“그런 말은 나에겐 통하지 않아.”
해머스미스는 책상 맞은편에서 화난 듯이 담배를 뻐끔뻐끔 피우며
말했다. 화난 것은 그런 이야기가 조금은 그에게 통했기 때문이다. 그
것이 아무리 사소한 일이라고 해도, 그는 억울한 인간을 죽음으로 몰아
넣을지도 모른다는 의심을 가지고 싶지 않은 것이었다. 그것은 성실한
살인과의 경찰이라면 누구에게나 악몽이었다.
“그 레인이라는 남자는 자기가 살인죄로 심문당하지 않도록 그런 말
을 했을 뿐이야.”
“그것도 생각할 수 있지.”
나쟈가 인정하며 말했다.
“자네가 레인의 인상을 봤다면 대단히 도움이 됐겠지만.”

해머스미스는 커티스 컬트의 공범자가 아직 자유롭게 돌아다니고 있
는 건 나쟈 때문이라는 듯이 기분이 상해서 말했다.

"내가 할 수 있는 협력은 할 생각이야."

나쟈가 말했다.

"레인은 단서는 하나도 주지 않았어. 상당히 세상 물정에 밝은 놈 같
았어. 하지만 겁내고 있었어. 뭐가 위험한 일인가 하는 걸 잘 알고
있는 것 같았어."

해머스미스는 묵묵히 수긍했다. 노여움은 좀 부드러워진 것 같았다.
하지만 그 지친 눈은 욕구불만을 호소하고 있었다.

"호리 앤을 심문할 생각인가?"

나쟈가 물었다.

"물론. 별로 기대는 할 수 없겠지만. 아마 그녀가 말하는 건 정말일
거야. 우리가 그녀를 심문하리라는 건 레인도 알고 있겠지. 그런 그
가 그녀에게 자신의 거처를 가르쳐 줄 리가 없어."

"그럼, 그녀의 트레일러를 지키거나 하지는 않을까?"

"혹시 호리 앤과 레인은 좋은 사이라고 생각해?"

"아니."

해머스미스는 고개를 옆으로 저었다.

"그렇다면 두 사람은 이제 두번 다시 만나지 않을 거 아닌가. 그녀의
트레일러를 지키는 건 시간과 노력 낭비야."

나쟈도 그렇다고 생각했다. 그는 일어서서 걷기 시작했다.

"이제부터 어떻게 하지?"

해머스미스가 물었다.

"다시 한번 목격자와 얘기해 보고 재판 기록을 다시 읽어 봐야지. 그
런 다음 커티스 컬트와도 얘기를 하고 싶은데."

"사형수와의 면회는 허가되지 않아. 만날 수 있는 건 징역형인 죄수

뿐이야."

"이번에는 예외가 될 수 없을까?"

나쟈는 말했다.

"그와 만날 준비를 해 줄 수 없겠나?"

해머스미스는 걱정하듯이 담배를 물었다. 커티스 컬트를 처형하는 책임은 살인과를 맡고 있는 그에게도 있었다. 그것이 그의 기분을 결정했다.

"나중에 전화할게. 만날 수 있든 없든 그건 제쳐두고, 어쨌든 전화는 하겠네."

그는 말했다.

나쟈는 해머스미스에게 인사하고 복도를 지나 간신히 숨을 쉴 수 있는 큰 방으로 나왔다.

그날 중에 그는 간신히 네 명의 목격자 모두와 만나서 이야기했다. 네 사람 중 둘은 나쟈의 집요함에 화를 냈다. 하지만 네 사람 모두 증언은 바꾸지 않았다. 나쟈는 이 일을 '라이트 스티어 스테이크하우스'에서 호리 앤에게 전했다. 그녀는 그곳에서 웨이트리스로 근무하고 있었다. 몇 명의 손님이 베이크트 포테이토가 빨리 나오지 않는다고 불평을 하고 있었다.

해머스미스는 그날 저녁 나쟈에게 전화를 했다.

"컬트의 면회 허가를 간신히 얻었어."

그가 말했다.

"하지만 기뻐하기엔 아직 일러. 컬트는 자네와 만나고 싶지 않대. 아니, 아무와도 만나고 싶지 않대. 목사와도. 목사에 대해서는 놈이 나중에 기분을 바꿀지도 모르지만, 자네에 관해서는 바꾸지 않을 거야."

"내가 호리 앤의 의뢰로 조사를 하고 있다는 건 말해 줬나?"

'응, 전했어. 하지만 컬트는 그래도 아무렇지도 않은 것 같았어. 놈은 아주 금욕적인 사형수라는 거야."

나쟈는 속이 메슥메슥 아파 왔다. 속이 어떤 절망적인 신음을 하는 것 같았다. 본인이 협력하고 싶지 않다는 사형수를 어떻게 도우면 좋을까? 나쟈는 거의 무의식적으로 제산제의 알루미늄 호일 꾸러미를 벗겨 하얀 알약을 두 개 입에 넣었다. 해머스미스는 나쟈의 섬세한 위를 잘 알고 있었기 때문에 그가 알약을 넘기는 소리를 듣고 말했다.

"좀더 편하게 생각해. 자네가 나쁜 게 아니니까."

"그렇다면 어째서 나는 그런 식으로 느끼는 거지?"

"그건 자네가 무엇이든지 너무 예민하기 때문이야. 그래서 경찰도 그만둬 버린 거 아닌가?"

"처형 날까지는 하루밖에 없어."

나쟈가 밀했다.

"하지만 다시 한번 똑같은 일을 해 보겠어. 다시 한번 목격자와 얘기를 해 보겠어. 가령 내가 오는 걸 보고 모두 도망쳐도. 어쩌면 그 중 누군가가 희망의 빛이 비쳐드는 구멍을 열어줄지도 몰라."

"빛은 밖에도 없어, 나쟈. 자네는 시간을 낭비하고 있을 뿐이야. 이제 이 사건은 단념하고 다른 사건을 맡게."

"아니, 아직 때가 아니야."

나쟈가 말했다.

"지금 한 가지 석연치 않은 게 있어."

"지금 석연치 않다면 언제까지나 그럴 거야."

해머스미스가 말했다.

"잊는 거야, 나쟈. 자신의 인생을 살고, 커티스 컬트에게는 그의 인생을 끝내도록 해 주게."

해머스미스가 한 말은 옳았다. 커티스 컬트의 생명을 구하는 일은 나쟈에게는 불가능한 것이었다. 토요일 오전 8시 나쟈가 자기의 아파트에서 아침식사 준비를 하고 있었을 때, 컬트는 전기의자에서 처형되었다. 그는 유언도 아무것도 남기지 않았다. 2천 볼트의 전류가 그를 생물에서 무생물로 바꿨다.

나쟈는 컬트의 죽음을 알리는 뉴스를 부엌의 라디오로 들었다. 그리고 토스트는 빼고 달걀만 먹었다.

오후에 그는 멍한 상태로 흐느껴 우는 호리 앤을 위로하며, 그녀의 연인의 처형을 저지할 수 없었던 걸 그녀에게 사과했다. 그녀는 상당히 기특했다. 나쟈에게 푸념을 늘어놓거나 하지 않았다. '라이트 스티어 스테이크하우스'의 그녀의 상사가 그녀를 조퇴시켜 주었기 때문에, 나쟈는 차로 그녀를 집까지 데려다 주었다.

그날 밤과 다음날 밤, 그는 이틀 동안 4시간밖에 자지 못했다. 월요일 아침, 커티스 컬트의 장례가 있었다. 나쟈는 나가지 않을 수 없다는 느낌이 들었다. 주에서 임명된 목사와 장의사를 포함해서 무덤 주위에 10명 정도의 사람들이 모였다. 짧은 예식 동안 나쟈는 모두에게서 조금 떨어져 서 있었다. 호리 앤은 아이가 장난으로 어른의 상복을 입고 있는 것처럼 보였다. 그녀도 모두에게서 떨어져 그의 반대편에 서 있었다. 두 사람은 그저 시선을 나눌 뿐 말은 주고받지 않았다.

관이 땅 속으로 내려지는 도중에, 호리 앤은 비에 젖은 천사의 석상 가까이에 멈춰 있던 택시 쪽으로 걸어갔다. 택시는 꼬불꼬불한 묘지의 좁은 길을 천천히 달려 높은 철문에서 분주한 거리로 나갔다. 호리 앤은 그 동안 한번도 뒤를 돌아보지 않았다.

그날 밤 나쟈는 뭐가 자신의 마음에 걸려 있는지를 알았다. 커티스 컬트가 처형된 후 처음으로 푹 잘 수 있었다.

다음날 아침, 그는 호리 앤의 트레일러를 지키는 일부터 시작했다.

7시 30분, 노란 웨이트리스의 제복을 입은 그녀가 외출하여 택시를 타고 있었다. 나쟈는 낡은 폭스바겐으로 그곳에서 4마일 정도 떨어진 그녀의 일터인 '라이트 스티어 스테이크하우스'까지 그 택시를 미행했다. 그녀는 주위를 둘러보지도 않고 운전수에게 요금을 지불하더니, 옛날 서부의 술집과 비슷하게 만든 플라스틱 회전문으로 가게 안으로 들어갔다.

저녁 6시, 그녀는 다시 택시로 도중에 식료품 가게에 잠시 들른 다음 집으로 돌아갔다.

그 주 1주일은 매일 그것의 되풀이였다. 그녀의 트레일러로 운반된 것은 그녀가 매일 밤 가지고 돌아오는 갈색 쇼핑백 이외에는 아무것도 없었다.

기온은 화씨 95도나 되고 습도도 그것에 따라 올라갔다. 전설적인 센트 루이스의 여름의 열파였다. 폭스바겐 안에서 그 더위에 몸이 녹을 것 같으면서, 나쟈는 자신이 하고 있는 일이 가치가 있는지 어떤지 판단이 흐려졌다. 커티스 컬트는 이미 죽어 버렸고, 그리고 애당초 그는 나쟈의 의뢰인도 아무것도 아니기 때문이다. 하지만 일을 뛰어넘은 책임이라는 것이 있다. 아니, 아마 그것이 이 탐정 직업에서 제일 중요한 것일 거라고 나쟈는 생각했다.

다음 주 월요일, 호리 앤이 일하러 나간 뒤, 그는 비자 카드를 사용해서 그녀의 트레일러 문의 싸구려 자물쇠를 열고 안으로 들어갔다.

목적한 것을 찾을 때까지 한 시간 이상 걸렸다. 그것은 아주 잘 숨겨져 있었다. 화장실의 수도관을 싸고 있는 널빤지 안쪽의 둥근 상자에 넣어 숨겨져 있었다. 나쟈는 그 상자의 내용물을 보고 다시 뚜껑을 닫아 원상태로 했다. 상자 안에는 커티스 컬트의 짧은 범죄 인생에서 얻은 약 7백 달러와 나쟈가 그곳에 있기를 기대했던 것이 들어 있었다.

그는 다욱 확신을 굳히고 호리 앤의 미행과 감시를 계속했다.

컬트의 장례 후 2주일이 지났다. 그날은 호리 앤이 일이 끝난 후 곧바로 집에 돌아가지 않았다.

그녀를 태운 택시는 평소와는 반대 방향으로 워트슨 로드를 동쪽으로 향해서 달리기 시작했다. 나쟈는 뒤를 쫓았다. 그리고 사우드 센트 루이스의 샛길을 몇 개 지나서 어떤 막다른 골목길로 들어갔다. 그 막다른 골목길은 막다른 곳이 '클리포드 카센터'라는 커다란 자동차 수리공장으로 돼 있었다.

나쟈는 차를 돌려 거리로 돌아가 막다른 골목의 출구 근처에 멈췄다. 몇 분 후 그녀를 태우고 막다른 골목길로 들어간 택시가 손님을 아무도 태우지 않고 나왔다. 그 후 조금 있다가 호리 앤이 번쩍번쩍하는 붉은 포드를 운전하고 나왔다. 그 번호는 'L'로 시작되고 있었다.

나쟈가 프라시드 커브 트레일러 파크에 도착하자, 그 붉은 포드가 호리 앤의 트레일러 바로 옆에 세워져 있었다.

트레일러의 문까지 가는 도중, 나쟈는 그 포드 옆에 멈추어 서서 차 열쇠로 보닛을 문질러 보았다. 석양의 빛 속에서도 확실히 알 수 있었다. 새로운 붉은 도료 밑에는 짙은 그린이었다.

그가 문을 노크하자, 곧 대답이 있었다. 호리 앤은 그의 얼굴을 보고 미소를 지었다. 하지만 그녀의 얼굴 근육은 그녀의 생각대로는 움직이지 않았다. 갑자기 유연성을 잃은 것 같았다. 그녀는 10살은 늙어 보였다. 소녀의 모습은 없어져 있었다. 슬픔에 시달려 여윈 여자의 얼굴이었다. 못된 장난을 치는 아이가 시골의 바비 인형에 크레용으로 주름을 그린 것 같은 얼굴이었다. 눈 밑의 기미가 그녀에게서 천진함을 빼앗아 가 버렸다. 그녀는 손에 젤리 빈의 글라스를 들고 있었고, 그 안에는 투명한 액체가 들어 있었다. 그녀의 뒤에 있는 테이블에는 쭈글쭈글한 갈색의 종이 꾸러미와 반 정도 비어 있는 진 병이 놓여 있었다.

“모든 걸 알았소.”

나쟈가 말했다.

그녀는 이번에는 생각한 대로 미소를 지을 수 있었다. 당연히 굳어진 그녀의 표정에 허무하고 병적인 창백한 그림자가 떠올랐다가 사라졌지만.

“당신도 넝마 조각을 걸친 개 같군요, 나쟈씨. 어머, 깜빡했어요. 어서 들어오세요.”

그녀는 뒤로 물러섰다. 나쟈는 트레일러 안으로 들어갔다. 안은 더웠다. 에어콘이 고장났기 때문인 것 같았다.

“대단히 덥죠.”

호리 앤이 말했다. 때맞춘 말이라고 나쟈는 생각했다.

2주일 전 레인과 마주 앉았던 테이블을 사이에 두고 그는 그녀와 마주 앉았다. 그녀는 그에게 술을 권했다. 그는 그럴 기분이 아니었다. 그녀는 젤리 빈의 글라스에 들어 있는 걸 다 마시고 서투르게 병을 부딪지며 사기를 위해서 진을 따랐다. 불꽃이 튀지는 않을까 하고 생각될 정도로 건조하고 날카로운 소리가 났다.

“그런데 뭘 알았죠, 나쟈씨?”

그녀는 묻고 싶지 않았다. 하지만 물어야만 했다. 묻지 않을 수 없었다.

“여기와 ‘라이트 스티어 스테이크하우스’와는 4마일 가까이 떨어져 있어요.”

나쟈는 말했다.

“그곳 웨이트리스의 급료는 최저 임금보다 조금 나을 뿐이에요. 그러니까 매일 일하러 왔다갔다 하는 데 택시를 타려면 당신의 급료로는 상당히 영향을 줄 겁니다. 그런데도 당신은 어디엘 가든지 택시를 이용하지요.”

"내 차는 수리중이었어요."

"그럴 거라고 생각했죠. 돈과 가발을 발견했을 때──."

그녀는 진을 조금 마셨다.

"가발?"

"화장실 벽 속의 둥근 상자 안에 있었어요."

"당신, 내 집을 함부로 뒤졌군요, 나쟈씨."

그녀는 노여움이라기보다 오히려 체념의 어조로 말했다.

"당신은 마르기는 했지만, 하지만 키는 작지 않아요."

나쟈는 계속해서 말했다.

"검은 곱슬머리의 가발과 가짜 수염을 붙이면 당신은 커티스 컬트와 꼭 닮게 되지요. 당신이 차에 타고 있는 걸 힐끔 본 정도의 목격자라면 10명이라도 속일 정도로. 상당히 영리한 잔꾀예요."

호리 앤은 놀란 듯한 얼굴을 했다.

"당신은 그 술집의 사건에서 내가 도주차를 운전했다고 말하고 싶은 거예요?"

"아마도. 또 아마 요전번 남자는 당신이 고용한 남자가 아닌가요, 컬트의 동료로 꾸미기 위해서? 레인이 컬트의 동료이고, 사건이 일어났을 때 둘은 술집에서 멀리 떨어진 곳에 있었다고 나에게 믿게 하기 위해서. 가발을 발견한 뒤 나는 이곳의 주위 사람들에게 물어봤어요. 그랬더니 모두 당신은 최근까지 그린 포드 세단을 운전했다고 했어요."

호리 앤은 뻐드렁니를 따라 혀를 미끄러트렸다.

"그렇다면 커티스와 레인이 내 차를 사용해서 강도짓을 한 게 아닌가요?"

"레인은 커티스를 만난 일도 없잖아요? 그는 이번 일에는 전혀 관계가 없는 남자예요. 그는 당신에게 돈이나 마약으로 고용된 남자일 뿐이에요. 그곳에 앉는다는 조건으로. 당신이 지금 앉아서 나에게 거짓말을 하고 있는 그 장소에 앉는다는 걸로요.”

“내가 도주차를 운전했고 또 커티스가 유죄라는 걸 알고 있었다면요, 나쟈씨, 어째서 나는 사립 탐정 따위를 고용해서 목격자의 증언 중 이상한 점을 찾아 달라고 말했을까요?”

“나도 처음에는 그 점이 이상했어요.”

나쟈는 말했다.

“당신이 커티스 컬트의 무죄를 입증하는 데 별로 흥미를 가지고 있지 않다는 걸 알아차릴 때까지는요. 당신이 내심 걱정하고 있었던 건 커티스 컬트가 형무소에서 뭘 지껄이는가 하는 거였어요. 또 당신은 목격자들이 증언을 바꾸기를 바라지 않았어요. 당신은 그들이 자신들의 증언을 강하게 주장하기를 바라고 있었어요. 그리고 레인이라는 이름의 남자가 마치 있는 것처럼 경찰에 인식시키고 싶어했죠.”

호리 앤은 얼굴을 들더니 호소하는 듯한, 꿈꾸는 듯한 눈으로 똑바로 그를 보았다. 그리고 말했다.

“왜 내가 그런 걸 생각하지 않으면 안 되지요?”

“그건 당신이 죽 커티스 컬트의 동료였기 때문이에요. 당신이 그 술집을 습격했을 때, 그는 차에 타고 있었기 때문이지요. 그 가게의 노부인을 쏴 죽인 것이 당신이고, 도주차 속에서 야단스럽게 총을 쏜 게 그였기 때문이에요. 하지만 컬트는 그 일에 관해서 아무 말도 하지 않았어요. 왜냐하면 그는 당신을 사랑하고 있었으니까요. 그는 경찰에도 변호사에게도 목사에게조차 그 일을 밝히지 않았어요. 이제 그는 죽어 버렸으니까 이것으로 당신은 그를 영원히 믿을 수 있게 된 셈이죠. 그는 살아 있어도 당신에게는 계속 신용할 수 있는 남자로 남겠지만요. 당신이 그를 사랑하는 이상으로 그는 당신을 사랑했어요. 그리고 당신은 죽여서는 안 될 남자를 죽여 버렸다는 생각을 품고 이제부터 죽 살아갈 거예요.”

그녀는 글라스 안을 응시했다. 마치 그 속에서 뭔가 답을 찾는 것처럼. 그들은 오랫동안 아무 말도 하지 않았다. 나쟈는 땀이 목덜미를 흘러내리는 걸 느꼈다. 그녀가 말했다.

“나는 늙은 가게 주인을 쏘고 싶지 않았어요. 하지만 어쩔 수 없었어요. 그러자 그 여자가 나에게 다가왔어요.”

그녀는 얼굴을 들어 나쟈를 보고 약간 미소지었다. 그것은 나쟈가 처음 보는 미소였다. 별로 좋아할 수 없는 미소였다.

“도와줘요, 나쟈씨. 나는 그 여자를 쏜 일이 머리에서 떠나지 않아요.”

“당신은 그녀를 죽이고, 커티스 컬트도 죽였어요. 사실을 말하지 않아서 당신 대신 그를 죽게 했어요.”

“당신은 아무것도 증명할 수 없어요.”

호리 앤이 말했다, 늙은 눈에 즐거움과는 동떨어진 알 수 없는 미소를 띄우면서.

“네, 그래요. 나는 아무것도 할 수 없어요. 하지만 이 일은 아무것도 법적으로 증명하지 않아도 되잖아요, 호리 앤. 그래도 당신은 이런 말을 했지요—— 인간의 생각이라는 건 실제로는 뇌에 일어나는 작은 전기적 충격이라고. 커티스 컬트는 한번에 번개를 탔어요. 당신의 경우는 한번이 아니라 몇 년 동안 타는 거예요. 하지만 가서 도착하는 곳은 똑같아요. 아마 당신은 그가 가는 방법이 편안했다고 생각하게 될 거예요.”

그녀는 가만히 앉아 있었다. 대답도 하지 않았다. 하려고도 하지 않았다.

나쟈는 일어서서 손등으로 이마의 땀을 닦았다. 천정이 낮고 좁은 트레일러 안에 있으니 숨이 막히는 듯한 느낌이 들었다. 웬지 몸을 움직일 수 없게 되는 듯한 감각에서 도망치기 위해서도 그곳을 나올 필요가 있었다.

그는 호리 앤에게 작별 인사도 하지 않고 문으로 향했다. 그녀도 그에게 아무 말도 하지 않았다. 트레일러를 나올 때, 나쟈가 들은 마지막 소리는 진 병과 글라스가 부딪치는 소리였다.

핀톤군(郡)의 비 / 로버트 샘프슨

1986 Rain in Pinton County

Robert Sampson

로버트 샘프슨(미국, ?)

오하이오주 출생. 알라바마에 살고 있다. 30년 이상의 캐리어를 가진 베테랑 작가. 20여편의 단편 외에 펄프 매거진 연구서 「Glory Figures」와 「Strange Days」 등 논픽션이 7책 있다. 알라바마 시골에서 일어난 살인사건과 권력 싸움을 묘사한 본편은 〈블랙 마스크〉 시대의 크라임 노벨의 분위기를 현대적으로 살린 작품이다. 본편은 〈뉴 블랙 마스크〉에 수록.

핀톤군(郡)의 비

로버트 샘프슨

1986 Rain in Pinton County

굵은 빗방울이 적갈색 웅덩이에 떨어져서 파문을 그리고 있었다. 보안관 특별보좌관인 에드 랄스튼은 "실례." 라고 소리치면서, 비에 흠뻑 젓은 채 집을 쳐다보고 있는 농부들 사이를 헤쳐 나갔다. 그리고 도로와 집 사이에 쳐진 〈범행현장—— 출입금지〉라고 씌어 있는 노란색 비닐 테이프 아래를 통과해서 드라이브웨이를 걸어 들어갔다. 드라이브웨이에는 〈보안관 순찰차〉라고 쓰인 진흙투성이의 갈색 세단이 한 대 세워져 있었다.

에드 랄스튼 등뒤에서 누군가의 목소리가 들려왔다.

"저 사람이 그녀의 오빠야."

짙은 녹색과 흰색이 바탕색인 집은 도로에서 5피트 정도 떨어진 곳에 세워져 있었다. 도로는 완만한 곡선을 그리며 농장을 가로 질러 소나무가 검게 테두리를 이루고 있는 언덕으로 뻗어 있었다. 먼 곳에서 검은 소의 모습이 띄엄띄엄 보였으며, 바깥 공기는 차가웠다.

뒷마당에 순찰차가 한 대 더 세워져 있었다. 그 옆에는 알라바마주의 지도 무늬 위에 〈핀톤군 구급대〉라고 쓰인 각진 흰색 밴이 세워져 있었다. 나지막한 현관에서는 검은 우비를 입은 보안관 조수가 비가 지면을 두들기는 것을 바라보고 있었다.

랄스튼이 말했다.

"비가 올게 뭐람, 조니? 후레밍은 벌써 왔나?"

보안관 조수는 고개를 가로저으며 말했다.

"아직도 호출 중이야. 부르셀이 안에서 지휘하고 있어."

그는 문을 열고는 덧붙여 말했다.

"에드, 정말로 뭐라고 해야 할지 모르겠어."

"고마워."

랄스튼은 좁은 부엌을 지나, 어렴풋이 개 냄새가 나는 어둑어둑한 복도를 오른쪽으로 꺾어져 거실로 들어갔다. 거실에서는 사람들이 카메라맨이 기재를 치우는 것을 지켜보고 있었다.

랄스튼이 방으로 들어가자마자, 마치 누군가가 볼륨을 줄이기라도 한 듯이 사람들의 목소리가 작아짐과 동시에 주저하는 듯한 빛을 띠웠다. 몇 사람인가가 다가와 손을 내밀고는 낮은 목소리로 제각기 말했다.

"뭐라고 위로의 말을 해야 할지 모르겠어, 에드."

랄스튼은 베이지색 양탄자 위에 깔린 폭이 넓은 비닐 시트에서 벗어나지 않도록 조심하면서 익숙해진 방을 가로질러 갔다. 그리고 며칠 동안 절식이라도 한 듯이 보이는, 얼굴이 갸름하고 몸집이 작은 남자와 악수를 했다.

"안녕, 닉."

"진심으로 안타깝게 생각하네, 에드."

닉 부르셀이 대답했다.

랄스튼은 아무 말 없이 끄덕이고는 습기 때문에 흐려진 안경을 휴지로 닦았다. 휴지의 흰 보풀이 렌즈에 남았다. 안경을 벗은 그의 눈은 매우 가늘었으며, 가늘고 긴 얼굴치고는 눈과 눈 사이가 꽤 떨어져 있었다. 이마의 검은 머리카락이 벗겨지기 시작하고 있었다. 렌즈에 붙은 보풀 때문에 얼굴을 찡그리고는 말했다.

"우선 보는 것이 좋겠지?"

난로 옆에 쓰러져 있는 시체에는 회색 담요가 덮여 있었다. 랄스튼은 그 담요의 귀퉁이를 잡아젖혀 보았다. 온화한 여자의 얼굴이 드러났다. 여자의 머리카락은 엷은 금발이며, 얼굴은 갸름하고, 밝은 분홍색 루즈가 입 주위에 지저분하게 칠해져 있었다. 피부는 핏기가 없었으며, 눈과 볼의 화장이 마치 비닐 종이에 인쇄한 문양처럼 번들거렸다.

랄스튼은 아무 감각 없이 그 여자의 얼굴을 쳐다보았다. 담요 밑의 짙은 화장의 여자와, 그의 여동생—— 자유분방하며 밝고 독설가로서 그의 기억 속에 남아 있는 수 랄스튼과는 서로 아무런 관계도 없는 존재처럼 생각되었다.

그는 담요를 걷어젖혔다. 값 비싸 보이는 푸른색 옷은 흐트러져 있지 않았다. 귀걸이도 목걸이도 그대로였으며, 하이힐도 신은 채였다. 가슴 밑에서 모은 손의 손톱이 빛나고 있었다. 랄스튼은 천천히 입을 열었다.

"응, 틀림없어. 수야. 무슨 일이 있었지?"

닉이 대답했다.

"뒤로 넘어지면서, 그때 머리를 난로 모서리에 세게 부딪힌 것 같아. 운이 나빴다고밖에 할 수 없네. 그리고 나서 누군가가 그녀를 이리로 끌고 와서, 흐트러진 옷매무새를 바로하고 손을 모으게 한 것 같아. 현장에 있다가 깜짝 놀란 누군가가."

"동생은 그 누군가에게 잡혀서 비틀거리다가 머리를 세게 부딪힌 것인지도 몰라."

"그래."

"그렇지 않으면 우연한 사고였든지."

“그래.”

조심스럽게 창문을 두들기는 빗소리가 들려왔다. 현장검증이 시작되어 몇 명의 남자들이 일어서거나 주저앉거나 살펴보거나 하며, 회색 담요 아래의 조용한 물체의 현상황을 설명할 만한 사실의 파편을 꼼꼼하게 찾기 시작했다.

랄스튼이 말했다.

“어째서 모두들 이렇게 잘 모였지? 연락이 왔었어?”

“그래, 이름을 말하지 않은 남자 목소리로 연락이 왔었어. 오늘 아침 5시32분에. 주소와 집으로 오는 길까지 가르쳐 주었어. 이곳에 시체가 몇 개 있다는 것도.”

“몇 개? 죽은 것은 내 여동생만이 아니고?”

“현재 발견된 것은 자네 여동생뿐이네.”

부르셀은 어딘지 모르게 납득이 가지 않는 것 같았다.

“이런 일은 프레밍 담당이야. 내 일이 아니라구. 내 일은 시간을 기록하는 것뿐이야. 이봐, 프레밍은 뭣하고 있어? 그보다도 보안관은 어디 간 거야?”

랄스튼은 조심스럽게 말했다.

“보안관은 이틀간 휴가 중이야.”

그렇게 말하면서 방을 천천히 둘러보았다. 최근에 방의 장식에 돈을 들인 형적이 뚜렷했다. 그러나 그리 고상한 취미라고는 할 수 없었다. 금색실과 은색실이 들어간 푸른빛이 나는 새 천의자는 부피가 지나치게 커서 그 방에는 맞지 않았다. 소파의 꽃무늬 쿠션은 지나치게 화려했다. 유리 세공을 한 큰 전기 스탠드에는 일그러진 갓이 씌워져 있었다. 루즈를 닦아낸 휴지가 가죽 커버의 커피 테이블 위에 흩어져 있었다.

“이것 좀 봐.”

부르셀이 말했다.

그는 그렇게 말하고는 난로 옆에 있는 선반을 손으로 가리켰다. 그 선반의 맨아래 칸에 컨트리 음악의 카세트 테이프가 흐트러져 놓여 있었다. 위의 칸에는 동물 목공예품, 토기, 꽃병 등이 진열되어 있었다. 그 선반의 맨위칸의 한가운데에 미소 띠운 젊은 남자의 사진이 장식되어 있었으며, 그 사진에는 이런 말이 적혀 있었다.

〈수에게 영원한 사랑을, 토미〉

"이 남자, 알아?"

부르셀이 물었다.

"토미 리차드슨 아닌가? 군의 절반을 소유하고 있는 남자의 아들이지?"

"맞아."

"이 녀석의 조부는 금주법을 강화하기 위해 기를 쓰고 있어. 주류 밀매업자는 모두 형무소에 처넣으려고, 이번 보안관 선거에는 새 후보를 내세워 보안관 사무소를 정화시키겠다고 기세가 대단해—— 이봐, 그건 마이크가 아닌가?"

"그래, 맞아."

말 목공예품이 선반의 두번째 칸에서 떨어져 있었으며, 그 안에 검은 버튼 타입의 마이크가 엿보였다. 코드는 선반 뒷면으로 뻗어 있어 앞에서는 보이지 않았다.

랄스튼은 회고하듯이 천천히 말했다.

"수는 분별력이 없는 아이였어."

"지하실로 가 보세."

부르셀이 그에게 말했다.

1층과 비슷한 크기의 지하실에는 경사가 가파른 나무 계단이 있었다. 집의 동쪽 토대 높이에 맞추어 만들어진 창문에서 푸르스름한 빛이 들어오고 있었다. 가스 보일러 뒤의 벽 쪽에 의자와 테이블이 놓여져 있었으며, 천정에서 검은 코드가 내려와 은회색의 앰프와 카세트 레코더에 연결되어 있었다. 테이블 위에는 빈 카세트 케이스 세 개가 열려진 채 놓여 있었다. 그 케이스는 무슨 곤충 알의 투명한 붓두껑처럼 보였다.

부르셀이 말했다.

"마이크는 세 개 있었어. 위층의 어디에서든 기침 한번만 해도 녹음되도록 되어 있군."

랄스튼은 초조한 듯이 오디오 기재를 손으로 가리키며 말했다.

"뭐가 뭔지 모르겠어. 하지만 내 여동생이 한 짓은 아니야. 수는 텔리비전 하나도 혼자서는 켤 수 없을 정도니까. 이건 뭐야?"

부르셀은 손가락을 입술에 대고 안타까운 듯이 말했다.

"자네라면 설명할 수 있을 거라 생각했는데."

"아무것도 몰라. 나와 여동생은 1년에 한번 대화를 나누면 양호한 편이었으니까."

"그녀는 자네의 친여동생이잖아?"

"그래, 나의 어리석은 친여동생이지. 정말로 분별력 없는 아이였어. 하지만 이런 짓을 할 만큼 바보는 아니었어."

"하지만 이 장치를 설치한 것이 다른 누구였든간에, 이 사실을 자네 여동생이 몰랐을 리는 없잖아."

"그건 그렇지만."

랄스튼은 인정했다.

"하지만 내가 뭘 알 수 있겠나. 나는 수사관이 아니야. 나는 단지 신문기자일 뿐이야. 보안관의 말을 쉽게 풀어서 설명하는 것이 업무인."

계단을 내려오는 발소리가 났다. 우비에서 빗방울을 뚝뚝 떨어트리며 보안관 조수가 나타났다. 흥분해서 얼굴이 벌개져 있었다. 그는 숨을 헐떡거리며 말했다.

"닉 프레밍이 발견됐어."

부르셀은 초조한 듯이 말했다.

"도대체 녀석은 어디에——."

"그는 자기 차 안에 있었어. 여기서 4분의 1마일 정도 떨어진 길가에 있어. 덤불 속에 박혀 있는 것을 리튼호프가 발견했어. 프레밍은 머리에 총을 맞았어."

부르셀은 자신도 모르게 숨을 들이켰다. 원래부터 마르고 생기 없어 보이는 남자가 더욱 마르고 생기 없어 보였다.

"죽어 있었어?"

"응, 이미 사후경직이 시작되고 있었어."

"세상에!"

그렇게 말하고, 부르셀은 손가락 두 개를 입에 대고 랄스튼을 쳐다보았다.

이것으로 결론이 났다는 듯이 랄스튼이 말했다.

"보안관은 휴가를 중지할 수밖에 없겠군."

랄스튼은 푸른색 혼다로 시골 샛길을 12마일 속력으로 달렸다. 잿빛과 검은색의 무거운 하늘이 머리 위에서 소용돌이를 일으키고 있었다. 소나무숲 저편에서 불길함을 예고하는 천둥소리가 들려왔다.

랄스튼은 분노가 끓어오르는 것을 느낄 수 있었다. 발갛게 달구어진 구슬이라도 삼켜버린 것 같은 기분이었다. 그러나 그것은 수에 대한 분노가 아니었다. 수에 대한 생각은 봉해진 채 냉각되어 있었다. 이도 저도 피코트 탓이다. 피코트, 피코트, 피코트. 맥주 밀매를 하고 위스키를 밀수입하는 도박꾼. 뇌물을 쓰는 보안관의 포커 친구. 그리고 공갈

꾼. 그 밖에는? 그렇다, 수의 특별한 친구.

수는 피코트의 말이라면 무엇이든지 따랐다. 그것도 눈을 반짝이며, 무엇이든지 웃어 넘기고, 무분별하게 복종했다. 오늘 하고 싶은 일을 하면 돼, 내일은 더 즐거운 일이 기다리고 있으니까.

마지막으로 그녀의 집을 방문했을 때, 랄스튼은 피코트 일로 그녀와 말다툼을 했다.

"하지만 그는 재미있는 사람이잖아!"

그녀는 소리치듯이 말했다. 그녀의 목소리는 흥분하면 언제나 커졌다.

"그렇게 재미있는 사람은 없을 거야. 그는 항상 달라. 보통 사람은 좀처럼 이해할 수 없는 사람이야."

"그가 어떤 사람인지는 모두 알고 있어. 그 남자는 더러운 돈의 노예야. 금주법이 실시되고 있는 6개 군에서 맥주를 팔고, 2천 개 이상의 술집을 경영하고 있는 자야. 살인도 하고 있어. 일부러 돼지 우리에 기어들어가 돼지에게 키스하는 짓 따위는 하지 않는 편이 좋아. 머리가 텅빈 금발머리 아가씨에게도 그 정도의 분별력은 있겠지."

그런 그의 말로써 싸움을 끝났다. 그러나 그 다음날, 수는 그 이야기를 피코트에게 했다. 그리고 피코트는 그 다음날 랄스튼의 보안관에게 이렇게 말했다는 것이다.

"내가 거짓말장이 알 카포네라구?"

그렇게 말하고 그는 가죽 의자에 기대어 소리내어 웃었다.

"내가 그 정도로 대단한 인물인 줄은 몰랐어, 에드."

"그 정도라고는 하지 않았어."

랄스튼이 말했다.

보안관은 그 뿌연 유리 같은 눈을 순간적으로 빛냈으나 아무 말도 하지 않았다.

랄스튼이 계속해서 말했다.

"잘 들어, 피코트. 수는 아직 어린애야. 머리가 텅빈. 즐거운 것은 알아도 추잡한 것을 분간할 수 있는 능력은 아직 없어. 게다가 자기 자신을 지킬 수 있는 방법을 몰라. 내 여동생은 좀 특이한 아이야."

피코트는 웃음을 손수건으로 억누르고, 낡은 가죽 의자에 앉아 자세를 바로하고, 기쁜 듯이 미소를 띄우며 말했다.

"그녀가 좀 특이하다는 것은 나도 잘 알고 있어. 그 점이 마음에 들어 나는 그녀와 결혼하는 거잖아, 안 그래?"

혼다는 진창길에서 몇 번인가 미끄러졌다. 그때마다 랄스튼은 핸들을 꺾어 진로를 바로했다. 아직 아침 9시도 안 되었기 때문에 바깥 기온은 차가웠으며, 시골길은 그의 마음처럼 복잡하게 휘어 있었다.

고속도로에서 2마일 떨어진 곳에서부터 지면의 기복이 완만해졌으며, 켄터키의 말목장에서 가지고 온 것 같은 하얀 울타리가 보이기 시작했다. 그 울타리 쪽으로 다가가자 정교하게 만든 문에 도달했다. 랄스튼은 오른쪽으로 돌아서 그 문을 지나, 자잔한 차돌을 빽빽하게 간 드라이브웨이를 달렸다. 비에 젖어 회색빛을 내는 드라이브웨이 저편의 소나무와 목련숲 쪽에 저택이 위엄 있게, 그러나 왠지 모르게 기분 나쁜 느낌으로 서 있는 것이 보였다. 차고에는 전 세계의 돈을 모은 듯 링컨 콘티넨탈 두 대와 짙은 초록색의 BMW가 주차되어 있었다. 차에서 내리자 빗방울이 또 다시 그의 안경 렌즈에 흘러내렸다. 현관 포치에는 장식적인 철제의 흰 의자 몇 개가 놓여 있었다. 그 의자에서는 털 끝만큼의 온기도 느낄 수 없었다. 랄스튼은 차에서 포치까지 걸어갔다. 그것을 기다리고 있기라고 한 듯이 문이 열리고, 매우 엷은 푸른빛의 눈과 칼끝처럼 뾰족한 턱을 가진 마른 남자가 그를 안으로 들어오게 했

"이렇게 일찍 무슨 일이야, 에드?"

남자가 말했다.

랄스튼은 가볍게 고개를 끄덕인 후 말했다.

"보안관에게 급한 용무가 생겼어, 엘마."

"보안관은 조금 전에 잠자리에 들었어."

"그에게 이는 공무이며 급한 용무라고 말해 줘."

엘마 뒤에 서 있던 남자가 코를 씩씩거리며 이를 드러내고 바보 취급하듯이 말했다.

"공무이고 급한 용무라구?"

그 남자는 어깨 근육이 솟아오른 튼튼한 남자로, 랄스튼에 대한 증오심을 그 둥근 얼굴에 노골적으로 드러내고 있었다.

엘마가 말했다.

"말은 해 보겠지만, 보안관이 뭐라 할지 모르겠어. 어젯밤 게임이 오늘 아침까지 계속되었거든. 여기서 버디와 기다려 줘."

그렇게 말하고 엘마는 벽에 거울과 말 그림이 걸린, 천정이 높은 흰 복도 쪽으로 걸어갔다. 복도는 뒷문으로 이어져 있었으며, 중간에 폭이 넓은 계단이 있었다. 그곳에서 더 안쪽으로 들어간 곳에 한 남자가 서서 신문을 읽고 있었다. 그 남자의 존재는 피코트가 집에 있음을 나태내고 있었다.

랄스튼의 팔에 갑자기 주먹이 날아왔다. 바라보니 버디가 손목을 구부리고 주먹을 과시하고 있었다.

"2, 3 라운드 할 수 있는 시간은 있어, 챔프."

"한심하군."

랄스튼이 말했다.

버디는 자세를 낮추고 가볍게 스텝을 밟더니 한 방 더 주먹을 날렸다.

"오늘 아침은 컨디션이 좋지 않은가 보지?"

버디의 몸에서 증오심이 증기처럼 솟아오르고 있었다.

"보안관의 귀여운 챔프는 오늘 아침 컨디션이 나쁜가? 2, 3라운드 뛰고 나면 기분도 좋아질 거야. 요전엔 네가 운이 좋았던 것뿐이라구."

"너는 유리턱이야."

랄스튼이 말했다.

엘마가 계단에서 얼굴을 내밀고 손짓하며 말했다.

"올라와, 에드."

랄스튼은 버디에게는 눈길도 주지 않고 그 옆을 지나갔다. 버디는 양 손을 불끈 쥐고는 들으라는 듯이 말했다.

"너와는 언젠가 결판을 낼 거야."

2층에는 양탄자가 깔려 있었고, 어둡고 조용하며, 화려하고 시가 냄새기 났다. 엘마는 조각 장식의 문을 가리키며 말했다.

"여기야."

그는 다시 아래층으로 내려갔다.

랄스튼은 그 문을 밀어서 열었다. 핀톤군의 보안관 톰 후퍼는 지금 막 일어난 침대 위에 걸터앉아 있었다. 털이 많은 가슴에 달라붙은 듯이 보이는 흰 면내의에 화려한 녹색과 노란색의 팬티를 입고 있었다. 술이 덜 깬 누르스름한 얼굴을 하고 있었다. 하지만 몸집은 언뜻 보기에도 떡 벌어진 것이 늠름해 보였다. 지난 4번의 걸친 선거에서 8만표를 얻은 솜씨를 나타내듯이 콧날이 예리한 매부리코가 인상적인 남자였다.

그가 말했다.

"할 말이 있으면 천천히 이야기해 줘, 에드. 나는 아직 술이 덜 깼어.”

문을 살며시 닫으며 랄스튼이 말했다.

“어젯밤 프레밍이 총에 맞아 죽었어. 그의 차에서. 길바닥에서. 그의 총으로 오른쪽 관자놀이에서 2, 3인치 정도 떨어진 곳을 맞았어. 권총은 차 안에 남아 있었지만, 지문은 닦여 있었어. 조사해 본 결과 그는 근무 중은 아니었어. 역시 자네가 나서야 될 것 같아. 일단 부르셀이 지휘하고 있긴 하지만, 그에겐 너무 부담스러운 일이야.”

“프레밍이 총에 맞았다구?”

미소가 늙은 보안관의 입가에 번졌다.

“그 기름지고 별볼일 없는 녀석이 죽었다구? 그런 녀석이 죽었다고 내가 일부러 침대에서 기어나갈 건 없어. 부르셀에게 맡겨 두면 돼.”

“프레밍은 당신의 제 1보안관 조수였잖아.”

랄스튼은 딱딱한 어조로 말했다.

“당신이 얼굴을 내밀지 않으면 안 돼. 매스컴이 매뚜기떼처럼 모여들 테니까. 당신은 텔레비전에도 출연해야 돼——텔레비전을 통해서 범인을 향해 보복을 맹세한다구. 무엇보다도 곧 선거가 있을 테니까.”

“그런 게 있었지.”

보안관은 두 눈을 손으로 누르며 몸을 한번 부르르 떨었다.

“그런데 거의 잠을 못 잤어. 어젯밤 내내 했거든.”

랄스튼은 억양이 없는 목소리로 말했다.

“피코트 집에서 하는 한 당신은 절대로 지지 않게 되어 있지.”

“그래, 그래서 나는 피코트 집에서밖에 포커를 치지 않지.”

보안관은 천천히 조심스럽게 일어섰다.

“머리가 욱신욱신거려. 하지만 이것으로 핀톤군 보안관 선거의 후보자가 한 사람 줄어들었구만. 로이드 프레밍도 불쌍한 남자야, 그렇지?"

그렇게 말하고 그는 천천히 목욕탕으로 가더니 머리에 물을 끼언고
는 수도꼭지에 입을 대고 물을 마셨다. 그 동안 랄스튼은 굳어진 얼굴
로 방안을 어슬렁거리며 보물 찾기라도 하듯이 전화기, 조명기구, 그림
을 손가락으로 살펴보았다.

보안관은 수건으로 머리를 닦으며 목욕탕에서 나오더니 말했다.

"나는 이래도 서두르고 있는 거야, 에드. 엉덩이 불붙은 망둥이처럼
날뛰지 말라구."

랄스튼이 말했다.

"좀더 할 말이 있지만 나중에 하지. 이곳엔 도청 장치가 너무 많아."

"나도 하나 발견했는데."

나이 든 보안관은 기쁜 듯이 말했다.

"그러면 직어도 두 개는 더 남이 있겠군."

그렇게 말하고 랄스튼은 구부리고 앉아, 서랍장 밑의 빈 틈에 손을
넣어 잡아딩겼다. 그 손에는 코드가 달린 버튼 타입의 마이크가 쥐어져
있었다. 그것은 수의 집 거실 선반에 숨겨져 있던 것과 같은 모양의 것
이었다.

"하지만 어쩌면 이것은 전화기의 도청을 속이기 위한 것인지도 몰
라."

후퍼 보안관은 한숨을 쉬며 말했다.

"나 같은 늙은이에게는 몸을 구부리고 모든 구멍을 하나도 빠짐없이
찾아내는 것은 무리야. 그러나 이것으로 자네도 피코트를 좋아하게
되었지? 어쨌든 그는 아무도 믿지 않아."

두 사람은 1층으로 내려갔다. 보안관이 말했다.

"피코트에게 인사 한 마디 하고 가자. 여러 가지로 대접해 준 주인에

게 아무 말도 없이 가버리는 것은 실례니까."

랄스튼도 보안관을 따라 복도 끝까지 갔다. 햄을 반쪽으로 자른 것 같은 얼굴의 무뚝뚝한, 망을 보던 젊은 남자가 멸시하듯이 두 사람을 응시했다. 보안관이 말했다.

"피코트는 일어났는가?"

"아, 물론이지. 피코트씨는 거의 주무시지 않아."

그렇게 말하고 젊은 남자는 노크한 후 문을 열고 말했다.

"피코트씨, 보안관이 와 있습니다."

명랑하고 큰 목소리가 되돌아왔다.

"어서 들어오시라고 해."

천정에는 주석을 입힌, 밝고 폭이 좁고 긴 방이었다. 벽은 서류 캐비 넷과 책장이 빽빽이 들어서 있었다. 책장에는 서적과 비슷한 분량의 잡지나 신문이 난잡하게 놓여 있었다. 페칸의 열매 같은 색깔의 양탄자를 깔은 안쪽에 고가구 테이블 하나와 등받이가 꼿꼿한 의자 몇 개가 놓여 있었다. 피코트는 그 테이블 저편에 낡은 가죽 의자에 앉아 있었다.

두 사람이 방으로 들어가자, 튀어오르듯이 그 의자에서 일어나 만면 에 미소를 띄우고 진심으로 환영한다는 듯한 몸짓으로 두 사람을 맞이 했다. 그는 밋밋한 얼굴에 곱슬거리는 검은 머리, 햇빛에 잘 그을린, 두뇌 회전이 빨라 보이는 남자였다.

"낮까지는 일어나지 못할 거라고 생각했어, 톰."

그가 미소지으며 말했다.

"자네도 질기군."

그렇게 말하면서 보안관의 어깨를 몇 번이나 가볍게 두들기고는 랄 스튼의 팔을 다정하게 잡았다.

"때마침 잘 와 주었네. 잠깐 이 사진 좀 보게. 상당히 잘 나왔지?"

그는 손을 뻗어 크게 뽑은 칼라 사진을 가리키며 보여주었다. 수 랄스튼이 그 사진 속에서 웃고 있었다. 피코트에 기대어 팔짱을 끼고 머리를 기대고 있었다. 두 사람 모두 매우 행복해 보이는 얼굴이었다.

"좋은 사진이군."

랄스튼은 딱딱한 어조로 말했다. 그렇게 말하고 그는 구토증을 느꼈다.

피코트는 과장되게 웃고는 말했다.

"우리들의 약혼 사진이야, 에드. 그렇게 못마땅한 얼굴을 하지 마."

그는 랄스튼의 어깨에 팔을 둘렀다.

"걱정하지 말라구. 좋은 남편이 될 테니까. 자네도 점차 나를 좋아하게 될 거야."

랄스튼은 피코트가 어깨에 두른 팔 때문에 몸이 굳어져 말을 삼켰다.

"피코트……."

"말하지 않아도 돼. 자네 심정은 잘 알고 있으니까, 에드."

피코트는 나징하게 랄스튼의 어깨를 토닥거렸다.

"일이 이렇게 되다니. 알 카포네의 축소판을 의리의 동생으로 맞이하고 싶은 사람은 없을 테니 말이야."

그렇게 말하고 그는 입을 벌리고 고개를 뒤로 젖히고는 또 다시 큰 소리로 웃었다.

"하지만 우리들 같은 술 암거래꾼들도 연애도 하며 결혼도 하는 거야, 에드. 그런 것이 법에 걸리지는 않겠지?"

랄스튼은 막혀 버린 인후에서 쥐어짜내듯이 말했다.

"우선 축하한다고는 말해 두지."

사실은 그렇게 말하기 전에 수에 대해서 그에게 털어놓았어야 했는데, 그에게는 도저히 말을 할 수 없었다. 그는 그저 아무 말 없이 피코트와 보안관에게 결혼에 얽힌 판에 박은 듯한 농담을 서로 주고 받는 것을 듣고 있었다. 자기 입으로는 도저히 수에 대한 일을 알릴 수가 없었다.

피코트가 뭔가 흉계를 꾸며 그 때문에 수는 죽은 것이다, 라고 랄스튼은 생각하고 있었다. 그것이 어떤 계략이었는지는 알 수 없다. 그러나 장치한 덫에 누가 걸리건간에 그것은 장치한 자의 책임이다.

"프레밍이 죽었다구?"

피코트가 말했다.

"정말이야? 그렇다면 리차드슨은 이번 보안관 선거 때 누구를 추대할까?"

보안관은 피코트와 한바탕 웃은 후 문으로 향했다.

랄스튼은 수의 죽음을 두 사람에게 말하지 않고 있는 것이 점점 고통스럽게 느껴졌다. 그래서 그는 문앞에서 갑자기 멈춰서서 말했다.

"피코트——."

하지만 또다시 인후가 막힌 것 같았다. 그는 대신 이렇게 물었다.

"피코트—— 수의 집 지하실에 있는 그 훌륭한 녹음 장치는 도대체 뭔가?"

순간적으로 피코트의 얼굴이 굳어졌다. 그러나 이내 표정을 누그러트리고는 양 손을 벌리고 크게 웃으며 말했다.

"상당히 훌륭한 것이지. 그 집에서 약혼한 것을 친구 몇 사람에게 이야기한 후 나만 밖에 나가고, 친구들이 합세해서 나를 조심하라고 수에게 주의를 주도록 만들었지. 그리고 그 후 그것을 녹음한 테이프를 모두에게 들려주었지. 재미있었어. 그 이후 모두들 나를 상대도 하지 않게 되었지만 말이야. 그러나 그 테이프는 꽤 들을 만한 것이었어. 친구들이 모두 다 한결같이 내 악담을 했으니 말이야."

실로 즐거운 듯 그 큰 얼굴에 주름이 지고, 그는 또다시 화덕불과 같은 웃음소리를 냈다.

“정말로 재미있었어.”

랄스튼은 피코트 집의 뒷마당에 세워 두었던 보안관 차에 올라탔다. 굵은 빗방울이 보닛과 앞유리를 두들기고 있었다.

랄스튼이 말했다.

“그들과 토미 리차드슨의 관계는?”

“에드, 자네는 그런 것은 아무것도 모르는 편이 좋아.”

“아니, 알아야 할 이유가 있어. 중요한 일이야.”

두 사람의 눈이 마주쳐서 서로 바라보았다. 랄스튼은 되풀이해서 말했다.

“매우 중요한 일이야.”

보안관은 어깨를 으쓱하며 말했다.

“뭐 별 대단한 것은 아니지만, 놈들은 토미의 약점을 쥐고 있어. 이른바 사업상의 보험으로써 말이야.”

“보험?”

“그래, 즉 여기에 한 사람, 맥주 밀매업자 같은 놈을 상대로 도박을 하고 있는 귀여운 녀석이 있다는 것이지. 이봐 에드, 사람이란 때로는 도박도 하고 술도 마시고 하는 거야. 적어도 이 핀톤군에서는 그래. 예부터 말이야. 그런 녀석들이 변하기를 바래서는 안 돼. 크게 해가 되는 것도 없으니까. 어지간히 나쁜 짓을 하지 않는 한은. 나쁜 짓을 하는 놈은 단속하지 않으면 안 돼. 그러나 나쁜 짓이란 여간해서는 분간이 가지 않는 것이지. 그런데 리차드슨의 조부는 일벌백계 같은 짓을 하려 한 거야. 그래서 놈들은 리차드슨의 조부의 입을 다 물게 하는 방법을 강구한 것이지. 나도 자세하게는 모르지만, 대충 그런 내용이야.”

“그게 전부인가?”

"그래, 이게 전부야."

"정말로 그게 전부지?"

그런 말을 남기고 랄스튼은 차에서 내려 빗속으로 나갔다. 그리고 웅크리고는 잠시 동안 멍하니 허공을 바라보았다. 빗방울이 안경 렌즈에 떨어져 촛점이 흐려지며 세상이 일그러져 보였다. 잠시 동안 가만히 서 있다가 그는 차를 돌아 운전석의 창문을 두드렸다. 비가 그의 머리카락을 적시고 이마를 따라 흘러 내려와 턱끝에서 떨어졌다.

운전석 창문이 열렸다.

랄스튼이 말했다.

"보안관, 수가 죽었어. 자기 집에서 넘어지면서 머리를 부딪혔어. 피코트에게는 도저히 말을 할 수 없었어."

그렇게 말하고 그는 현관 앞으로 걸어갔다. 시멘트 바닥 위에서 빗방울이 은색으로 빛나며 춤추고 있었다.

그의 등뒤에서 차문이 닫히고 집 쪽으로 뛰어가는 보안관의 발자국 소리가 들려왔다.

랄스튼은 혼다를 몰아 핀트빌로 향했다. 아마도 10분 내지 15분 정도 그가 먼저 도착할 것이다. 피코트가 꾸물거리면 더욱더. 젖은 뱀의 등과 같은 빛을 발하며 도로가 전방에서 후방으로 흐르는 듯이 보였다. 결국 놈들도 토미 리차드슨에게 물어야 할 질문이 생각날 것이다.

어젯밤 토미가 수와 함께 있었는지 어떤지?

그는 자신이 놓여 있는 상황을 알고 있는지 어떤지?

수가 진하게 화장을 하고 있었던 것은 리차드슨의 아들을 속여 두 사람만의 비밀에서부터 시작하여 모든 것을 카세트 테이프에 녹음하기 위한 것이었는지 어떤지?

그러나 프레밍은 어느 부분에서 어떤 식으로 관여하고 있는지? 프레밍의 존재가 랄스튼에게는 또 한 가지 이해할 수 없는 것이었다.

비에 빛나는 아스팔트 위에서 타이어가 미끄러져 혼다의 뒷부분이 흔들렸다. 랄스튼은 핸들을 꺾어 방향을 바로잡고, 손에 힘을 주며 액셀을 힘껏 밟았다.

먼저 토미 리차드슨과 이야기해야 한다. 피코트보다 먼저.

혼다는 빗속을 질주했다.

"제가 토미 리차드슨입니다."

젊은이는 낮은 목소리로 말했다. 초췌해서 보기에도 힘이 없어 보였다. 고개를 숙이고 어깨를 늘어뜨려 뭔가를 두려워하고 있는 듯 몸을 움츠리고 있었다.

"나는 수 랄스튼의 오빠인 에드일세. 보안관 사무소의 일로 왔네. 자네와 좀 이야기를 하고 싶은데."

"네, 알고 있습니다."

젊은이는 두 사람을 가로막고 있는 망사문을 열고 녹초가 된 얼굴을 내밀었다. 면도도 하지 않았으며 머리도 빗지 않고 세수조차도 하지 않았다. 땀과 담배 냄새가 섞인 악취를 풍기며, 얼굴은 절망 때문에 일그러져 있고, 눈은 유약을 바른 듯이 얼이 빠져 있었다.

랄스튼의 어깨 너머로 그는 현관으로 불어닥치는 비를 바라보았다. 그때 때마침 번개가 번쩍여 아스팔트 현관의 파스텔 색상이 한순간 표백된 듯한 색으로 변했다. 그와 함께 천둥이 쳤다.

"안으로 들어오세요. 그곳에 계시면 비에 푹 젖습니다."

토미는 말했다.

랄스튼은 거실로 들어갔다. 비에 젖은 바지가 다리에 엉겨붙었다. 그는 조심스럽게 조금 몸을 숙였다.

크림색 벽 쪽에 오디오 세트, LP 레코드, 페이퍼백 등이 반듯하게 놓여 있었다. 카드 테이블 위에 놓인 전기 스탠드가 타이프라이터를 비추고 있었다. 테이블 위에는 몇 번씩이나 되풀이하여 타이프한 종이가 흩어져 있었다.

"어젯밤은 못 잤어요."

토미는 말하면서 손으로 타이프라이터를 가리켰다.

"나 자신이 믿어지지 않을 정도로—— 어리석은 것에 대한 글을 썼었거든요."

그렇게 말하고는 뒤돌아서 타이핑한 종이를 집으려 했다. 그때 그의 귀 뒤에 선명하게 분홍색 루즈 자국이 묻어 있는 것이 랄스튼에게도 보였다.

랄스튼은 방 그 자체가 몸부림치고 벽이 삐걱거린 것 같은 착각에 사로잡혔다.

"랄스튼씨!"

토미가 불안한 듯이 타이핑된 종이를 내밀고 있는 것을 알아차리고, 랄스튼은 제정신으로 돌아왔다.

"이것을 읽으면 모든 것을 알 수 있으리라 생각됩니다."

토미가 말했다.

"우선 앉지 않겠어?"

랄스튼이 말했다.

"네, 그렇군요."

토미는 침대 겸용 소파에 털썩 주저앉더니, 제단에 받혀진 희생물처럼 다리를 쭉 뻗고 머리를 뒤로 젖히고 눈을 감고 손바닥을 위로 하여 양 손을 뻗었다. 그런 그의 뒷벽에는 대학팀 문장 위에 펜싱의 프뢰레 두 개가 교차되어 걸려 있었다.

토미는 억양이 없는 말투로 이어 말했다.

"저는 진짜 심각한 것이란 좀더 형태가 갖추어진 것이라고 생각하고 있었습니다. 즉 개인의 비극에는 존엄한 형식이 구비되어 있을 거라고 말입니다. 하지만 사실은 그렇지 않군요. 개인의 비극 같은 것은 아주 사소한 것에서 일어나는군요 —— 어리석은 잘못이라든지 그릇된 판단 같은 것에서 일어나는군요. 실로 가벼운 것이죠. 모든 것이 우연에 지나지 않습니다.”

토미의 그 말은 마치 취침 전 기도의 한 구절 같았다.

랄스튼은 앉은 자세를 바로하고 타이핑된 것을 읽었다.

고백서

저는 살인자입니다.

어젯밤 저는 매우 소중한 사람을 두 사람 죽였습니다.

그중 한 사람은 제가 사랑했던 —— 깊이 사랑했던 여성입니다. 또 한 사람은 서의 친구입니다. 정말로 우발적인 사고였습니다. 그러나 지금 와서 생각해 보면 그것은 피할 수 없는 사고이기도 했습니다. 제가 두 사람을 죽여비린 것은 불가피한 사고였던 것입니다. 물론 그것을 변명하여 발뺌할 생각은 없습니다.

그 단락의 남은 부분은 선을 그어 삭제되어 있었다. 여기저기에 수정한 부분이 있는 고백서로, 전부 합해서 4장이었다. 그리고 끝에 서명되어 있었다.

랄스튼은 펜을 꺼내고, 고백서를 토미 무릎 위에 놓았다.

“평소 때의 사인이면 되니까 한장 한장 비스듬하게 서명하게.”

그렇게 말하고는 토미가 서명하는 것을 가만히 지켜보았다. 그리고 서명이 끝난 고백서를 받아서 접은 후 가슴 부분에 달린 주머니에 넣고는 말했다.

“도대체 무슨 일이 있었는지 자세하게 이야기해 주게.”

"저는 그녀를 사랑했습니다. 저희들은 곧 결혼할 생각이었습니다. 솔직하게 말해서 처음에는 저도 그녀를 피코트의 부하라고 생각했습니다. 하지만 아니었습니다. 그녀는 감수성이 풍부하고 따스한 마음을 가진 사람이었습니다. 당신은 그녀의 오빠니까 그런 건 이미 알고 계시죠. 그녀는 피코트를 몰랐던 것입니다. 그 남자가 어떤 짓을 하고 있는지. 우리들은 둘 다 사랑에 빠졌습니다. 그래서 제가 대학을 졸업하면 당장 약혼할 작정이었습니다."

"자네는 어째서 피코트 같은 놈과 관계를 갖게 되었나?"

랄스튼은 다리도 상체도 가늘게 떨고 있었다. 그러나 그 떨림은 목소리에는 나타나지 않았다.

"프레밍이 소개시켜 준 것입니다. 프레밍은 저의 아버지가 '법과 질서를 위한 시민위원회'를 저희 집에서 개최했을 때 찾아와서 말했습니다. 보안관과 술 밀매업자가 한통속인 것은 분명하지만, 그것을 뒷받침할 확고한 증거를 입수하고 싶다고 말입니다. 그리고 내가 미끼가 되어 피코트의 사업에 관여하고 있는 척하여, 일부러 피코트가 저를 공갈협박하게끔 만드는 것이 어떻겠냐고 제안한 것입니다. 그렇습니다, 그는 피코트의 사업이라고 했습니다. 저의 부친은 처음에는 그 계획에 반대했습니다만, 결국에는 피코트가 저를 공갈협박하게 만드는 것에 마지못해 동의했던 것입니다."

"그렇다면 자네와 수를 만나게 한 것도 프레밍이었나?"

"그녀는 그의 집에서 만났습니다. 그녀와 피코트가 아는 사이라는 것으로 말입니다. 그 후 몇 번인가 그녀의 집에 갔습니다. 그녀의 집에서 피코트와 만난 적도 2, 3번 있었습니다. 그는 전혀 범죄자로는 보이지 않았지만, 의미 없이 지나치게 웃는 통에 그다지 신용할 수 있는 남자라고는 생각되지 않았습니다."

"어젯저녁은 어째서 프레밍도 함께 있었지?"

랄스튼은 그렇게 말하고는 시계를 보았다. 좀 서둘러야 했다.

"저는 그에게 수를 사랑하게 된 것을 털어놓았습니다. 저와 그녀는 곧 약혼할 계획이라는 것도 말입니다. 그러나 프레밍은 내 말을 믿으려 하지 않고, 만약 내 말이 정말이라면 수는 우리들 편이 되어 줄 거라고 말했습니다. 그래서 어젯저녁은 내 말이 거짓말이 아니라는 것을 증명하기 위해 모인 것입니다. 일단 프레밍은 밖에서 기다리고 있기로 했었습니다. 그의 차가 있는 곳으로 간 것은 그 후에입니다. 그 후란 사고가 있은 후라는 뜻입니다. 마치 싸구려 영화에서나 그러듯이 지평선 근처에서 번갯불이 번쩍였습니다. 나는 그에게 내가 한 이야기는 전부 녹음되어 있었다고 말했습니다. 그러자 그는 웃으며 그런 건 처음부터 알고 있었다고 했습니다. 저는 그에게 총을 보여 달라고 부탁했습니다. 수에 대한 일은 말하지 않고 말입니다. 그리고 총을 쐈습니다. 총구가 번쩍해서 저는 벼락에라도 맞은 듯한 착각에 빠졌습니다. 하지만 바로 피와 소변이 뒤섞인 냄새가 코를 찔렀습니다. 저는 총에 묻은 지문을 닦아냈습니다. 그러한 사실은 모두 썼습니다. 읽으시면 알 수 있습니다."

랄스튼은 온화한 목소리로 말했다.

"도대체 이해할 수 없군. 자네는 어째서 프레밍을 쐈나?"

"내가 수를 죽인 것을 그가 당장 알게 될 거라고 생각했기 때문입니다. 그는 수를 피코트의 부하라고 생각하고 있었으니까요."

토미는 세차게 머리를 흔든 후 소파에 자세를 고쳐 앉았다.

"아니, 사실은 그가 나를 동정할 거라고 생각했기 때문입니다. 그런 건 도저히 참을 수 없습니다. 너무나도 한심스런 살인 동기죠. 정말로 한심하죠. 하지만 수는 저에게 카세트를 피코트에게 건네줄 생각은 없었다고 말했습니다, 정말로. 그녀는 저를 사랑하고 있었습니다. 저희들은 이미 약혼을 한 것이나 마찬가지였습니다. 그러니까 만약 그녀가 살아 있었더라면, 당신과 저는 한 가족이 되었겠죠.”

그렇게 말하고 토미는 머리를 들었다.

“랄스튼씨, 당신도 뇌물을 받곤 합니까?”

“항상 그런 것은 아니지만.”

잠시 사이를 둔 후 랄스튼은 그렇게 말했다. 그리고 손목시계를 보았다. 시간이 얼마 없었다.

“함께 경찰서에 가서 정식 진술서를 써줘야겠어.”

“이미 고백서에 다 썼습니다.”

“그래도 정식 진술서가 필요해.”

“알겠습니다.”

토미는 마치 몽유병자처럼 천천히 일어서서 방을 둘러보면서 말했다.

“지금의 상황은 현실이죠? 언젠가는 꿈에서 깨어날 거라고 생각하고 있었는데, 지금 상황은 꿈이죠.”

“서두르는 편이 좋아. 자네가 어젯밤 수와 함께였었다는 것은 피코트도 알고 있어. 수가—— 사고를 당했다는 것도. 틀림없이 그는 사건에 대해 자네에게 이것저것 묻고 싶어할 걸세.”

“사건이라 해도 제가 그녀를 떠밀자 그녀가 쓰러진 것입니다. 단지 그것뿐입니다.”

“그러나 피코트는 그 사실을 몰라.”

“정말로 한순간이었습니다. 떠밀었더니 쓰러진 것입니다. 정말로 그뿐이었습니다.”

“어쨌든 서둘러 가세.”

랄스튼은 토미가 침실로 들어가 코트를 집어들고 옷장 서랍 속에서 지갑과 돈과 열쇠를 꺼내는 것을 지켜보았다.

그리고 “그것은 안 돼”라고 말하며 토미 손에서 포켓 나이프를 빼앗왔다.

"아버지에게서 받은 것입니다."

"나중에 돌려줄게. 그보다도 카세트를 주게."

"좋습니다."

두 사람은 아파트를 나섰다. 바람과 함께 세차게 내리는 비가 두 사람의 얼굴을 때렸다. 주차장으로 들어가자 검은 세단이 두 사람 앞에 서 있었다. 곤충이 날개를 펴듯이 문이 열리고, 버디와 엘마가 차에서 내렸다.

랄스튼은 토미에게 속삭였다.

"어젯밤 자네는 수 집에서 일찍 돌아왔어. 자네가 있었을 때는 아무 일도 없었어."

"그렇게 말하면 거짓말이 됩니다."

토미가 말했나.

두 사람의 남자는 지면에 고인 빗물을 튀기면서 그들 쪽으로 다가왔다. 버디는 입을 빌리고 있었다. 비 때문에 몸을 구부리고 주머니에 손을 넣은 채 랄스튼 앞에 멈춰서서 말했다.

"어디 가는 길이야, 챔프?"

엘마가 말했다.

"여어, 토미, 자네와는 수의 집에서 한번 만났지? 이것은 피코트씨의 부탁인데, 지금부터 잠깐 피코트씨 댁까지 와 주지 않겠나?"

토미는 진지하게 끄덕이고는 말했다.

"바라던 바야. 나도 그에게는 하고 싶은 말이 많으니까."

엘마는 호의적인 시선을 랄스튼에게 보냈다.

"잠깐 토미를 빌리겠어, 에드."

랄스튼은 버디의 무거워 보이는 주머니를 쳐다보았다.

"나도 잠깐 그곳에 가려던 참이었어. 토미와 함께 데려가 줘."

랄스튼과 토미는 뒷자석에 앉았다. 차는 빗속을 질주했다. 운전은 엘마가 하고 있었으며, 버디는 조수석에 뒤돌아보고 앉아 두 사람을 계속 바라보고 있었다.

토미는 갈색 가죽 의자에 깊숙이 눌러 앉아 눈을 감고 있었다. 차 속의 희미한 불빛 속에서 수염이 마구 자란 그의 얼굴은 연약해 보였다. 마음 속으로 뭔가 속삭이고 있는지 그의 입술이 경련을 일으키듯이 때때로 움직였다.

15분 정도 달렸을 때 토미가 말했다.

"랄스튼씨?"

"왜?"

"잘은 설명할 수 없습니다만, 왠지 높은 곳을 걷고 있었는데 갑자기 발 디딜 곳에 사라져 버린 듯한 느낌이 듭니다. 나는 밑으로 떨어져 가는데 아직은 허공에 떠 있는 듯한 이상한 느낌입니다. 아직은 떨어지지 않았지만, 떨어지는 것이 확실한 것 같은. 잘은 표현할 수 없습니다만, 이것이 죄의식이라는 겁니까?"

"자네는 수면 부족일 뿐이야."

"아니에요. 이런 것이 죄의식이라는 것 같아요."

"좀 자는 게 좋겠어. 마음을 가라앉히고 조금 자는 것이 좋겠어."

버디가 옆에서 끼어들었다.

"쓸데없는 소리 하지 마, 랄스튼. 녀석이 말하도록 내버려 두라구. 이봐, 자네는 무슨 짓을 했지?"

토미가 힘없이 고개를 저었다.

랄스튼은 주머니에서 손을 빼더니 엄한 말투로 말했다.

"토미, 아무 소리도 하지 마."

"입 닥쳐, 랄스튼."

버디가 말했다.

"누가 할 소리."

랄스튼이 되받았다.

좌석 등받이 너머로 손이 뻗어 그 손에 쥐어진 리벌버가 랄스튼의 머리를 강타했다. 랄스튼은 신음소리를 내며 도전하듯이 버디를 매섭게 노려보았다. 그러자 두번 더 구타당했다.

랄스튼은 토미 무릎 위로 쓰러졌다. 그러나 실신하기 직적에 몸을 일으켜 조금 전에 토미가 맡긴 나이프를 토미 손에 살며시 쥐어 주었다.

그 직후 주위의 불빛이 나선 모양을 그리기 시작하더니, 그는 맹렬한 속도로 그 소용돌이 속으로 빨려 들어갔다.

갑자기 의식이 돌아왔다. 코와 볼을 토미의 코트자락에 짓누르고 있었다. 거친 짓은 하지 말라고 엘마기 버디를 힐책하고 있었다. 겁을 먹은 토미의 목소리가 들려왔다.

"랄스튼씨, 랄스튼씨!"

그리 세게 맞은 것은 아니군, 하고 랄스튼은 판단했다. 급소를 때린 것이 아니었기 때문에 결정적인 일격이 되지는 못했던 것 같다. 안도의 숨을 내쉰 순간, 토미의 코트자락이 눈앞에서 사라졌다.

다시 의식이 돌아오자, 토미가 말하고 있었다.

"피가 흐르고 있어요, 랄스튼씨."

"내버려 둬."

랄스튼은 말하며 상체를 일으켰다.

차의 흔들거림 때문에 속이 메스꺼웠다. 머리를 움직이자 통증이 목의 정맥을 따라 느껴졌다. 랄스튼은 눈을 감고 좌석 등받이에 살며시 머리를 기대어, 고급 가죽 커버를 피로 더럽히는 엉큼한 수법으로 가슴이 후련해졌다.

문이 열리자, 랄스튼은 조심스럽게 차에서 내렸다. 비가 얼굴을 때렸다.

머리가 지끈지끈 아프고, 속은 여전히 메슥거렸다. 다리와 허리에 힘이 들어가기까지 그는 상체를 흔들거리며 문을 양 손으로 잡고 있어야 했다.

버디가 문 옆에서 히죽거리며 그를 보고 있었다.

랄스튼은 버디의 유리 같은 얼굴에 빠른 주먹을 날렸다. 그와 동시에 머리 속에서 흰 섬광이 빛나, 그는 자신도 모르게 무릎을 꿇었다. 버디는 뒤로 나자빠져 허리를 차의 측면에, 그 후 머리를 펜더에 세게 부딪혔다. 그리고는 정신을 잃고 빗속에 쓰러졌다.

랄스튼은 서둘러 버디의 주머니를 뒤져서 38구경을 꺼냈다. 총목이 호두나무로 된 좋은 권총이었다. 그가 비틀거리며 일어서자, 차 주위를 돌아 엘마가 다가왔다.

엘마는 버디를 내려다보며 말했다.

"이 녀석은 항상 3라운드 이상은 가지 못해."

"내버려 두라구."

랄스튼은 내뱉듯이 말했다.

"그럴 수는 없어."

엘마는 토미와 둘이서 버디의 팔을 어깨에 두르고 일으켜세웠다. 버디는 입냄새를 심하게 풍기며 피코트의 집 현관까지 끌려갔다. 세 사람은 버디를 의자에 내팽겨쳐 두고 피코트의 사무실까지 걸어갔다. 그때까지 꾸벅꾸벅 졸고 있던, 햄처럼 생긴 젊은 남자가 허둥거리며 의자에서 일어나 눈을 동그랗게 뜨고 세 사람을 쳐다보면서 말했다.

"피코트씨는 지금 업무 중이셔."

"알았으니까 자네는 잠이나 자고 있으라구."

랄스튼이 말하고는 문을 열었다.

피코트는 테이블 앞에 앉아 두 남자와 서류를 펼쳐 놓고 뭔가 점검을 하고 있었으나, 랄스튼에게 날카로운 시선을 한번 던지더니 소리 죽여 웃으며 말했다.

"오늘 아침은 열심히 일하는구먼, 에드."

그리고 그는 두 남자를 보고 말했다.

"30분 후에 다시 오게. 알겠나?"

두 남자는 아무 말도 하지 않았으며, 주위를 둘러보지도 않고 양 손으로 서류를 잔뜩 껴앉고 나갔다.

토미가 테이블 옆에 서서 피코트를 내려다보며 말했다.

"피코트, 어째서 수를 끌어들였죠?"

진심으로 그 질문에 대한 답을 듣고 싶어하는 자의 온화하며 침착한 말투였다.

"나에게 덫을 치는 일에 어째서 수를 끌어들였죠?"

피코트는 만면에 미소를 지으며 말했다.

"이봐, 토미, 이상한 소리 하지 마. 자네는 참 좋은 젊은이야. 수도 자네와의 관계를 마음껏 즐겼을 걸세."

그리고는 그는 매우 재미있다는 듯이 어깨를 들썩이며 웃다가 말했다.

"그러니까 너무 기분 나쁘게 생각하지 마. 남자는 항상 여자에게 속으며 살지. 하지만 그것이 남자와 여자야."

토미는 손을 주머니에 찔러 넣고는 듣기에도 애절한 목소리로 말했다.

"처음에는 나도 그녀를 원망했죠. 하지만 그것은 나의 착각이었어요. 그녀의 배후에 당신이 있다는 것을 좀더 일찌기 알아차렸어야 했어요. 그건 당연히 알았어야 하는 것인데. 하지만 그녀는 살아 있었어도 당신에게는 카세트 테이프를 건네주지 않았을 거요. 그녀는 나를 사랑하고 있었고, 게다가 그녀는 공갈질에 가담하는 그런 여자가 아니었으니까요."

피코트는 또 어깨를 들썩이며 크게 웃었다.

"토미, 토미 도련님, 자네도 역시 남자였던 거야. 속기 쉬운, 마음씨 착한 남자였던 거야."

"그녀는 나를 사랑했었어요. 우리들은 약혼할 생각이었어요."

피코트는 토미를 향해 계속해서 큰 소리로 웃었다.

"이봐, 토미, 자네는 농락당한 거야. 그렇다고 해서 그녀가 자네를 싫어했던 것은 아니야. 그녀는 자네를 좋은 청년이라고 생각하고 있었어. 하지만 이것을 봐."

피코트는 그렇게 말하고 자신과 수와의 약혼 기념 사진을 테이블 위에 던졌다.

"우리들은 다음달에 결혼하기로 되어 있었어, 토미. 자네는 한 발 늦은 걸세."

"나는 그녀를 사랑했어요."

토미는 사진을 보면서 혼잣말처럼 중얼거렸다. 지금에라도 당장 울음을 터트릴 것 같은 목소리였다.

"하지만 당신은 그녀를 사랑하지 않았어요."

그때 갑자기 문이 열리고 버디가 한발 한발 힘주며 걸어 들어왔다. 얼굴에는 핏기가 없었으나, 눈은 반짝반짝 빛나고 있었다.

"이봐, 랄스튼!"

그는 큰 소리로 불렀다. 그 손에는 은빛 권총이 빛나고 있었다.

피코트의 얼굴이 굳어지고, 금속을 긁은 것 같은 기묘한 목소리로 그는 말했다.

"버디, 내가 너를 불렀나—— ?"

"나는 그녀를 사랑했어요."

토미가 되풀이해서 중얼거렸다.

그렇게 중얼거렸는가 싶더니, 그는 펜싱 선수들의 물 흐르듯 유연한 동작으로 몸을 기울여 오른손을 뻗었다. 발에서부터 오른손까지 부드러운 곡선을 이루었으며, 나이프 끝이 피코트의 인후를 찌르기 직전에 반짝 빛났다. 토미가 어깨에 힘을 주어 매우 멋지게 피코트의 인후를 과감하게 찢었다.

피코트는 신음 소리와 함께 선혈을 내뿜었다. 놀란 표정의 피코트는 의자 위에서 뒤로 나자빠져 경련을 일으킨 듯 바닥을 발로 찼다. 의자가 큰 소리를 내며 뒤로 뒤집어졌다.

갑자기 연속적으로 몇 발의 총성이 울려퍼졌다.

토미가 테이블 위에 쓰러졌다. 서류가 흩어지고 노란색 연필 한 자루가 양탄자 위로 굴러 떨어졌다.

또다시 총성이 울렸다.

토미는 테이블 위의 물건을 흐트려 놓으면서 왼손을 뻗은 채 쓰러져 있었다. 경련을 일이키고 있었다.

버디는 그의 갈색 손 때문에 더 빛나는 권총을 쥐고 인상을 쓰며 다가오더니, 토미의 등에 총을 쐈다.

랄스튼은 그런 버디의 머리를 쏘았다. 버디는 옆으로 쓰러졌다. 손에 쥐고 있던 권총은 일단 바닥에 떨어져서는 회색빛 서류 캐비넷 있는 데까지 갔다.

랄스튼은 재빨리 방향을 바꾸더니 무릎을 꿇고 엘마에게 총을 겨누었다. 엘마는 엄청나게 큰 45구경으로 랄스튼을 겨누고 있었다.

복도에서 당황한 누군가의 비명 소리가 들려왔다.

엘마가 새파랗게 질려서 말했다.

"더 이상 서로 총질해 봤자 서로에게 아무 이득도 없어."

"그래."

"우리 둘 다 총은 집어넣는 것이 좋겠어."

"그래."

랄스튼은 이제 다리가 떨리지 않았다.

남자들이 방으로 몰려 들어왔다.

랄스튼은 크게 숨을 내쉰 후 소리쳤다.

"나는 보안관 사무소의 에드 랄스튼이다. 이것은 경찰의 일이다. 모두들 이 방에서 나가 주기 바란다."

그렇게 말하고는 그는 두려움을 억누르고 위협하듯이 남자들 쪽으로 다가가 엄한 표정으로 모두를 노려보면서 둘러보았다.

남자들의 표정에는 분노와 놀라움과 두려움이 뒤섞여 있었다. 그러나 랄스튼의 목소리가 그들을 억눌렀다. 엘마가 나가라고 남자들을 재촉했다. 남자들은 불만스러워하면서도 한 사람 한 사람 방에서 나갔다.

이윽고—— 두렵고도 긴 시간이 흐른 듯했으나—— 모두 없어졌다. 랄스튼은 총을 흔들면서 엘마에게 말했다.

"지금부터 보안관에게 전화하겠어."

"30분 정도 여유를 줘."

엘마가 말했다.

"이곳에서 나가고 싶은 녀석들도 있을 테니까. 짐 쌀 시간을 줘."

"15분, 시간을 15분 주겠어."

엘마가 끄덕이며 말했다.

"그럼 다음에 보자, 에드."

문이 닫히고, 랄스튼은 시체와 함께 방에 남았다.

몸에서 힘이 빠져나가는 것을 느낄 수 있었다. 의자 위에 무너져내리듯이 앉아, 그는 떨기 시작했다. 두통이 또다시 시작되었다. 몸의 떨림은 얼마 동안 도저히 멎지 않았다.

밖에서 시동거는 소리가 났는가 싶더니, 이어서 몇 대의 차가 도망가는 소리가 들려왔다.

랄스튼은 떨리는 다리에 힘을 주어 겨우겨우 일어서서 주머니의 휴지를 꺼내어 테이블로 다가갔다. 테이블에는 총에 맞아 생긴 구멍이 몇 개 나 있었다. 랄스튼은 토미의 지갑을 꺼내서 들어 있는 62달러 중 30달러를 꺼냈다. 다시 지갑을 되돌려 넣다가 토미의 몸을 건드려, 그대로 두었다간 테이블에서 미끄러져 내려와 총에 맞은 등이 바닥 양탄자 위에 쓰러질 것 같았다. 랄스튼은 미끄러질 염려가 없을 정도로 토미의 몸을 테이블 위로 끌어올렸다.

피코트의 지갑에는 6천 달러 가까이 들어 있었다. 랄스튼은 50달러짜리 지폐와 100달러짜리 지폐를 천천히 세어 4천 달러를 뺀 후 피 묻지 않은 주머니에 지갑을 되돌려 넣었다.

그리고는 소리내서 말했다.

"두 사람 모두 이 돈으로 수를 매장할 수 있을 거야."

그 목소리는 딱딱하고 매우 고음이었다.

"모두 죽어버렸이."

그렇게 말하고는 그는 웃기 시작했다.

그러나 그런 자신의 웃음 소리에 정신이 들어 갑자기 멈추었다. 세찬 빗줄기가 창문을 두들기고 있었다.

그는 천천히 전화기에 손을 뻗었다.

소프트 몽키 / 할란 엘리슨

1987 Soft Monkey

Harlan Elison

할란 엘리슨(미국, 1934~   )

(Ⅲ권 50페이지 참조.)

소프트 몽키

할란 엘리슨

1987 Soft Monkey

동물 행동학이 전문인 심리학자는 소프트 몽키 실험이라는 것을 알고 있다. 새끼를 잃어버린 어미 오랑우탄은 새끼 대신에 인형을 주면 마치 그것이 살아 있는 것이기라도 하듯, 자신의 새끼처럼 보살핀다——먹여 주고, 귀여워해 주고, 지켜 주고, 이 대용물에 손대려 하는 자에게 격하게 저항한다. 비디오를 보여주어도, 토기 인형을 주어도 오랑우탄을 관심을 보이지 않는다. 부드러운 원숭이가 아니면 안 되는 것이다. 그것이 오랑우탄의 삶의 보람이 된다.

51번지도 심야 12시 25분이 지나면 찬 바람이 살을 도려낼 듯 불어, 항문이 하나 더 생겨도 이상할 것이 없었다.

애니는 그날 밤 문을 닫은 카피 센터의 회전문을 잠자리로 정하고 거리를 향한 좁은 V자형 공간에 웅크리고 있었다. 문 쪽으로 가까이 가져다 둔 쇼핑 카트는 1번가 57번지의 슈퍼마켓 '푸드 엠보리엄'에서 훔쳐온 것으로, 조심스럽게 앞으로 기울여 넣어둔 짐이 움직이지 않도록, 잠자리로 짐이 쏟아지지 않도록 확인해 두었다. 카트에서 꺼낸 골판지가 6, 7장——'푸드 엠보리엄'의 큰 냅킨 상자를 부순 것 중에서

낮에 고물장수에게 팔지 않은 것으로, 그 중 2장을 꺼내 카트 앞부분을 둘러싸서 가게 사람이 입구를 봉쇄한 듯이 보이게 해 두었다. 나머지 골판지는 각각의 빈틈에 쑤셔넣어 외풍을 막고, 너덜너덜한 소파 베개 2개를 등과 엉덩이에 대고 있었다.

웅크리고 있은 지 시간이 조금 지났다. 3겹으로 겹쳐 입은 코트에 둘둘 싸여, 선원들이 쓰는 두툼한 울로 된 스타킹 모자를 귀까지 완전히, 짓눌린 코가 안 보일 정도로 푹 눌러쓰고 있자, 이 가게 앞도 그리 나쁘지 않았다. 오히려 편안할 정도였다. 세차게 부는 바람이 들어오기는 하지만, 대개는 그렇지 않았다. 작은 공간에서 몸을 웅크린 애니는 해지고 때에 찌든 인형을 꺼내 턱밑으로 껴안고 눈을 감았다.

방심할 수 없는 잠 속으로 빠져 들어갔다. 꿈을 꾸는 듯 황홀한 기분 속에서도 거리의 소리에 신경을 곤두세우고 있었다. 애니는 또다시 아기꿈을 꾸려 하고 있었다. 아란. 눈을 감고 인형을 가슴에 꼭 껴안으면서 애니는 환상의 아기를 껴안고 그 온기를 느끼고 있었다. 그 부분이 중요한 것이었다. 아란의 몸은 따스하며, 작은 갈색 손은 그녀의 볼에 대고 있고, 그 따스한 숨결은 뭐라 말할 수 없이 좋은 아기의 냄새를 가져다 준다.

'그게 바로 오늘 일인데, 아니, 좀더 전의 일이었던가?'

애니는 비몽사몽간에 몸을 흔들며 찢어진 인형 얼굴에 입맞춤했다. 이 출입구도 나쁘지 않다. 따사로운 것이 기분이 좋았다.

평상시와 다름없는 거리의 소음 속에서 잠시 기분 좋게 잔 것은 한순간으로, 갑자기 나타난 두 대의 차에 의해 잠이 깨버렸다. 두 대 모두 차체를 흔들거리며 파크 애비뉴에서 나와 메디슨 애비뉴 쪽으로 달려갔다. 분위기가 심상치 않은 것은 자고 있어도 알 수 있다. 육감이라고나 할까, 예전에 거리에서 구두와 지갑 속의 잔돈을 잃어버린 이후 이 감각은 완전히 신뢰할 수 있을 정도로 발달하였다. 말썽이 될 만한 일이 빠른 속도로 접근해 옴에 따라 잠에서 완전히 깨어났다. 애니는 코트 속으로 인형을 감추었다.

카피 센터 바로 앞에서 차체가 긴 리무진이 캐딜락 브로엄을 들이받았다. 브로엄은 보도 위에 올라앉고 가로등에 그릴을 받았다. 조수석 문이 떨어져 나가고, 앞좌석에서 한 남자가 기어나오더니 보도에 엎드려 기어서 도망가려 했다. 리무진은 브로엄 쪽으로 돌아서 보도 옆에 섰다. 바퀴의 회전이 채 끝나기도 전에 3개의 문이 열려 있었다.

폭한들은 일어서려고 하는 남자를 붙잡고 눌러서 무릎을 꿇게 했다. 네이비 블루의 고급 캐시미어 코트를 입은 사람이 코트 단추를 열고 손을 엉덩이 쪽으로 가져갔다. 다시 앞으로 가져온 손에는 리벌버가 쥐어져 있었다. 단 한 방 매끄럽게 내려친 것으로 리벌버가 무릎을 꿇은 남자의 이마를 깨서 뼈가 드러났다.

애니는 모든 것을 보고 있었다. 가슴이 두근거릴 정도로 분명하게, 회전문의 V자형 공간에서 어둠 속에 웅크리고 누워, 사태의 처음부터 끝까지를 목격했다. 다른 남자기 건어찬 발이 무릎을 꿇은 남자의 코를 짓눌러 버렸다. 뼈가 부러지는 소리가 갑자기 밤의 정적을 깼다. 3번째 남자가 긴 리무진 쪽을 돌아보자, 리무진의 검은 유리창이 미끄러져 내려가고 뒷자석에 한 손이 보였다. 창문을 여는 윙 하는 전기적인 신음. 남자는 리무진으로 다가가 내민 손에서 금속 캔을 받았다. 파크 애비뉴를 따라 사이렌 소리가 울려퍼지며 지나쳐 갔다. 동료들 쪽으로 돌아온 남자가 말했다.

"저 바보 같은 놈을 건드리지 마. 얼굴을 위로 향하게 해!"

두 남자가 사로잡힌 남자의 머리를 뒤로 젖히게 했다. 가로등의 유황색 불빛 아래서 뒤로 젖힌 얼굴이 하얗게 떠오르고, 찌그러진 코에서는 빨간 것이 펑펑 흘러나오고 있었다. 신발을 신은 두 발은 계속 보도를 두들기고 있었다. 3번째 사람이 코트 주머니에 손을 넣어 스카치의 파인트병을 꺼냈다. 뚜껑을 열고 사로잡힌 남자의 얼굴에 술을 뿌렸다.
"입을 벌려!"

캐시미어 코트를 입은 깡패가 엄지와 집게손가락을 불쌍한 남자의
턱의 경첩에 쑤셔넣어 입을 억지로 벌리게 했다. 괴로운 듯 목에서 소
리가 새어나왔고, 흘러나온 침이 번들거리고 있었다. 스카치가 남자의
가슴팍을 흘러내렸다. 세번째 남자가 파인트병을 옆에 있는 하수구에
버리자, 유리가 깨지는 소리가 났다. 그 손이 이번에는 금속 캔을 쥐고
플라스틱 뚜껑의 가운데를 엄지손가락으로 눌렀다. 매달려서 외치며
흐느껴 우는 피해자의 입에 드레이노(파이프 세정제)를 부었다. 애니
는 그 모든 것을 보고 모든 것을 들었다.

캐시미어 코트를 입은 남자는 불쌍한 남자의 입을 틀어막고는 목을
쓰다듬어 드레이노를 삼키게 했다. 단말마는 생각보다 오래 끌었다. 게
다가 매우 소란스러웠다.

남자의 입은 머리 위에서 비치고 있는 칼슘등의 빛을 받아 이상하게
도 푸르스름하게 빛나고 있었다. 토한 것이 네이비 블루의 캐시미어 코
트의 소매에 튀었다. 리무진에서 내린 멋부린 놈이 〈G Q〉지의 가르침
같은 것을 전혀 개의치 않았다면, 다음 일은 일어나지 않았을 것이다.

캐시미어 코트를 입은 남자가 욕을 하며 더러워진 소매를 닦으려고
피해자를 떨쳐냈다. 그 순간 입이 푸르스름하게 빛나고 있던 남자는 속
이 뒤틀리면서도, 두 사람의 부하를 밀쳐내고 도망가기 시작했다. 정면
에는 쇼핑 카트와 골판지로 가로막은 회전 문이 있었다.

남자는 비틀거리는 걸음거리로 돌진해 왔다. 벌린 양 팔, 번들거리
는 눈, 경주말처럼 튀어나오는 침. 이대로라면 카트 있는 데로 쓰러져
버릴 것이다. 앞으로 두 발짝이면 정면충돌이다, 라고 애니는 알아차렸
다.

그녀는 일어서서 V자의 한쪽 면으로 뒷걸음질쳤다. 그리고 캐딜락

의 눈부신 헤드라이트 불빛 속으로 들어갔다.

"검둥이가 보고 있었어!"

캐시미어 코트를 입은 남자가 말했다.

"더러운 여자 거지!"

드레이노 캔을 든 남자가 말했다.

"녀석이 아직도 꿈틀거리고 있는데!"

세번째 남자가 외치고는 코트 속으로 손을 집어넣었다. 겨드랑이 밑에서 빼낸 푸른빛의 강철제의 물건은 크기로 보아 오히려 전설 속의 거인 폴 번연의 겨드랑이 밑에 있는 편이 어울릴 것 같았다.

입에서는 거품을 내뿜고 두 손으로는 목을 쥐어뜯으면서, 브로엄의 남자는 비틀거리며 애니 쪽으로 다가왔다.

몸이 쇼핑 카트에 부딪힌 순간, 겨드랑이 밑에서 총을 꺼낸 남자가 방아쇠를 당겼다. 45마그넘의 굉음이 51번지의 일부분을 크게 진동시키고, 도망치는 남자를 큰 소리를 내며 뚫어버려 얼굴이 날아가고, 회전문으로 뼈와 피가 흩어졌다. 헤드라이트 불빛 속에서 유리가 번쩍였다.

그런데도 남자는 멈추지 않았다. 카트에 부딪히더니 퍼스트다운을 노리는 풋볼 선수처럼 일어났지만 두번째 총탄을 맞고는 산재되었다.

이번에는 총을 맞을 수 있을 정도의 고형물이 없었기 때문에, 탄환은 회전문을 뚫고, 시체가 그녀에게로 쓰러짐과 동시에 유리가 깨졌다.

애니는 깨진 유리 너머로 넘어져, 카피 센터의 바닥을 굴렀다. 그런 와중에도 애니는 제4의 목소리, 틀림없이 지금까지 들은 남자의 목소리와는 다른 남자가 리무진 속에서 고함치는 것을 듣고 있었다.

"저 할망구를 잡아! 잡아야 해, 전부 보고 있었어!"

코트를 입은 남자들이 불빛 속에서 뛰어왔다.

뎅구는 애니의 손에 뭔가 부드러운 것이 닿았다. 너덜너덜해진 인형이었다. 뭉쳐 둔 옷 속에서 떨어진 것임에 틀림없다.

'춥지, 아란?'

애니는 인형을 꺼안고 카피 센터의 어둠 속을 향해 기어갔다. 등뒤에서는 회전문 틀을 덜컥거리며 남자들이 침입해 왔다. 경보 장치가 울리고 있었다. 조금 있으면 경찰이 온다.

경찰은 애니의 짐을 모두 버릴 것이다. 애니의 머리 속에는 그 생각밖에 없었다. 녀석들은 좋은 골판지를 처분하고, 카트를 빼앗고, 손수건이라든지 배개라든지 녹색 가디건 등을 쓰레기통에 버리고 말 것이다. 또다시 맨몸으로 거리를 헤매게 될 것이다. 전에도 그랬다. 101번지와 1번가 사이의 방에서 쫓겨나고, 아란도 빼앗기고——.

총성이 울려퍼지고, 벽에 결려 있던 표창장의 유리가 깨졌다. 남자들은 사무실 안으로 침입해 온 듯 헤드라이트 불빛을 가로막는 것이 없어졌다. 애니는 인형을 손에 들고 복도를 뛰어 카피 센터 안쪽으로 뛰어갔다. 양쪽에는 문들이 있었으나 모두 잠겨 있었다. 남자들이 다가오는 소리.

오른쪽에 열려 있는 문이 있었다. 안은 어두웠다. 들어가자 이내 눈이 어둠에 익숙해졌다. 컴퓨터실로 표면이 조금 우둘두둘한 대형 컴퓨터가 3면의 벽을 차지하고 있었다. 숨을 곳이 없었다.

방을 뛰어다니며 창고든 벽장이든 무엇이든 찾았다. 그때 무엇인가에 걸려 차가운 바닥 위로 넘어졌다. 정신을 차리고 보니 얼굴 아래쪽에 빈틈이 있어, 겨우 느낄 수 있는 미풍이 나와 이마에 와 닿았다. 큰 사각 파넬을 간단하게 끼워넣은 마루였다. 벗겨낸 한 장이 제대로 끼워져 있지 않았다. 잘못 끼워서 모서리가 붕떠 있는 부분을 차서 벗겨냈다.

손을 집어넣었다. 바닥 밑부분에는 엎드려 움직을 수 있을 정도의 공간이 있었다.

애니는 금속 테두리의 플라스틱 파넬을 움직여 아래의 공간으로 들어갔다. 위를 보고 누워 파넬을 구멍 위로 끌어올려 살짝 들어서 틀에 맞게끔 올려놓았다. 바닥은 판판해졌다. 바로 조금 전까지만 해도 복도의 불빛이 새어들어오던 빈틈이 없어져 이제 깜깜해졌다. 그녀는 숨을 죽이고 언제나 출입문에서 잘 때처럼 마음을 비웠다. 보이지 않는 존재로 탈바꿈하는 것이다. 너덜너덜한 천 뭉치, 쓰레기 더미가 되어 없어져 버렸다. 남겨진 공허에 아기 인형의 온기가 있었다.

남자들이 쿵쾅거리며 복도를 뛰어다니고 문을 열어보려 했다.

'담요로 싸주었어, 아란. 따뜻하게 해야지.'

컴퓨터실에도 들어왔다.

아무도 없다는 것을 한눈에 알 수 있었다.

"여기에 있을 텐데, 제기랄!"

"우리들이 발견하지 못한 출구가 있을 거야."

"다른 방에 숨었는지도 몰라. 문을 부수고 찾아볼까?"

"바보 같은 소리 하지 마. 경보가 울리고 있잖아. 도망가야 해!"

"야단맞을 거야."

"알게 뭐야. 이만큼 찾았는데, 보스라면 무슨 다른 생각이 있을 것 같아? 엉망진창이 된 비디를 앞에 두고, 도로에 주저앉아 있어. 기분 좋을 리 없잖아."

경보와 함께 새로운 소리가 울리기 시작했다. 거리에서 클랙션을 울리고 있었다. 소리는 히스테릭하게 끝없이 계속 울렸다.

"반드시 찾아낼 거야."

이어서 발소리가 들리더니, 그것이 뛰는 발자국 소리로 바뀌었다.

애니는 조용히 멍하게 누워서 인형을 껴안고 있었다.

이곳은 따스했다. 11월은 계속 이 정도로 따스했다. 애니는 그곳에서 하룻밤을 보냈다.

다음날 아침, 뉴욕 마지막의 자동판매기 설치 식당—— 동전을 넣으면 깨끗하고 작은 유리문으로 음식물이 나오는 가게에서, 애니는 두 개의 죽음을 알았다. 회전문 앞에서 죽은 남자 말고 두 흑인 여자의 죽음이다. 뱃속이 체사픽만의 러브스타처럼 삶아져 내장의 대부분을 토하고 죽은 비디의 사건은 11월의 살을 도려내는 듯한 한풍을 막으려는 듯, 지금 애니가 읽고 있는 〈뉴욕 포스트〉의 일면을 대대적으로 장식하고 있었다. 미드 타운 길바닥에서 여자 두 명이 대구경 총기로 얼굴을 맞은 채 발견되었다고 했다. 애니는 그 두 여자 중 한 명을 알고 있었다. 이름은 수키로, 알려진 것은 마음씨 좋은, 선더버드에 미친 여자였다. 애니의 테이블에 잠깐 온 남자의 이야기를 들으면서, 애니는 피쉬케익과 홍차를 조심스럽게 먹었다.

저 사람이 누구를 찾고 있는지, 애니는 알고 있었다. 수키와 다른 또 한 사람이 집없는 이를 죽인 이유도 대충 짐작이 갔다. 리무진을 타고 있던 백인놈들에게 나이 든 흑인 여자 거지는 모두 같아 보이는 것이다. 애니는 피쉬케익을 천천히 한 입 먹고는 42번지의 혼잡한 거리를 둘러보았다.

이제부터 어떻게 할 것인가?

여자 거지 살인은 끝없이 계속되어 미드타운에서 안심하고 잘 수 있는 잠자리는 없어질 것이다. 그것은 대충 짐작이 갔다. 범죄 조직의 짓이라고 코트 속에 든 〈포스트〉에 써 있었다. 모든 사람에게 경고한다고 어떻게 되는 것이 아니다. 어디로 갈 것인가? 이 지역을 떠날 생각은 없다. 여기가 그녀가 살아갈 토지, 그녀의 영토이므로. 그들은 찾아낼 것이다.

애니는 알려준 남자에게 끄덕이고는, 남자가 커피를 따르기 위해 다리를 질질 끌면서 벽 쪽으로 가자, 서둘러 피쉬케익을 먹어치우고는 오늘 아침 컴퓨터 센터를 빠져나올 때와 마찬가지로 잽싸게 식당을 나왔다.

사람들 눈에 띄지 않도록 조심하면서 애니는 51번지로 되돌아갔다. 일대를 빙 두른 녹색 테이프에는 〈조사 현장—— 출입금지〉라고 씌어 있었다. 그러나 사람들은 많이 모여 있었다. 거리의 혼잡은 왕래하는 회사원들 외에 떠들썩한 구경꾼들 때문이기도 했다. 뉴욕에서는 사람들이 정신없이 잘 모여든다.

애니는 믿어지지 않을 정도로 운이 좋다고 생각되었다. 경찰은 목격자가 있었다는 것을 모른다. 폭한들은 출입문으로 들어오면서 길을 가로막고 있던 카트와 짐을 거리에 내동댕이쳤다. 경찰은 그것들을 쓰레기라고 보고, 차도 옆에 쌓아둔 커다란 갈색 쓰레기 봉투와 같이 취급했던 것이다. 쇼핑 카트, 편안한 소파 배개, 골판지, 스웨터—— 모두 찾았다. 어떤 것은 쓰레기통 속에, 또 어떤 것은 쓰레기 봉투 더미 속에, 또 어떤 것은 하수구에 버려져 있었다.

이는 즉, 양쪽에서 쫓길 걱정은 없어졌다는 뜻이다. 하나만으로도 벅차다.

그리고 잔돈을 벌려고 주워 모은 알류미늄 캔—— 그것도 큰 봉투에 들어 아무도 손대지 않은 채 빌딩 외벽 쪽에 있었다. 이것으로 저녁을 먹을 수 있다.

짐을 회수하려고 가게에서 나왔을 때, 네이비 블루의 캐시미어 코트를 입은 남자가 눈에 들어왔다. 같은 보도 위의 3개 점포를 사이에 두고 어떤 가게 앞에서, 바리케이드와 카피 센터와 모여든 사람들을 노려보고 있었다. 그녀를 찾고 있는 것이었다. 덜 깎은 턱수염을 매만지면서.

애니는 뒷걸음질쳤다. 뒤에서 소리가 들렸다.

"이봐, 할망구, 나가줘. 장사하는 데 방해돼."

그리고는 등을 떠다밀었다.

덜덜 떨면서 돌아보자, 남성용품가게의 주인인지 이상한 모양의 회색 핀스트라이프, 깃 모양이 자신의 귀를 꼭 닮은 우스테드를 입은 남자가 진홍색의 실크 손수건을 가슴 주머니에 꽂고, 그녀의 등을 나무 옷걸이로 떠밀고 있었다.

"비켜, 비키라니까."

남자는 손님에게 그렇게 말했다간 뺨이라도 한 대 맞을 것 같은 말투로 말했다.

애니는 아무 말도 하지 않았다. 거리에서는 그 누구와도 말하지 않는다. 침묵이 제일이다. 날카로운 휘파람 소리가 울렸다. 캐시미어 코트를 입은 남자가 그녀를 발견한 것이었다. 휘파람 소리로 51번지 어딘가에 있는 동료들에게 알리고 있는 것이다. 뛰면서 뒤돌아보자, 2중으로 주차되어 있던 다크 블루의 올즈모빌이 출발하기 시작했다. 캐시미어 코트를 입은 남자가 통행인들을 좌우로 밀어 헤치면서 5번 업타운행의 키싱톤 급행처럼 돌진해 왔다.

애니는 무의식 상태에서 당장 행동에 옮겼다. 등을 떠밀려, 뒤에서 누가 말을 건다——그것이 두려운 것은 다른 사람에게 반응해야 하기 때문이다. 그러나 거리를 걷고 있으면——재빠르게 행동할 수 있으며, 거리의 흐름에 뒤섞여 있으면 안전하다. 애니는 그렇게 하는 방법을 알고 있었다. 그렇게 해서 살아온 것이다.

본능적으로 애니는 어깨와 몸에 힘을 주었다. 너덜너덜하고 더러운 소매를 좌우로 흔들고, 불결한 오버코트를 펄럭이며 비틀거리는 발걸음으로 나아갔다. 깨끗한 쇼핑을 하러 온 사람들이나 정장을 한 회사원들이 피했다. 지저분하고 늙은 흑인 여자거지의 출현에 깜짝 놀라는 사람도 있고, 단지 옆을 보며 넣은 지 얼마 안 되는 어깨 심이 삐뚤어지지 않도록 조심하기만 하는 자도 있었다. 홍해는 기적적으로 갈라져 애니의 도주를 도왔으며, 당장에 또다시 닫혀져 캐시미어 코트를 입은 남자의 추적을 방해했다. 그러나 자동차가 쫓아왔다.

애니는 왼쪽으로 꺾어져 메디슨 애비뉴로 들어가 다운타운을 향해서 갔다. 48번지에는 건축공사 현장이 있다. 46번지에는 적당한 노지가 있다. 메디슨에서 47번지로 꺾어지면 겨우 3개째의 문으로 지하실로 들어갈 수 있다는 것도 알고 있다. 그러나 자동차가 더 빨랐다.

뒤에서 신호가 바뀌었다. 자동차는는 그냥 지나치려 했으나, 여기는 메디슨 애비뉴이다. 횡단보도는 이미 혼잡했다. 자동차가 멈춰서더니 운전석의 창문이 열리고 남자의 얼굴이 보였다. 눈이 애니를 쫓고 있었다.

그때 비가 내리기 시작했다.

콘크리트에 검은 버섯이 대량 발생한 것처럼 보도에 우산이 연달아 펼쳐졌다. 통행인들의 흐름은 더욱 빨라져, 순간적으로 애니의 모습은 사라져 버렸다. 캐시미어 코트를 입은 남자가 길가에 나타났다. 자동차에서 한쪽 팔을 내밀고 왼쪽 방향으로 흔들자, 그것을 본 남자는 코트의 깃을 세우고 군중들을 좌우로 밀어 헤치면서 메디슨가로 뛰기 시작했다.

. 보도의 움푹 패인 곳에는 벌써 웅덩이가 생겨 있었다. 남자의 옷은 순식간에 푹 젖어 버렸다.

여자가 노벨티숍(전상품 1달러10센트 이하!)의 옆골목길로 들어가는 것이 보였다. 그것은 확실했다. 오른쪽으로 돌자마자 뛰어갔다. 비와 사람과 반 블록 정도의 거리는 있었지만 분명히 보였다. 보였던 것이다!

골목길에는 아무도 없었다.

길지 않은 골목길로 사방은 벽돌벽이었다. 거대한 덴프시 쓰레기 수납기와 쓰레기통이 2타스 정도 쌓여 있을 뿐이었다. 귀퉁이에는 쓰레기 더미. 도망갈 사닥다리도, 여자거지가 뛰어오를 수 있을 것 같은 물건도 없었다. 짐을 내려보내는 입구도, 사람이 기어 들어갈 수 있는 입구도 보이지 않았으며, 그와 비슷한 것들은 모두 시멘트나 강철판으로 막혀 있었다. 지하실로 내려가는 콘크리트 계단도 없었다. 도중에 맨홀도 없었다. 손이 닿는 높이에 있는 창문, 부서진 창도 없었다. 몸을 숨길 수 있을 만한 목재도 없었다.

골목길에는 아무도 없었다.

그녀가 들어가는 것을 보았다. 분명히 이리로 들어왔으며 나갔을 리가 없다. 골목길 입구로 올 때까지 한번도 눈을 떼지 않았으므로. 어딘가에 있을 것이다. 대충 짐작은 간다. 캐시미어를 입은 남자는 38 폴리스 포지티브를 꺼냈다. 만일 이것을 버렸다 하더라도, 만약에 도망칠 수 없는 곤란한 일로 이것을 사용하게 되어 버렸다 하더라도, 만일 거기서 꼬리가 잡혀도 추적한 끝에는 뉴저지주의 티네크의 경찰이 있을 뿐이다. 3년 전 폴란드 사교 클럽의 거실에서 술에 취해 쓰러져 있던 남자에게서 훔친 것이다.

찾아내면 마음껏 귀여워해 주겠다. 더러운 늙은 원숭이. 남자는 속으로 욕지거리를 했다. 뽐내던 네이비 블루의 캐시미어 코트에서는 이미 비에 흠뻑 젖은 개에서 나는 냄새가 나고 있었다. 비는 그치기는커녕 더욱더 심해져 골목길로 불어올 정도였다. 남자는 어둠 속으로 나아가 쓰레기 더미를 걷어차고, 캔이 들어 있는지 어떤지 살펴보았다. 이 어딘가에 있을 것이다. 대충 짐작은 간다.

따스하다. 애니는 포근함에 젖어 있었다. 너덜너덜해진 인형을 껴안고 눈을 감고 있자, 마치 101번지와 1번가 귀퉁이에 있는 아파트에 있는 느낌이다. 인력자원국에서 나온 여자가 아란에 관한 일로 시비를 걸어왔던 그때 처럼……. 여자는 소프트 몽키, 소프트 몽키라고 어느 학

자가 말한 대로라고 중얼거렸으나, 애니는 도대체 무슨 말인지 전혀 알
아들을 수 없었다. 그것은 아무래도 좋았으므로, 그녀는 계속해서 아기
를 달랬다.

애니는 숨어서 꼼짝도 하지 않았다. 사방은 따사로웠다.

'기분이 좋니, 아란? 따스하지? 그럼 따스하구말구. 이렇게 조용히
하고 있으면 구청에서 나온 여자가 돌아가 줄까? 그래, 조용히 하고
있자.'

쓰레기통를 걷어차는, 귀에 거슬리는 소리.

'발견되지 않을 거야. 쉿, 아가야.'

벽에 조각조각난 나무판자를 세워둔 곳이 있다. 총을 겨누고 다가가
자, 그 뒤에 문이 있었다. 이 안이다, 하고 남자는 생각했다. 틀림없다.
대충 짐작이 갔었다. 숨을 장수는 여기밖에 없다.

재빨리 뛰어가 판자를 걷어찼고, 어두운 출입구에 총을 겨누었다.
비어 있었다. 강철문이 잠겨 있었다.

비가 얼굴을 흘러내려 이마에 머리카락이 달라붙었다. 코트에서도
신발에서도 고약한 냄새가 났다. 아, 제발 나 좀 봐줘. 남자는 뒤돌아
보았다. 있는 것은 거대한 쓰레기 수납기뿐이었다.

조심스럽게 다가가서 한 가지를 발견했다. 뚜껑이 덮여 있던 쪽 옆
면의 반 정도가 아직 말라 있었다. 조금 전까지만 해도 뚜껑은 열려 있
었던 것이다. 그것을 닫아버린 사람이 있다.

총을 주머니에 넣고, 쓰레기 더미에서 목재 두 개를 끌고 와서 위로
올라갔다. 목재 위에 올라서자 무릎이 뚜껑 높이까지 와서 쓰레기 수납
기를 들여다볼 수 있었다. 양 손을 딛고 앞으로 숙여 무거운 뚜껑 밑으
로 손을 디밀었다. 뚜껑을 열고 총을 꺼내어 들여다보았다. 쓰레기 수
납기는 거의 가득 차서, 비는 쓰레기와 음식물 찌꺼기를 더욱 지저분하

게 만들었다. 남자는 아슬아슬하게 몸을 구부려 어둠 속에서 보이는 것을 찾아보려 했다.

'그놈의 늙은 원숭이 ── .'

그때 악취가 심한 끈적끈적한 두 개의 팔이 오물 속에서 나와 네이비 블루의 캐시미어 코트의 깃을 잡고 머리서부터 금속 콘테이너 속으로 끌어들였다. 남자는 오물 속으로 떨어지고, 총이 발사되어, 열린 금속 뚜껑이 총알을 튕겨냈다. 코트는 젖고 더러워졌다.

애니는 자신의 몸 밑에서 남자가 버둥거리는 것을 느꼈다. 그러나 힘을 늦추지 않고 남자의 목과 등을 밟아 오물 바닥으로 밀어넣으려 했다. 남자가 음식 찌꺼기와 악취가 심한 물을 빨아들이고 있는 소리가 났다. 큰 덩치를 버둥거리며 애니의 발 밑에서 벗어나려 했다. 애니는 미끄러졌으나 수납기를 붙잡고 다시 똑바로 서서, 또다시 남자를 밟아서 밑으로 밀어넣었다. 양상추와 검은 물컹거리는 것을 뚝뚝 흘리면서 한쪽 손이 쓰레기 더미 속에서 나왔다. 손에는 아무것도 없었다. 권총을 바닥에 떨어트린 것이다. 버둥거림은 더욱 심해져, 남자의 발이 수납기의 금속벽을 걷어차고 있었다. 애니는 붕붕 떠서 남자의 목에 전체중을 올려놓았다. 남자는 엎드린 채 벗어나려 했지만 붙잡을 만한 것이 아무것도 없었다.

그녀의 발을 잡았으나, 멈추고 있던 숨도 거기서 끝나 커다란 거품이 수면에 생겼다. 애니는 힘껏 밟았다. 뭔가가 발밑에서 부러지는 소리가 났으나 그녀에게는 들리지 않았다.

저항은 오랫동안 계속되어, 애니는 상상도 못할 정도의 오랜 시간이 흘렀다. 비는 콘테이너에서 넘쳐 흘렀다. 발밑의 움직임은 약해져 단 한번 순간적으로 히스테릭한 움직임이 있었으나 그것을 마지막으로 조용해졌다. 그러나 애니는 벌벌 떨면서 계속 그곳에 서서 따사로웠던 기억을 되살리려 했다.

이윽고 결단을 내리고 각오가 서자, 오물투성이의 몸으로 기어나와 아란이나 앞으로의 일을 생각하면서 골목길로 나왔다. 가만히 서 있기 시작했을 때부터 발 아래의 질퍽거리는 속에는 더 이상 움직이는 것이 없었다. 애니는 뚜껑도 닫지 않았다.

주위를 살피면서 어두운 골목길을 나왔을 때는, 자동차는 사라지고 없었다. 통행인들이 길을 비켜 주었다. 악취와 뚝뚝 떨어지는 더러운 물, 겁 먹은 표정, 가슴에 껴안은 더러운 인형.

비틀거리는 발걸음으로 보도를 걷기 시작하며 어찌할 바를 몰라했으나, 이윽고 생각이 나서 돌아서 걷기 시작했다.

비는 변함없이 계속 내리고 있었다.

51번지에서 애니가 짐을 모으기 시작했을 때 그것을 저지하는 사람은 아무도 없었다. 경찰은 단순히 쓰레기 수집꾼이라고 생각했고, 구경꾼들은 피하기만 할 뿐이었으며, 카피 센터의 주인은 가게 앞이 깨끗해지는 것이 좋았다. 애니는 있는 대로 회수해서는 우선 알루미늄캔을 팔아서 갈아입을 옷을 살 돈을 만들려 했다. 그렇다고 해서 자기 자신을 더럽다고 생각한 적은 없었다. 원래는 매우 깨끗했으며, 그것은 집없는 떠돌이가 되어서도 마찬가지였다. 그러나 얼마간 칠칠맞음은 그냥 봐준다 하더라도 지금의 상태는 불쾌했다.

게다가 젖은 인형도 말리고 깨끗이 할 필요도 있었다. 2번가 가까이의 60번지에 아는 사람이 있었다. 사투리가 심한 영어를 쓰는, 야채만 먹는 백인 여성으로, 때때로 애니를 지하실에서 자게 해주었다. 부탁해 보자.

작은 소망이었으나, 공교롭게도 그 백인 여성은 집에 없었다. 그날 밤 애니는 옛날에 S. 클라인 백화점이 있던 14번지와 브로드웨이의 길가에 새로운 타워가 생기는 건축 현장에서 잤다.

리무진이 그녀를 찾아낸 것은 그로부터 1주일 후였다.

44번지의 메디슨의 금속 쓰레기통에서 신문을 줍고 있을 때, 남자가 그녀의 등을 잡았다. 상대방은 비디의 입에 술과 드레이노를 쏟아부은 녀석으로, 그 녀석은 뒤에서 팔을 둘러 애니를 자기 쪽으로 향하게 했다. 그러나 이런 수법은 지갑을 훔치러 오는 나쁜 꼬맹이 녀석들을 상대로 이미 많은 경험을 했기 때문에 반응은 재빨랐다. 애니는 상대의 얼굴을 머리로 들이박고 더러운 손으로 떠다밀었다. 남자는 차도로 넘어져, 지나가던 택시가 당황하여 핸들을 꺾었다. 남자는 금방 일어나 머리를 좌우로 흔들었으나, 애니는 뒤도 돌아보지 않고 44번지를 순식간에 뛰어서 숨을 장소를 찾았다. 카트를 두고 온 것이 후회스러웠다. 이번에는 짐을 찾을 수 없을 것이다.

내일은 감사제였다.

이번 1주일 동안 미드타운의 빌딩가에서 흑인 여자의 시체가 네 구 발견되었다. 출구가 다른 거리로 통해 있는 가게로 뛰어든 후 애니는 도망갔다. 그것밖에 도망가는 방법을 몰랐다. 뭔지는 알 수 없는 것, 귀찮은 일이 뒤에서 애니와 아기를 쫓아왔다. 아파트 안은 추웠다. 언제나 추웠다. 11월 초는 항상 그런데, 주인은 눈이 오기까지 난방을 넣어주지 않았다. 그녀는 아란을 껴안고 앉아 상냥하게 흔들어 주면서, 아란이 기분 좋게 잘 수 있도록, 춥지 않도록 세심하게 배려해 주었다. 인력자원국에서 사람들이 쫓아 내려왔을 때도, 그녀는 아기를 안고 있었다. 구청 사람이 꼼짝도 하지 않는, 새파랗게 질린 아기를 빼앗았을 때, 애니는 거리로 도망갔다. 그녀는 도망갔다. 도망가는 방법을 알고 있었다. 계속 도망갈 수 있다면, 두 사람은 행복하게 살 수 있는 것이다. 그러나 귀찮은 일은 등뒤에서 바싹 쫓아왔다.

정신을 차리고 보니 눈앞에 넓은 공간이 있었다. 준공한 지 얼마 안 되는 빌딩, 새로 생긴 마천루로서, 예전에 여기는 상점들이 들어서서 쓰레기통이나 때때로 짐을 쌓아두는 곳에서 멋진 옛 물건을 발견하는 때도 있었다. 빌딩에는 〈시티 코프 몰〉이라고 쓰여 있었으며, 그녀는 안으로 뛰어 들어갔다. 감사제 전날이기 때문에 많이 장식되어 있었다. 애니는 중앙을 뛰어 지나가며 사방을 둘러보았다. 에스컬레이터가 있었는데, 그 하나를 향해 뛰어가서 2층으로, 그리고 3층으로 올라갔다. 애니는 계속 움직였다. 쉬면 틀림없이 체포되든지 쫓겨날 것이다.

난간에서 내려다보자, 중앙으로 남자가 들어왔다. 남자는 알아차리지 못했다. 서서 사방을 둘러보고 있었다.

아이의 생명을 구하기 위해 고장난 자동차를 들어올린 어머니의 이야기는 수없이 많다.

경찰이 도착했을 때, 목격자들의 증언은 한결 같았다. 몸집이 튼튼해 보이는 흑인 노파가 크고 굵은 나무를 테라코타 화분 채 들어 난간 위에 올려놓고는 옆으로 굴러가게 해서, 3층 아래에 있던 불쌍한 남자를 향해 떠밀었다고 했다. 그들은 거짓말이 아니라고 했으나, 나이가 많고 흑인이며 지저분한 형상이었다고 하는 것 외에 결정적인 정보는 없었다. 애니는 사라졌다.

애니가 지금 오른쪽 신발 바닥에 깔은 〈포스트〉지의 제 1면에는 지난 몇 개월 동안 10 몇명의 여자거지를 무의미하게 살해한 혐의로 법정에 서게 된 4인조의 사진이 실려 있었다. 애니에게는 전혀 흥미가 없는 기사였다.

계절은 슬슬 크리스마스로, 추위는 믿어지지 않을 정도로 더욱 심해졌다. 애니는 그날 밤 43번지의 렉싱톤 모서리에 있는 우체국 안쪽의 출입구에 골판지를 세워서 잠자리를 만들었다. 누더기를 단단히 걸치고, 스타킹 모자를 콧잔등까지 푹 눌러쓰고, 가방에 든 짐을 될 수 있는 대로 주변이나 몸 밑에 두어 방어를 단단히 했다. 하늘에는 눈이 조금씩 내리고 있었다.

바바리를 입은 남자와 밍크코트를 입은 고상해 보이는 여자가 저녁 식사를 하러 가던 중 42번지를 지나쳤다. 두 사람은 '뉴욕 헤르므즐리'에 묵고 있었다. 결혼 11주년 축하와 브로드웨이의 극장 순례를 겸해 3일간의 예정으로 코네티컷에서 온 부부였다.

때마침 정면을 지나치려 했을 때, 남자가 멈춰서서 출입구를 들여다보았다.

"이봐, 그냥 지나칠 수 없겠는걸. 이렇게 추운데. 너무하군."

남자가 여자에게 말했다.

"데니스, 그냥 가요!"

여자가 말했다.

"모르는 척할 수 없어."

남자는 양피 장갑을 벗어 주머니에서 클립으로 철해둔 지폐를 꺼냈다.

"데니스, 그런 사람들은 다른 사람에게 간섭받는 것을 싫어해요."

여자가 말하면서 남자의 손을 잡아당겼다.

"그 사람들은 자기네들 나름대로 자급자족하고 있어요. 〈타임즈〉에 쓰여 있던 것 잊어버렸어요?"

"이제 곧 크리스마스야, 로리."

남자는 클립으로 철한 지폐 뭉치에서 20달러짜리 지폐를 뺐다.

"적어도 이것으로 숙박비는 될 거야. 여기에 있다간 내일 아침까지 살아 있지 못해. 크게 보탬은 못 되겠지만."

남자는 아내의 손을 뿌리치고 안쪽에 있는 출입구로 다가갔다.

낡은 천을 둘둘 감고 있는 여자를 들여다보았으나 얼굴은 보이지 않

았다. 하얗게 토하는 입김을 보고 살아 있다는 것만 알 수 있을 정도였
다.

“아주머니.”

남자가 큰 소리로 말을 걸었다.

“아주머니, 이거 받으세요.”

20달러짜리 지폐를 내밀었다.

애니는 꼼짝도 하지 않았다. 거리에서는 결코 사람들과 말을 하지
않았다.

“아주머니, 부탁이애요. 받아 주세요. 어디 좀 따스한 잠자리를 구하
세요.”

남자는 1분 정도 그곳에 서서 그녀를 깨울 방법을 생각하고 있었다.
‘저리 가줘’라는 단 한 마디면 좋았다. 그러나 나이 든 여자는 꼼짝도
하지 않았다. 이윽고 마지막에 남자는 그 지저분한 뭉치 속, 그녀의 무
릎이라고 생각되는 곳에 20달러를 두고는 아내가 이끄는 대로 떠나갔
다.

훌륭한 저녁식사를 끝내고 난 3시간 후, 6인치 정도 쌓인 눈을 밟으
며 ‘헤르므즐리’로 돌아가는 것도 또 하나의 즐거움이라고 생각하며
또다시 우체국 앞을 지나쳤는데, 나이 든 여자는 전혀 움직였던 기척이
없었다. 20달러도 그대로 있었다. 동사했는지 어떤지 누더기천을 들쳐
볼 용기도 없었으며, 더구나 돈을 되찾을 생각도 없었다. 두 사람은 지
나쳐 갔다.

온기 속에서 애니는 아란을 가슴에 꼭 껴안고 그 몸을 부드럽게 쓰
다듬으면서, 목과 뺨에 닿는 작고 따스한 손가락의 감촉을 느끼고 있었
다.

‘괜찮아 아가야, 괜찮아. 이제 안심하거라. 쉿, 아가야, 아무도 너에
게 손가락 하나 까닥 못하게 할 거야.’

공포 영화 / 빌 크렌쇼

1988 Flicks

Bill Crenshaw

빌 크렌쇼(미국)

빌 크렌쇼는 80년대에 등장한 신진 작가로서 주로 단편소설을 쓰고 있는데 많은 장래성을 보여주고 있다. 크렌쇼의 작품은 독자들이 읽은 그 어떤 경찰 수사물과도 다른 경지를 이루었다. 이 소설은 공포 영화를 상영하는 극장을 무대로 하고 있다. 1988년 미국추리작가협회의 최고 단편 부문 에드가상을 수상하는 영광을 누렸다.

공포 영화

빌 크렌쇼

1988 Flicks

그는 삐삐가 울리는 것은 시간 문제라는 것을 알고 있었다.

그때 데빈 콜리는 그의 아파트에서 막 맥주 깡통을 따고 텔레비전을 켠 다음 소파에 길게 누운 참이었다. 그는 전화를 걸어보았다. 교환원이 시내 건너편에 있는 매저스틱 극장으로 가라고 말했다. 그는 비디오로 녹음을 시작한 다음 남은 맥주를 다 마시고 고양이의 물그릇을 새로 갈아준 다음 빨리 샤워를 했다. 그러고 나서 집을 나섰다. 속도는 중요한 것이 아니었다.

그는 자신이 무엇을 발견하게 될지 알고 있었다. 시체. 그리고 그의 파트너인 레이가 껌을 딱딱 씹으면서 재미있어하면서도 놀란 듯한 표정으로 사람들의 진술을 받는 것을 발견하게 될 것이다. 얼굴이 세모난 매기 엡스는 검시용 도구가 든 검은 가방을 들고서 사건 현장을 스케치하고, 검시를 위해 작은 비닐 봉지들에다 이름도 모를 작은 덩어리들을 퍼넣고 있을 것이다. 조 프랭크스는 사파리 셔츠를 입고 카메라들을 둘러멘 채 언제나처럼 웃고 있을 것이다. 그는 언제나 웃고 있었고 언제나 화를 내고 있었다. 책상에서 하던 일을 그만두고 끌려나왔다거나 늦게까지 일해야 하는 것에 대해 콜리에게 투덜거릴 것이다. 콜리도 책상을 많이 떠나 있는 편이었다. 그리고 언제나 늦게까지 일했다.

매저스틱 극장의 남자 화장실 안에는 두 명의 정복 경찰이 있었다. 그곳은 파란색과 흰색의 남자 화장실용 타일이 붙어 있었고 소나무 냄새, 썩은 하수구 냄새, 축축한 담배꽁초와 오줌 냄새가 났다. 옆으로 쓰러진 쓰레기통에서는 물에 젖어 밤색으로 변한 갈색의 종이 타올 뭉치들이 넘쳐나고 있었다. 어떤 것에는 빨간 피가 번져 있었다. 세면대 주위의 바닥은 젖어 있었고 엎질러진 물과 작은 웅덩이들이 여기저기 흩어져 있었다. 타일에 나 있는, 앞뒤로 뛰어다닌 젖은 발자국에는 피의 흔적이 있었다. 콜리 바로 옆의 칸막이 안에서는 누군가가 토하고 있었다. 그 누군가를 감시하고 있던 정복 경찰은 얼른 그쪽을 외면하고 있었다.

"어떻게 된 사건이야?" 콜리는 정복 경찰들에게 물었다.

"칼로 난자한 사건입니다, 형사님." 나이가 많은 쪽의 정복 경찰이 말했다. 나이는 스물여섯 살 가량으로 보였는데 그의 기억에 의하면 이름이 로페즈였다. 명찰을 내려다보았다. 로페즈였다. 그보다 더 어려 보이는 정복 경찰은 입술까지 새파랗게 질려 있었다. 콜리는 그가 누군지는 몰랐지만 오랫동안 그런 신출내기로 머물러 있지는 않을 것임을 알고 있었다. 적어도 시체를 보고 이렇게 덜덜 떠는 신출내기 노릇은 곧 면하게 될 것이다. 살인과에는 여러 부류의 형사가 있었다. 늙은 형사, 콜리처럼 노숙한 형사도 있었고, 이틀된 시체처럼 푹 썩은 형사도 있었으며, 이 정복 경찰처럼 담이 부족한 친구들도 있었다.

"이 화장실에서?" 콜리가 물었다.

로페즈는 뒤로 고갯짓을 했다. "첫번째 상영실에서요."

콜리는 칸막이로 가 보았다. 로페즈가 옆으로 다가왔다. 그 신출내기는 세면대로 가더니 얼굴에 물을 끼얹었다.

"우리가 잡은 사람은 누구야?" 콜리가 물었다.

"소매치기라고 합니다. 자기 말로는 희생자의 지갑을 슬쩍 했을 뿐이랍니다. 그 사람이 죽어 있었다는 걸 몰랐다는데요."

소매치기는 돌아섰는데 얼굴은 새하얗게 질려 있었고 머리는 헝클어져 있었다. "아휴, 난 몰랐어요." 그는 징징거리는 목소리로 몸을 흔들며 말했다. "진짜 몰랐어요. 피가 있었는데, 하느님 맙소사, 피투성이였는데, 그걸 느끼지도 못했어요. 내 손에도……." 그는 다시 화장실의 벽을 꽉 붙들었다. 콜리는 돌아섰다.

"이 피가 저 친구 건가?" 그가 물었다.

"아닐 겁니다."

지갑은 세면대 위 스테인리스 선반에 놓여 있었다. 거기에는 피투성이의 지문이 번져 있었다. 콜리는 은으로 된 펜을 꺼내어 그것으로 지갑을 들추어보았다. "이걸 쓰레기통에서 찾았어?"

"네, 형사님." 어린 정복이 얼굴의 물을 닦으며 거울 속의 콜리를 쳐다보았다.

"돈도 아직 들어 있고? 신용 카드도?"

"네, 형사님."

운전면허증 사진은 사업가형의 55세된 남자의 얼굴을 보여주었다. 눈꺼풀은 늘어지고 턱도 축 처져 있었다. 그 공식적인 사진은 웃으면서 찍을 것인지 우물쭈물하면서 카메라를 올려다보는 모습이었다. 이름은 타이론 오티스 버씨였고 주소는 조지아주의 토코아 힐즈였다.

소매치기는 그가 앉아 있던 줄의 맨 끝에서 그 통통한 사내가 자고 있는 것같이 보였다고 콜리에게 말했다. 그전에 매점에서 그 사람이 두툼한 지폐 뭉치가 든 지갑을 갖고 있다가 바지 주머니가 아닌 코트 안주머니에 도로 넣는 것을 보았다고 했다. 영화가 끝날 무렵 소매치기는 사내에게 다가가 넘어지는 척하면서 상대의 의자에 몸을 걸치고 "미안합니다, 실례했습니다"라고 말하며 지갑을 날쌔게 꺼내 자신의 팝콘 상자에 떨어뜨린 다음, 지갑을 버리고 신용 카드와 현금만 가질 작정으로 곧장 화장실로 갔다고 했다. 하지만 화장실에 가 보니 그의 손과 신발, 지갑이 피투성이였다. 그때 로비에서 비명 소리가 들렸다. 지갑을 버린 다음 피를 닦으려고 했지만 너무나도 피가 많았다. 보면 볼수록 피가 더 많이 보였다. 그러는데 누군가가 들어왔다 나갔고 그는 숨으려고 했다. 무슨 일이 일어났는지는 몰라도 그것이 아주 나쁜 일이라는 것은 알 수 있었다.

뭔가 '치익' 뿌리는 소리가 나더니 소나무향의 엷은 안개가 칸막이 안으로 내려앉아 콜리의 안경에 점점이 맺혔다. 콜리는 작고 네모난 화장지를 뜯어내 렌즈를 문질렀다. 콜리는 소매치기를 살인혐의와 강도죄로 구속하라고 지시했지만 그가 살인자가 아니라는 것을 알고 있었다.

"희생자는 여기에 혼자 온 건가?" 콜리가 물었다.

"우리가 아는 한으로는 그렇습니다." 로페즈가 말했다.

"회의 때문에 왔을 거야. 타스코는 와 있어? 타스코 형사가 누군지 알아?"

조 프랭크스가 목에 걸린 카메라들을 흔들며 화장실 안으로 몸을 기울여 들여다보았다. "어이, 콜리, 이 사건을 맡은 거야, 아니야? 시체를 실어갈 차가 기다리고 있어. 자네가 원하는 게 뭔지 와서 보여줘야지."

콜리가 웃었다. "내가 원하는 게 뭔지 알잖아."

"그래도 자네가 원하는 걸 못 얻게 되더라도 날 욕하지 않으려면 봐줘야지. 지금까지 어디 있었어?"

"이 안의 사진은 찍었어?"

"그래, 찍었어." 그는 조급한 어조로 말했다.

"발자국도 찍었고?"

"그래, 발자국도 찍었어."

"수건하고 세면대도?"

"그래, 수건, 세면대, 칸막이. 그 소매치기, 그 친구가 토해낸 것도 아주 가까이에서 찍었어. 됐어?"

"그것 봐, 조." 콜리가 다시 웃었다. "내가 뭘 원하는지 정확하게 알면서 그래."

"자네랑 같이 일하는게 끔찍해, 콜리." 콜리가 그를 밀면서 밖으로 나가는 동안 프랭크스가 말했다.

상영실 안, 시체가 있는 곳 건너편의 통로에는 매기 엡스가 무릎 위에 스케치북을 놓고 앉아 있었다. "데빈, 잘 왔어요." 그녀가 말했다.

콜리는 뭔가 재빨리 응수할 말을 생각해 보았지만 이미 백 번 이상 써먹지 않은 대답이 새로 생각나지도 않아 그냥 잘 있었느냐고 묻고 말았다.

프랭크스는 사진을 어떤 각도들에서 찍었는지 그에게 보여주었다. 콜리는 사진을 몇 장 더 찍어달라고 주문했다. 카메라의 플래시가 번갯불처럼 환하게 시체를 비추었고 그 비뚤어진 영상들이 콜리의 망막을 태웠다.

타스코가 실눈을 뜨고서 노트를 들여다보며 누군가와 얘기를 나누면서 들어왔다. "레이, 거기 있는 사람이 여기 관리인이야?" 콜리가 물었다.

"난 이 극장 주인인데요." 그 사람이 말했다.

"이곳 조명을 좀더 환하게 할 수 없습니까?"

"이게 가장 환하게 한 겁니다. 여기는 극장입니다."

콜리는 그로부터 돌아섰다. 프랭크스가 코웃음을 쳤다.

타이론 오티스 버씨는 통로 바로 옆의 등판이 높은 의자에 앉아 있었다. 몸은 왼쪽으로 기울어져 있었고 머리는 앞으로 수그려졌으며 눈은 뜬 채였다. 피는 그의 넥타이에서 그 아래에 있는 모든 것을 적시고 있었는데 의자 밑에서 극장 화면을 향해 흘러내리고 있었다. 사람들은 핏자국이 로비까지 나 있는 것을 찾아냈는데 통로 쪽으로 가면서 발자국들은 희미해지고 있었다.

"저것도 찍었어?" 콜리가 물었다.

프랭크스는 고개를 끄덕였다. "사람들은 엎질러진 콜라라도 밟은 줄 알았겠지."

콜리는 버씨에게 몸을 굽혔다. 그의 이마를 잡은 뒤 상처를 볼 수 있게끔 고개를 4, 5 센티 들어올렸다. "이게 보여?"

"그럼. 찍을까?"

"매기, 이 사람 머리를 들어도 되겠어?"

"당신의 큼지막한 발을 아무데나 놓지 않도록 조심만 해요." 그녀가 말했다.

콜리는 버씨의 뒤에 서서 그의 귀 위쪽을 양 손으로 잡은 뒤 머리를 올려서 얼굴을 앞으로 내밀고 턱이 들어올려지게 만들었다. 그는 플래시를 피하느라 고개를 돌렸다.

"어디를 다친 거야?" 콜리가 말했다.

"목 전부예요. 경정맥, 경동맥, 호흡관. 경동맥, 경정맥을 돌아가면서 끊었어요. 흉기는 아주 날이 날카로운 것이고요. 희생자는 아무 소리도 못 냈을 거예요. 아무것도 못 느꼈을 거고요. 머리카락을 뒤로 잡아당기는 손길은 느꼈겠지만 그 다음에는 아무것도 못 느꼈겠지요."

"뒤에서 덤빈 건가?" 콜리는 처음에 보았던 대로 머리를 내려놓았다.

"왼쪽에서 오른쪽으로 가면서 위를 향해 둥그렇게 그었어요. 화장실에서 잡은 사람이 범인인가요?"

"아닐 거야. 신발에 피가 너무 많이 묻었어. 뒤쪽이 아니라 앞쪽에서 걸어나갔어."

"그럼 이제 할 일은 뭐가 남았지요?"

"두통만 남았어."

매기가 웃었다. "점점 더 악화되겠는데요."

콜리도 웃어 보였다. "언제나 그렇지 뭐."

콜리는 시체를 자루에 담는 일을 돕도록 그 신출내기에게 지시했다. 그 어린 녀석이 그런 일에 익숙해지도록 도와주는 거라고 혼자서 생각했다. 이런 일은 앞으로도 더 나아지지 않을 것이며, 살인과에서는 이번 시체가 아주 끔찍한 편에 드는 것도 아니라고 생각했지만, 그게 꼭 선의에서 나온 지시였는지는 자신도 알 수 없었다. 어쩌면 심술궂은 의도에서 그랬는지도 몰랐다.

그들은 범행에 쓴 흉기를 찾느라 반 시간을 소비했다. 콜리는 무언가를 찾아내리라고는 기대하지 않았다. 결국은 찾지 못했다.

콜리는 비디오 촬영팀을 현장으로 오도록 지시했다. 로페즈와 신출내기를 다른 상영실로 보내 주차장 쪽 출구를 막고 관객들을 로비로 내보내게 했다.

극장 주인이 그를 한쪽으로 잡아끌더니 불평을 늘어놓았다. 콜리는 살인자가 다른 상영실에 있을지도 모른다고 말했다. 주인은 〈죽음의 댄서〉 최종회 상영에 관객들이 들어오지 않을지도 모르고 그러지 않아도 장사가 잘 안 되는데 그런 선전까지 할 필요는 없으며 자기도 그 희생자만큼 피해를 봤다고 했다. "난 이 동네에 상영실을 아홉 개나 갖고 있어요.” 그는 손으로 턱을 쓸어내리면서 말했다. “난 이 일에 책임이 없어요. 제발 조용히 처리합시다, 네?” 거기에 대해 할 말이 전혀 없었기 때문에 콜리가 아무 말도 하지 않자 주인은 화를 냈다. 그 동네의 높은 사람들을 많이 알고 있다고 했다. “이 일을 당신 상관한테 직접 말하겠어요. 이름이 어떻게 되지요?”

“콜리요.” 다른 곳으로 가면서 그가 말했다. “C-o-r-l-e-y라고 씁니다.”

다른 영화들이 끝나고 관객들이 로비로 밀려 들어왔다. 콜리는 사람들이 떼지어 흔들리며 거리로 나가는 모습을 비디오로 찍게 했다. 정복 경찰이 두 명 더 도착했다. 그는 흉기가 있는지 다른 상영실들을 수색하도록 그들에게 지시했다.

그는 타스코에게 현장의 책임을 맡긴 다음 경찰서로 갔다. 프랭크스가 사진을 현상하는 동안 그도 암실에서 서성거렸다. 프랭크스는 자신의 재능이 시체 따위에 낭비된다는 것과 콜리가 다른 누구보다도 사진을 더 많이 찍고 더 많이 현상하기를 바라는 것에 대해 투덜댔다. 콜리는 그것이야말로 프랭크스의 잘못이라고 생각했다. 프랭크스가 맥주를 세 깡통 마시지만 카메라는 언제나 거짓말을 하고 사진이 보여주는 것은 모두 왜곡된 것이며 가짜라고 유창한 말투로 불평한다는 점을 다시 상기시켜 주지도 않았다. 콜리가 그렇게 생각하게 만든 것은 프랭크스 탓이었다. 그래서 콜리는 언제나 사진들을 더 많이 찍길 원했고 각 사진들이 새로운 각도를 제공해 주며 서로 균형을 잡아주고 평균 잡힌 사진들이 최소한 실제와 타협을 이룰 정도가 되기를 바랐던 것이다. 하지만 콜리는 그런 얘기를 되풀이하지 않았다. 자신의 작품집을 완성시키기만 하면, 어디에선가 개인전을 갖게 되기만 하면 이 직업을 그만두겠다고 프랭크스가 말할 때마다 대답했던 것처럼, 적당한 순간에 적당한 대꾸만 해 주었다.

어쩌면 프랭크스는 진짜로 사진 기획을 하나 맡아 일을 하고 있는 건지도 몰랐다. 어쩌면 진짜로 사진작가가 되어야만 하는지도 몰랐다. 콜리는 알 수 없었다. 그는 프랭크스에 대해 가능한 정도만, 어떤 단계까지만 알고 있었지 그 이상은 몰랐다. 그것은 프랭크스도 마찬가지일 거라고 생각했다. 그것은 그들 공통의 화젯거리가 아니었다.

콜리는 현상액이 뚝뚝 떨어지는 사진을 현상판 위에서 들어올렸다. "도대체 자넨 왜 경찰이 됐어?" 그가 말했다.

프랭크스는 사진을 받아들더니 도로 내려놓았다. 빨간 조명 밑에서는 프랭크스의 눈빛을 읽기가 어려웠다. "진짜 해답이 있기라도 한 것처럼 물어보는군." 프랭크스가 말했다.

콜리는 사진들을 책상으로 가져온 다음 할 수 있을 만큼 사건에 관한 서류를 작성했다. 그는 하늘이 회색빛으로 환해져 올 때까지 일했다. 집에 가는 길에 도너츠를 사려고 가게에 들렀더니 〈뉴스지〉 새벽판이 나와 있었다. 그 살인 사건에 대한 기사는 실려 있지 않았다.

가끔 그는 이 세상에는 그저 똑같은 패턴 말고도 진짜 해답이라는 것이 있으며, 인간이 더 이상 앞으로 나아갈 수 없는 곳 너머에 있는 단계들과 패턴들을 다룰 수 있는 방도가 있을 거라고 생각했다. 그 다음 단계로 나갈 수 있는 길이 있다고도 생각했다. 경찰직을 그만두고 보험사기 사건 조사라든가 그 비슷한 일을 해야겠다고 생각했다. 자신이 현재의 직업을 싫어하나보다고 생각했지만 그것도 확실치 않았다. 살인과에서 일한다는 것에는 무언가 본질적인 점이 있었다. 사물의 본질을 다룬다는 면에서 본질적이며, 자신에게 가능한 한도 내에서 현실의 본질에 아주 가깝게 접근하는 점이 그랬다. 그런 일을 한 다음 어떻게 보험 일 따위를 할 수 있을까? 하지만 그가 현재 보고 있는 본질은 그것이 어떤 것이든 간에 명료한 의미를 훨씬 넘어선 세계에 존재하는 영상이었고 침묵하고 있었다. 생각들이 조리에 닿지 않았다. 그는 뼛속까지 피로해 있었다.

아파트 층계참은 어두웠다. 열쇠를 문의 두 번째 자물쇠 구멍에 넣자 옆집 문의 어안 렌즈가 어두워지는 것이 보였다. 새벽 다섯시 반이 넘었는데 지아넬리는 벌써 일어나 집안을 배회하고 있었다. 콜리는 자신이 누군지 지아넬리가 볼 수 있도록 아파트 안에서 새어나오는 직사각형 불빛 속에 일부러 몇 초 더 서 있었다. 지아넬리가 누군지는 몰라도 그 이름은 아래층 우편함에 붙어 있는 이름표, 어안 렌즈 속의 눈동자, 서성이는 발자국 소리, 텔레비전 소리 그 이상은 아니었다. 콜리의 고양이는 그의 신발에 묻은 말라붙은 핏덩어리의 냄새를 킁킁거리며 맡았다.

그는 프랭크스가 찍은 사진들과 신문을 책상 위에 던져놓은 다음 냄새가 고약한 고양이밥 깡통을 열어주고 자신은 도너츠 몇 개와 우유를 조금 마셨다. 비디오에 든 테이프를 되감아서, 극장으로 오라는 전화 때문에 보지 못했던 프로그램을 다시 보려고 소파에 길게 누웠다. 그것은 경찰 드라마였다. 경찰서에서 그들은 경찰 드라마를 비웃었다. 경찰 드라마에서 일어나는 사건은 뭐든지 잘 풀렸다. 그는 첫 광고가 시작되기도 전에 잠에 빠져버렸다.

콜리는 고양이가 또 얼굴에 올라오는 바람에 잠이 깨었다. 고양이 배를 움켜잡아서 내던져버렸다. 고양이가 공중에서 몸을 비틀어 네 발로 착륙한 다음 앉아서 몸을 길게 펴면서 발을 핥는 것을 쳐다보았다. 그놈은 그의 고양이도 아니었다. 아파트에 이사와 보니 한쪽 벽에는 전에 살던 사람의 사진으로 뒤덮인 코르크판이 붙어 있었고 고양이도 한 마리 남겨져 있었다. 관리인은 그 사진들을 떼어내려고 하지도 않았다. "버리고 싶으면 버려요. 나는 상관하지 않으니까." 관리인이 그랬다. 전의 입주자는 금발에 흐릿한 눈빛의 여자였다. 어쩌면 끝내 성공하지 못한 여배우인지도 몰랐다. 어쩌면 모델. 어쩌면 사진작가. 콜리는 도대체 어떤 사람이 자신의 이미지로 뒤덮인 벽과 고양이를 내버려두고 가버릴 수 있는지 궁금했다. 그는 아직도 어딘가 상자에 그 사진들을 넣어두고 있었다. 코르크 벽은 장난감 화살촉을 던지는 판으로 썼고 사야 할 식료품 목록과 전화번호 따위를 붙여 놓았다. 8개월이 지난 이제 고양이한테 익숙해지고 있었는데 고양이가 그의 얼굴 위에 드러누울 때는 예외였다. 그가 소파에서 잠들기만 하면 언제나 와서 얼굴에 드러누웠다. 언젠가 고양이를 창문 밖 길로 던져버릴 작정이었다. 그러면 4층 밑으로 떨어시게 될 것이다. 그놈이 네 발로 착륙하든 못 하든 상관하지 않을 것이다.

그는 손목시계를 보았다. 아직 아홉시 반밖에 되지 않았지만 도로 잠이 들기는 틀린 일이었다. 차라리 출근하는 편이 나았다.

그는 도너츠와 커피, 그리고 아침판 신문을 사기 위해 가게에 들렀다. 커다란 표제가 붙어 있었다. '공포 영화 상영 중에 일어난 공포 사건' 어젯밤 매저스틱 극장에서는 핏물이 스크린과 통로로 흘러내렸다…… 근사한 표제에다가 신문들이 좋아할 만한 무시무시한 살인사건이라고 생각했다. 멍청한 장소에서 일어난 멍청한 살인사건. 이것은 강도사건도 아니었다. 조지아주 북쪽에서 온 세일즈맨에게 일어난 사건인 만큼 마피아들이 저지른 일도 아니었다. 타스코는 누군가가 술에 취해 칼을 휘두른 뒤 줄행랑을 쳤다고 하겠지만 콜리는 그렇게 생각하지 않았다. 이 사건에는 묘한 구석이 있었다. 뭔가 흥미 있는 일, 새로운 단계, 새로운 어떤 일이 일어나고 있었다. 그는 오랫동안 생각에 잠긴 채로 앉아 있었다.

그가 신문을 책상 위에 내려놓은 것은 열한시가 다 되어서였다.

"우리집 애들이 그런 걸 아주 좋아하지." 타스코가 말했다.

"뭘?"

타스코가 신문 표제를 가리켰다. "공포 영화 말이야."

콜리는 신문을 쳐다보았다. 그 사건에 대한 의문점, 견해, 콜리가 알아보지 못할 정도로 엉터리로 그려진 현장 스케치가 함께 실린 그 기사는 초록색 사인펜으로 칠해져 있었다. 콜리는 그것을 칠한 것이 기억도 나지 않았다.

유리창을 손마디로 똑똑 두들기는 소리가 났다. 서장인 허프맨이 자신의 사무실로 들어오라고 그들에게 손짓을 했다.

"드디어 호출이군." 타스코가 말했다.

"얼마나 오래 기다렸는데?" 콜리가 말했다.

"너무 오랫동안이었어."

"미안해." 그는 서장이 자신을 기다리느라 타스코까지도 함께 기다리도록 만들었다는 것을 알고 있었다.

"대강 하자. 알았어?" 타스코가 말했다.

서장은 문을 닫은 뒤 콜리에게로 돌아섰다. "그래, 이 사건은 어디까지 조사했나?"

타스코는 콜리를 쳐다보았다. 콜리는 어깨를 으쓱여 보였다.

서장이 뭐라고 쏘아붙이려고 하는데 타스코가 노트를 들추었다. "희생자의 가족에게는 연락했습니다. 이곳에는 세일즈회의 때문에 왔는데 매년 똑같은 회의에 참석했고 아내를 동반한 적은 없었습니다. 극장 매점에서 일하는 여자는 그가 액센트가 있는 우스꽝스런 말투로 얘기를 한데다가 팝콘에 버터를 두 배로 쳐 달라고 했고 자기를 맴이라고 불렀기 때문에 기억이 난다고 합니다. (*미국 남부에서 쓰는 영어는 액센트가 매우 강하며, 아직도 맴, 서 등의 존칭을 많이 사용한다.) 그 외에는 그를 기억하는 사람이 없습니다. 플라자 호텔의 싱글 룸에 묵고 있었는데 같이 방을 쓴 사람은 없습니다. 회의에서는 출석을 부르지 않기 때문에 그가 진짜로 회의에 참석을 했는지 아니면 관광을 다녔는지도 알 수가 없습니다." 타스코는 고개를 들더니 껌을 딱딱 씹으면서 콜리를 쳐다보았다.

"미치광이의 짓 같은데요." 콜리가 말했다. "닥치는 대로 아무나 고른 겁니다. 어쩌면 이번 한 번으로 그칠지도 모르지만 연쇄살인일 수도 있겠지요."

서장은 짐짓 놀랐다는 시늉으로 눈썹을 치켜올렸다. "자넨 언제부터 경찰 일에 흥미가 있었어?"

콜리는 몸을 움직거렸다.

"미치광이라." 서장이 말했다. "레이, 자네 의견은?"

타스코는 어깨를 으쓱여 보였다. "맞는 말일 수도 있지만 꼭 그렇다고 생각할 수만은 없지요. 영화 때문에 머리가 돌아버린 마약 사용자인지도 모릅니다."

서장은 콜리를 다시 돌아보았다. "왜 버씨를 골랐을까?"

콜리는 회의 석상에 앉아 있는 버씨의 모습을 그려보았다. 그 도시와 인파 속에서 그를 알아보는 사람이 없으니 마음 내키는 대로 늦게까지 돌아다니고 욕설을 퍼붓고 바를 전전하면서 여자들과 재미를 보고 실컷 술을 마시며 커다란 시가를 피울 수 있는 자유를 누리는 버씨를 상상할 수 있었다. 하지만 버씨는 거기까지 가보지 못했다. 자신의 동네였다면 죽음을 당하지 않았을 영화를 보러 갔을 뿐이었다.

"그는 재수없이 그 자리에 앉았던 겁니다." 콜리가 말했다. "통로

쪽에 앉아 있었으니까요. 범인이 빨리 도망칠 수 있는 자리 아닙니까?"

"빠르긴 뭐가 빨라? 거긴 극장이야, 알겠어? 공공장소란 말이야. 살인자들이 공공장소에서 아무나 되는 대로 죽이진 않아." 서장은 입술을 꼭 다물었다. "이 사건을 어떤 식으로 조사할 거야?" 마침내 서장은 콜리보다는 타스코 쪽을 더 쳐다보면서 질문을 던졌다.

콜리는 대답하기 전에 타스코를 쳐다보았다. 그는 아직 타스코에게 아무것도 얘기하지 않았다. "소매치기와 극장 종업원들과 다시 얘기해 보겠습니다. 몇몇 관객들의 이름을 알아놓았습니다. 신문에는 관객들의 이름이 더 많이 났습니다. 혹시 아는 사람이 다른 상영실에서 나오는지 비디오 테이프를 보여주려고 합니다. 레이는 우리가 모르고 있는 어떤 관련이라도 있는지 버씨의 행동을 더 조사할 겁니다." 콜리가 말했다.

"알았어." 서장이 말했다. "자네들 모두 다른 할 일도 많겠지만 며칠 동안은 이 사건에 더 신경을 쓰도록 해. 갱들이 관련됐는지도 알아봐. 어쩌면 신입식이나 그 비슷한 건지도 몰라. 만약 이게 마피아의 짓이거나 마약 사용자가 저지른 일이라면 금세 풀리겠지."

"저는 연쇄살인이라고 생각합니다." 콜리가 말했다.

"연쇄살인이기를 바란다는 뜻이겠지?" 서장이 말했다. "그렇지 않으면 절대로 범인을 잡지 못 할테니까. 맞지?"

"네, 서장님." 타스코가 말했다.

"아 참, 콜리." 콜리가 반쯤 문가로 갔을 때 서장이 말했다. "자네가 정신을 차린 모양이군. 앞으로 열심히 근무할 건가?"

그들은 찾아낼 수 있었던 관객과 종업원들을 모두 조사했고 극장에서 누군가 아는 사람을 보았는지, 조금이라도 이상한 것을 보았는지, 영화가 끝날 무렵 누군가가 걸어다니던 기억이 나는지 등을 물었다. 버씨의 운전면허 사진, 소매치기의 사진, 다른 관객들을 찍은 테이프를 보이고 혹시 낯익은 사람은 없는지 물었다.

콜리는 그런 질문들을 처음 하는 것처럼, 또 그런 질문들에 대해서 전에는 전혀 생각해 본 적이 없었던 것처럼 물어보려 애썼다. 똑같은 질문과 똑같은 대답이 되풀이되면 모든 것이 똑같이 들리기 때문에 귀기울여 듣지 않으면 뭔가를 지나칠 수도 있었다. 타스코는 언제나 올바른 질문을 했고, 끊임없이 똑같고 의례적인 조사 과정을 지루해하고 있었다. 묵묵히 앉아서 자기 할 일만 하는 타스코는 그 모든 일이 바보 같은 짓이며 시간 낭비라는 것을 알고 있어서, "세상에, 인간들은 왜 그런 짓을 저지를까? 이 일을 저지른 그 개자식을 꼭 잡아야겠는데. 인간들이 너무 끔찍하지?"라는 말을 늘어놓고는 했다. 그래도 타스코는 다행히 그 점에 대해서 깊이 생각하지 않았다. 콜리는 그것을 나쁜 의미로 해석하지는 않았다. 그것은 그가 부러워하며, 어쩌면 존경한다고도 할 수 있는 타스코의 장점이었다. '정신을 차려서 다행이야. 앞으로 열심히 근무할 건가?' 가끔 그는 자신이 왜 이 직업을 그만두지 않는지 궁금했다.

그들은 매기한테 좌석 배치도를 그려 달래서 네모난 칸마다 작은 핀들을 꽂았다. 버씨의 좌석에는 빨간 핀, 진술한 증인들의 좌석에는 노란 핀, 증인들의 기억에 누군가가 앉아 있었다는 좌석에는 파란 핀을 꽂았다. 언론매체들은 이 사건에 대해 시끄럽게 떠들었고 청취율과 신문 판매 부수를 늘렸다. 덕분에 더 많은 관객들이 경찰에 신고를 해왔다. 사건 당시 자신이 현장에 있었다고 주장했지만 타스코에 의하면 아마 그 당시 화성에 가 있었다는 것이 더 정확할 사람들도 나섰다. 핀의 숫자는 늘어났지만 그것으로 끝이었다.

"이 많은 사람들이 모두 주위에 앉아 있었어." 콜리가 말했다.

"그런데도 아무것도 못 봤어."

"이 도시에서 무엇이든지 눈여겨보는 사람이 도대체 어디 있어?"

"그래, 하지만 그래도 뭔가를 봤어야 해. 아마 영화를 보고 있었 겠지. 우리도 한 번 봐야 하지 않을까?"

그들은 경찰 배지를 제시하고 일곱시 상영의 영화를 보러 들어갔 다. 매표원 여자는 관객의 숫자가 줄었는데 특히 〈죽음의 댄서〉가 그렇다고 말했다. 타스코는 커다란 팝콘 한 봉지와 코카콜라 두 컵 을 샀고 그들은 화면의 중간쯤 되는 곳의 가운데 줄에 앉았다.

그가 어렸을 때 무서워했던 공포 영화들은 살인자를 또렷하게 볼 수 없는 곳과, 바깥의 어둠 속에서 들려오는 탁탁 소리가 바람에 서 로 부딪치는 안테나 전선 소리인지 아니면 거대한 개들이 내는 소 리인지 구별이 가지 않는 곳, 그리고 어둡고 불확실하며 알 수 없는 것만을 보여주었었다. 어떤 물체는 그것이 아닌 다른 것일 수도 있 었고 특별히 그것을 구별할 만한 방법도 없었으며 자신이 안전한지 어쩐지 전혀 알 수도 없었다.

하지만 그 영화는 달랐다. 거기에서 알 수 없는 것이란 다음 소 년이 죽게 될 때 그 살인이 얼마나 끔찍하게 저질러질 것인가 하는 점뿐이었다. 피투성이의 시뻘건 잔인함이 계속 이어지고 각기 그전 것보다 더 괴기하고 더 흉측하고 더 비현실적인 내용일 뿐이었다. 콜리는 그것을 진지하게 받아들일 수가 없었다. 하지만 관객들은 그럴 수 있을지도 몰랐다. 경찰이나 구급 요원들이 아닌 사람들에 게는 그 영화가 내용대로 사실일 수도 있었다. 콜리는 관객들을 눈 여겨 살피기 시작했다.

그들은 대부분 40대 미만이었는데 쌍쌍 아니면 몇 명끼리 함께 앉아 있었다. 소년들은 화면에 가까운 쪽이나 벽 쪽, 구석자리에 모 여 앉아 있었고 소녀들은 중간 정도에 앉아 머리를 돌려 옆을 쳐다보고 있었다. 데이트하는 남녀들은 붙어 앉아 서로를 만지고 더듬었고, 결혼한 사람들은 결혼 생활에서 생긴 거리만큼 서로 떨어져 앉아 있었다. 그들 모두는 너무 큰 소리로 얘기하고 웃었다. 화면에서 살인자가 숨어 희생자를 기다리기 시작하자 관객들은 조용해져서 영화에 주의를 쏟았다. 다음 장면이 그 순간의 모습을 드러냈다. 앞으로 어떤 일이 일어날지 모두가 알고 있는 그 순간이 점점 다가오다가 드디어 눈앞에 나타나자 콜리는 근육이 뻣뻣해지고 긴장되는 것을 느꼈다. 관객들은 살인 장면에서 비명을 질렀다. 살인이 끝나자 힘이 빠져서 의자에 몸을 던졌고 불안해하는 웃음 소리를 터뜨렸고 영화에 대해, 서로에 대해 농담을 늘어놓기 시작했다. 콜리는 어떤 세 소년이 소녀들이 앉아 있는 의자 뒤로 살금살금 돌아가 그녀들의 목을 꽉 움켜쥐는 것을 보았다. 소녀들이 '꽤액' 소리를 지르며 뛰어오르자 소년들은 웃음을 터뜨렸다. 한 여자애가 노래하듯이 되풀이해서 놀렸다. "에스터가 팬티에 오줌을 쌌대." 그러자 모든 관객이 웃음을 터뜨렸다. 화면에서는 살인자가 다시 숨어서 다음 희생자를 기다리고 있었고 그 주기는 되풀이되었다.

"영화가 어땠어?" 로비로 나오자마자 담배에 불을 붙이면서 콜리가 물었다. 다음 상영을 기다리느라 줄 서 있는 사람들은 그들이 지루해했는지, 싫어했는지 혹시 무서워했는지를 알아내려는 듯이 그들의 얼굴을 뚫어지게 쳐다보았다. 콜리는 그 사람들 모두가 일종의 기대감에 차 있는 것처럼 보인다고 생각했다.

여느 때와 마찬가지로 침착한 타스코는 그저 어깨를 으쓱였다. "흔해빠진 공포 영화인데 뭘."

"이 영화가 잘 된 편이야?"

"누가 알아? 우리 애들한테 물어봐."

여름의 바람은 따뜻했고 배기 가스로 가득했다.

"우리집에 가서 맥주나 뭐 다른 거라도 한 잔 하겠어?" 콜리가 물었다.

타스코는 손목시계를 들여다보았다. "아냐, 집에 가겠어. 에블린이 기다려. 내일 보자고."

콜리는 그의 아파트가 아닌 다른 곳에 가서 맥주를 하겠느냐고 다시 물어볼까 생각했지만 타스코가 이미 핑계를 댄 후였다. 그들은 타스코가 그토록 자랑스러워하는, 우표딱지만큼 좁은 뒤뜰과 아이들과 에블린이 있는 집까지 30분씩 운전해서 다니기 전까지만 해도 1주일에 한두 번은 맥주를 함께 마시고는 했었다. 물론 콜리가 정원과 수영장이 있던 괜찮은 아파트에서 이사해 시내 반대쪽에 있는 지금의 아파트로 옮겨오기 전의 일이었다. 타스코는 그의 새 아파트에 꼭 한 번 들렀었다. 껌을 딱딱 씹으면서 주위를 휘휘 둘러보았고 놀라워하면서도 재미있어하는 듯한 표정을 지으며 맥주 냄새만 맡다가 가버렸다. 콜리는 그가 왜 이사했는지 타스코가 묻지 않자 안도감을 느꼈었다. 그도 스스로에게 똑같은 질문을 물어보았었다.

콜리는 고양이에게 먹이를 준 다음 다른 상영실에서 관객들이 나오는 장면을 찍은 테이프를 틀었다. 처음에 그들은 카메라를 못 본 척하다가 옆사람을 팔꿈치로 쿡쿡 찌르거나 슬쩍 카메라를 가리켰다. 그러다가 어떤 사람들이 카메라에 대고 우스꽝스러운 표정을 지어 보이자 다른 사람들도 흉내내기 시작했다. 똑같은 표정을 지어보고 날개짓도 해 보고 '엄마, 나야'라고 입을 벌려 보이기도 했다. 그리고 얼굴이 화면을 꽉 채우도록 카메라로 곧장 걸어 들어가서 렌즈 앞에 손이나 팝콘 상자를 들이대기도 했다. 손을 흔들기도 했고 목이 졸리는 듯한 시늉을 하기도 했다. 춤을 추고 스트립쇼 흉내를 내기도 했으며 카메라에 엉덩이를 들이대기도 했고 입맞추는 시늉을 하기도 했다.

세 군데의 상영실에서 나온 관객들을 찍었는데 모두 비슷하게 행동했다.

침대에 들기 전 콜리는 신문 기사와 프랭크스가 찍은 사진들을 코르크 벽에 붙이면서 한가운데에는 버씨의 사진을 붙였다.

열기가 그의 잠을 깨웠다. 그는 자신이 어디에 누워 있는 것인지 분간이 되지 않았다. 땀을 뻘뻘 흘리며 손으로 시트를 꼭 움켜잡은 채 누워 있었다. 취침용 전구가 반대쪽 벽에 노오란 타원형을 던지고 있어서 방안에 촛점을 주고 있었고 그래서 그의 위치를 곧바로 볼 수 있었다. 그는 뭐가 뭔지 확실하지 않은 데서 오는 공포가 싫었다. 서너 번 깊고 느리게 숨을 들이마셨다.

그는 언제나 취침용 전구를 켜놓고 자지는 않았었다. 외출할 때마다 코트 주머니에 스피드로더(*리벌버용 탄창으로서 총알이 여섯 개 들어감)를 두 개나 넣고 다리에 여벌의 총을 묶고 나가지는 않았었다. 아파트 안에서, 텔레비전 앞에서, 텔레비전 앞에 앉아 잠이 들거나, 침대에 벌렁 누운 채 그토록 많은 시간을 보내지는 않았었다. 그는 그것에 대해 생각하지 않으려고 애썼다. 아예 아무 생각도 하지 않으려고 애썼다.

일어나기에는 너무 일렀고 도로 잠을 자기에는 너무 늦었고 집안에 있기에는 너무 더웠다. 햇볕이 지붕의 타르에 뜨겁게 내려앉기 전에 커피를 한 잔 만들어 가지고 지붕에 올라가 강에서 불어오는 바람을 쏘일 수도 있었고 고양이를 데려가 숨어서 비둘기들을 놀라게 해줄 수도 있었다.

기계에서 커피가 똑똑 흘러나오는 동안 소파에 앉아 벽의 사진들을 바라보았다. 가운데 사진 속에서 버씨는 영화를 보고 있는 것처럼 고개를 치켜들고 눈을 뜨고 있었다. 그의 목에 난 상처는 마치 헤 벌리고 웃는 모습 같았다. 흑백 사진 속의 죽음. 그것은 영화 속의 죽음과 전혀 비슷하지 않았다. 무언가 더 실제적이고 일상적이었다. 클라이맥스에서 내려갈 때처럼 밋밋하고 평범했다. 음향 효과도 없었다. 어쩌면 버씨는 진짜 죽지 않았는지도 몰랐다. 특수 효과에 불과한지도 몰랐다. 사진에서 그의 손이 버씨의 귀 바로 위를 붙들고 있었다. 얼른 그는 입고 있던 반바지에 손바닥을 문질렀다.

콜리가 막 아파트 문을 닫고 고양이가 층계 위로 재빨리 올라가는 순간 지아넬리네의 어안 렌즈가 어두워졌다. 그가 층계참을 반쯤 올라가는데 문에 걸린 안전 쇠사슬 길이만큼 문이 열리더니 지아넬리가 그 틈으로 얼굴을 삐죽 내밀었다. 나무 문틈으로 뺨이 불거져나온 지아넬리 어깨 뒤로 보이는 방은 텔레비전의 총천연색 광채로 밝혀져 있었다.

"이봐, 젊은이, 무슨 짓을 하고 다니는지 다 알아." 지아넬리는 색색거리는 목소리로 말했다.

"잠을 깨웠다면 미안합니다." 콜리는 그렇게 말한 다음 계속 계단을 오르며 웃었다. 지아넬리에게는 서른여덟 살이 젊다고 생각되는 모양이었다.

"내 텔레비전 안테나에 손대지 마." 지아넬리가 말했다. "굴뚝 위에 있는 게 내 거야. 난 이 건물에서 17년이나 살았어. 나한테는 권리가 있어. 내 말 들었어, 젊은이? 다음에도 내 텔레비전 화면이 꺼지면 경찰을 부를 거야." 그는 문을 꽝 닫았다. 그 소리는 총성처럼 계단의 공간 속에서 메아리쳤다.

콜리는 타스코보다 더 일찍 출근했다.

"야아." 프랭크스가 커피 주전자가 있는 곳으로 가면서 말했다.

"웬일로 정시 출근이야? 이젠 다 알아차린 모양이지?"

"뭘 알아차려?" 콜리가 말했다.

프랭크스는 웃음을 지었다. "지각 정도로는 해고당하지 않는다는 거 말이야. 그만두고 싶으면 자기가 그만둬야 돼."

"누가 그만두고 싶어하는데?"

"그러고 싶지 않은 사람이 어딨어?"

타스코는 콜리의 지각에 대해 언급한 적이 전혀 없었다. 그날도 콜리가 일찍 온 것에 대해 아무 말도 하지 않았다.

다른 살인사건이 발생했기 때문에 그들은 아침과 오후 대부분을 강가와 창고에서 보냈다. 타스코와 콜리, 매기와 조는 석탄산과 생선과 개솔린 냄새에 젖어 있었다. 시체가 쓰러진 모습과 화약흔을 보면, 어떤 녀석이 개머리판을 떼어낸 12구경 엽총으로 희생자의 배를 쏜 것이라고 매기가 말했다. 자유경쟁 시장의 새로운 챔피언들이 마약 시장을 독점하기 위해 저지른 또 다른 마약 범죄 중의 하나였다. 누군가가 밀고하기 전에는 해결되지 않을 사건이었다. 경찰이 현장에 쳐놓은 노란 테이프 주위로 군중들이 모여 들었다. 로페즈와 신출내기가 그들을 제지하기 위해 도착했다. 구급요원들은 시체를 운반하는 일에 대해 투덜거렸다. 신출내기도 이제는 시체에 신경을 쓰는 것 같지 않았다.

그들이 경찰서로 돌아갔을 때는 이미 날이 늦어 있었다.

"난 영화를 보러 갈 거야." 콜리가 말했다. "소매치기도 데려갈까 해. 같이 갈래?"

"소매치기는 왜?"

"자네 말처럼 어쩌면 범인은 영화 속의 어떤 장면을 보고 정신이 돌아버렸는지도 몰라. 어쩌면 뭔가를 발견할 수 있을 거야."

"이 사건은 더 이상 진전을 볼 수 있을 것 같지 않아."

"같이 가겠다는 거야, 말겠다는 거야?" 타스코는 안 가겠다고 했다.

소매치기도 가기 싫다고 했다. "영화비는 내가 낼게." 콜리는 웃지도 않으면서 그에게 말했다.

콜리는 버씨가 앉았던 의자에 앉은 다음 소매치기에게 그가 했던 동작들을 순서대로 정확히 해보라고 시켰다. 그는 버씨가 했던 것처럼 팝콘과 그레이프 소다를 사서 옆자리에 놓았다. 영화에 주의를 기울이면서도 눈 가장자리로 소매치기를 흘낏거리지 않으려 애썼다. 문을 등지고 앉아 있다는 그 불쾌한 느낌을 무시하면서 가빠지는 호흡을 조절하려고 애썼다. 그는 그것이 싫었다. 왼쪽의 길고 텅 빈 통로, 주위에 있는 사람들과 어둠이 싫었다. 폭발할 것 같은 에너지로 꽉 차 있다는 기분을 참으며 꼼짝 않고 가만히 앉아 있으려고 자신과 싸웠다. 드디어 화면에서 살인자가 마지막 생존자에게 다가가자 배경 음악이 비명을 질러댔다. 콜리는 왼쪽으로 몸을 쓰러뜨린 다음 머리를 수그린 자세로 고쳐 앉았다. 화면에서는 소녀가 살인자와 싸우자 사람들이 제때에 그녀를 구해내는 장면을 보여주었다. 그들은 살인자를 죽인 다음 소녀를 위로해 주었는데 살인자가 실제로는 죽지 않고 도망쳤다는 것을 알게 되었다. 그 순간 콜리는 소매치기가 그에게 기대 오는 것을 느꼈고, "미안합니다"라고 말하는 것을 들었다. 코트에서 지갑이 살짝 미끄러져 나가는 것을 느꼈는데 그것은 그가 그 동작을 기다리고 있었기 때문에 가능했다. 그는 관객들이 낄낄대거나 투덜대거나 말없이 나가는 동안에도 쓰러진 채로 앉아 있었다. 불안해하는 극장 종업원이 그를 흔들면서 일어나라고 할 때까지 앉아 있었다. 그는 소매치기가 남자 화장실에서 토하고 있는 것을 발견했다.

"이 사건은 잠시 내버려두기로 했어." 서장이 말했다. "강가에서 발생한 사건에나 신경을 써."

타스코는 고개를 끄덕인 뒤 껌을 딱딱 씹었다. 콜리는 아무 말도 하지 않았다.

"무슨 문제라도 있어, 데빈?"

"저는 이 사건을 좀더 조사했으면 좋겠는데요."

"뭐 쓸 만한 단서라도 있어? 새로운 단서? 뭔가 있어?"

콜리는 머리를 저었다. "아니오."

"그럼, 그렇게 해."

그들은 자신들의 책상으로 돌아왔다.

"어젯밤에 뭐라도 알아냈어?" 타스코가 물었다.

콜리는 어깨를 으쓱여 보였다. 캄캄한 그곳에서 또렷하게 느껴지던 중압감. 앉아서 기다리는 동안 폐 속으로 밀려들어오던 차가운 공기 속에서 숨을 내쉬려고 했던 자신의 노력이 생각났다. 그는 누군가를 자극한 것이 분명한 그 영화에 주의를 기울이려고 했었다. 소매치기를 칸막이 안에서 부축해 데리고 나오던 일, 그 때문에 민망해져 미안하다고 사과했던 일, 콜리가 잡고 있던 팔꿈치를 소매치기가 뿌리치며, 콜리가 셔츠 주머니에 넣어준 20달러 지폐를 반으로 쭉 찢으면서 그 빌어먹을 돈인지 뭔지 받지 않겠다고 하던 일이 기억났다.

"별로 없었어." 그는 대답했다. "버씨는 우리가 생각했던 것처럼 마지막 살인 장면에서 살해당한 게 틀림없어."

"정말 웃기지 않아? 화면에서 그 짓거리가 벌어지고 있는 동안 관객석에서는 어떤 놈이 칼을 뽑아들어 사람을 해치웠다는 게."

"그래." 콜리가 말했다. "자네 말대로야."

콜리는 그날 밤도 대학 근처의 한 극장에서 공포 영화를 보았다.

그는 마지막 줄 벽 옆의 통로 쪽에 앉았다. 영화는 전에 본 것과 똑같았다. 똑같은 느낌, 똑같은 대사, 똑같은 희생자들, 똑같은 새빨간 색깔의 끔찍한 장면들. 관객들은 더 젊은 편이었다. 배우들보다 나이가 조금 많았고 더 시끄러웠다. 전의 관객들과 마찬가지로 화면을 향해 괴성을 질렀고 신음 소리를 냈다. 농담을 주고 받으며 웃지 않아야 할 장면에서 웃었다. 서로를 겁주려고 하면서 괴상한 반응을 보였고 어딘가 관객답지 않게 행동했다. 그들은 영화 말고도 다른 관객들도 보러 온 것이었다. 한 떼의 무리를 짓기 위해 온 것이었다.

그는 다음날에도 다른 영화를 보고 있는 자신을 발견했다. 마지막 줄, 벽 옆의 통로 쪽에 앉아 주머니의 스피드로더를 만지작거리면서, 도대체 자신이 왜 거기서 시간을 낭비하고 있는지 기억해내려고 애썼다.

영화가 거의 끝나갈 무렵 그는 앞쪽의 한 그림자가 몸을 일으켜 통로 쪽으로 천천히 다가가다가 걸음을 멈추는 것을 보았다. 그림자가 왼쪽 손을 내밀어 누군가의 머리를 뒤로 잡아당기는 것을 보는 순간 그의 뱃속은 얼음장처럼 차가와졌다. 비명 소리가 들렸다. 그림자가 오른손으로 그 사람의 목을 긋고 난 뒤 돌아서서 입구 쪽을 향해 통로를 달려오는 것이 보였다. 운 좋게도 똑바로 그를 향해 오고 있었다. 그림자가 그를 향해 달려오는 동안 그는 팔걸이를 잡은 손에 힘을 주며 몸을 긴장시켰다. 꼼짝 않고 가만히 앉아 있으려고 자신과 싸웠다. 발을 통로에 내밀어 걸자 그 사내는 바닥으로 나가 떨어졌다. 콜리는 무릎으로 그의 등을 누르고 올라탄 다음 오른쪽 귀에 총을 가져다 댔다. 구급차를 부르라고 외치면서 그에게 꼭 쥔 주먹을 펴라고 명령했다. 그의 동작은 느렸다. 콜리는 그의 손등을 총신으로 후려쳤다. 손가락이 풀리자 뭔가 환한 색깔의 물건이 카페트 위로 굴러떨어졌다. 그는 그것이 립스틱이라는 것을 알아보기 전까지 몇 초 동안이나 그것을 응시하고 있었다.

"그냥 장난인데요." 콜리의 머리 위에서 떨리는 목소리가 말했다. 콜리는 고개를 들었다. 목소리의 주인은 목에 난 새빨간 립스틱 자국을 떨리는 손으로 가리키고 있었다. "장난이라니까요."

콜리는 두 사람에게 함께 수갑을 채운 다음 경찰서로 끌고 갔다. 그는 그들을 살살 다루지 않았다.

신문들은 그 기사 덕분에 재미를 보았다. '비번이던 형사가 립스틱으로 난도질한 범인을 체포하다' 어떤 표제는 그렇게 말했다. 콜리는 그 기사들을 코르크 벽에 붙여놓았다.

그가 출근하자 사람들은 혹시 그가 상처라도 입지 않았는지, 옷에 생긴 립스틱 자국을 지울 수 있었는지 물어보았고 립스틱 살인자에 대해 주의를 주면서 놀려댔다. 그는 그것 때문에 기분이 나빠지지는 않았다.

정말 기분 나빴던 것은 가짜 범인과 희생자가 얼마나 재미있어했을까 하는 점이었다. 그는 타스코에게 그 얘기를 해보려고 했었다. 정말 속았었다고 말했다. 그는 분노로 떨면서 그들을 왁살스럽게 다루고, 혼을 내주고, 신에 대한 두려움을 조금이라도 심어주고 싶었지만 그들은 귀담아듣지도 않았다. 경찰서까지 오는 동안 계속해서 그 장난만 되풀이했을 뿐이었다.

"그게 장난인지 잘 몰랐지?" 립스틱으로 그은 녀석이 그렇게 물었다.

"내가 진짜 당한 줄만 알았어." 희생자가 말했다. "한순간이지만 바로 이게 그거구나 하고 생각했어." 그는 머리를 좌석에 기댔다. 경찰차가 가로등 밑을 지나가자 그의 얼굴은 갑자기 푸르스름한 색에서 까맣게 어두워졌다. "야아, 정말 겁나던데." 희생자가 말했다.

"조용히 못해." 콜리가 으르렁거렸다. "입 닥치고 가만히 있어." 그들은 잠시 말이 없다가 서로를 쳐다보며 낄낄거렸다.

"마약을 했을 거야." 타스코가 말했다.

"돌지는 않았어. 그런 것 같았는데 아니었어. 장난에 걸려든 놈은 살인자인 줄만 알았대. 완전히 겁에 질려 있었어. 그런데도 재미있었다는 거야."

타스코는 어깨를 으쓱였다. "싼 값으로 재미를 보는 거지. 그런 짜릿한 기분을 좋아하는 거겠지. 자기들이 영화의 주인공인양 느낄 수 있게 해주니까. 무비 스타가 되는 거야. 누구나 무비 스타가 되고 싶어하지. 머리에 워크맨을 끼우면 자기 인생이 곧 지랄 같은 영화 줄거리로 변하는 줄 알아."

"도대체 이 사건이 어떻게 돌아가는 건지 알기나 했으면 좋겠어." 콜리는 의자를 뒤로 기울여 흔들었다. "오늘 밤에 영화를 보러 갈 건데, 같이 갈래?"

타스코는 1, 2 초 가량 콜리를 뚫어지게 쳐다보았다. "근무 시간 외에 가는 거야?"

"갈 거야, 안 갈 거야?"

"강가에서 발생한 사건을 조사해야 돼. 기억나나? 극장 사건은 해결 못할 거야. 그건 우연하게 한 사람이 죽은 사건이야." 그는 아주 잠시 동안 말을 멈추었다. "자네, 괜찮은 거야?"

콜리는 의자를 앞으로 기울이며 흔들었다. "그게 도대체 무슨 뜻이지?"

"아무 뜻도 없어. 난 다만——."

"난 영화를 보러 같이 가겠냐고 물은 것밖에 없어."

"목소리 좀 낮춰. 왜 그래? 지난 6개월 동안 자네는 이 직업에 염

증을 내고 있어. 난 마치 걸어다니는 시체하고 파트너가 된 것만 같
았어…….”

“난 내 일을 할 뿐이야. 내 할 일을 안 했다고 말할 사람은 없
어.”

“……그런데 이제 와서 시간외 근무를 하겠다는 거야? 난 자네
파트너야. 자네한테 아무 일도 없는지 알고 싶을 뿐이야. 그게 전부
야.”

“난 괜찮아.” 콜리가 쏘아부쳤다.

“그래, 그럼 됐어. 그냥 물어봤을 뿐이야.”

콜리는 형사실 건너 쪽에 가서 컵에 커피를 다시 채운 뒤 도로
와서 앉았다. 커피를 한 입 마시다가 혀를 데고 말았다. “그래, 알았
어.” 그가 말했다. “걱정해 준 건 고마워. 근데 영화 보러 갈래?”

타스코는 머리를 저었다. “그것 말고도 할 일이 산더미야.”

콜리도 힐 일이 많았지만 아홉시에 끝내 매저스틱 극장에 가고
말았다. 매표원 여자는 그의 배지만 보고서도 들여보내 주었다. 관
객의 숫자가 아주 많이 늘었다고 말했다. 로비는 사람들로 북적거
렸으며 매점의 카운터에도 사람들이 두 줄로 서 있었고 전자오락기
주위에도 떼를 지어 있었다. 누군가가 오락기 화면에 나타난 뭔가
를 총으로 박살내자 구경하던 사람들이 그 전기적 폭발을 구경하면
서 탄성을 올렸다. 상영실 뒤쪽과 통로 쪽에는 자리가 없어서 콜리
는 두 사람 사이에 끼어 앉아야 했다. 그는 팔꿈치를 팔걸이에서 내
려놓았다. 영화를 보는 동안 관객들은 더욱 긴장해 있는 것 같았다.
모든 이들이 눈을 크게 뜨고 경계하고 있는 것 같았다. 그는 근육이
긴장하는 것을 자주 느꼈다. 어쩌면 그 긴장은 바로 자신의 내부에
존재하는 것인지도 몰랐다.

립스틱 장난은 나쁜 소식처럼 극장가로 빨리 퍼져나갔다. 콜리는

밤마다 립스틱으로 긋고 다니는 놈들을 한두 명씩 심문해야 했다. 분노를 느꼈다. 누군가의 머리가 뒤로 젖혀지는 것을 본다거나 비명 소리를 듣는 것이 그에게는 장난이 아니었기 때문이었다. 앉아 있다가 일어나 뛰어간다거나 통로를 뛰어나오는 사람의 주먹 안에 면도날이 감춰져 있을지도 모른다는 사실은 장난이 아니었기 때문이었다.

그 장난은 점점 교묘해져서 사람들은 팀을 짜서 내기도 걸었다. 긋는 사람과 당하는 사람들이 서로 역할을 바꾸기도 했고 휴식 시간에 로비에서 점수를 계산하기도 했다. 어떤 때는 전혀 모르는 사람의 목을 긋는 일도 일어났다. 처음에 콜리는 그렇게 해서 일어난 싸움을 말리기도 했지만 나중에 가서는 내버려두었다. 바보 패거리들 때문에 상처를 입을 위험을 감수하느라 시간을 낭비할 수는 없었다. 그는 그 주일 내내 매일 밤 영화를 보러 갔다. 언제나 그 전보다 더 많은 관객들을 보았고 더한 긴장과 경계심을 느꼈으며 더 피로해져서 극장을 나왔다. 그의 위궤양은 유황처럼 쓰라리게 불타올랐다. 그는 다시 담배를 피우기 시작했다.

금요일 밤, 영화가 거의 끝나갈 무렵 그의 삐삐가 울렸다. 관객들의 절반이 비명을 지르면서 뛰어올랐고 의자를 꽉 움켜잡는 소동을 벌였다. 안도감이 휩쓸자 도로 의자에 내려앉았다. 그들은 영화를 무시하고 자기들끼리 웃고 욕을 퍼붓거나 불평을 해대면서 수다를 떨었다.

콜리는 로비에서 경찰서로 전화를 걸었다. 애스트로 극장에서 최종회 상영 뒤 시체가 발견되었다. 목이 베어진 시체였다.

콜리는 이상하게도 기분이 좋았다.

"어느 미친 놈이 첫 사건 흉내를 낸 건지도 몰라." 다음날 허품을 하며 타스코가 말했다.

콜리는 졸립지 않았다. "절대로 아니야." 그는 말했다." 지난 번과 아주 똑같은 범행이야."

"사건에 대한 자세한 기사가 신문에 났었잖아."

"레이, 같은 범인이야."

"그래, 알았어." 타스코가 손바닥을 펴 보이며 말했다. "같은 범인이야."

똑같은 수사 과정이 다시 시작되었다. 증인들로부터 진술을 받는 일, 관객들을 찾아내는 일, 파랗고 노란 편, 믿을 만한 증인이 없다는 점도 마찬가지였다. 타스코는 그들이 어디에 앉았고 무엇을 보았으며 아는 사람을 본 적이 있는지 물었다. 콜리는 그들이 왜 영화를 보러 갔는지, 영화가 마음에 들었는지, 공포 영화를 자주 보러 가는지, 혹시 립스틱 놀이를 해본 적이 있는지 물었다. 그들은 콜리의 질문에 어떻게 대답해야 할지 몰랐다. 그는 그들을 불편하게 만들었고 어떤 때는 화나게 만들었다. 그들은 타스코를 보면서 대답했다. 타스코는 재미있다는 표정으로 껌을 딱딱 씹으면서 그것을 모두 받아썼다.

콜리는 새로 나온 사진, 신문기사, 사설, 영화 광고들을 코르크 벽에 붙였다. 각종 단체들은 립스틱 놀이를 비난했고 공포 영화 상영을 중단할 것을, 아니 아예 극장문을 닫을 것을 요구했다. 매저스틱 극장 주인은 신문 독자들에게 미치광이 한 명 때문에 모두 겁에 질려 죄수가 될 필요는 없으며 밤의 괴물들에게 굴복하지 말라는 내용의 객원 사설을 썼다. 무비올라 극장에서는 무장 경비원을 배치할 것을 약속하는 광고를 냈다. 매저스틱 극장은 최종회 상영을 보러 오라고 사람들을 부추겼다. 코르크 벽은 그 주말이 되자 다 덮이고 말았다. 이제는 켜져 있지 않은 텔레비전 뒤의 벽을 채우고 있는 거대한 몽타쥬였다.

타스코는 이제 콜리와 함께 영화를 보러 다녔다. 모든 매표구마다 줄이 늘어서 있었고 매일 밤 줄은 더욱 길어졌다. 무비올라에서는 경비원들이 로비와 통로에서 서성이고 있었다. 매저스틱에서는 공항에서 쓰는 금속 탐지기를 문에 설치했다. 애스트로에서는 관객들의 몸을 수색했다. 그들은 불안한 듯이 웃거나 짐 캐그니나 험프리 보가트의 말투를 흉내낸 농담을 했다. (*두 배우 모두 영화에서 갱이나 경찰 역할을 많이 맡았음.) 경비원들은 립스틱을 발견하게 되면 주인에게 립스틱 소지 면허를 갖고 있느냐고 물었고 그러면 사람들은 그 립스틱은 방어용일 뿐이다, 나는 립스틱을 수집한다, 나는 FBI에 있다 라고 대답을 해서 폭소를 자아냈다. 모든 사람들이 실컷 재미를 보고 있었다. 매표원 여자는 그런 관객들이 소름끼친다고 말했다.

"나도 소름이 끼쳐." 콜리가 말했다.

콜리와 타스코는 각기 벽을 등지고 상영실 안의 반대편 통로 쪽에 앉았다. 옷깃에는 마이크를 꽂고 귀에는 이어폰을 꽂고 있었다. 립스틱 장난을 하는 사람들은 점점 줄어들었지만 관객들은 자극되고 긴장되어 보였다. 콜리는 머릿속이 날카로와지면서 뭔가를 기다리는 듯 긴장되어 있다고 느꼈다. 모든 것을 볼 수 있을 것처럼 느꼈고 뭔가를 기다리고 있다고 느꼈다.

영화가 끝나고 지쳐서 집에 와 소파에 쓰러질 때면 벽에 있는 버씨의 사진을 뚫어지게 쳐다보고 있는 자신을 발견하고는 했다. 버씨는 통로 쪽 자리에 앉아서 그를 쳐다보고 있었다. 콜리의 손이 그의 머리를 붙잡고 있었다. 콜리는 자신이 아무것도 모르고 있다고 느꼈다.

콜리는 전기 면도기를 끈 다음 라디오를 켰다. 이른 아침부터 디제이는 난도질을 한 범인에 대해 정신과 의사와 좌담을 하고 있었다. 콜리는 그가 정신병자에 대한 모범 해답 같은 설명만 늘어놓을 줄 알고 있었다. 범인은 조용하고 예의 바르며 옆집에 사는 소년처럼 평범하며 성욕이 억압되어 있으며 아버지를 미워한다. 그를 아는 사람이면 누구나 놀라면서 그가 아주 착한 사람이며 그가 살인자라는 사실을 도저히 믿을 수 없다고 할 것이다. 그는 그 말을 타스코에게 인용해 주려고 노트를 꺼내 받아썼다.

"범인은 '조용하고 내성적이며 억압된 성과 성적 욕구로 괴로워하고 있으며 강렬한 감정이 축적되는 경험을 갖고 있으며 영화의 클라이맥스와 살인에서 오르가즘을 얻는다. 그런 감정의 축적과 방출을 되풀이한다. 그는 생명과 체액과 만족감을 방출시킨다'고 말했다." 그는 노트를 덮었다.

"어이, 난 그런 말이 정말 싫어." 타스코가 말했다. "지랄맞게 싫어. 아무것도 말해 주지 않잖아. 그냥 말장난이야. 그 의사가 누구길래 그런 개떡 같은 소리나 지껄이고 돈을 받나? 아무것도 모르면서."

"난 그 친구하고 얘기를 해보고 싶어." 콜리가 말했다. "그냥 같이 앉아서 얘기를 나눠보고 싶어. 술이라도 한잔 사주면서 도대체 어떻게 된 거냐고 묻고 싶어."

"정신과 의사 말이야?" 타스코는 실눈을 가늘게 떴다.

"범인 말이야." 콜리가 말했다. "칼을 휘두른 놈."

타스코는 아무 말도 하지 않았다.

"범인은 뭔가를 알고 있어." 콜리가 말했다.

타스코는 다시 화난 얼굴이 되었다. "범인도 아무것도 모르고 있어. 도대체 무슨 소리를 하는 거야?"

콜리는 자기가 무엇을 의미했는지 말하려고 했지만 알맞는 단어를 찾을 수 없었다. 확실한 말로 표현할 수 없었다. 범인을 잡는 일이 왜 그토록 중요한 것일까? 그를 만나보고, 어떻게 생겼는지 보고, 왜 그랬는지 알아보는 일이 중요한 것일까? 왜 그랬는지는 모른다 해도 어떻게 그럴 수 있었는지라도 알아보는 것이 중요할까? 사람들이 무엇 때문에 목이 베일 기회를 찾아 경품권을 사듯이 극장 앞에 줄을 서는지 알아보는 것이 중요한 것일까? 무엇이 나를 바깥으로 내몰았다가 다시 끌어당기는 것일까? 왜 나는 여벌의 총까지 갖고 다니는 것일까? 사직서를 내면 그만인데도 무엇 때문에 타르와 아스팔트로 에워싸인 황량한 동네 한가운데에 있는 초라한 아파트에 살고 있는 것일까? 내가 원하는 것은 과연 무엇일까?

"범인은 인간의 심리에 대해 뭔가를 알고 있어." 마침내 콜리가 말했다.

타스코는 파리를 쫓듯이 손을 내저었다. "뭘 알겠어? 그 자는 정신병자일 뿐이야……."

"레이, 우린 그런 병자들을 많이 봐왔어. 하지만 그들은 공공장소에서 칼로 사람을 긋지는 않아. 이런 끔찍한 사건을 저지르지는 않아."

이제 두 사람의 목소리에는 모두 분노가 깃들어 있었다.

"어쩌면 정신병자들도 그럴지 모르지. 자기가 과연 해낼 수 있는지 보려고 그랬는지도 몰라. 그런 생각을 해봤어? 어쩌면 관객들이 직접 보는 앞에서 누군가를 없애 버린다는 짜릿한 쾌감 때문일 거야. 단지 그런 이유뿐일 거야."

"그래, 그게 다야. 그런데도 세상 사람들은 그 자가 극장에 나타난다는 걸 알면서도 거기에 안 가고는 못 배기지. 왜 거기에 가지 않으면 안 되는 걸까, 타스코?"

“데빈, 우린 계속 영화만 보러 다닐 수는 없어. 우리한테도 삶이 있어.”

“그 자를 범행 현장에서 잡지 않으면 영원히 못 잡게 돼.”

“멍청한 소리! 그런 일은 없을 거야. 자네는 정말 멍청한 말을 하고 있어.”

“말 조심해, 타스코 형사.”

“자네 멋대로 해, 콜리. 젠장.”

그들은 서로의 눈길을 피하면서 다시 침묵을 지켰다.

“난 그냥 범인을 잡고 싶은 것뿐이야.” 콜리가 말했다.

“그래.” 타스코가 창 밖을 내다보며 말했다. “내가 하고 싶은 일은 집에 가서 처자식과 함께 지내는 거야. 야구 경기라도 보면서.” 그는 콜리를 다시 쳐다보았다. “그래, 오늘 밤에도 또 영화 보러 갈래 말래?”

그들은 그날 밤에도, 다음날 밤에도, 그 다음날 밤에도 극장에 갔다. 언제나 그들은 양쪽의 뒷문을 맡을 수 있도록 마지막 줄의 반대쪽 통로에 앉았다. 타스코는 영화를 한 번만 보았지만 콜리는 두 번씩 보았다. 그는 타스코가 다른 쪽 끝에 앉아서 헛기침을 한다든가 혼자말을 하는 것을, 또 가끔 꾸벅꾸벅 졸면서 내는 코고는 소리를 들을 수 있을 때면 기분이 나아졌다. 타스코가 졸 수 있다는 사실이 이상했다. 콜리는 긴장한 채로 의자에 계속 앉아 있었다.

타스코가 가고 나면 콜리는 혼자서 통로에 벌거벗고 앉은 것 같은 기분이 되었다. 그는 자리를 안쪽으로 하나 옮겨 앉은 다음 레인코트를 통로 쪽 자리에 걸쳐놓아 누군가가 앉은 것처럼 보이게 만들어 아무도 거기에 앉지 않도록 했다. 아홉시 상영은 언제나 매진되었고 관객들은 모든 좌석을 채웠으며 그를 압박해 왔다. 어둠 속에서 공포 영화를 보는, 하나로 단결된 군중들은 면도날을 든 사람을 그들 속에 감춰주고 있었다. 아니, 어쩌면 그를 오라고 부르고 있는 건지도, 그를 갈망하면서 찾고 있는 건지도 몰랐다. 닷새가 지나자 콜리는 지칠 대로 지쳤고 신경이 날카로와졌다.

"난 영사실 안에 앉아 있겠어." 그는 타스코에게 말했다. "전망이 더 좋아."

타스코는 어깨를 으쓱였다. "주말까지만 하고 그만두는 거야. 알았어?"

"그때 가서 보자."

"그때로 끝내야 돼, 데빈."

두꺼운 유리벽으로 차단된 높은 영사실에 앉으면 시야가 훨씬 넓었고 관객들을 살펴볼 수 있는 거리가 생겨서 좋았다. 처음에 관객들이 영화가 시작되기를 기다리는 동안 어둠 속에서 창백하게 보이는 그들의 얼굴이 그의 쪽을 올려다보는 것이 아주 또렷하게 보였다. 극장 관리인은 자동조명장치를 수동으로 끈 다음 불을 켜는 법을 가르쳐 주었다. 유리벽에 뚫려진, 포장용 테이프로 테두리를 바른 작은 직사각형을 통해 화면을 비추고 있는 영사기는 마치 거대한 토미 기관총 같았다. 그는 좀더 세련된 장치를 기대했었다.

타스코는 벽을 등지고 왼쪽 통로 옆 마지막 줄에 앉아 있었는데 콜리의 바로 밑이라서 보이지 않았다. 콜리는 타스코의 깃에 꽂힌 마이크를 통해 들려오는 관객들의 소리를 이어폰으로 들을 수 있었다. 사람들의 수군거림, 터져나오는 높은 웃음 소리, 그 자리에 있어서는 안 될 아기 울음 소리까지도 들려왔다. 콜리는 넥타이로 안경을 문질렀다. 수백 명의 사람이 그 자리에 있는데 그중 하나가 범인일 수도 있었다. 나머지 사람들은 그곳에서 도대체 뭘 하고 있는 것이며 나는 이 위에서 도대체 뭘 하고 있는 것일까.

불이 어두워지고 영사기에 불이 들어오면서 광고와 예고편이 끝나고 본 영화가 시작되었다. 촛점이 약간 어긋난 영화가 유리벽 직사각형 안에서 춤을 추었다. 포장용 테이프를 통해 색깔과 동작의 덩어리가 피가 흐르듯 번져나가고 있었다. 영사실의 스피커에서 나오는 음향은 가늘었고 양철처럼 쨍쨍 울렸다. 그 소리는 반 박자의 간격을 두고서 이어폰으로 들어와 그를 어지럽혔다. 이지러진 거대한 영상들이 유리창 너머로 화면을 채웠다. 그는 영화를 보기 시작했다. 어떤 사람이 일어나 통로 쪽을 향하기에 타스코에게 주의를 주었다. 아드레날린이 팔과 다리를 뜨겁게 만들고 있었다. 그 모습이 통로에 이르자 돌아서서 화장실인지 매점인지를 향해 걸어가기에 다시 긴장을 풀려고 애썼다. 모든 사람의 머리 위에 위치한 그곳에서는 긴장을 풀기가 좀더 쉬웠다.

영화는 지루하게 이어졌다. 콜리는 관객석 한가운데에 촛점을 만들어 그곳을 뚫어지게 쳐다보면서 눈의 촛점을 풀어버리는 요령을 터득했다. 그랬더니 모든 사람들의 동작을 한꺼번에 볼 수 있었다. 모든 사람들은 움직이고 있었다. 귀나 코, 머리를 긁고 있었고 기침을 막거나 뭔가를 먹기 위해 손을 입으로 올리고 있었다. 데이트하는 사람들은 서로에게 팔을 걸치고 있었고, 몸을 앞뒤로 기울이며 손으로 눈을 가리고 있었다. 다시 한 번 그는 화면 안의 살인 사건에서 생겨나는 패턴들을 보았다. 살인이 가까와지면 우러나는 동작들. 죽음을 만나면 얼어붙었다가 다시 녹기 시작해 관객들을 다시 휩쓸며 흐르기 시작하는 그 강렬하고 차가운 동작은 그 다음 다시 조용하고 매끄러워졌다. 그는 단 한 사람에게만 촛점을 맞추어 시야를 좁히게 되지 않게끔, 천천히 조심스럽게 숨을 쉬면서 주의를 기울여야 했다. 그는 영화는 보지 않았다.

어떤 재빠른 움직임이 눈 가장자리에 잡혔다. 금속에 비친 광선의 빠른 움직임이었다. 그는 오른쪽으로 눈을 돌려 그 움직임에 시선을 고정시켰다. 머리가 뒤로 젖혀지고 칼날이 다시 번쩍이는 것을 보았다. 그는 사건이 벌어지고 있다는 것을 알았다. 살인자가 희생자 바로 뒤에 앉아 있었기 때문에 그 줄을 따라 움직일 필요가 없었다는 것을 깨달았다. 타스코의 반대쪽 끝에 있는 곳에서 이제 그 사건이 벌어지고 있었다. 계단을 향해 돌아서면서 전등 스위치를 누르며 타스코에게 마이크로 소리쳤다. 그러자 타스코가 그 사람에게 멈추라고 고함치는 것이 들렸다. 희생자를 구하기에는 너무 늦었다는 것을 알고 있었지만 이제 그들은 범인을 잡을 것이다. 이제 잡았다. 드디어 잡은 것이었다. 한 번에 세 개씩 계단을 내려갔다. 발이 미끄러졌다. 계단에 미끄러지면서, 추락하지 않으려는 듯이 팔을 휘젓고 어깨를 비틀었다. 마침내 다 내려가 매점 뒤에 있는 문을 박차고 들어갔다. 뛰면서 피스톨을 빼들었다. 한 손님과 팝콘 상자가 그에게 부딪쳐 공중을 날았다. 이중문 앞에서 잠시 멈추고 피스톨을 앞으로 내밀어 겨냥한 다음 그 미치광이가 그의 품안으로 뛰어들기를 기다렸다.

아무도 나오지 않았다. 콜리는 몸을 굽힌 다음 꼼짝 않고 있으면서 두 손으로 피스톨을 움켜잡았다. 왼쪽 귀로는 극장 안의 목소리, 비명 소리, 음악 소리가 들려오고 있었다. 타스코가 뭐라고 외치는 것 같은 소리가 들려왔지만 아무도 나오지 않았다. 앞으로 나아가면서 총을 계속 겨눈 채 왼손으로 문을 벌컥 밀었다.

불빛은 눈부시게 환했지만 필름은 계속 돌아가고 있었다. 오른쪽 귀에 꽂은 이어폰에서는 음악과 외침 소리와 비명 소리가 메아리쳤다. 그 때문에 그는 잠시 자신이 어디에 있는지 잊고 말았다. 이어폰으로 타스코가 그를 부르는 소리가 들렸다. 화면 밑에 몰려 있는 한 떼의 군중들 속으로 들어가려고 몸부림치는 타스코가 보였다.

어떤 관객들은 자리에 앉아서 영화를 보고 있었고 나머지는 밑으로 내려가 범인에게 덤벼들고 있었다.

콜리는 타스코에게 고함을 치면서 통로를 뛰어 내려갔다. 이어폰의 소리가 끊어지더니 타스코의 목소리는 들리지 않게 되었다. 군중들에게 이르자 길을 막고 있는 사람들을 끌어내며 밟고 밀었다. 몇몇 사람들이 그를 밀치면서 덤볐기 때문에 한 명을 넘어뜨렸다. 또 다른 사람이 그를 붙들었다. 그의 얼굴을 갈긴 다음 총을 앞으로 겨누고 벽을 향해 뒷걸음쳤다. 그 사람은 마음을 바꾸고 뒤로 도망쳤다. 타스코의 이름을 불렀지만 이어폰에서는 아무 소리도 나지 않았다. 그는 군중 속을 헤치고 팔꿈치로 밀면서 들어가려고 했다. 피스톨을 든 양 손으로 그들을 때리고, 그냥 방아쇠를 당겨서 일을 끝내고 싶은 충동과 싸웠다. 거대한 몸집의 남자가 돌아서더니 팔을 휘두르기 시작했다. 콜리는 그의 주먹이 느릿느릿한 동작으로 날아드는 것을 쳐다보았다. 주먹을 쉽게 피한 다음 그의 명치를 무릎으로 내려쳤다. 그 남자가 거대한 나무처럼 넘어지는 것을 보았다. 콜리도 같이 넘어지면서 그의 턱을 손으로 쳤다. 감자같이 커다란 그의 코에 있는 숨구멍을 셀 수도 있을 것 같았다. 그들은 스피커 바로 밑에 있었다. 음악이 그의 뼛속에서 크게 울리고 있었다. 그는 일어나 군중들에게 다가가 다음 사람을 붙들었다.

총소리가 났다. 너댓 명에게 둘러싸인 타스코의 총은 천장을 겨냥하고 있었지만 밑으로 낮추어져 있었다. 군중들은 다음의 총격은 경고 사격이 아닐 것을 알면서도 뒤로 물러서지 않았다. 콜리는 음악 소리보다 더 크게 고함을 지르면서 피스톨을 돌려 천장을 향해 한 번 쏘고 또 쏘았다. 타스코의 총이 거기에 대답했다. 그는 세 번째로 또 쏘았다. 바깥쪽에 몰려 있던 군중들은 흩어지기 시작했다. 어떤 사람들은 다쳤고 어떤 사람들은 피투성이였다. 콜리는 그들을 붙잡으려고 했다. 한 명을 붙잡았지만 몸을 비틀어 빠져 도망갔다. 군중들은 뒤쪽으로 밀려갔다. 그를 무시하면서 웃음을 터뜨리거나 소리를 지르고 있었다. 어떤 관객들은 자리에서 일어나 합세했고 나머지는 자리에 앉아 박수를 치며 환호했다.

그들 주위에는 사람들이 널부러져 있었다. 어떤 사람들은 신음하고 있었고 어떤 사람들은 피를 흘리고 있었다. 난도질을 당한 희생자는 통로 쪽 자리에 쓰러져 있었는데 그의 잘려진 목은 천장에 그려진 별을 향해 있었다. "도와줘, 하느님, 맙소사." 누군가가 계속 그렇게 말했다. "도와줘." 콜리는 누가 그의 이름을 부르며 뭐라고 말하는 소리를 들었다. 타스코였다.

"사람들을 말릴 수가 없었어." 타스코가 말하고 있었다. 콜리는 밑을 내려다보았다. 군중들은 범인의 면도날과 손에 집히는 것을 아무거나 닥치는 대로 썼다. 범인의 모습은 알아볼 수 없게 난자당해 있었고 머리는 몸에서 거의 떨어져나온 상태였다. 갑작스러운 분노가 콜리의 머리 속에서 번쩍였다. 그는 가장 가까이 누워 있는 사람을 발로 걷어찼다. "말릴 수가 없었어." 타스코가 되풀이해 말했다. 목소리는 떨리고 있었다.

"이 자가 범인일까?" 콜리가 말했다.

타스코는 아무 말도 하지 않았다.

"어쩌면 매기가 알아낼 수 있겠지." 콜리는 말했다. "검시관은 알겠지." 그는 자신의 목소리에 깃든 절망을 들을 수 있었다.

"범인이 아닌 다른 사람일 수도 있어." 타스코가 말했다.

매표구의 전화로 경찰서에 전화하는 동안 콜리는 사람들이 영화를 끝까지 보지 못했다며 환불을 요구하는 것을 들었다.

콜리는 다음날 오후 늦게까지도 집에 돌아가지 못했다. 그는 길

위쪽 높은 곳에 있는 초라한 작은 아파트, 그곳의 소파와 이중 자물쇠와 텔레비전에 대해 생각하면서 열여덟 시간을 간신히 보냈다. 첫 자물쇠에 열쇠를 꽂기 전부터 고양이가 야옹거리는 소리가 들려왔다.

고양이에게 밥을 주고 맥주 깡통을 딴 다음 텔레비전을 켰더니 화면은 하얀 눈이 내리는 것처럼 뿌옇게 나오고 있었다. 영상을 조절하려고 해보았지만 아무 소용이 없었다. 그는 화가 났다. 결국 지붕에 가서 확인해 보았더니 그의 안테나가 구부러져 있었다.

그는 문 앞에 서서 소리지르며 문을 두들겼다. "지아넬리!" 지아넬리가 4층 아래의 바닥으로 빙그르르 느리게 돌면서 떨어지는 모습을 눈에 그렸다. "이리 나와, 지아넬리." 대답이 없었다. 그는 한 음절마다 한 번씩 문을 걷어차면서 이름을 길게 늘려서 불렀다. "지ㅡ아ㅡ넬ㅡ리!"

"꺼져." 안쪽에서 목소리가 들렸다. "꺼지라니까. 지금 경찰한테 전화하는 중이야."

"내가 바로 경찰이야." 콜리는 고함을 치면서 배지를 꺼내 어안 렌즈 앞에 들이밀었다.

"당장 꺼져." 지아넬리는 잠시 침묵하더니 그렇게 말했다.

콜리는 마지막으로 문을 한 번 더 걷어찼다.

안테나를 수리해 보려고 했지만 지아넬리가 안테나의 가로 부분을 구부러뜨린데다가 전선을 열대여섯 조각으로 싹둑싹둑 잘랐기 때문에 완전히 망가져 있었다.

잠들기 전에 그는 버씨의 사진들과 신문 기사들을 벽에서 떼어냈다. 상자 등을 뒤져서 전에 살던 여자의 사진들을 찾아내 그것을 모두 벽에 붙였다. 그것을 감상하기 위해 방을 가로 질러가 소파에 앉았다. 사진들은 모두 검정색, 흰색, 금발과 창백한 눈동자의 색깔로 이루어져 있었다. 그녀가 어떻게 해서 그곳에 오게 되었는지는 몰라도 이제 그 이유로부터 탈출했는지 알고 싶었다. 그는 그녀가 아주 아름답다고 생각했다. 하지만 도대체 사진 따위에서 뭘 알아낼 수 있겠는가?

그는 문을 잠근 다음 취침용 전구를 켰다.

도둑들 / 도널드 E. 웨스트레이크

1989 Too Many Crooks

도둑들 / 도널드 E. 웨스트레이크

1989 Too Many Crooks

Donald E. Westlake

도덜드 E. 웨스트레이크(미국, 1933~   )

뉴욕주 브룩클린에서 출생. 뉴욕주 피츠버그의 샘플레인 대학과 빙햄턴의 하퍼 칼리지 출신. 보험사무원, 타이피스트, 극단의 막일꾼, 철도의 선로공, 맥주 배달 트럭의 조수, 페인트 칠장이, 출판 에이전트 대신 원고를 읽어주는 일 등 많은 경력이 있음. 1960년 이래 30권 정도의 소설을 썼고, 그 밖에도 리처드 스타크라는 이름으로 20권, 터커 코라는 이름으로 5권의 소설을 썼다. 1966년 「God Save the Mark」로 에드가상 장편상 수상. 에드가상 중에서 그 해의 가장 뛰어난 단편 부문에 해학적인 작품이 선정되는 일은 아주 드물다. 하지만 진짜로 익살맞은 에드가상 수상작품을 쓸 수 있는 현대 추리작가가 있다면 그 이름은 도덜드 E. 웨스트레이크밖에 없다는 사실을 독자들은 알 것이다. 이 작품에서는 도트먼더와 그의 친구들이 은행의 금고 안에서 진짜로 놀라운 일을 당하게 된다.

도 둑 들

도널드 E. 웨스트레이크

1989 Too Many Crooks

"지금 무슨 소리가 났지?" 도트먼더가 속삭였다.

"바람이야." 켈프가 말했다.

앉은 자세에서 몸을 돌린 도트먼더는 무릎을 꿇고 있는 켈프의 눈에다 일부러 손전등을 비추었다. "무슨 바람? 우린 땅굴 안에 있는데."

"지하에 흐르는 강도 있잖아." 켈프는 눈을 찡그리며 말했다. "그러니까 지하에 부는 바람도 있을 거야. 저 벽은 다 부쉈어?"

"두 번만 더 두들기면 돼." 도트먼더가 그에게 말했다. 마음이 놓인 그는 손전등을 돌려 켈프의 뒤에 있는 텅 빈 땅굴 밑쪽을 향해 비추었다. 그곳은 구불거리는 지저분한 통로로서 대부분의 지름은 1미터도 되지 않았고, 오래된 쓰레기와 돌멩이 부스러기, 바위들을 뚫고 이리저리 구부러진 지하도로, 폐업한 신발 가게의 지하실 뒤쪽에서 시작되어 길모퉁이에 있는 은행 건물 벽을 향해 10미터 가량 가파르게 올라가고 있었다. 도트먼더가 하수도국에서 왔다고 하고서 수도국에서 얻어낸 지도와, 수도국에서 왔다고 하고서 하수도국에서 얻어낸 지도에 의하면 그 벽의 바로 뒤쪽이 은행의 본 금고였다. 도트먼더와 켈프가 꽤 오랫동안 긁고 파내어 온, 커다랗고 불규칙한 사각형의 콘크리트는 두 번만 더 두들기면 드디어 안쪽의 바닥으로 떨어지게 되어 있었는데 그곳이 바로 금고였다.

도트먼더는 콘크리트를 두들겼다.

한 번 더 두들겼다.

콘크리트 덩어리가 금고 바닥으로 떨어졌다. "아이고 하느님, 정말 감사합니다." 누군가가 말했다.

이게 무슨 소리야? 내키진 않지만 동작을 멈출 수가 없어서 도트먼더는 커다란 망치와 손전등을 떨어뜨린 다음 벽의 구멍으로 머리를 내밀어 주위를 둘러보았다.

분명히 금고는 금고였다. 그런데 그곳은 사람들로 꽉 차 있었다.

양복을 입은 한 남자가 손을 내밀어 악수를 청하면서 구멍에서 그를 금고 안으로 끌어들였다. "형사님, 정말 수고하셨습니다." 그가 말했다. "강도들은 바깥에 있어요."

도트먼더는 자신과 켈프야말로 강도라고 생각하고 있었다. "저들이 강도라고요?" 둥글고 하얀 깃이 달린 윗도리와 바지 차림을 한 둥근 얼굴의 여자가 말했다. "다섯 명이에요. 기관총을 가졌어요."

"기관총이라고요?" 도트먼더가 말했다.

커피 넉 잔, 카페인이 없는 커피 두 잔, 그리고 홍차가 한 잔 담긴 납작한 판지 상자를 들고, 콧수염을 기르고 앞치마를 두른 배달원 청년이 말했다. "아휴, 우린 모두 인질이에요. 난 해고당하게 생겼어요."

"몇 분이나 왔습니까?" 양복 입은 사람은 도트먼더 뒤에서 불안한 미소를 짓고 있는 켈프의 뒤를 쳐다보며 물었다.

"우리 둘뿐인데요."라고 말한 도트먼더는 사람들이 신이 나서 켈프를 구멍에서 끌어내 금고 안에 내려놓는 것을 절망적인 기분으로 처다보았다. 금고는 정말 인질들로 꽉 차 있었다.

"나는 커니라고 합니다." 양복 입은 사람이 말했다. "이 은행의 지배인입니다. 여러분들이 와줘서 얼마나 반가운지 말로 다 할 수가 없어요. "

지금까지 은행 지배인들 중에서 도트먼더에게 그런 말을 한 것은 그가 처음이었다. 그는 "네, 그렇겠죠, 네."하며 고개를 끄덕인 다음 다시 말했다. "난 에…… 디덤스 형사고, 이 사람은 에…… 켈리 형사입니다."

은행 지배인 커니는 이마를 찌푸렸다. "디덤스……요?" 도트먼더는 자신에게 화가 났다. 왜 내 이름을 디덤스라고 말했지? 글쎄, 은행 금고 안에서 가명이 필요하리라는 것을 몰랐기 때문이다. 아무렴. 그는 큰 소리로 말했다. "네, 디덤스요. 웰쉬 지방 성이지요."

"아, 그렇군요." 커니는 말했다. 그러더니 다시 얼굴을 찌푸리며 말했다. "그런데 당신들은 무상도 하지 않았군요."

"안 했지요." 도트먼더는 말했다. "우린 에…… 인질 구조반입니다. 총을 쏴서 당신들…… 즉 민간인들의 위험을 증가시키지 않으려고요."

"정말 현명합니다." 커니가 그 말에 동의했다.

눈을 약간 번들거리면서 붙박은 듯한 미소를 띠고 있던 켈프가 말했다. "자, 여러분, 이제 여길 나가야겠습니다……. 한 줄로 서서 질서정연하게 이리로 나가서——."

"강도들이 와요!" 세련된 모습의 한 여자가 금고 문 쪽에서 쇳소리를 냈다.

모든 사람들이 움직였다. 정말 희한한 광경이었다. 모든 사람들이 즉시에 자리를 바꾼 것이다. 어떤 사람들은 벽에 난 구멍을 감추려고 움직였고 어떤 사람들은 금고 문에서 더 멀어지려고 움직였으며 또 어떤 사람들은 도트먼더의 뒤로 숨으려고 움직였는데, 그는 금고 안에 있는 사람들 중에서 천천히 움직이고 있는 육중하고 둥근 금속 문짝에 가장 가까이 서 있는 사람이 바로 자신이라는 사실을 발견하게 되었다.

문이 반쯤 열리고 세 사람이 안으로 들어왔다. 그들은 검은 신발, 검은 작업복 바지, 검은 가죽 윗도리와 검은 스키 마스크 차림이었다. 게다가 우지 경기관총을 높이 치켜들고 있었다. 그들의 눈은 차갑고 냉혹해 보였고 손으로는 총의 금속 부분을 만지작거리고 있었으며 가만히 서 있으면서도 발은 신경질적으로 이리저리 움직이고 있었다. 아무것에나 과민반응을 일으킬 사람들처럼 보였다.

"입 닥쳐!" 아무도 말하지 않았는데도 그중 하나가 소리를 질렀다. 그는 인질들을 노려보면서 말했다. "누군가를 앞에 세워 내보내서 과연 경찰들을 믿을 수 있는지 시험해 봐야겠어." 도트먼더가 예상했던 것처럼 그의 눈길이 도트먼더에게 오더니 반짝 빛났다. "너!" 그가 말했다.

"아이고." 도트먼더가 말했다.

"이름이 뭐지?"

벌써 금고 안의 모든 사람들이 그가 이름을 말한 것을 들었으니 이제는 별다른 수가 없었다. "디덤스요." 도트먼더는 말했다.

강도는 스키 마스크를 통해서 도트먼더를 노려보았다. "디덤스?"

"웰쉬 성인데요." 도트먼더가 설명했다.

"그렇군." 강도가 말하더니 고개를 끄덕였다. 그는 우지 총으로 가리켰다. "바깥으로 나가, 디덤스."

도트먼더는 앞으로 걸음을 떼어놓으며 어깨 너머로 자신을 바라보고 있는 모든 사람들을 홀끗 돌아보았다. 그곳에 있는 빌어먹을 모든 인간들은 자신들이 그가 아니라는 사실에 기뻐하고 있다는 것

을 그는 알고 있었다. 키가 120센티로 줄어든 것처럼 뒤쪽에서 움
츠리고 있는 켈프조차도. 도트먼더는 금고의 문을 나간 뒤, 기관총
을 들고 있는 그 신경질적인 미치광이들에게 에워싸여, 책상들로
가로 막혀 있는 복도를 지나 은행의 중앙으로 들어가는 문을 통과
했는데, 그곳은 이미 수라장이 되어 있었다. 시각은 벽에 높이 걸려
있는 시계가 말해 주듯이 오후 다섯시 15분이었다. 은행에서 일하
는 사람들은 모두 집에 가 있어야 했다. 도트먼더는 그 이론을 토대
로 해서 지금까지 일을 꾸며왔던 것이다. 하지만 실제로 벌어진 상
황이란 문을 닫는 시각인 세시 직전에 (그때 도트먼더와 켈프는 지
구 표면에서 벌어지는 사건에 대해서는 전혀 알지 못한 채 이미 땅
굴 속에 들어가 열심히 일하고 있었다.) 이 천박한 광대들이 기관총
을 이리 저리 휘두르며 은행에 들어왔다는 것이었다.

　게다가 총을 그저 휘두르기만 한 것이 아니었다. 출납계 카운터
위에 있는 투명한 플래스틱 판과 벽들에는 너덜너덜한 구멍들이 점
이어가기 퍼즐처럼 줄줄이 뚫려 있었다. 휴지통들과 화분에 심은
피커스나무도 뒤집혀져 있었지만 다행히도 바닥에 누워 있는 시체
들은 없었다. 아무튼 도트먼더의 눈에 띈 것은 없었다. 판유리로 된
커다란 앞창문들은 깨어져 있었고 검은 옷을 입은 강도들이 두 명
쭈그리고 앉아 있었는데, 한 명은 '우리 은행의 낮은 이자율' 포스
터 뒤에서, 또 한 명은 '우리 은행의 높은 연금 이자율' 포스터 뒤
에서 길을 내다보고 있었다. 길에서는 시끄러운 가운데서도 확성기
로 누군가가 불분명하게 말하는 소리가 들려왔다.

　사건이 어떻게 되었는가 하면 강도들은 빨리 일을 해치우고 나갈
수 있을 것으로 알고 총을 휘두르며 세시 직전에 은행에 들어왔는
데, 아첨을 잘 하는 어떤 은행원이 보너스라도 받을 것을 기대하고
경보기를 눌렀기 때문에 이제 그들은 팽팽히 경찰과 대치하고 있으

면서 인질극을 벌이게 된 것이었다. 게다가 이제는 이 세상의 모든 사람들이 '독 데이 애프터눈'(*알 파치노 주연의 인질극을 주제로 한 경찰 영화)을 보아서, 만약 경찰이 이런 상황에서 강도에게 손댈 기회를 얻기만 한다면 즉시 총을 쏘아 죽일 것이라는 것을 알고 있었기 때문에 인질 협상은 전보다 훨씬 까다로워진 것이다. '내가 은행에 들어왔을 때 기대했던 건 이게 아닌데'라고 도트먼더는 생각했다.

강도 두목은 우지 총대로 그를 찌르며 말했다. "이름은 뭐지, 디덤스?"

'제발 댄이라는 이름만 대지 마라.' 도트먼더는 자신에게 애걸했다. '제발, 제발, 어찌되건 간에 무슨 수를 써서라도 댄이라고 하면 안 된다.' 마침내 그의 입이 열렸다. "존이오." 자신이 그렇게 말하는 것을 들었다. 절망적인 나머지 그의 두뇌는 그 다급한 상황에서 최후의 수단인 진실을 실토하고 말았다. 안심이 된 나머지 무릎이 휘청거렸다. (*디덤스라는 우스꽝스러운 성에다 댄이라는 이름까지 붙여서 댄 디덤스라고 읽으면 정말 괴상하게 들릴 것이다.)

"좋아, 존. 내 앞에서 기절하지만 말아." 강도가 말했다. "지금 네가 할 일은 아주 간단해. 경찰은 그저 얘기만 하고 싶대. 아무도 다치지 않을 거래. 그렇다면 좋다 이거야. 은행 앞으로 나가서 경찰이 너를 쏘는지 안 쏘는지 보기만 하면 돼."

"아이고!" 도트먼더가 말했다.

"존, 지금 당장 하지 않으면 안 돼, 알겠어?" 강도가 말하더니 우지 총으로 다시 쿡 찔렀다.

"좀 아프네요." 도트먼더가 말했다.,

"미안하게 됐어." 매서운 눈의 강도가 말했다. "밖으로 나가." 검은 스키 마스크 안으로 보이는 눈이 긴장 때문에 새빨개진 한 강도가 도트먼더에게 몸을 가까이 기울이며 소리를 버럭 질렀다. "발에다 먼저 총을 맞고 싶어? 저기로 기어나가고 싶어?"

"지금 나가요." 도트먼더는 그에게 말했다. "봐요, 나가잖아요."

비교적 차분한 편인 첫번째 강도가 말했다. "보도까지만 가면 돼. 거기까지만이야. 가장자리로 그 이상 한 걸음이라도 내딛으면 머리를 날려버린다."

"알았어요." 도트먼더는 그를 확신시킨 다음 유리 파편을 우드득 밟으며 문짝이 늘어진 채로 열려 있는 문으로 가서 밖을 내다보았다. 길 건너편에는 버스, 경찰차, 경찰 트럭 들이 한 줄로 세워져 있었는데 모두 파랑색과 흰색이었다. 차들의 지붕에는 풍선껌처럼 빨갛고 동그란 불이 켜져 있었고 그 너머에서는 시끌시끌한 무장 경찰들 한 떼거리가 움직이고 있었다.

도트먼더는 비교석 차분한 강도에게 몸을 돌리며 말했다. "저, 혹시 하얀 깃발이라든가 그 비슷한 것 없습니까?"

강도는 도트먼더의 옆구리를 우지 끝으로 밀었다. "나가란 말이야."

"알았어요." 도트먼더가 말했다. 그는 앞을 보고 손을 공중으로 치켜올린 자세로 걸어나갔다.

그는 엄청나게 많은 관심의 대상이 되었다. 길 건너의 파랗고 하얀 차들 뒤에서 긴장된 얼굴들이 그를 응시했다. 퀸즈 동네의 주거 지역 한가운데 깊숙이 들어앉은 그곳의 빨간 벽돌 아파트 옥상에서는 저격수들이 도트먼더의 찡그린 눈썹의 곡선에 그들의 망원 조준경을 맞추기 시작했다. 그 구획의 왼쪽과 오른쪽 끝은 배기 파이프가 서로 맞닿을 정도로 가깝게 주차된 버스들로 가로 막혀 있었다. 그 너머로는 응급차들과 흰 가운의 구급차 요원들이 부산하게 움직이는 광경이 보였다. 그 모든 곳에서 라이플과 피스톨들은 신경질적인 손가락 안에서 안절부절 못하고 있었다. 아드레날린 호르몬이 하수구로 흘러내리고 있었다.

"난 이 사람들 편이 아닙니다!" 팔을 계속 치켜든 채 도트먼더는 고함을 치면서 보도를 천천히 건너갔다. 제발 자신의 그런 선언 때문에 뒤에 있는 또 다른 무장한 신경질쟁이들이 기분 나빠하지 않기만 바랄 뿐이었다. 그가 알기로는 강도들에는 거부당하는 것에 대해 민감하게 반응하는 정신적인 문제가 있기 마련이었다.

하지만 그의 뒤에서는 아무 일도 일어나지 않았다. 그의 앞에서 일어난 일을 말하자면, 확성기가 하나 나타나 경찰차의 지붕에 놓이더니 우렁찬 소리로 고함을 질렀다는 것이다. "인질인가?"

"아, 그럼요!" 도트먼더가 외쳤다.

"이름은?" 맙소사, 그걸 또 물어봐. 도트먼더는 그렇게 생각했지만 어쩔 도리가 없었다.

"디덤스요."

"뭐라고?"

"디덤스!" 잠시 말이 없었다. "디덤스?"

"웰쉬 성이오."

"그래?" 누군지는 몰라도 확성기로 말하고 있는 사람이 자기의 동료와 뭔가 의논하는 동안 대화가 잠시 멈췄다가 다시 확성기가 말했다. "그 안의 상황은 어때?" 도대체 무슨 질문이 그 따위람. "글쎄, 에……." 도트먼더는 말을 꺼내다 말고 좀더 크게 말해야 한다는 사실을 기억하고서는 소리를 꽥 질렀다. "사실은 조금 긴장되어 있는데요."

"인질 중에 다친 사람은 없나?"

"아뇨, 없어요. 전혀 없어요. 이 일은…… 이건…… 비폭력적인 대결입니다." 도트먼더는 모든 사람들의 마음 속에 그 생각을 심어

주려는 희망에서 열심히 설명했다. 특히 이 상황, 이 자리에 더 오래 있어야 한다면.

"상황에 무슨 변화라도 있나?"

변화라니? "글쎄요." 도트먼더가 대답했다. "저 안에 그렇게 오래 있진 않았지만, 내가 보기엔……."

"그렇게 오래 있지 않았다고? 디텀스, 머리가 어떻게 된 거 아냐? 은행 안에 벌써 두 시간 동안이나 있었잖아!"

"아, 그렇지!" 경고를 잠시 잊은 도트먼더는 팔을 내리고 보도 가장자리를 향해 걸음을 내딛었다. "맞아요!" 그는 외쳤다. "두 시간요! 두 시간도 더 되었어요! 그 안에 아주 오래 있었어요!"

"은행에서 이쪽을 향해 걸어와!" 도트먼더가 밑을 내려다보자 발가락이 보도의 끝에 아슬아슬하게 걸려 있었다. 재빨리 뒷걸음을 치면서 외쳤다. "그러지 밀렸는데요!"

"잘 들어, 디텀스. 이곳의 내 남녀 부하들은 아주 긴장되어 있어. 내 말 들어. 이쪽으로 오라니까!"

"은행 안에 있는 사람들은," 도트먼더가 설명했다. "내가 보도 밑으로 내려가는 걸 싫어해요. 그러면 나를…… 하여튼 나더러 그러지 말랬어요."

"여기 봐. 어이, 디텀스!" 도트먼더는 뒤에서 부르는 목소리에 관심을 두지 않았다. 그는 현재 바로 앞쪽에서 벌어지는 일에 너무 신경을 쓰고 있었던 것이다. 게다가 자기의 새 이름에도 익숙하지 않았기 때문이었다.

"디텀스!"

"이거, 안 되겠군. 손을 다시 올리는 게 좋겠어."

"네? 알았습니다." 도트먼더의 팔은 엔진 블록 안으로 힘차게 들어가는 피스톤처럼 뻗쳐 올라갔다. "올렸어요!"

"젠장맞을, 디덤스, 내 말을 듣게 하려고 꼭 널 쏴야겠어?"

팔을 내리면서 도트먼더는 빙그르르 돌아섰다. "미안해요, 그게 아니라…… 그건…… 지금 듣고 있잖아요!"

"젠장맞을, 그 손 들지 못해!" 도트먼더는 옆으로 돌아섰는데 팔을 너무 높이 들고 있어서 옆구리가 결렸다. 오른쪽으로 곁눈질을 하며 길 건너 군중들에게 외쳤다. "경찰관님, 지금 안에서 나한테 얘기하고 있는 중이에요." 그러고 나서 왼쪽으로 곁눈질을 하자 부서진 문틀 옆에 쭈그리고 앉아 있는, 비교적 차분한 강도가 보였는데 이제는 전보다 덜 차분해 보였다. 도트먼더는 말했다. "듣고 있어요."

"이제 경찰에 요구 사항을 전달한다." 그 강도가 말했다. "널 통해서 말이야."

"좋지요." 도트먼더가 말했다. "정말 좋은 생각입니다. 그런데 왜 전화로 물어보지 않는 건가요? 내 말은요, 보통은 전화로——."

갑자기 눈이 충혈된 강도가 길 건너 사격수들 앞에 몸을 드러내게 되는 것에도 상관하지 않고 화를 벌컥 내면서 비교적 차분한 강도를 어깨로 밀어내며 나오려고 하자 차분한 강도가 그를 말리려고 애썼다. 눈이 충혈된 강도는 도트먼더에게 고래고래 소리를 질렀다. "누구 아픈 데를 찌르는 거야? 그래, 내가 실수를 했다. 어쩔래! 홍, 분해서 전화 교환대를 총으로 박살냈다! 그래, 내가 또 홍분했으면 좋겠어?"

"아니, 아니오!" 도트먼더는 외쳤다. 손을 똑바로 허공에 올린 채로 몸을 피하려고 애썼다. "잊어버렸어요. 까먹었을 뿐인데요."

다른 강도들이 눈이 충혈된 강도를 붙잡기 위해 그 주위로 우르르 모여 들었다. 그 강도는 도트먼더 쪽으로 우지를 겨누려고 애쓰면서 고함을 쳤다. "사람들이 다 보는 앞에서 내가 그랬단 말이야!

모든 사람 앞에서 망신당했어! 근데 이젠 너까지 날 놀려!"

"잊었어요. 미안해요."

"그런 걸 어떻게 잊어버려! 아무도 영원히 잊지 않을 텐데!" 나머지 세 명의 강도들은 눈이 충혈된 강도를 문가에서 뒤로 끌고 가면서 그를 달래려 애쓰며 뭔가 말하고 있었다. 도트먼더와 비교적 차분한 강도는 그들의 대화를 계속할 수 있게 되었다.

"미안해요." 도트먼더가 말했다. "까먹었어요. 요즘 와서 정신이 산만했거든요. 최근에요."

"디덤스, 넌 지금 아주 위험한 처지에 있어." 강도가 말했다. "이제 우리 요구 사항을 알려준다고 경찰한테 말해."

도트먼더는 고개를 끄덕이고는 머리를 반대쪽으로 돌린 다음 외쳤다. "이제 요구 사항을 말할게요. 저 사람들의 요구 사항을 말하겠다는 뜻이에요. 저 사람들의 요구 사항이에요. 내 요구 사항이 아니라, 저 사람들의——."

"디덤스, 인질들을 한 사람도 다치게 하지 않는다면 얼마든지 귀기울여 듣겠다."

"정말 잘 됐네요!" 도트먼더는 그 말에 동의하고는 강도에게 전하려고 고개를 다시 반대쪽으로 돌렸다. "아주 합리적인 제안이네요. 말이 됩니다. 아주 좋은 말을 하고 있어요."

"입 닥치고 있어." 강도가 말했다.

"알았습니다." 도트먼더가 말했다.

강도가 말했다. "우선 사격수들이 지붕에서 내려오기를 원한다."

"나도 그랬으면 좋겠어요." 도트먼더는 그에게 말한 다음 고함을 치려고 돌아섰다. "지붕에서 사격수들을 내려오게 하래요."

"또 다른 건 없어?"

"또 다른 건 없냐는데요?"

"길의 양쪽 끝을 막아놓은 것을 풀라고 해. 가만 있자, 어느쪽이지? 북쪽 끝 말이야."

도트먼더는 버스들이 교차로를 막고 있는 곳을 똑바로 쳐다보면서 이맛살을 찌푸렸다. "동쪽 아닌가요?"

"어느쪽이건 간에." 강도는 조급하게 말했다. "저 왼쪽 끝에 있는 것 말이야."

"알았어요." 도트먼더는 머리를 돌리고 소리쳤다. "동쪽 끝을 막아놓은 것을 풉니다." 그의 손은 허공 어딘가에 올라가 있었기 때문에 턱으로 가리켰다.

"그건 북쪽이잖아?"

"내가 맞았잖아." 강도가 말했다.

"그런가봐요." 도트먼더가 소리질렀다. "저 왼쪽 끝에 있는 것 말입니다."

"오른쪽을 말하는 거겠지."

"네, 맞아요. 여러분의 오른쪽, 나의 왼쪽, 이 사람들의 왼쪽."

"또 다른 건?"

도트먼더는 한숨을 쉬고 나서 고개를 또 돌렸다. "또 다른 건요?"

강도가 그를 노려보았다. "디덤스, 나도 확성기 소리를 들을 수 있어. '또 다른 건?' 하는 그 말은 나도 들을 수 있어. 경찰이 하는 말을 전부 되풀이할 필요는 없어. 더 이상 통역하지 마."

"알았습니다." 도트먼더는 말했다. "알았어요. 더 이상 통역하지 않을게요."

"차가 한 대 필요해." 강도는 그에게 말했다. "스테이션 왜건으로 해. 인질을 세 명 데려갈 거니까 커다란 스테이션 왜건이 필요해. 그리고 아무도 우리를 쫓아오면 안 돼."

"아이고!" 도트먼더는 자신 없는 투로 말했다. "그게 진심입니까?"

강도는 그를 노려보았다. "진심이냐고?"

"글쎄, 그러면 경찰들이 어떻게 할지 뻔한 것 아닙니까." 도트먼더는 길 건너 쪽 사람들이 그의 말을 못 듣게끔 목소리를 낮춰서 말했다. "이런 상황에서 경찰이 어떻게 하냐면요, 차 밑에 조그만 무선 송신기를 붙이는 거예요. 그러면 꼭 추격하지 않더라도 당신들이 어디에 있는지 알 수 있거든요."

강도는 다시 조급한 목소리로 말했다. "그럼 경찰들에게 그러지 말라고 하면 될 거 아냐. 무선 송신기를 붙이면 인질들을 죽이겠다고 말해."

"그런다고 될까요?" 도트먼더는 의심스런 어조로 말했다.

"이젠 또 뭐가 문제야?" 강도가 소리를 버럭 질렀다. "디덤스, 넌 너무 극성맞게 까다로워. 넌 그냥 말만 전하면 돼. 나보다 내 일에 대해 더 잘 안다는 거야?"

'나는 최소한 내 일은 잘 알고 있다'고 도트먼더는 생각했지만 소리내 말하는 것은 현명치 못한 것 같아 그 대신 설명을 했다. "그저 일이 무사히 잘 되기를 바라는 마음에서 한 말이에요. 그것뿐입니다. 누군가가 피를 흘리는 걸 원치 않을 뿐이라니까요. 게다가 아시다시피, 뉴욕시 경찰에는 에…… 헬리콥터가 있다는 생각이 나서요."

"죽겠군." 강도가 말했다. 그는 부서진 문짝 뒤, 유리 파편이 뿌려진 바닥에 쭈그리고 앉아서 자신의 처지에 대해 곰곰 생각했다. 그러더니 도트먼더를 올려다보았다. "그래, 디덤스. 너 참 똑똑하다. 그럼 우리가 어떻게 해야겠어?"

도트먼더는 눈을 깜박였다. "당신들이 도망갈 길을 나더러 생각해내라는 말인가요?"

"우리 입장이 되어봐." 강도가 제안했다. "잘 생각해 봐."

도트먼더는 고개를 끄덕였다. 손을 공중에 든 채, 막혀 있는 교차로를 응시한 다음 자신을 강도의 입장에 가져다 놓았다. "아이고 맙소사! 정말 곤란하게 됐네요."

"디덤스, 그건 우리도 알아."

"글쎄요." 도트먼더는 말했다. "어떻게 하면 좋을지 말할게요. 저기 길을 막고 있는 버스들 중에서 한 대를 달라고 해요. 그럼 지금 당장 저 버스 한 대를 줄 테니까 거기다 이쁘장한 물건 따위를 붙여놓을 시간이 없다는 걸 알 수 있겠지요. 예를 들어서, 시간이 지날수록 연기가 새나오는 최류탄이라든가——."

"하느님, 맙소사!" 강도가 말했다. 그의 검은 스키 마스크가 살짝 창백해진 것처럼 보였다.

"그리고 인질들을 죄다 데려가는 겁니다. 모두 버스에 같이 타는 겁니다. 당신들 중 하나가 운전해서 교통이 아주 혼잡한 곳에…… 음, 타임즈 스퀘어 같은 데로 가는 거죠. 그 다음에 차를 세우고 인질들을 전부 내리게 한 다음 뛰어 달아나게 하는 거예요."

"그래?" 강도가 말했다. "그러면 우리한테 무슨 득이 되는데?"

"스키 마스크와 가죽 윗도리와 총을 버린 다음에 당신들도 함께 뛰는 겁니다. 한창 붐비는 시간에 타임즈 스퀘어에서 2, 30명의 사람들이 버스에서 내려 각기 다른 방향으로 뛰어가면 모든 사람들이 인파 속으로 숨을 수 있어요. 잘 될 겁니다."

"글쎄, 그럴지도 모르겠군." 강도가 말했다. "좋아, 그런 다음엔?"

"그 다음에요?" 도트먼더는 그 말을 되풀이했다. 그는 왼쪽 팔과 평행으로 서 있는 기둥 뒤쪽을 보려고 왼쪽으로 목을 늘였다.

강도 두목이 제 친구들 중 하나와 열띤 대화를 나누고 있었다. 이번에는 눈이 충혈된 미치광이가 아닌 다른 놈이었다. 두목이 고개를 젓더니 말했다. "빌어먹을!" 그러더니 도트먼더를 올려다보고 말했다. "이리로 돌아와, 디덤스."

도트먼더는 말했다. "하지만 내가 여기서 당신들의 요구 사항을 전해야……."

"이리로 오라니까!"

"우선 경찰한테 내가 위치를 바꿀 예정이라고 말하는 게 좋겠는데요."

"빨리 서둘러." 강도가 그에게 말했다. "디덤스, 나를 속일 생각은 하지 마. 내 기분은 지금 말이 아니야."

"알았어요." 도트먼더는 기분이 좋지 않다는 그 강도로부터 단 1초라도 등을 돌리기 싫었지만 할 수 없이 고개를 반대쪽으로 돌리고 소리를 질렀다. "지금 은행으로 돌아오랍니다. 잠깐만요." 손을 아직도 든 채 그는 옆걸음질을 쳐서 천천히 보도를 건넌 다음 뻥 뚫려 있는 문간을 통과했다. 거기서 강도들이 그를 붙잡아 은행 안으로 끌어들였다.

그는 하마터면 균형을 잃을 뻔하다가 옆으로 나동그라져 있는 피커스 화분 덕분에 간신히 면했다. 그가 돌아서 보니까 강도 다섯 명모두가 일렬로 서서 그를 바라보고 있었다. 그들의 표정은 아주 심각했고 그에게 주의를 집중하고 있었다. 마치 생선 가게 유리창을 들여다보고 있는 일렬의 고양이들처럼 굶주린 표정이라고도 할 수있었다. "아이고!" 도트먼더가 말했다.

"이 자 한 명밖에 없는데." 강도 중 하나가 말했다. 다른 강도가 말했다. "하지만 경찰들은 모르잖아." 세 번째 강도가 말했다. "곧알게 되겠지."

"아무도 버스에 타지 않으면 알게 되겠지." 두목이 말하더니 도트먼더를 보고 머리를 흔들었다. "미안하게 됐어, 디텀스. 네가 짜낸 꾀는 이제 필요없어졌어." 도트먼더는 실제로는 자신이 이 패거리의 일원이 아니라는 사실을 끊임없이 자신에게 상기시켜야 했다.

"왜요?" 그가 물었다.

강도 하나가 진절머리가 난다는 듯이 말했다. "인질들이 죄다 없어졌어. 그게 바로 이유야."

눈이 휘둥그레진 도트먼더는 미처 생각 없이 말했다. "땅굴이구나!"

갑자기 은행 안이 아주 조용해졌다. 이제 강도들은 유리창으로 차단되지 않은 생선을 보는 고양이의 눈길로 그를 보고 있었다. "땅굴?" 강도 두목이 천천히 되풀이했다. "땅굴이 있는지 알고 있었어?"

"그렇다고도 할 수 있지요." 도트먼더가 시인했다. "사람들이 땅굴을 파고 있었다는 얘깁니다. 당신들이 와서 나를 끌어내기 직전이었어요."

"그 말은 우리한테 전혀 안 했잖아?"

"글쎄요," 도트먼더가 아주 불편해하며 말했다. "꼭 말해야 된다는 생각이 안 들었거든요."

눈이 충혈된 미치광이가 기관총을 또 휘두르면서 앞으로 뛰어나오더니 고래고래 소리를 질렀다. "바로 네 놈이 땅굴을 팠지! 그게 네 땅굴이지?" 그는 도트먼더의 코앞에 떨리는 우지를 들이밀었다.

"어이, 진정해." 두목이 고함을 질렀다. "이 놈은 우리의 유일한 인질이야. 없애면 안 돼."

눈이 충혈된 미치광이는 마지못해 우지를 내렸지만 다른 강도들에게 돌아서서 선언했다. "내가 전화 교환대를 쐈던 순간을 아무도 잊지 않았을 거야. 아무도 그걸 잊을 수 없었을 거야. 그렇다면 그때 이 놈은 여기에 없었던 거야.”

모든 강도들은 생각에 잠겼다. 그 동안 도트먼더는 자신의 처지에 대해 생각하고 있었다. 그는 인질이긴 했지만 보통의 인질이 아니었다. 은행 금고로 땅굴을 뚫고 들어온 장본인이었고 그를 똑똑히 눈으로 본 목격자들이 서른 명은 되었다. 이제는 이 은행 강도들한테서 달아나는 것만으로는 모자랐다. 경찰한테서도 달아나야 하게 된 것이다. 수천 명의 경찰들로부터.

그렇다면 2류급의 이 엉터리 날강도들에게 그의 운명이 달렸단 말인가? 정말로 그의 미래는 강도들이 이 난관을 탈출하기에 달렸단 말인가? 그게 사실이라면 정말 슬픈 일이었다. 자기네들끼리 알아서 하라고 내버려둔다면 이 작자들은 회전목마에서도 내려올 수 없는 인간들이었다.

도트먼더는 한숨을 쉬었다. “알았어요. 우리가 제일 먼저 해야 할 일은⋯⋯.”

“우리라고?” 두목이 말했다. “언제부터 네가 우리 일에 가담했어?”

“나를 끌어들인 때부터지요.” 도트먼더는 그에게 말했다. “우리가 가장 먼저 해야 할 일은⋯⋯.”

눈이 충혈된 미치광이가 다시 우지를 들고 그에게 달려들며 외쳤다. “우리더러 어떻게 하라고 말하지 마! 그건 우리도 알고 있어!”

“난 당신들의 유일한 인질입니다.” 도트먼더는 그의 기억을 일깨워주었다. “나를 없애버리면 안 돼요. 그리고 지금까지 당신들이 일하는 것을 봐왔는데, 여기서 나가고 싶다면 이젠 내가 당신들의 유일한 희망이지요. 그러니까 이젠 내 말을 들어요. 우리가 가장 먼저 해야 할 일은 금고의 문을 닫고 꽉 잠그는 겁니다.”

강도 중 하나가 코웃음을 쳤다. "인질들은 다 도망갔어. 그런 말 못 들어봤어? 인질들이 다 도망간 뒤에 금고 문을 잠근다. 그거 무슨 속담 아닌가?" 그러더니 그는 웃고 또 웃어댔다. (*말이 도망간 뒤 마굿간 문을 잠근다는 속담이 있음.)

도트먼더는 그를 쳐다보았다. "땅굴은 양쪽으로 터져 있으니까요." 조용히 그렇게 말했다.

강도들은 그를 뚫어지게 쳐다보았다. 그러더니 모두 돌아서서 은행 뒤쪽을 향해 뛰기 시작했다. 그들 모두가 뛰어가버렸다.

도트먼더는 은행 앞쪽을 향해 씩씩하게 걸어가면서 그들은 이런 일을 해내기에는 너무 쉽게 흥분한다고 생각했다. 금고 문이 꽝 하고 닫히는 소리가 멀리 뒤쪽에서 들려왔다. 도트먼더는 부숴진 문짝을 지나 다시 보도로 걸어나왔는데 손을 똑바로 공중에 올려야 한다는 것이 기억나 얼른 쳐들었다.

"여보세요!" 그는 모든 저격수들이 아주 또렷하게 볼 수 있도록 얼굴을 앞으로 내밀면서 외쳤다. "여보세요, 납니다! 디덤스요! 웰쉬 사람!"

"디덤스!" 은행 저 안쪽에서 화가 난 목소리가 소리를 꽥 질렀다. "이리 돌아와!"

어림도 없지. 그 말을 무시하고 천천히, 그러나 당황하지 않은 채 팔을 올리고 얼굴을 앞으로 내밀고 눈을 크게 뜨고 왼쪽을 향해 보도를 건너가며 소리쳤다.

"다시 나왔어요! 도망치는 겁니다!" 그 다음에는 팔을 내리고 팔꿈치를 몸에 꼭 붙인 다음 길을 막고 있는 버스들을 향해 죽어라 뛰어갔다.

총성들이 그에게 힘을 불어넣어주었다. 그의 뒤에서 따다다다, 따다다다 그러더니 그 다음에는 펑펑펑, 탁탁, 파파팡 하는 소리의 교향곡이 갑자기 미친 듯이 터져나왔다. 도트먼더의 발가락은 강한 압력을 받은 강철 용수철로 변해 라이트 형제가 만든 최초의 비행기처럼 그가 공중을 튀어나간 다음 길 한가운데로 쭉 미끄러지며 내려가게 해주었다. 버스로 이루어진 벽이 점점 가까와지고 있었다.

"여기! 여기야!" 제복 차림의 경찰들이 양쪽 보도에 나타나 그에게 손을 흔들며, 뒤에 숨을 수 있는 경찰 차량들과 열려진 차문들로 이루어진 피난처를 제공하고 있었지만 도트먼더는 도망치고 있었다. 모든 것들로부터.

버스에 다다랐다. 그는 공중으로 몸을 던져 아스팔트에 세게 부딪치며 떨어져 가장 가까운 버스 밑으로 굴러 들어갔다. 구르고 구르고 또 구르면서 머리, 팔꿈치, 무릎, 귀, 코, 그리고 신체의 다양한 여러 부분을 딱딱하고 더러운 수많은 물체에 부딪히고 나서야 버스 밑에서 나와 비틀거리며 일어섰다. 구급차들 옆에서 서성대다가 그를 보고 놀라서 눈이 툭 튀어나온 구급 요원들과 맞부딪치게 되었다. 그들은 그저 거기 서서 멍청히 그를 바라보았다.

도트먼더는 왼쪽으로 돌아서서 뛰었다. 구급 요원들은 그를 쫓아오지 않을 것이다. 그들이 독점하고 있는 직업은 길을 뛰어다니는 건강한 신체들은 상관하지 않기 때문이었다. 경찰도 방해가 되는 버스들을 치우기 전까지는 그를 쫓아올 수 없었다. 도트먼더는 최후의 도도새처럼 팔을 휘저으면서, 나는 방법을 알았으면 좋겠다고 생각하며 달아났다. (*도도새: 19세기에 멸종한 새들로서 날지 못했다.)

땅굴의 반대쪽 끝인 폐업한 신발 가게를 왼쪽으로 지나쳤다. 그들이 그 앞에 세워놓았던 탈주용 차량은 물론 오래 전에 사라지고 없었다. 도트먼더는 계속해서 쿵쿵거리며 세 구획을 뛰어갔다.

도트먼더가 택시 배차계원에게 전화해서 택시를 부르지 않았는데도 정처 없이 돌아다니던 택시 한 대가 그를 태우는 범죄를 저질렀다. 뉴욕시에서는 오직 그런 면허가 있는 택시만 길에서 손을 드는 승객을 태우게 허가되어 있었다. 울퉁불퉁한 택시 뒷자리에 앉아 세인트 버나드 개처럼 숨을 가쁘게 쉬면서 도트먼더는 이번에는 그 운전기사를 눈감아주기로 마음먹었다.

아파트 문을 열고 복도로 들어가자 그의 충실한 동반자인 메이가 거실에서 나왔다. "무사히 왔네요!" 그녀가 말했다. "정말 다행이에요. 라디오하고 텔레비전에도 전부 나왔었어요."

"이제부터는 영원히 집 밖으로 나가지 않을지도 몰라." 도트먼더는 그녀에게 말했다. "만약에 앤디 켈프가 전화해서 기가 막힌 건수가 있는데 아주 쉬워 누워서 떡먹기라고 말한다 해도 난 이제 은퇴했다고 말할 거야."

"앤디가 여기 와 있는데요." 메이가 말했다. "거실에 있어요. 맥주 마실래요?"

"그래."

메이는 부엌으로 갔고 도트먼더는 다리를 절면서 거실로 갔다. 켈프는 맥주 깡통을 든 채 소파에 앉아 있었는데 아주 기분이 좋아 보였다. 그 앞에 있는 응접실 탁자 위에는 돈이 산더미처럼 쌓여 있었다.

도트먼더는 그것을 응시했다. "그게 뭐야?"

켈프가 빙긋 웃으면서 머리를 저었다. "존, 우리가 건수를 올린 지 너무 오래 된 거 아냐? 이젠 이게 뭔지 알아보지도 못하다니. 이게 바로 돈이라는 거야."

"하지만…… 은행 금고에서? 어떻게?"

"다른 강도 패거리들이 널 끌고 간 뒤에…… 아 참, 그 놈들은 잡쳤어." 켈프는 잠시 말을 중단했다. "어쨌든 생명을 잃은 사람은 없어. 내 얘기를 들어봐. 강도들로부터 안전하게 돈을 지키는 길은 우리 모두가 가져가는 거라고 금고 안의 인질들에게 말해 줬지. 그래서 모두들 들고 나왔어. 신발 가게 앞에 있던 경찰차——물론 경찰 표시가 없긴 하지만 그 차의 트렁크에 실으라고 했지. 그리고는 인질들이 그 괴로웠던 시련에서 벗어나 집에 가서 푹 쉬는 동안 내가 안전하게 지서로 운전해서 가져가겠다고 말했던 거야."

도트먼더는 친구를 쳐다보았다. 그는 입을 열었다. "인질들을 시켜서 금고에서 돈을 갖고 나왔단 말이지?"

"그리고 우리 차에 싣게 한 거야." 켈프가 말했다. "그래, 바로 내가 시켰어." 메이가 들어와 도트먼더에게 맥주 깡통을 건네주었다. 그는 그것을 쭉 들이켰다. 켈프가 말했다. "물론 지금 경찰은 널 찾고 있는 중이야, 그 가명으로."

메이가 말했다. "이해가 안 가는 게 바로 그거예요. 디덤스라고요?"

"웰쉬 성이야." 도트먼더가 그녀에게 말했다. 그리고 탁자 위에 쌓인 산더미 같은 돈을 보면서 미소지었다. "그렇게 바보 같은 이름은 아냐." 그는 결정을 내렸다. "앞으로 계속 쓸지도 몰라."

엘비스는 살아 있다 / 린 배러트

1990 Elvis Lives

Lynne Barrett

린 배러트(미국)

린 배러트는 여러 잡지 등에 단편들을 발표했고, 1988년에는 카네기 멜런 대학 출판부에서 「Land of Go」라는 단편집을 발간했지만 그녀의 이름은 추리소설 부문에서는 아직 낯익은 것이 아니다. 미국 추리작가 협회의 1990년 최고 단편 부문 에드가상을 수상한 이 작품의 성공이 우리에게 더 많은 작품을 선사할 수 있게끔 격려가 되기를 바란다.

엘비스는 살아 있다

린 배러트

1990 Elvis Lives

"저 앞이 라스 베가스야. 불빛이 보여?" 페이지가 말했다. "저게 바로 돈의 불빛이야."

리는 고개를 들었다. 피닉스에서 오는 동안 그는 내내 차 안의 다른 사람들을 무시하고 창밖을 바라보고 있었다. 해질녘이 지나자 보라색으로 변했다 사라지는 자신의 거대한 텅 빈 공간 속을, 그들이 탄 차가 굴러가는 것을 무심하게 지켜보고 있던 사막이 물러나고 있었다. 이제 그들이 시내에 들어가는 동안 불빛이 그의 시야를 채워왔다. 불빛들은 밤의 어둠 속에서 힘차게 날아다니며 꿈틀거렸다. 공포를 물리치기 위해 어둠 속에서 짐승을 쫓으려고 횃불을 휘두르듯, 그 모든 네온사인을 설치해 놓는 것이 너무도 인간답다고 생각했다. 불빛들은 거대한 홍학 모양을 만들면서 위쪽으로 올라가고 있었다. 라스베가스에는 뭔가 우스꽝스러운 면이 있었다. 리는 소리내 웃었다. "뭐가 그렇게 재밌어요?" 쟝고가 윗입술을 일그러뜨리며 물었다. 엘비스를 완벽하게 닮은 그 조소하는 듯한 입술이야말로 그가 고용된 이유였다.

리는 어깨를 으쓱해 보이고는 차창에 뺨을 기댄 채 불빛들을 자세히 쳐다보았다.

"드디어 여기에 도착한 게 그저 좋아서 그러는 거겠지." 백스터가 말했다. "여긴 엄청난 돈이 깔린 곳이니까 우린 조금만 주워가면 돼. 안 그래?" 백스터는 언제나 리와 쟝고를 이끄는 편이었고 사람이 좋았다. 그는 프로였다.

"우린 여기에 돈 벌러 왔지 슬롯머신에 돈을 낭비하러 온 게 아니라는 것만 기억해 둬." 페이지는 골든 피라미드 호텔 카지노의 주차장으로 차를 몰고 들어갔다. 거대한 간판에 보라색 바탕의 노랑색 글자들이 Ｅ Ｌ Ｖ Ｉ Ｓ 라는 단어를 쓰더니 그 다음엔 Ｌ Ｉ Ｖ Ｅ Ｓ라는 단어를 만들 때까지 이리 저리 춤을 추며 움직였다. 간판 불빛은 엘비스의 얼굴 모습으로 바뀌었다. "저걸 컴퓨터로 조작한대." 페이지가 말했다.

리와 백스터와 쟝고는 말없이 그것을 올려다보았다. 똑같은 표정이 그들 얼굴에 퍼져갔다. 여자들이 위로해 주고 싶어하는 슬픔과 축축한 꿈을 말하고 있는 표정이었다. 그 얼굴——세 사람 모두 그 얼굴을 갖고 있었다. 그들은 세 명의 엘비스였다.

다른 사람을 흉내내 먹고 산다는 일은 정말 묘한 직업이었다. 가끔 리는 그 일이 얼마나 괴상한 것인가를 느끼고 있는 사람은 자기 하나뿐이라고 생각했다. 텔런트 쇼단을 위해 호텔이 제공한 스위트 룸으로 짐을 옮기는 동안 다른 사람들은 그런 사실을 당연한 것으로 받아들이는 것처럼 보였다. 물론 백스터는 엘비스를 흉내내는 일을 10년 동안이나 해왔다. 쟝고는 그 일을 그의 희망인 펑크 록 가수가 되게 해줄 새로운 밴드를 조직해 새로운 앨범을 만들 수 있는 돈을 잔뜩 벌어줄 임시 직업 정도로만 생각하고 있었다. 하지만 리는 연예계에 몸담아본 적이 전혀 없었다. 그래서 그 일이 죽은 사람을 되살려내는 일, 뭔가 끔찍한 일이라고 자꾸 느껴지는 건지도 몰랐다.

그는 침대에 여행 가방을 던져놓고 거실로 나갔다. 그곳에는 텔런트 쇼단을 위해 술병들을 꽉 채워놓은 바가 있었다. 짐을 푸는 동안 마시기 위해 위스키를 한 잔 따라서 침실로 가져왔다. 아니, 어쩌면 페이지 말대로 자신은 엘비스 프레슬리가 느끼고 있었던 그 공허한 기분을 차츰 이해하면서 그의 배역에 익숙해지고 있는 것인지도 몰랐다. 결국 그는 병들었을 때의 가엾은 엘비스 흉내를 낼 뿐이었다. 어쩌면 그가 느끼는 공포는 지난 날의 자신의 명성을 흉내내면서 보냈던 인생의 말기에 엘비스가 느꼈던 것과 똑같은 것인지도 몰랐다.

리는 어머니가 자신을 임신하고 신혼 여행에 가져갔던 낡은 가죽 여행 가방의 고리를 풀었다. "뭐하러 새 걸 사?" 이 모든 말썽의 발단이 되었던 뉴욕 여행 전, 체리가 바가지를 긁었을 때 그는 그렇게 말했었다. "이건 가죽이야. 진짜야. 이제 이런 건 못 사."

하지만 체리는 새로운 비닐 가방을 훨씬 더 좋아했다. 새로운 것에 대한 동경이 너무 강렬한 나머지 그녀의 마음을 갈가리 찢어놓고 있다는 것을 그는 알 수 있었다. 텔레비전의 게임 쇼들은 그녀를 울렸다. 그녀는 경품권을 사들였다. 왜 자신이 꼭 상품을 타야 하는지에 대해 스물다섯 단어 미만으로 글짓기를 해볼 요량으로 밤 늦게까지 앉아 있곤 했었다. (*역주: 미국에는 그중에서 가장 잘 된 글에 상품을 주는 대회가 많다.) 그가 그녀에게 줄 수 있는 것이 너무도 없었기 때문에 〈브랙 빈디케이터〉 신문사에서 주최한 대회에 그녀가 그를 참가시키도록 내버려두는 수밖에 없었다. 뉴욕시에서는 자유의 여신상 축제의 일환으로 엘비스 프레슬리를 닮은 사람을 수십 명 모집했는데 테네시주의 브랙 마을에서도 그곳에 한 사람을 보내려 하고 있었다. 언제나 체리는 그가 엘비스를 닮았다고 상상하고 있었다. 그녀는 그가 침대에서 '헝카, 헝카, 불타는 사랑, 불타는 사랑'이라고 노래 불러줄 때마다 즐거워하곤 했었다. 그녀는 녹음기를 한 대 빌려서 그의 목소리를 녹음한 테이프와 함께 언젠가 만성절 파티에서 찍은 그의 즉석 폴라로이드 사진을 대회에 보냈다.

리는 대회에서 우승하게 되자 자기는 엘비스의 그 멋있는 목소리를 흉내낼 수 없다고 말했지만 주최측에서는 다른 엘비스들도 워낙 많고 그는 입을 벌리는 시늉만 하면 되므로 아무도 알아차리지 못할 것이라고 했다. 그가 노래도 잘 한다고 체리는 말했다. 그때만 해도 그녀는 그를 사랑하고 있었다. 그가 교회에서도 아름답게 노래한다고 체리는 말했다. 체리가 그를 자랑스워할 만한 것이 그리 없었을 때였다. 그들은 그의 어머니 소유의 땅에 트레일러를 놓고 살고 있었다. 시멘트 바닥 위에 트레일러를 올려놓고 포치도 지어놓았기 때문에 그들이 앞으로 그보다 더 잘 살 수는 없다는 사실은 분명해 보였다. 농사를 지어서 얻는 수입도 적었고 그들이 살고 있던 농촌의 형편도 아주 나빴기 때문에, 군대 시절에 전기 기술을 배웠던 리는 그런 일거리가 생기면 닥치는 대로 일했다. 그들에게 필요했던 것은 아마도 빅 애플(*뉴욕시의 애칭)로의 공짜 여행이었을 것이다.

그리고 여행은 재미있었다. 리는 뉴욕시 전체가 사랑에 빠져 있던 그 축제의 순전히 광적인 분위기가 좋았다. 체리는 자유의 여신과 같은 왕관을 썼고 한쪽 어깨가 드러나도록 그녀가 직접 지은 섹시한 흰색 원피스를 입었다. 그들이 연락선을 타고 자유의 여신상이 있는 섬으로 가던 도중 그는 어떤 남자가 그들을 보면서 얘기하는 것을 들었다. "복제란 미국인이 가장 좋아하는 꿈이야." 그러자 그의 친구가 웃음을 터뜨리며 대답했다. "그거야말로 공업국가의 본질이니까." 리는 그들을 노려보았다. '난 복제 인간이 아니야.' 게다가 그 사람들도 청량 음료 선전에 나오는 모든 인간들처럼 50년대식 선글래스와 구깃구깃한 윗도리를 똑같이 입고 있다는 것을 그는 보았다. 하지만 막상 다른 엘비스들과 함께 예행 연습을 하게 되자 리는 자기들을 엉성한 복제품이 아닌 진짜 인간이라고 보기는 어렵다는 것을 알게 되었다.

리는 나이도 든 편이었고 배도 좀 나왔기 때문에 주최측에서는 그를 뒤쪽에 세웠지만 그는 상관하지 않았다. 쇼가 진행되는 동안 너무 부끄러워하지도 않았다. 나중에 체리와 그가 파티에서 즐기고 있는데 서부 스타일의 맞춤 양복 차림에 백발을 한 어떤 사람이 다가와서 리야말로 자기한테 필요한 사람이라고 말했다. 리는 농담인 줄만 알고 큰 소리로 웃으면서 말했다. "듣기 좋은데요. 더 얘기해 보세요." 체리는 페이지가 준 명함을 한쪽 끈만 달린 브라 안에 잘 간직했다.

그들이 집으로 돌아와, 〈낫츠 랜딩〉 연속극에 나오는 늘씬하고 윤기가 흐르는 금발의 인간들을 보면서 체리의 한숨이 전보다 더 잦아질 때쯤에 페이지가 얼굴 가득 미소를 지으며 포치에 나타났다. 체리가 전화를 한 것이었지만 리는 화낼 수가 없었다. 그건 그녀가 리가 어디엔가라도 쓸모가 있다고 생각했다는 의미였기 때문이었다.

페이지가 계획한 것은 노래로 이루어진 엘비스의 자서전 같은 쇼였다. 그에게는 세 명의 가짜 엘비스가 필요했다. 트럭을 운전하며 고생을 하다가 〈선〉 레코드사에서 녹음을 하고 〈에드 설리반 쇼〉에 출연했을 때인 초기 무렵의 엘비스를 흉내낼 사람으로는, 그 당시의 엘비스와 똑같이 생긴 엉덩이와 비웃는 듯한 입술을 가진 캘리포니아 출신의 어린 쟝고를 찾아냈다. 그리고 60년대의 엘비스, 전성기에 이르렀던 엘비스, 영화 스타였던 엘비스로는 그를 흉내낸 경험이 있는 백스터를 찾아냈다. 그리고 마지막으로는 최후를 맞이할 무렵의 엘비스 역을 맡을 리를 원했던 것이다. 괴이하게 번쩍이는 무대 의상을 입은 엘비스, 순회 공연길에 나선 엘비스, 마약을 하던 엘비스, 죽어가던 엘비스. "정말 멋있는 역할이야, 비극적인 역이지." 페이지가 말했다. "로큰롤의 왕. 아무도 믿지 못했고 아내 프리실러를 다른 사람에게 뺏겼으며 자신의 영광이라는 함정에 빠져 있었어. 고독했지. 그래, 괴로웠어. 하지만 언제나 노래를 하고 있었어."

"내가 노래하는 걸 들어봤어요?" 리는 물었다. 그는 트레일러 안의 냉장고에 기대서서 맥주를 마시고 있었다.

페이지는 그가 서 있는 자세와 그의 불룩한 배를 보면서 얼굴을 환하게 빛냈다. "물론이지." 페이지가 말했다. "당신의 예쁜 아내가 보내 준 테이프를 들어봤지. 좋은 목소리를 가졌어. 에, 뭐더라── 굵은 바리톤이던데. 가끔 목소리가 안 나온다든가 한 음을 빼먹는다든가 하는 것도 좋아. 왜 그런지 알겠어? 그게 바로 엘비스의 감정을 보여주는 거야. 그의 파멸을 말해 주는 거니까. 멋있게 보일 거야."

체리의 눈이 반짝거렸다. 페이지는 리와 계약을 맺었다.

"마이크 시험 중, 시험 중, 하나 둘 셋." 백스터가 마이크에 대고 말했다. 그의 어두운 프레슬리의 목소리가 그들이 아침 내내 무대를 꾸미고 있던 파라오 라운지를 가득 채웠다.

"야, 여기의 장치는 정말 근사한데." 쟝고가 리에게 말했다. "내 음악──내 진짜 음악을 여기서 하게만 해준다면 단숨에 스타가 되겠는데."

리는 인디애나폴리스 공연 뒤에 맞춰 입은 검은 가죽 양복을 입고 앰프에 기대어 서 있는 쟝고를 바라보았다. 쟝고는 1센트도 저축하지 않고 있었다. 스타에게 필요한 것만 자꾸 사들이고 있었다.

"두고 보라지." 쟝고가 말했다. "언젠가 밤 공연에서 노래하다 말고——아마 '홀딱 반했어요'를 부르고 있겠지——그냥 내 노래로 바꿔 부를 거니까. 내가 불러줬던 '사랑은 암이야', 기억나?"

리는 싱긋이 웃고서는 맥주 깡통을 비웠다. 태어나 지금까지 들은 노래 중에서 최악의 노래였었다.

"그 사람들이야말로 내 노래에 홀딱 반하겠지." 쟝고가 말했다.

페이지가 그들에게로 걸어왔다. "쟝고, 저기로 가서 고음을 한 번 내봐." 페이지가 말했다. "가장 높은 음을 시험해 보자고." 쟝고가 마이크 쪽으로 가는 동안 페이지가 리에게 말했다. "잘 돼 가나?"

리는 언제나 그들이 드럼 주자의 단상 뒤에 숨겨놓는 스티로폼 아이스박스 옆에 쭈그리고 앉아 쿠어스 맥주를 꺼내 마셨다.

"기분이 별로인 것 같은데? 뭐 필요한 거라도 있어?"

"내가 집에 갈 수 있게 계약을 취소해 주면 좋겠는데요." 리가 말했다.

"아니, 내가 왜 취소를 해줘야 돼? 너처럼 그럴싸한 친구를 절대로 못 찾을 텐데 말이야. 넌 내가 본 중에서 가장 음침하고 슬퍼 보이는 엘비스야. 게다가 그건 그렇다 치고, 집에는 가서 뭐해? 그 대신 내가 조그만 선물을 주지. 즉석에서 기분이 좋아지게 해주는 걸로." 페이지는 몸을 리에게 기울이더니 서부 스타일 셔츠 주머니에 약을 몇 알 넣어주었다.

'집에는 가서 뭐해.' 그 말이 맞다고 리는 생각했다. 약을 한 알 꺼내 맥주와 함께 삼켰다. 안 먹을 이유도 없었다.

"그것 봐. 좋지?" 페이지가 말했다. "기분을 내자고. 여깄어." 그가 20달러짜리 지폐를 건네주었다. "이곳 일이 끝나면 슬롯머신에 가서 좀 놀아. 하지만 이 이상은 걸지 마. 알지? 많이 잃으면 안 돼."

"알았어요." 리가 말했다. 그는 쟝고와 백스터가 건들거리면서 '여길 봐요, 아가씨, 여길 봐요'라고 노래하며 음탕하게 흔들고 있는 아래쪽 무대로 내려갔다.

"이젠 내 차례야." 리가 말했다. 그가 마이크를 시험할 수 있도록 쟝고와 백스터는 다른 곳으로 가버렸다.

그는 반원형으로 배열된 작은 탁자들로 꽉 찬 극장을 내려다보았다. 마치 결혼 피로연 장소처럼 보인다고 생각하고 웃음을 터뜨리다가 놀라서 뒤로 물러섰다. 그는 스피커를 통해 나오는 자신의 목소리를 들을 때마다 깜짝 놀라곤 했다. 목소리는 웅웅 울리는 것 같았고 그와 분리된 소리처럼 들렸다. 그를 수줍게 만들었다. 그는 무대에서 노래하는 것을 너무도 부끄러워하고 겁냈기 때문에 쇼를 처음 시작했을 때는 정신을 잃을 정도로 술을 마셔야 했었다. 그때 이후로 언제나 취해 있었다. 좁은 통로에 서 있는 기술자들이 그에게 스포트라이트를 비추자 그는 땀을 뻘뻘 흘리기 시작했다. 다른 엘비스들보다 몸집이 컸기 때문에 사람들은 언제나 그에게는 다른 종류의 조명을 썼다. 그는 눈을 가늘게 뜨고 여러 가지 자세를 시도해 보면서 음향을 시험해 보기 위해 노래를 몇 곡 불렀다. 밴드가 들어와 자리에 앉자 '의심하는 마음' 몇 소절을 연주해 주었다. 그것으로 그의 할 일은 끝났고 밴드는 자기들끼리 연습을 시작했다.

그는 기술자들에게 고개를 끄덕여 인사하면서 극장 안을 돌아다니며 구경했다. 페이지는 공연하러 가는 곳마다 그곳 기술자들을 고용했는데 리는 함께 있기에 가장 편안한 사람들은 그들뿐이라는 사실을 알게 되었다. 그는 군복무 시절 기술을 배운 이래로 전기 일에 능숙했고 지난 몇 달 동안 기술자들과 함께 어울리면서 많은 것을 배웠다. 골든 피라미드 호텔에는 그가 본 중에서 가장 복잡한 무대 장치가 설치되어 있었다. 무대 위에 있는 조정실에 갔더니 한 친구가 조정장치와 디지털 디스플레이 방법에 대해 설명해 주었고 기계들도 보여주었다. 그들의 쇼에서는 엘비스의 다음 인생 단계에서는 어떤 일이 일어날지를 보여주는 사진들을 배경으로 쓰고 있었다. 지금까지는 슬라이드 영사기를 썼지만 이번에는 밖의 네온사인처럼 컴퓨터로 조작되는 사진을 쓸 예정이었다. 리는 무대를 내려다보았다. 그 친구는 자판을 두들기더니 작은 불빛들로 이루어진 그레이스랜드(*엘비스의 저택. 현재는 엘비스 기념관이 되었다)와 그의 공연 마지막에 나올 장면인 불타오르는 듯이 새빨간 THE KING LIVES라는 글자를 보여주었다.

그는 고맙다고 인사한 다음 무대 뒤로 다시 내려왔다. 뒤에서 조작하는 것은 컴퓨터일지 몰라도, 그곳에는 무대 장치에 동력을 공급하는 어떤 엄청난 힘이 흐르고 있었다. 보통 때 같으면 리는 무대 장막 뒤에 서서 사람들이 일하는 것을 구경했겠지만 그때는 전선들이 얽히고 설켜 있고, 윙윙거리는 소리가 나고 있는 벽을 보고 싶었다. 그 전선들이 하나로 만나는 금속 상자 옆에 무릎을 꿇고 앉아 손을 살짝 내밀어보았다. 전기가 공중을 뚫고 지나가면서 윙윙거리는 것 같았다. 아니, 어쩌면 페이지가 준 약 때문이었을 것이다.

리는 무대 뒷문으로 해서 카지노로 나갔다. 그곳은 너무 환해서 머리가 빙그르르 도는 것 같았다. 20달러 지폐를 동전으로 바꾸자 계산대의 여자가 전표를 한 장 주었다. 카지노에서 한 시간만 지내면 공짜로 3분 동안 전국 어디에라도 전화할 수 있는 전표였다.

웨이트리스에게 술을 가져오라고 말한 다음 슬롯머신에 25센트 동전을 넣기 시작했다. 핑핑 돌아가는 머신의 그림에 주의를 집중하기가 어려웠다. 정신이 희미해졌다. 천천히 하려고 노력했다. 만약 그 돈을 가지고 한 시간을 버틴다면 누구한테 전화할까?

그들이 내쉬빌에서 리허설을 하는 동안 리는 매주 토요일마다 체리에게 전화를 걸었다. 체리는 장거리 전화로 너무 오래 얘기하지 않도록, 계란 삶는 데 쓰는 스톱워치로 시간을 쟀다. 페이지가 월급을 주긴 했지만 진짜 큰 돈은 순회공연을 시작할 때까지 기다려야 한다고 했다. 리와 백스터와 쟝고는 접어넣는 간이 침대가 두 개 딸린 모텔방 하나를 같이 썼다. 페이지는 그들이 엘비스처럼 웃고 춤추고 걷도록 쉴 새 없이 훈련시켰다. 낮에는 노래를 연습했고 밤에는 엘비스의 필름을 보면서 그의 동작을 연구했다. 체리와 떨어져 있다는 것과 언제 무엇을 해야 한다는 일과표가 전부 정해져 있다는 것이 리에게는 꼭 군대 시절같이 느껴졌다. 그는 1968년 징집되었는데 그때 체리는 아직도 고등학교에 다니고 있었다. 약혼하기에는 너무 어리다고 그녀의 아버지는 말했다. 그녀의 목소리를 듣고 싶어 훈련소에서 전화했지만 그녀가 너무도 조용했고 아주 멀리 있는 것 같았기 때문에 오히려 겁이 났던 일이 기억났다. 지금의 그녀가 전화받는 목소리와 똑같았다.

그들이 미조리와 아칸소주에서 시험적으로 순회 공연을 시작하려던 무렵 그는 체리로부터 버림받고 말았다. 그녀가 전화를 걸어와 이혼 서류를 법원에 접수시켰다고 말했다. 아내를 유기했다고——집을 나간 지 4개월이나 되었기 때문이라고 말했다.

"오늘 밤에 돌아갈게." 리가 말했다

"난 집에 없을 거예요. 생활비는 변호사를 통해서 보내요." 고등학교 때 리가 알게 된 녀석인데 마음에 전혀 들지 않았던 작자인,

쉐프 스탠윅스를 변호사로 선임했다고 했다. 그는 졸업한 뒤 한가롭게 골프와 정치 활동을 즐기고 있었다.

체리는 변호사와 자기가 손해 배상액을 얼마나 원하는지, 돈 얘기만 계속했다.

"리 위트니, 난 당신 때문에 직장을 포기했으니까요." 그녀가 말했다.

그녀는 신혼 시절에 미용사 면허를 땄지만 머리를 감겨주는 일 외에는 해보지도 못했다. 어차피 시골 동네에서는 단골 손님을 많이 갖게 될 희망이 없다고 언제나 투덜거렸다. 누구에게나 단골 미용사가 있기 때문이었다. 그녀가 깎아본 머리라고는 리의 머리카락뿐이었다. 그의 까만 머리 색깔과 엘비스처럼 앞머리가 약간 곱슬거리는 것이 마음에 든다고 했었다.

"우리랑 함께 다니면 돼." 리가 말했다. 그의 목소리가 갈라지고 있었다. "우리 쇼단의 미용사로 써 달라고 페이지한테 말할게. 어차피 우리들 머리를 까만색으로 짙게 염색하고 구렛나루를 손질하는 데 돈을 쓰거든."

"아무리 얘기해도 소용 없어요. 배우자 유기죄로 이혼해요."

"하지만 체리, 이건 죄다 당신이 원한 일이었어."

"어머, 시계가 울렸네." 체리가 말했다. "전화 끊어요."

"잠깐만 기다려. 아무리 그래도 얘기는 할 수 있잖아?"

"돈이나 모아요. 난 돈이 필요해요." 그녀는 전화를 끊었다.

다시 전화해 보았지만 그녀는 받지 않았고 그날 밤 내내 마찬가지였다. 아침이 되기를 기다려 어머니에게 전화해 보았더니 체리는 그가 떠나자마자 동네로 나가 쏘다녔는데 이제는 트레일러의 붙박이 가구만 빼놓고 다른 것을 죄다 꾸려 가지고 동네로 이사갔다고 했다.

그는 페이지에게 가서 그만두겠다고 말했다. 그들이 미조리주 조플린의 헐리데이 하우스에서 공연할 때였다. 그제서야 페이지는 리가 2년 뒤라야 갱신할 수 있는 고용계약에 서명했기 때문에 도저히 빠져나갈 구멍이 없다고 설명했다. "그리고 말이야," 페이지는 말했다. "여자 하나 때문에 뭘 그래? 너한테 관심 있는 여자들이 많은데. 어젯밤에 널 보면서 흐느껴 우는 소리 못 들었어? 넌 아주 슬프게 연기했어. 감동적이었어."

"하지만 난 그런 여자들을 좋아하지 않아요." 리가 말했다.

쇼를 보러 오는 여자들은 그를 우울하게 만들었다. 매일 밤이면, 지칠 줄 모르는 엘비스 팬들――아주 곱슬곱슬한 파마 머리에 지나친 소녀 취향의 옷을 입은 여자들이 쇼를 보러 와서 백스터와 리와 쟝고를 보면서 한숨을 쉬고 비명을 지르며 신음했다. 쇼가 끝나면 무대 뒤로 몰려와 아양을 떨었다. 리에게는 그들이 엘비스처럼 이제는 진실 속으로 영원히 사라진 것을 되살려 보려고 애쓰고, 젊었을 때의 꿈을 다시 찾으려고 몸부림치는 것으로만 생각되었다. 가끔 백스터는 예쁘장한 여자를 침대로 데려가고는 했다. 엘비스의 배역을 그만큼 오래 했기 때문에 얻는 당연한 권리라고 했다. 하지만 리에게는 백스터가 자신이 진짜 엘비스가 아니라는 사실을 깨닫고 있는 것인지 확실치 않을 때가 많았다. 쟝고는 그 여자들이 '너무 촌스럽다'고 속마음을 리에게 털어놓았다. 그는 커다란 도시로 갈 때까지 기다렸다가 펑크 옷차림을 하고, 쟝고라는 인간 자체를 원하는 10대 소녀들을 찾으러 나가고는 했다. 하지만 리는 잠이 올 정도로 술을 실컷 마신 다음 혼자 잘 뿐이었다.

그들이 오클라호마주에 있을 때 쉐프 스탠웍스가 보낸 서류가 왔다. 그는 체리에게 다달이 수표를 보냈다. 그에게는 살아온 동안의 그 어느 때보다 돈이 많았지만 중요한 목적에 쓸 일은 더 드물어지고 말았다. 예쁘다고 생각되는 물건——인디언들이 만든 청금석 브로치, 은팔찌 등을 사서 쉐프를 통해 체리에게 가끔 보냈다. 하지만 편지는 보내지 않았다. 그녀의 마음을 바꾸게 할 만한 말을 생각해 낼 수가 없었다.

애빌랜에서 공연할 무렵의 어느 날 밤 쟝고는 괜찮은 라디오 방송국들과 문명에서 너무 멀리 떨어져 있는 것이 미칠 것 같다며 그만두겠다고 했다. 자신의 계약서 내용이 어떤 것인지 비로소 알게 된 그는 호텔 바로 페이지를 찾으러 나갔지만 리와 백스터가 그를 말렸다. 도대체 우리가 뭐하러 그랬을까? 리는 이제서야 그 점이 궁금했다. 쟝고를 붙잡아 방으로 끌고 온 다음 백스터는 대마초를 꺼냈다. 세 사람은 그것을 피우며 자신들의 처지에 대해 의논했다.

"앞으로 2년간 일거리가 보장된 거야." 백스터가 말했다. "이런 일은 찾기 힘들어."

리는 고개를 끄덕였다. 침대에 벌렁 누웠다. 대마초는 그가 공중에 떠 있는 것 같은 느낌을 갖게 해주었다.

"2년!" 쟝고는 커다란 거울에 자신을 비춰보면서 서 있었다. "2년이 지나면 난 스물셋이야. 맙소사, 늙었을 때야."

리와 백스터는 그를 비웃을 수밖에 없었다.

"문제는 그가 우릴 속였다는 거야." 리가 말했다.

"난 속지 않았어." 백스터가 말했다. "난 내 계약서를 읽어봤어. 너희들은 왜 안 읽어봤어?"

리는 자신이 계약서에 서명하는 동안 그의 어깨에 올려져 있던 체리의 손이 기억났다. 진짜 미스 자유의 여신처럼 예쁘게 꾸몄다고 체리에게 말하던 페이지가 기억났다. 백스터의 말이 맞다고 느꼈다. 남자란 자기의 실수에 대한 책임을 져야 하는 것이다.

백스터가 대마초를 쟝고에게 건네자 쟝고는 그것을 쭉 빨아들이

더니 거울 안의 자신을 실눈으로 쳐다보았다.

"페이지는 지금 뭔가 좋은 일을 계획하는 중이야." 백스터가 말했다. "우리가 한꺼번에 그만둬서 페이지가 계속 새 가수들을 훈련시켜야 한다면 어떻게 되겠어? 이제는 고정적인 밴드를 계약한 거 알지? 우리가 차로 여행하는 동안에 밴드는 장비를 싣고 밴으로 여행할 거야. 무대 의상도 더 좋은 걸로 바꾸는 중이야. 우리의 라스베가스 공연이 준비될 날도 얼마 남지 않았다고 했어. 커널 파커가 엘비스를 출세시켜 준 것 같이. (*커널 파커는 엘비스의 매니저였음.)

쟝고는 거울 앞에서 엉덩이를 느릿느릿 돌려댔다.

"커널 탐 파커는 연예계의 마술사였다." 그는 쇼에서 쓰는 자신의 대사를 인용하면서 킬킬 웃었다. "페이지가 그렇게 썼지. '그가 나를 인도해 주었다.'" 쟝고의 목소리는 멤피스 스타일의 떨림을 담으면서 굵어졌다. "'그리고 나는 그를 두 번째 아버지로서 존경하게 되었다.' 웃기고 있네. 아버지는 하나로 충분한 거 아냐?"(*멤피스는 엘비스의 주된 활동 무대였다.)

"우리 아버진 내가 어렸을 때 죽었어." 리가 꿈꾸듯이 말했다.

"우리 아버진 돈벌레였어." 쟝고가 말했다. "꼭 페이지 같았어."

"엘비스는 60년대에 커널하고 진작 갈라섰어야 했어." 백스터가 말했다. "그게 바로 엘비스의 큰 실수였던 거야. 커널이 엘비스의 스타일을 바꾸는 것을 겁냈기 때문에 엘비스는 판에 박은 듯 똑같은 영화에만 계속 출연했거든. 성공하려면 알맞은 순간에 자신의 기회를 잡아야 하는 거야." (*60년대에 엘비스는 스무 편이 넘는 영화에 출연했지만 흥행으로나 예술적으로나 모두 실패했고 결국은 가수로서의 활동도 부진하게 되었다.)

쟝고는 거울을 향해 입술을 일그러뜨렸다. "단 한푼이라도 모두 저축해야지. 충분히 모아 로스앤젤레스에서 최고 가는 녹음실을 빌릴 거야. 그리고 내 목에서 엘비스 목소리를 영원히 씻어버릴 때까지 노래할 거야."

그는 돈이 다 떨어질 때까지 돌아다니며 슬롯머신에 25센트 동전들을 집어넣었다. 웨이트리스에게 손짓해 술을 주문하면서 시간을 물어보았다. 지금쯤 테네시는 저녁 때라서 어둠이 내리고 있을 것이다. 하지만 카지노 안에는 전혀 어둠이 미치지 못했다. 창문도 자연 광선도 없었다. 이런 곳에서 평생을 보내면서도 그것을 전혀 느끼지 않고 살 수 있을까? 교환대에 가서 전표를 내놓자 직원이 금빛 미이라관처럼 만든 전화 박스로 그를 안내했다.
어머니에게 전화를 걸었다. 어머니는 그의 목소리를 듣자 스토브에 올려놓은 냄비를 내려놓으러 갔다. 그의 가슴은 어머니의 부엌에 대한 그리움으로 가득해졌다. 너무 먼 곳이었다. 그날 밤 공연할 라스베가스 카지노에서 전화하고 있다고 말하자 어머니는 환성을 질렀지만 그것이 어머니에게는 별의미가 없다는 것을 알 수 있었다. 어머니에게는 너무도 낯선 곳이었다.
전화기도 금빛 페인트로 번쩍거렸다.
"엄마, 꼭 1분만 애기할 수 있어요." 그가 말했다. "그러니까 솔직히 말해 줘요. 체리는 어떻게 지내요?"
"지난 번에 나한테 왔었어. 좀 놀랐다. 넌 집에 금세 오는 거냐?"
"빨리는 못 갈 것 같아요. 왜, 무슨 일이라도 있어요?"
"체리 말이다, 너희들이 법적으로 헤어졌다는 건 알아. 하지만 체리는 이 이혼소송을 그다지 원하는 것 같지 않아. 식료품 가게에서 내 친구 메일린을 만났는데 너에게 안부를 전하라고 하면서——."
"30초 남았어요." 카지노 교환원이 말했다.

"엄마, 얼른 얘기해요." 리의 심장은 두근거렸다.

"글쎄, 아무 이유도 없이 체리가 들렀더라고 말했더니 메일린이 하는 얘기가 쉐프 스탠윅스가 골프장에서 일하는 여자를 쫓아다니느라 체리를 찼다는 소문이 브랙에 쫙 퍼졌다는 거야. 물론 체리가 그런 짓을 하고 난 뒤니까 너한테 돌아올 자격도 없지만…… 그래도, 애야…… 네가 지금 당장이라도 이리로 돌아온다면, 걔가 다른 사람을 사귀기 전에——."

리는 별들이 반짝이는 밤의 어둠 속으로 빠져들어갔다. 정신을 차리고 보니 전화는 이미 끊어져 있었고 그는 금빛 미이라관 안에 쓰러져 있었다. 카지노에서 일하는 여자가 그를 내려다보고 있었다. "괜찮아요. 약 먹는 것을 잊어서 그랬어요." 그는 주머니에서 약을 한 알 꺼내 위스키의 남은 것과 함께 넘겼다.

그 여자는 키가 크고 반쯤 벌거벗고 있는 옷차림이었는데 걱정하는 듯한 표정을 짓고 있었다. "심장에 문제가 있나봐요?"

"맞아요." 리는 말했다. "내 심장에요."

그들은 스위트룸의 거실로 배달되어 온 저녁식사를 먹었다. 호텔 측은 텔런트 쇼단의 첫 공연을 축하한다며 얼음통에 샴페인을 넣어 올려보냈다. 그들은 그것을 다 마시고도 쟝고의 침실에 딸린, 거울이 붙은 탈의실에서 무대 의상을 입는 동안 더 마시기 위해 다시 주문했다. 쟝고는 빨간 실크 셔츠와 검은 청바지를 입고 제일 먼저 준비를 끝냈다.

"어 웰, 첫째는 돈을 위해서……." 쟝고는 기분을 돋구기 위해 거울에 대고 노래했다. "어 웰, 첫째는……." 그는 샴페인을 한 모금 마셨다. "돈을 위해서——." 그가 날이 갈수록 점점 시무룩해 보인다고 리는 생각했다.

백스터는 반대쪽에 있는 거울에 기댄 채 구렛나루의 길이를 확인해 보려고 고개를 돌려보고 있었는데 길이가 영 고르지 않았다. 그는 핀셋으로 수염을 하나씩 뽑기 시작했다. 그 옆의 탁자 위에는 어떻게 해서 엘비스의 유령이 택시에 올라탄 뒤 그레이스랜드를 운전해서 사라졌는가 하는 표지 기사가 실린, 그가 사온 싸구려 주간지가 놓여 있었다. 백스터는 엘비스에 대해 연구하기 위해 그런 기사들을 모두 읽었다.

"어 웰, 둘째는 쇼를 위해서, 에잇 빌어먹을. 쇼를 위해서——."
쟝고가 노래했다.

리는 술에 취해 있긴 했지만 공연을 할 수 없을 정도로 충분히 취한 것은 아니었다. 그는 자신의 무대 의상을 마주 보고 있었다. 나무 옷걸이에 걸려 있는 그 옷들은 그가 되고 싶지 않은 인간의 상징이었다. 통이 넓은 판탈롱, 미식축구 수비선수의 옷처럼 어깨에 잔뜩 심을 넣은 윗도리, 폭이 20센티나 되고 가짜 보석들이 박힌 허리띠. 전체 복장은 지겹도록 무거웠다. 셔츠와 청바지를 벗은 다음 한숨을 쉬면서 갈아입을 바지에 발을 넣었다. 번들거리는 공단이 다리에 닿아 차갑게 느껴졌다. 쇼 도중에 관객들에 던져줄 스카프를 한 다스 목에 감았다. 그가 팔을 벌리자 쟝고와 백스터가 윗도리를 걸쳐주었다. 스팽글이 달린 깃 윗부분 때문에 귀가 따가웠다. 쟝고와 백스터가 허리띠를 잠궈줄 수 있게끔 숨을 깊이 들이마셔서 아랫배를 집어넣는 순간, 잔뜩 흥분되어 기운에 넘치는 페이지가 들이닥쳤다.

"오늘 밤 누가 쇼를 보러 오는지 알아? 누군지 알겠어?"

그들은 그저 그를 쳐다보고 있었다.

"알란 스파!" 그는 환성을 질렀다. "알란 스파라니까. 계약의 마술사 말이야!"

백스터가 말했다. "무슨 계약이오?"

"헐리우드 계약이야, 헐리우드. 에메럴드 씨티. (*오즈의 마법사에 나오는 환상의 도시로서 헐리우드의 별명이기도 하다.) 우린 지금 돈과 명성과 텔레비전 영화 애기를 하는 거야. 이게 뭐지? 샴페인? 그래, 축배를 들자고." 그는 술잔들을 채웠다. "라스베가스에서 헐리우드로. 야호, 서쪽으로 가자, 서쪽으로 가는 거야!"

"에메럴드 씨티." 리가 말했다.

샴페인은 차고 시큼했다. 샴페인을 조금 따른 뒤에 어깨를 움츠렸다.

"내 말 좀 들어볼래요?" 쟝고가 말했다. 그는 그때까지도 리의 허리띠를 들고 있었다. 그것은 방안의 모든 거울 안에서 번쩍이고 있었다. "난 헐리우드엔 안 가요. 날 아는 사람들이 볼지도 모르는 곳에서 엘비스 노릇은 죽어도 안 해요."

"넌 헐리우드에서 공연을 하는 게 아니라 영화를 찍으러 가는 거야." 페이지가 말했다. "이 계약이 성사만 된다면 쇼의 대사를 더 늘려야겠어. 그리고 엘비스의 일생을 현지에서 촬영하는 거야. 예닐곱 살 먹은 엘비스 역을 맡을 아이를 찾아야지."

누군지 참 안됐다고 리는 생각했다.

"하지만 텔레비전 영화는 전국적으로 방영되잖아요." 쟝고가 말했다.

"물론이지." 페이지는 샴페인을 마셨다.

"난 안 해요." 쟝고가 코웃음을 쳤다. "고소해도 좋아요. 그런다고 손해 볼 것도 없으니까."

페이지는 그에게 몸을 기울였다. "안 한다고? 소송을 하면 아주 아주 오랜 시간이 걸려. 이봐, 나한테서 떠난다 하더라도 앞으로 네가 내놓는 노래는 전부 내 소유가 되는 거야. 앨범이고 순회 공연이고 모두 다. 빌어먹을 포스터를 팔아서 들어오는 돈도 다 내 거야. 알겠어?”

“페이지씨.” 리가 말했다. “텔레비전 영화를 제작하는 데 나나 쟝고는 필요 없습니다. 이 쇼에서는 백스터가 진짜 재주꾼 아닙니까. 영화에서는 조명과 화장을 써서 무슨 역이든지 할 수 있어요. 백스터는 스무 살에서 마흔 살까지도 연기할 수 있어요. 그렇지, 백스터?”

백스터는 주간지에서 눈을 들어올리면서 말했다. “그럼, 할 수 있지. 페이지씨, 그렇게만 되면 내게는 절호의 기회가 되겠는데요.”

“이것 봐, 너희들은 내 밑을 벗어나서는 아무것도 못 해. 저기 너희들 셋이 있어.” 그는 불길해 보이는 엘비스들로 에워싸인, 흰색 양복 차림에 키가 작달막한 자신의 모습이 비치는 거울들을 가리켰다. “저게 바로 이 쇼의 기막힌 성공 비결이야. 로큰롤 왕의 삼단계 인생을 그리는 거야. 거기다 텔레비전 영화가 우리를 밀어주기만 하면 이 쇼는 영원히 공연될 거야.”

쇼는 아래층에서 공연되었다. 리는 샴페인을 다 마시고 나서도 위스키를 또 마시기 시작했다. 술에 취해 있기에 적당한 장소를 찾아야 했다. 아무런 생각도 필요 없는 곳, 군대 같은 곳, 전혀 생각해 보지도 않은 곳으로 가고 싶었다. 약에 취해 아무 생각도 하기 싫었다. 시계를 보았다. 아직도 시간은 많았다. 의상을 모두 걸치고 있었고 내려갈 준비도 되어 있었다. 리는 거울을 외면했다. 자신의 모습이 엉망이라는 것을 알기 때문이었다. 젊었을 때의 그는 인디언처럼 가무잡잡하고 늘씬했다고 체리는 늘 말했다. 체리는 그를 사랑했었다. 체리, 그녀에 대해서는 생각하지 않는 편이 좋았다. 약이 어디 있더라? 탈의실 바닥에 떨어진 그의 셔츠에 있었다. 몸을 굽히려고 했지만 허리띠가 배를 조이는 바람에 동작을 멈추었다. 조심스럽게 무릎을 굽힐 수밖에 없었다. 약을 삼키려고 고개를 뒤로 젖히다가 자신의 모습을 보게 되었다. 저게 누구지? 한쪽 무릎을 꿇고 있었고 몸집은 거대했으며 번쩍거렸다. 머리는 푸르스름한 검은색이었고 드러난 가슴은 창백했으며 부어 있었다. 코와 눈은 살찐 얼굴 속에 푹 파묻혀 있었다. 전혀 인간처럼 보이지 않았다.

그 방을 나가야만 했다. 종업원용 엘리베이터를 타고 아래층으로 내려갔다. 그 안은 질식할 것같이 더웠지만 복도와 무대 뒤는 추웠다. 땀방울이 가슴에서 얼어붙었다. 쟝고가 자신의 공연을 거의 끝내 가는 중이었다. 리는 무대 왼쪽 뒤에서 백스터가 페이지에게 뭔가 얘기하고 있는 것을 보았다. 그는 그들에게로 다가가려다가 얼른 발을 멈추었다.

백스터는 페이지의 목에 장식으로 맨 끈을 움켜잡았다. 페이지를 바싹 끌어당겨서 마구 흔들다가 마루로 밀어던졌다. 백스터가 커튼을 젖히고 무대로 나가버리자마자, 공연 때문에 잔뜩 흥분한 쟝고가 전신에 땀을 번들거리며 뛰는 듯한 발걸음으로 걸어나왔다. 페이지는 기운을 차리지 못한 채 엉금엉금 기어다니고 있었다. 쟝고는 빙빙 돌면서 댄스 스텝을 밟다가 그를 걷어찼다. 페이지는 다시 나동그라지고 말았다. 쟝고는 리를 보더니 어깨를 으쓱해 보였다. 입술을 일그러뜨린 다음 뒤로 급히 나가고 말았다.

리가 한 걸음 앞으로 나서자 페이지는 그를 붙잡고 몸을 일으켰다. 그 늙은이는 벌겋게 달아올라 있었다. 부풀려 빗은 백발 사이로 빨간 피부가 번쩍거리고 있었다. 그는 끈을 조이고 있는 커다란 터키옥 브로치를 밑으로 내린 다음 캑캑 기침을 했다. 백스터는 '부드럽게 사랑해 주세요'를 부르고 있었다. 리는 페이지에게 조용히 하라고 손짓을 한 다음 뒤쪽 벽으로 데려갔다. 그곳에서는 음악 소리가 덜 시끄러웠다. 페이지는 계속 머리를 흔들며 눈을 찡그리고 있었다. 어지러운 모양이었는데 심술궂어 보였다.

"나에게는 계약서가 있어." 그가 말했다. "제까짓 것들이 어쩔 거야." 그는 양복을 손으로 쓸어내렸다. 하얀 옷에 더러운 때가 번졌다.

리는 떨리는 손을 내밀었다. "저…… 난 더 이상 못 하겠어요."

"왜 이래? 넌 아직도 젊어." 페이지가 말했다. "술만 좀 줄이면 돼. 갓난아기처럼 생기 있게 만들어줄 뭔가를 줄게."

"내가 이 일을 하기에 너무 늙고 병들게 되면 그때는 날 놓아줄 건가요?"

"그때가 되면 백스터가 네 역을 할 수 있을 거야. 그리고 쟝고는 백스터의 역을 할 거고." 페이지는 자신의 머리카락을 쓰다듬었다.

"그리고 젊은 아이를 새로 하나 찾아내겠군요?"

"그게 바로 연예 사업의 요령이야. 신인은 언제라도 찾을 수 있어."

리의 심장은 쿵쿵 뛰고 또 뛰었다. 그는 전선과 조명과 에너지로 얽혀진 벽, 그리고 페이지로부터 눈길을 돌리고 말았다.

"그래, 젊은 애들은 10센트에 한 다스라도 구할 수 있어. 하지만 내 말을 들어봐. 넌 내가 찾아낸 애들 중에서 최고야. 정말 근사한 엘비스야. 품위도 있으면서 동시에 완전히 망가진 모습이야. 기가 막히게 엘비스를 빼닮았어."

고통받고 있는 심장이 시끄럽게 뛰는 소리를 들으며 리는 그를 외면했다.

'빼닮았다?' 페이지가 그에게 처음 건네주었던 약이 기억났다. 그 약은 그때 체리가 작별을…… 아, 체리에 대해서는 생각하지 말자. 그는 자신도 엘비스처럼 죽게 되며 테네시에 있는 어머니와 아내를 다시는 보지 못하게 된다는 것을 깨달았다.

"너한테는 위엄이 있어." 페이지가 말했다. "그 표정을 꼭 영화에 담아야 돼. 아름다우면서도 자신의 파멸을 부르는 표정이라니까. 정말 비극적인 모습이야."

리는 자신의 모든 몸무게와 분노를 갖고서 그를 내려쳤다. 전선들이 만나는 그 금속 상자 위로 페이지는 쓰러졌다. 리는 그에게 몸을 기울여 재빨리 손을 놀렸다. 초록색 불꽃들이 그들 주위에서 튀고 있었다.

무대 위에서 리는 마지막 노래의 대사 부분을 말하고 있었다. "오늘 밤 당신은 쓸쓸한가요?" 가사의 중간에서 멈추어 마음 내키는 대로 대사를 말한 다음 큰 소리로 다시 가사를 노래하게 되어 있었다. "사랑하는 사람, 내게 말해 봐요." 그는 마이크에 대고 중얼거리면서 고등학교를 갓 졸업했을 때의 체리를 생각했다. "당신은 정말 사랑스러워요." 체리는 그의 머리를 깎기 전에 한 번 포용해 주고 나서 수건을 둘러주었다. "그리고 난 알아요, 당신이 나를 사랑했다는 것을 알아요, 하지만——." 아아, 뭐가 잘못되었던 것일까? "뭐가 잘못되었나요? 당신은 나를 떠나 보냈어요."

그는 마치 그들이 나이트 클럽에 있기라도 한 듯이 작은 탁자들 앞에 앉아 있는 사람들을 가만히 서서 쳐다보았다. 하긴 그곳이야말로 나이트 클럽——사람들에게 인기가 좋은 곳이라는 사실이 생각났다. 그는 나직하게 소리내어 웃었다. "조심해요." 그는 고개를 저었다. "이제 정신을 차려야지요." 그렇게 중얼거리며 먼 곳을 바라보았다. 사람들의 얼굴에서 흐르는 눈물을 보았다. "나 때문에 울지는 말아요." 그는 그렇게 말했다. "그녀가 기다리고 있어요." 언제나와 마찬가지로 가사 부분이 다시 시작되었고 밴드가 연주하기 시작했다. 그의 뒤에서 엘비스의 형상을 보여주고 있던 벽이 갑자기 환하게 불타오르더니 쾅 소리를 내며 폭발했다. 그 바람에 리는 비명을 지르는 관객들 쪽으로 튕겨나갔다.

그곳에서는 아침 식사가 아주 쌌다. 싸구려 식당들에도 슬롯머신이 놓여 있었다. 리는 블랙 커피를 마시면서 신문을 대충 훑어보았다. 리버라치의 전직 운전기사가 리버라치와 닮아 보이기 위해 어떤 성형수술을 했는지와(*쇼맨쉽으로 유명했던 미국의 팝 피아니스트), 골든 피라미드 호텔의 무대 뒤에서 일어난 비극적인 사고에 대해 읽었다. ELVIS LIVES 쇼단의 매니저는 새로운 컴퓨터 무대 장치 때문에 발생한 전기 화재로 목숨을 잃었다. 사고가 난 지 며칠이 지난 후인 그 날의 신문은 과거의 카지노 화재 사건들에 대한 추적 기사를 싣고 있었다.

처음의 하루 이틀은 형사들이 스위트룸을 들락거리며 그들을 계속 따라 다녔지만 리는 가만히 내버려둔 편이었다. 지나치게 부담이 간 전선 때문에 누전과 폭발이 일어난 그 화재 당시 그는 무대 위에 있었기 때문이었다. 게다가 그 장치가 굉장히 복잡했으며 모든 것이 디지털로 작동되었다는 사실이 매우 강조되었기 때문에 리 같은 촌놈이 그것을 이해하리라고는 아무도 상상조차 못했다. 리도 자기가 그렇게 빨리 손을 놀렸다는 사실이 마치 다른 사람이 한 일처럼 전혀 이해되지 않았다. 한 가지 이상한 점은 백스터와 쟝고였다. 리는 그들이 페이지를 무대 뒤에 실신한 채로 내버려둔 상태에서 화재를 당했으니 자신들이 그의 죽음에 약간의 책임이 있다고 생각할 줄 알았었다. 하지만 두 사람은 폭발 사건을 그들을 보호하는 '전기의 신'의 눈부신 활약 정도로 받아들였다. 이틀째 되던 날 밤 백스터가 그들의 계약서를 가져왔다. 그들은 아무 말 없이 그것을 찢어버렸다.

세 명의 엘비스가 출연하는 새로운 쇼가 곧 시작될 예정이었다. 원래의 쇼는 페이지가 만들었지만 그의 아이디어는 아무나 쓸 수 있었다. 백스터는 라스베가스에 남기로 했다. 그가 앨런 스파에게 자신을 선전한 것이 성공을 거두어 이제 그들은 유선 방송 쇼에 대해 의논하고 있었다. 그 날 아침 쟝고는 서쪽으로, 리는 동쪽으로 떠났다. 모든 사람들에게 다 잘 된 것이 아닐까? 페이지만 제외하고. 페이지에 대해서는 생각하지 않는 편이 나았다. 페이지는 리가 군대 시절 했던 일들처럼 아주 먼 옛날, 이미 오래 된 세월 속에 묻힌 것처럼 보였다. 아무튼 그 사건의 책임은 약에 있다는 생각이 들었다. 그는 호텔 사우나에서 땀을 한참 뺐다. 앞으로도 계속할 계획이었다.

리는 식사대를 치른 다음 낡은 가죽 가방을 들고 밖으로 나갔다. 그렇게 이른 아침이면 사막의 냄새를 맡을 수 있었다. 그곳 건물들의 왜소함과 화려한 간판 밑에 쭈그리고 앉아 있는 평범한 도시가 햇빛 아래 그 모습을 드러냈다. 리는 엄지손가락를 치켜들고 뒷걸음치며 걷기 시작했다.

그를 태워준 트럭 운전사는 앨버커키로 가는 길이었다. 리는 그곳의 트럭 기사 식당에서 맥주를 약간 마신 다음 멤피스를 통과하는 차편이 생길 때까지 어슬렁거렸다. 체리를 만날 때까지는 맥주를 끊기로 결심을 했었지만 텍사스에서 보냈던 어느 날 한밤중 자신의 집으로 돌아간다는 것이 너무 좋은 나머지 가는 동안 계속 깨어 있고 싶어서 그를 위해 차를 운전하는 사람들과 자신을 위해 각성제를 사서 트럭에 있던 위스키와 함께 삼켰다. 집, 집을 향해 그들은 어둠 속을 뚫고 40번 고속도로를 질주하면서 라디오를 들었다. 엘비스의 노래가 나오자 모두 따라 불렀다.

　"어이, 리. 목소리가 엘비스 같은데? 모습도 좀 닮았어." 운전사가 말했다. 그는 자기의 친구를 팔꿈치로 찔렀다. "어때? 혹시 우리가 엘비스의 유령을 태운 거 아냐?" (*아직까지도 엘비스의 유령을 보았다고 주장하는 사람들이 있다.)

　"아니지." 리가 말했다. "엘비스는 죽었지만 난 살아 있어. 게다가 나는 집에 가는 중이야." 그는 너무도 행복한 나머지 밤새도록 위스키를 홀짝거렸고, 노래가 계속 나오는 대로 심장이 터지도록 따라 불렀다.

아홉 명의 아들 / 웬디 혼스비

1991 Nine Sons

아홉 명의 아들 / 웬디 혼스비

웬디 혼스비(미국)

캘리포니아주 남부에서 출생. UCLA와 롬비치 캘리포니아 주립대학 출신으로, 고대/중세사 석사학위를 받음. 혼스비는 현재까지 5편의 소설과 많은 단편을 발표하여 절찬을 받고 있다. 뉴욕 타임즈지는 그녀의 최신작으로 1993년 발간된 「Midnight Baby」가 신선하고 현실감에 넘치며 짜릿하다고 비평했다. 로스엔젤레스 타임즈는 그녀의 재능은 독특하게 가슴에 사무쳐오는 인물상을 창조하는 데 있다고 했으며, 그 밖에도 많은 신문들이 절찬을 아끼지 않고 있다. 평범한 소재 속에서 끔찍한 주제를 다룬 이 수상작은 셜리 잭슨이 아주 좋아했을 만한 작품이다. (*셜리 잭슨은 미국의 유명한 소설가로 잔인하고 기괴한 인간 본능 묘사에 뛰어남.)

아홉 명의 아들

웬디 혼스비

1991 Nine Sons

오늘 아침 나는 신문에서 재노스 보나체크의 이름을 보았다. 대법원판사로 재직한 그의 25년 간의 경력과 은퇴 계획에 대해 좋게 쓴 기사였다. 사람들은 그를 애칭으로 천재 소년이라고 불렀지만 함께 실린 사진은 한때는 놀랄 정도로 샛노랗던 머리카락 대신 이제는 거의 벗겨져 몇 오라기의 백발이 귀 위쪽에 남아 있는 모습을 보여주고 있었다.

나는 우리 사이의 연결점이면서도 쐐기가 되었던 그 죽음에 대해서 내가 가졌던 의문을 완전히 풀기 위해 그에게 편지를 쓰든지 전화를 해야겠다는 충동에 잠시 사로잡혔다. 하지만 결국은 그러지 못했다. 모든 세월이 지난 지금 그게 무슨 소용이 있겠는가. 재노스가 법조계에서 오랫동안 누려온 성공은 아주 오래 전에 일어났던 그 사건과, 그 때문에 고통을 받았던 우리 모두를 위한 충분한 보상이 되었을 것이다.

그 사건이 아니었으면 아주 평범했을 어느 날 그 일은 일어났다. 때는 4월이었지만 봄은 아직도 우리를 놀리고 있었다. 시커먼 진흙과 회색의 녹은 눈이 덮인 끝없는 벌판에 대해 무언가 대항한 것이 있었다면 바로 두 가지의 환한 색깔이었다. 하나는 더러운 눈더미를 뚫고 올라오는 파아란 크로커스꽃이었고, 다른 하나는 학교 수업이 끝난 뒤 부모의 농장을 향해 수평선을 따라 달려가는 재노스 보나체크의 눈부신 노란 머리카락이었다. 아직도 추운 봄철에 피어나는 크로커스와 어린 재노스는 어려웠던 그 시절 꽁꽁 얼어붙었던 그곳에서는 분명히 경이로운 존재였다.

그 해는 1934년이었고 대공황의 절정에 이르러 있었다. 물론 힘든 시절이기는 했지만 내가 교육청에서 발령을 받아 오게 된 그 작은 농촌 마을에서는 시련이란 오랜 친구와도 같은 것이었다.

나는 전해 9월 교육대학을 막 졸업한 뒤 새 빨간색 목도리와 생일 케익의 마지막 한 조각을 싸서 넣은 가방을 들고 그곳에 도착했다. 내 나이는 스무 살로 내가 가르칠 고등학교 학생들과 비교해 그리 많지도 않은 나이였다.

학기가 시작되었을 때 재노스는 열 살이었고 다 자란 밀과 키가 똑같았다. 그의 머리카락은 수염난 밀이삭과 같은 금빛이었다. 추수하지 않은 밀밭 속을 뛰어다니면 초원에 부는 바람이 일으키는 밀밭 물결 속에 묻혀 눈에 띄지 않았다. 재노스를 보려면 아마도 밀을 베어내야 했을 것이다.

북부 지방의 초원에서는 농작물이 자라는 계절이 짧았다. 봄눈이 녹고 가을의 첫서리가 내리기 전까지인 여름의 숨결도 빨랐다. 땅의 표면 아래, 그 땅에 생명을 강요하는 사람들의 마음 속에는 마치 그 밑바닥까지 따뜻하게 녹일 만한 여유가 전혀 없는 벽이라도 있는 것 같았다. 나는 그 겨울이 그렇게 길지만 않았더라도, 인간의 영혼이 그렇게 완전히 얼어붙지만 않았더라도 우리가 재노스 보나체크의 갓난 여동생을 파묻은 일은 일어나지 않았을 것이라고 오늘날까지도 믿고 있다.

재노스의 집안은 아들이 아홉이나 되는 대가족이었다. 그중에서 재노스 단 하나만 농사 일에서 해방되어 학교를 다녔다. 하지만 그는 동생인 보야를 보살펴야 했기 때문에 학교에 데려왔다. 그 당시 어린 보야는 네 살이나 다섯 살 정도였던 것 같다. 재노스처럼 총명하지는 않았지만 열심히 노력하는 아이였다. 재노스가 달래면서 가르친 끝에 그해 보야는 월반해서 2학년 독본을 읽을 수 있게 되었다.

그 첫해 만성절 무렵 재노스는 내가 가르치던 반으로 왔다. 국민학교 반을 맡은 교사는 더 이상 그에게 가르칠 것이 없다고 했다. 하지만 내 방 선반에 고등학교 교재들이 있었다는 점만 제외하고는 내가 그 교사보다 준비가 더 잘 되어 있었다고는 생각하지 않는다. 하지만 나는 최선을 다했다.

재노스는 나에게는 하나의 도전이었다. 그는 내가 줄 수 있는 모든 것을 흡수했으며 그 이상의 것을 요구했고, 조용하면서도 끈기 있게 설명하든가 발견해내는 자신의 방식으로 내게 자극을 주었다. 그는 모든 것에 대해 열의가 있었다. 하지만 지리 과목만은 예외였다. 그 점에 있어서 그는 회의주의자였다. 태어난 이래로 초원의 평평한 벌판에서만 살아온 재노스는 지구는 둥글다거나 수평선 너머로 펼쳐져 있는 밀밭보다 더 넓은 바다가 있다는 것을 믿지 않으려 했다. 수녀들이 교리문답에서 내게 가르쳐 주었던 하늘 나라처럼, 그는 산, 사막, 대양의 존재를 무조건 믿는 수밖에 없었다.

재노스는 같은 반의 아이들과 비교해 분명히 괴짜였다. 중부 곡물 교환소 너머에 있는 세계로부터 새로운 보편적인 진실을 받아들이느라 눈썹을 모은 찡그린 작은 얼굴과 반짝거리는 머리를 책에 파묻고 있던 그의 모습을 나는 아직도 그려볼 수 있다. 다른 아이들은 그를 존경하고 그에게 복종하면서도 그와는 절대로 노는 법이 없었다. 그는 쉬는 시간과 점심 시간에는 학교의 앞 계단에 앉아 있다가 내가 커다란 놋쇠종을 울려서 안으로 불러들이기만을 기다리고 있었다. 친구들과 함께 노는 것을 끝내 배우지 못했던 그의 소년 시절이 판사로서의 그에게 어떤 영향을 미쳤는지 궁금할 뿐이다.

재노스는 추위를 타면 몸을 떨기는 했지만 그 외의 외부적인 불편함이라든가 외모에 대해서는 망각하고 있는 것처럼 보였다. 보야와 그는 땅에 눈이 쌓이기 전까지는 맨발로 학교에 왔다. 눈이 내리면 짝도 맞지 않는 아주 커다란 장화를 신고 나타났는데 내게는 그것이 참 이상했지만 아무도 그들에게 그 사실을 환기시켜주지는 않았다. 재노스가 코트랍시고 입고 오는 것은 눈보라가 치는 날에도 걸치고 오는 낡아빠진 회색 담요로 분명히 밤에는 그것을 덮고 잤을 것이다. 그의 곧고 노란 머리카락은 밀짚처럼 낫질을 당한 것같이 뭉텅뭉텅 깎여 있었다. 그는 매무새가 단정한 같은 반의 친구들과 비교해 자신이 모든 면에서 그들과 다르다는 점을 절대로 알아차리지 못했다.

불편함에 대한 이런 망각은 재노스에게 금욕적인 위엄이 서린 분위기를 주었고 그것은 나를 약간 괴롭혔다. 나는 눈보라가 치는 날이면 학교가 분명히 문을 닫는다는 것을 알면서도 재노스가 보야를 데리고 학교에 와 있을 것을 알고 있었기 때문에 학교에 갔다. 교실의 문을 열러 가지 않으면 그들은 나를 기다리다가 꽁꽁 얼어붙을 것이 분명했기 때문이었다.

학교에 가는 일 자체도 도전이었다. 나는 마을에 있는 의사와 그의 아내——내 친한 친구인 마아사의 집에 하숙하고 있었다. 눈을 멀게 할 것처럼 눈보라가 휘몰아치고 자동차들도 전혀 다니지 못하게 되면 작업용 말들에게 작은 썰매를 매어서 나를 태워다 달라고 의사를 설득하고는 했다. 의사는 한 번 학교에 가본 뒤부터는 그 일이 귀찮다고 불평하는 시늉만 냈다. 아이들은 우리가 도착하기 아주 오래 전에 학교에 와 있었는데 흩날리는 눈송이처럼 계단 위에서로 꼭 껴안은 채 앉아 있었다.

두 소년과 나한테는 그 나날들이 가장 즐거웠던 시절이었다. 나는 교육청이 승인한 도서목록에 들어 있지 않은 책들을 마아사의 책장에서 빼내가고는 했다. 우리는 초원에서 멀리 떨어져 있는 세계에 대해 함께 읽었고 어떻게 하면 우리가 그 모든 것을 직접 볼 수 있을까에 대해 얘기했다. 눈이 바람에 밀려 바깥 문턱에 쌓이면 우리는 열대의 찌는 듯한 열기와 높이 밀려왔다 밀려가는 대양의 파도, 전기 난로가 켜진 응접실에서 백년 묵은 쉐리주를 홀짝거리면서 존재와 무에 대해 토론하는 연한색 양복 차림의 남자들을 상상했다.

우리는 많은 시간을 함께 보냈다. 11월 1일 성자 기념일에 내리기 시작한 그해의 첫눈은 4월의 성 금요일까지도 계속되었다. 어린 재노스의 존재와, 눈보라치는 저녁이면 집에서 마아사가 가르쳤던 신부 수업이 아니었다면 그 끝없는 추위 속에서 절망하고 말았을 것이다.

길이 전부 막히고, 제정신을 가진 사람들이라면 집의 난로 앞에 앉아 있을 겨울밤에는 꼭 누군가가 의사의 왕진을 청해 왔다. 그는 썰매에 말을 매고 떠나는 것이었다. 물론 마아사는 썰매가 돌아오는 소리가 날 때까지는 잠들 수가 없었다. 어떤 때는 해가 떠오를 때까지 우리는 서로의 쓸쓸함을 위로해 주었다.

마아사는 스미스 아니면 바사 대학을 나왔다. 그 당시에는 동부에 있는 여자 대학들은 내 경험과는 너무도 동떨어진 것이라 그 이름들이 내게는 무의미했기 때문에 어떤 대학이었는지는 확실하지 않다. 화려한 카탈로그나 잡지들에서만 보았던 세계로 그녀는 나를 안내했다. 그곳의 사람들은 매끄럽게 반짝이는 완벽의 수준으로 세련되어 있었으며 긴 내복은 (만약에 입는다 하더라도) 절대로 옷단 밑으로 내보이지 않는 세계였다. 그들은 이상할 정도로 건강했고 흉터도 없었으며 농기구에 의해 절단된 신체부위도 없었다. 그들이 관념의 세계 안에 존재하도록 만든 것이 분명한 마음의 평화를 그들의 얼굴에서 볼 수 있었다. 나는 그것을 갈망했고 마아사 또한 마찬가지였다.

마아사는 그 작은 마을에서 우아한 삶을 살아가고 있었지만 교양 있는 다른 여자들과의 교제를 그리워하고 있다는 것도 나는 알고 있었다. 나는 그 정도로 만족해야 했다.

내가 다른 세계를 위해 재노스를 준비시키느라 낮 시간을 보낸 것처럼 마아사도 내가 그곳에서 탈출하게 될 때 필요해질 사교 예절을 가르치느라 저녁 시간을 보냈다. 나는 재노스처럼 이해가 빠른 학생은 아니었을지는 몰라도 그 아이만큼 열의로 차 있었다.

우리의 수업은 마아사의 트렁크를 놓아둔 곳인 다락방에서 시작되었다. 하얗고 얇은 종이로 포장되어 트렁크에 들어 있는 물건들은 동부에서 가져온 그녀의 우아한 혼수였다. 너무 고운 나머지, 못이 박힌 내 손으로 만지기가 겁나는 분홍빛 실크, 초록색 벨벳, 자주색 물결 무늬 타프타로 된 드레스들.

나는 기성품을 살 만큼 돈이 있는 여자들이 이스턴 스타 축제를 위해 주문하는 우편 판매 카탈로그의 드레스들보다 마아사의 옷이 훨씬 좋은 것이라는 것을 알고는 있었지만 그때까지도 이브닝 드레스를 입은 여자를 실제로 본 적이 없었다.

마아사와 나는 드레스를 입고 브랜디를 탄 커피를 마시며 프루스트의 시를 서로에게 읽어주거나 교대로 피아노를 쳤다. 나는 스트라우스의 왈츠나 뚱뚱한 아줌마 폴카 따위를 아직도 쩔쩔매면서 치지만, 그녀는 드보르작과 드뷔시를 완벽하게 연주했다. 그런 일들은 왕진을 나간 의사의 썰매가 뒤집히지 않고 무사히 돌아오기만을 기다리면서, 아픈 이웃 사람이 무사하기만을 바라며 마아사의 응접실에서 긴긴 밤 동안 내가 받았던 신부 수업이었다.

의사가 집에 돌아올 때면 손이 너무 차가와 겹겹이 껴입은 옷 속에서 꺼내려면 도움이 필요할 정도였는데 마아사가 으레 하는 인사말은 "보나체크 부인이 해산을 했어요?"였다. 그것은 우리가 자주 즐겼던 농담이었다. 왜냐하면 보나체크 부인은 언제나 혼자서 아기를 낳는 사람이었기 때문이었다. 살아 있는 아홉 명의 아들들 말고도 그녀가 지금까지 몇 번이나 더 임신을 했는지는 아무도 몰랐다. 그들은 가난했지만 아들 부자였다.

내가 그 이른 봄날 오후 보나체크 농장을 지나쳐 걸어오면서 자꾸 생각해 보았던 것도 바로 그 점이었다. 그날 수업이 끝난 뒤 재노스가 밭을 가로질러서 뛰어가는 것을 보았기 때문이었다. 어머니를 도우러 서둘러 집에 간 것이 아니라면 어디에 갔던 것일까? 재노스의 형제들은 어디에 있었을까?

그 생각이 내 마음에 계속 남아 있었다.

앞에서도 말했듯이 문제의 그 날은 완벽할 정도로 평범한 날이었다. 나는 학생들이 집에 간 뒤에 교실을 청소하려고 남아 있었기 때문에 집에 가려고 학교를 나선 것은 거의 네시가 되어서였다. 언제나 그랬듯이 나는 마을을 향해 나 있는 외길을 걸어갔고 중간 무렵에서 보나체크 농장을 지나치게 되었다. 발밑의 검은 흙은 아스팔트처럼 딱딱하게 얼어 있었지만 나는 학기가 끝나려면 몇 주가 남았는지 세어보면서 봄이 오고 있는 신호를 찾아보고 있었다. 시어즈 로벅 회사에서 만든 새 신발을 신은 발이 시렸기 때문에 마음속으로 그 회사에 신랄한 편지를 쓰고 있었다. 그 회사 카탈로그는 가장 추운 날씨에도 견딘다는 장화를 약속했었고, 그래서 나는 시어즈를 믿고 발을 따뜻하게 감쌀 수 있는 사치를 위해 내 빈약한 저축에서 상당한 돈을 꺼내 투자했던 것이다. 아마 시카고 본점에 있는 광고 제작자는 그 길처럼 추운 땅을 상상할 수 없었던 모양이었다.

농장이 가까와지자 나는 재노스의 어머니가 있는지 살펴보았다. 지난 사흘 내내 아침에 학교로 걸어갈 때나 황혼이 지는 오후에 마을로 돌아오면서 보나체크 부인이 밭에서 일하는 것을 보았었다. 그녀를 피해서 갈 도리는 없었다. 학교와 보나체크 농장 사이에는 가로막고 있는 언덕이나 벽, 나무들이 없었다.

내가 지나가도 보나체크 부인은 여간해서 나를 올려다보는 일이 없었다. 다른 부모들과는 달리 그녀는 내게 절대로 인사도 하지 않았고 애들이 학교에서 공부를 잘 하느냐고 묻지도 않았으며 농장 일 때문에 그러니 일찍 집에 보내달라고 부탁하지도 않았다. 그녀는 거의 영어를 몰랐지만 그것은 내 부모나 수많은 다른 부모들도 마찬가지였다. (*당시 미국 북부의 농촌에는 유럽에서 농업 이민을 왔기 때문에 영어를 못 하는 사람들이 많았다.)

그녀는 풀리지 않는 하나의 수수께끼였다. 형체도 없고 색채도 없는 보나체크 부인이 커다란 앞치마 주머니에서 씨앗을 꺼내 쟁기질된 땅에 뿌리는 모습은 그 경치의 한 부분 이상으로는 보이지 않았다. 펠트 장화를 신은 그녀는 똑바른 밭고랑을 따라 천천히 걸었고 팔은 모터가 달린 기계처럼 정확하게 옆으로 움직이고 있었다.

그녀가 이상하게도 너무 일찍 밭에 나왔다고 나는 생각했다. 아무도 그렇게 이른 때에는 밭에 나오지 않았다. 그녀는 너무 이른 파종 때문에 씨에 곰팡이가 피고 늦봄의 추위에 얼어죽게 되는 위험을 무릅쓰고 있는 것 같았다. 하지만 무언가 다른 것이 나를 더 궁금하게 했다. 나는 목부의 딸로 자랐고 농사 일에 대해서는 거의 모르지만 농장의 아이들이 알아야 하는 것 정도는 알고 있었다. 내 가족만 해도 다섯 명의 남동생들과 나까지 모두 아이들이 여섯이 있었다. 하지만 우리 어머니는 옆에 아이가 하나라도 있으면 절대로 혼자서는 광에도 가지 않았다. 보나체크 부인에게는 아들이 아홉이나 있으면서도 왜 혼자 밭에서 일하고 있는 것인지 궁금했다.

나흘째 오후가 되자 학교의 문을 잠근 순간부터 습관적으로 보나체크 부인의 모습을 찾기 시작했다. 그녀가 보이지 않자 나는 답례가 돌아오지 않는다는 것을 알면서도 인사를 해야 한다는 사실에서 해방되어 그날 오후에는 그녀를 보지 않아도 된다는 사실에 죄스러운 안도감을 느꼈다.

그래서 나는 길가에 파아란 크로커스가 몇 송이나 피어났는지 세어보면서 또 편지에는 질대로 적지 못할 심한 말로 시어즈를 욕하면서 대담하게 걸어갔다.

보나체크네 집으로 들어가는 길이 시작된다는 표시인, 일렬로 놓인 돌멩이들 앞에 막 도착했을 때 나는 그녀를 보았다. 그녀는 그 조그만 집과 길 사이에 있는 땅바닥에 머리를 수그리고 팔짱을 낀 자세로 앉아 있었다. 납작하고 텅 빈 것처럼 보이는 그 커다란 씨앗 주머니가 달린 빛 바랜 사라사 앞치마는 옆쪽 땅바닥에 펼쳐져 있었다. 그녀는 자고 있는 것일 수도 있었다. 꼼짝 않고 가만히 있었다. 아픈지도 모른다는 생각이 들어 다가가려 했지만 그녀는 고개를 들어 나를 보더니 등이 나를 향할 때까지 몸을 돌려버리고 말았다.

나는 걸음을 멈추지 않았다. 길이 꺾어져 있었기 때문에 조금 지나고 나서는 일부러 오른쪽으로 몸을 돌리지 않으면 그녀를 볼 수 없게 되었다. 한 번 돌아보았더니 보나체크 부인은 일어서 있었다.

밭고랑의 한 끝에는 빛이 바랜 빨간 앞치마가 그대로 버려져 있었다. 그녀는 치맛자락을 모아 잡더니 거기에 씨앗을 채우고 다시 일을 시작했다. 너무도 원시적이라고 나는 생각했다. 어떻게 그녀가 재노스처럼 눈부시게 환한 불꽃을 낳을 수 있었을까?

집에 갔더니 마아사는 아주 사치스러운 분위기에 잠겨 있었다. 날씨는 매섭게 쌀쌀했지만 그녀도 크로커스꽃을 보았던 것이다. 그녀는 봄을 환영하는 티 파티를 열겠다고 선언했다. 우리는 트렁크에 든 티 파티용 드레스를 차려입고 마을의 몇몇 숙녀들을 초대하기로 했다. 물론 심심풀이 장난이라고 그녀는 말했다. 내가 원하는 사람을 누구라도 초대할 수 있었다.

나는 그때까지도 보나체크 부인에 대해 생각하고 있었다. 그녀가 진흙투성이인 밭에 쭈그리고 앉았다가 일어나 마아사의 비단 소파에 앉으러 오는 장면이 자꾸 떠오른 나머지 그녀를 제일 먼저 초대하겠다고 말했다. 그 상상 때문에 우리는 한참 웃어댔고 나는 딸꾹질까지 했다. 그 여자에게는 딸이 없으니까 생기 있는 여자들과의 교제가 좀 필요할 것이라고 나는 말했다.

마아사는 피아노로 다가가 멜로드라마에 어울리는 곡조를 두드렸다. 봄, 그리고 다시 따뜻해진다는 것, 모든 것이 정말로 따뜻해진다는 희망에 대해 얘기하는 동안 나는 뜨거운 물을 한 대야 가져와 시린 발을 담그고 있었다. 나는 잡지에 나오는 숙녀들은 티 파티에서 어떻게 행동하는지 궁금했다.

의사가 저녁을 먹으러 집에 왔을 때까지도 우리는 티 파티에서 대접할 조그만 샌드위치, 비스켓, 그리고 들국화 모양으로 잘라서 장식할 양파에 대해 의논하고 있었다. 그의 턱수염에는 눈송이가 붙어 있었다. 나는 저녁 하늘에 걸쳐진 하얀 레이스 커튼처럼 밖에서 내리는 눈을 보았다. 마아사가 문에서 돌아섰을 때 그녀의 눈에 눈물이 고여 있는 것도 보았다.

"늦었네요." 마아사가 간신히 미소를 지으며 의사에게 말했다. "보나체크 부인이 해산을 했어요?"

"그렇게까지 운이 좋질 못했어." 의사는 엄격한 표정을 지었다. "그 여자가 한 번만이라도 제때에 나를 불렀으면 좋겠군. 또 혼자서 낳았지. 아기는 죽었어. 체온이 낮았던 모양이야. 조그만 여자 아기였는데. 예쁘고 완벽한 여자 아기였어."

나는 너무도 놀라서 아무 생각 없이 말을 불쑥 내뱉었다. "하지만 그 여자는 오늘 오후에 밭에서 일을 하고 있던데요?"

마아사와 의사는 내가 아직도 얼마나 많이 배워야 하는가를 일깨워주는 시선을 서로 교환했다. 의사는 어떤 사람들은 침대에 가서 쉬어야 한다는 상식조차 없다는 것과 그런 처지에서 태어난 아기가 어떤 인생을 기내할 수 있는가에 대해 연설을 시작했다.

"정말 불쌍한 여자예요." 그의 말이 끝나자 마아사가 말했다. "그 여자 옆에 같이 있어줄 여자애가 드디어 태어났는데 그만 죽었네요." 그녀는 내 팔을 꼭 잡았다. "위로를 해주러 가야겠어요."

우리는 장화를 신고 코트를 입은 다음 의사가 차고에서 낡아빠진 포드 차를 후진해서 끌고 나오기를 기다렸다. 차가 시끄럽게 덜덜거렸기 때문에 마아사는 부드럽게 불평했지만 썰매를 탈 만큼 눈이 충분히 쌓여 있지 않았다. 우리 둘은 실망하고 말았다. 썰매는 조문 가는 일에 좀더 무게를 더해 줄 것 같아서였다.

"할 말만 하고 나오는 거야." 바퀴자국이 난 길을 덜컹거리며 가는 동안 의사가 주의를 주었다. "사생활을 중요시하는 사람들이야. 당신의 방문 목적을 이해하지 못할지도 몰라."

의사는 우리가 가없은 보나체크 부인을 놀림거리로 삼아 즐겼다는 데서 오는 죄의식 때문에 괴로워한다는 것을 이해하지 못했다.

게다가 우리는 지루했던 것이다. 우리 어머니 말을 빌리자면 시골 생활에 염증이 난 것이었다. 겨울 내내 집안에 갇혀 있느라 약간의 기분 전환이라도 절망적으로 필요했던 것이다.

우리는 보나체크네의 조그만 판잣집으로 쳐들어갔다. 굳은 표정의 재노스가 우리가 한 위로의 말을 통역했다. 마아사는 말을 잔뜩 늘어놓았다. 여자아기에게 알맞은 장례식을 치러야 한다고 말했다. 관과 수의가 필요할 거예요. 장례식은 언제지요?

보나체크 부인은 시선을 나한테서 마아사에게로 옮겼다. 그녀의 진흙빛 눈은 번들거리고 있었다. 재노스는 여윈 어깨를 움츠렸다. 장례식에 쓸 돈이 없다고 했다. 아기가 죽으면 사망증명서를 받기 위해 의사를 부르며 그 다음에는 군청에서 시체를 가지러 온다. 그게 전부였다.

마아사는 보나체크 부인의 까칠한 손을 토닥였다. 걱정하지 말아요. 우리가 다 알아서 처리해 주겠어요. 그리고 우리는 그 말대로 했다. 갑작스러운 날씨 변동이라는 핑계를 대고 봄의 티 파티를 연기했고 대신 우리의 꽤 풍부한 사교적 에너지를 장례식에 썼던 것이다.

나는 의사의 창고에서 적당한 크기의 쓸 만한 나무상자를 찾아서 하얗게 칠했다. 마아사는 다락방으로 올라가 아름다운 분홍색 실크 드레스와 낡은 새털 베개를 가져왔다. 일일이 손바느질된 섬세한 옷땀을 재봉 가위로 자르면서도 그녀는 얼굴을 찡그리지 않았다. 나는 울음을 터뜨렸다. 그녀는 나를 포옹한 다음 하느님 뜻대로 이루어지는 일과 보나체크 부인의 농부로서의 강인함에 대해 얘기했다. 하지만 나는 망쳐진 옷에 대해 생각하고 있었던 것이다.

우리는 밤을 반쯤 새워가며 일했다. 상자 밑에는 새털을 깔고 분홍색 실크로 덮었다. 똑같은 천으로 아주 조그만 드레스와 보네트

도 만들었다. 의사는 공동묘지에 자리를 내달라고 군청에 부탁을
했다. 너무도 작은 땅이라 군에서는 거절하지 못했다.

우리는 그 구역의 신부에게 연락해 보았지만 그는 장례식을 주관
하고 싶어하지 않았다. 군 공동묘지는 교회에서 축성해 준 곳이 아
닌데다가 신부는 보나체크 집안과 아는 사이가 아니었기 때문이었
다. 우리는 제발 장례식에 랍비가 필요하지만 않기를 바랐다. 그 근
처의 수십 킬로 내에는 한 사람도 없었기 때문이었다. 결국 마아사
는 천국은 어디나 똑같은 것이라며 감리교파의 목사도 괜찮다는 합
리적인 결정을 내렸다. 그가 기꺼이 해주겠다고 했기 때문이었다.

다음날 오후에는 모든 것이 준비되었다. 눈이 녹기 시작해 질척
거렸지만 우리의 사기는 저하되지 않았다. 아기 장례식에는 엄숙한
검정색보다 훨씬 알맞은 색이라기에 단정한 감색 옷차림으로 떠났
다.

의사와 우리가 그 작은 집에 차를 타고 도착하자 보나체크 가족
모두가 머리를 빗고 깨끗이 씻은 차림새로 인사를 하러 나왔다. 내
기억으로는 처음으로 재노스는 웃음을 짓고 있었다. 그는 허리띠
대신 맨 끈 밑까지 내려온 너덜거리는 넥타이를 자꾸 만지작거렸
다. 우스꽝스럽게 보였지만 그 자신은 우아하다고 느끼고 있다는
것을 나는 알고 있었다. 보야를 포함한 전 가족이 제법 신발 비슷한
것을 신고 있었다. 엄숙한 의식이라기보다는 무슨 잔칫날 같았다.

삐쩍 마르고 얼굴이 창백한 보나체크씨는 임시변통으로 만든 관
을 받아든 다음 그 집에 단 하나밖에 없는 침실로 우리를 안내했다.
사라사 천조각에 싸인 아기는 옷장 위에 누워 있었다. 마아사가 보
나체크씨를 방에서 내보내는 동안 나는 그 조그만 실크 드레스를
침대 위에 펼쳐놓았다.

"목욕을 시켜야 되겠어." 마아사가 말했다. 목소리가 약간 메어

있는 것이 그녀의 용기가 떨어지고 있다는 것을 말하고 있었다. 그녀는 작은 생명을 싼 뭉치를 풀기 시작했다. 그때 나는 그 사라사 천을 알아보았다. 보나체크 부인의 빛바랜 앞치마였다.

나는 옆방에 줄줄이 서 있는 아홉 명의 아들들, 그리고 밭에 앉아 차가운 땅바닥에 앞치마를 펴놓고 있던 보나체크 부인을 생각했다.

그 작은 아기가 앞치마에 싸이기 전 도대체 얼마나 많은 아기들, 얼마나 많은 딸들이 있었는지 알아야만 했다. 죽음이라는 일상사에 대해 아주 현실적이었던 재노스는 대답해 주었을 것이다. 하지만 그 순간 그에게 물어볼 용기는 없었다.

마아사는 자신을 흐트리지 않으려고 열심히 몸을 놀렸다. 그녀는 아기에게 옷을 입힌 다음 부드러운 손길로 관에 눕혔다. 부드러운 분홍색 실크로 에워싸인 아기의 도자기 같은 얼굴. 아기는 아름다웠다. 하지만 나는 가게 진열장의 인형처럼 상자 안에 누워 있는 아기를 본다는 것에 도저히 참을 수가 없었다.

내 마음 속에서 윤곽을 드러내고 있는 끈질긴 의혹에 대해 마아사와 얘기하고 싶었다. 하지만 나는 너무 오래 망설였다.

재노스가 문가에 나타났는데 내 말을 그가 듣게 하고 싶지 않았기 때문이었다. 사실 그의 얼굴이 아주 야윈데다가 일종의 기대감에도 차 있었기 때문에 우리가 올바른 조문 예절대로 음식을 전혀 가져오지 못했다는 사실이 갑자기 생각났다.

"재노스," 마아사가 속삭였다. "이제 들어오셔도 된다고 어머니에게 말씀드려."

재노스가 어머니를 이끌고 왔지만 문턱까지 오자 그녀는 고집스럽게 멈춰섰다. 나는 그녀를 껴안아 관에 가까이 가도록 밀었다. 그녀가 저항하기에 관 쪽으로 밀쳐냈다. 그녀한테서 정상적인 감정

표현을 아주 조금이라도 보고 싶어서 미칠 지경이었다. 그녀에게 감정이 전혀 없다면 재노스에게는 아무 희망도 없었다.

마침내 그녀는 몸을 부르르 떨더니 아기의 뺨을 만지려고 손을 내밀었다. 그녀는 자기 나라 말로 뭔가 중얼거렸다. 나는 그 말도, 어조도 이해할 수 없었다. 그것은 기도일 수도 있었고 저주일 수도 있었다.

놓아주자 그녀는 돌아서서 나를 쳐다보았다. 아주 미미한 순간이나마 그녀의 눈에는 움직임이 있었지만 거기에는 내가 전날 오후에 보았던 그 일에 대한 죄의식이나 공포는 전혀 없었다. 눈에서 빛이 났던 그 짧은 순간이나마 그녀가 아름다와 보였기 때문에 내 마음은 어지러웠다. 다른 시간, 다른 장소에 있었다면 될 수도 있었을 새로운 인간을 보았던 것이다. 내 눈에는 눈물이 차 올랐다. 하지만 그것은 그녀를 위한 것이었지 아기를 위한 것은 아니었다.

재노스와 보야는 가구도 없는 삭막한 앞쪽 방으로 관을 가져가 탁자 위에 놓았다. 목사가 도착했고 사례도 못 받을 줄 알면서도 최선을 다해 2달러짜리 예배를 해주었다. 그는 교회를 꽉 채운 신도들이라도 되는 것처럼 보나체크 가족과 우리에게 설교를 했다. 그가 무슨 애기를 했는지는 기억이 나지 않는다. 나는 듣고 있지 않았다. 나는 낡아빠진 싸구려 리놀륨 바닥의 무늬를 눈으로 쫓으며, 문틈으로 스며드는 냉기와 그곳의 가난을 말없이 저주했다.

우리는 그 목사만 아는 것 같은 찬송가들을 따라 부르며 엄숙한 모습의 작은 행렬을 지어 마을 어귀에 있는 군 공동묘지로 이르는 진흙길을 걸어갔다. 목사는 무덤 가에 서서 죄없는 어린 영혼을 위해 기도했고 그 영혼을 지상에서 하늘나라로 올려보냈다. 그 자리의 가장 중요한 조문객들이 그의 말을 한 마디도 알아듣지 못한다는 사실에도 신경을 쓰지 않는 것 같았다.

어떻게 했는진 몰라도 의사는 보나체크 가족을 저녁식사에 초대하겠다는 마아사를 말렸다. 그녀도 뒤늦게나마 음식에 대해 생각했던 것이다.

공동묘지에서 걸어 돌아오는 길에 나는 의사를 따로 불러냈다. 내 마음 속에 있는 사실——전날 밭에서 본 일을 말해 주었다. 그녀는 앞치마의 뭉친 것을 밭고랑 끝에 내려놓고 도로 일하러 갔던 것이다. 그런 죄스러운 진실을 나 혼자서만 간직할 수는 없었다.

의사는 내가 기대했던 것만큼 충격을 받지는 않았다. 그는 세상사에 대한 경험이 많은 사람이었고 나는 목부의 딸——아들이 다섯 있는 집안의 외딸에다 장녀였을 뿐이었다.

오후가 되면서 공기가 더 차가와졌고 눈이 더 내리겠다고 예고했다. 나는 지금까지도 아주 추울 때마다 그날 오후를 생각하게 된다. 물론 재노스가 그 기억을 채우는 것이다.

나는 낯선 사람들이 치러준 그 작은 의식이 그를 갑자기 성숙하게 만들었다고 생각한다. 갑자기 그는 자신이 살고 있는 작은 마을뿐만 아니라 자기네 농장과 학교를 잇는 길 너머의 세계에도 속하는 남자가 된 것이었다. 산과 대양의 존재가 가능한 세계에 속하게 된 것이었다. 그것은 그에게는 하나의 계시였다.

재노스가 나를 부르기에 나는 그가 달려오는 것을 보며 기다리려고 발을 멈추었다. 평평한 지평선을 배경으로 윤곽을 드러낸 그는 믿을 수 없을 정도로 작아 보였다. 그는 온통 금빛이었고 이상할 정도로 열정적으로 보였다.

그가 질척거리는 눈 위를 달리느라 애쓰는 동안 창백한 햇빛은 그의 눈부신 머리카락 위에서 빛나며 미끄러져 내렸다. 진흙은 그의 커다란 장화에서 걸쭉한 덩어리가 되어 튀어 날았다. 가느다란 다리가 진흙 무게 때문에 부러지겠다는 생각이 들었다. 하지만 그는 그런 것을 알아차리고 있는 것 같지 않았다. 진흙은 계절의 변화의 일부분이었고, 따뜻한 날씨를 예고해 주는 심부름꾼일 뿐이었다.

나를 쫓아온 재노스는 숨을 가쁘게 쉬고 있었고 얼굴은 빨갛게 달아올라 있었다. 더 이상 비밀이 없는 인생을 사는 현명하고 자그마한 노인 같았다. 언제나 그랬듯이, 판사의 법복을 걸쳤을 때 잘 어울렸으리라고 내가 나중에 상상했던 그 딱딱하고 위엄어린 태도를 취하고 있었다.

그는 너무 숨이 차서 말을 하지 못한 채 녹은 눈 속에서 뽑아온 싱싱한 파란 크로커스를 한 송이 내 손에 쥐어주었다.

"정말 예쁘구나." 나는 그의 몸짓에 감동해서 말했다. 그의 미소 짓는 얼굴을 들여다보면서 용기를 찾았다. "어머니께서 아기를 위해 하신 기도가 무슨 뜻이었니?"

그는 어깨를 움츠리더니 숨결을 가다듬었다. 그런 다음 손을 내밀어 내 손의 온기 때문에 벌써 갈색으로 변하고 있던 가냘픈 꽃을 어루만졌다.

"기도가 아니에요." 그가 말했다. "엄마는 이런 말을 하셨어요. '평화롭게 살거라. 천국에 있는 언니들이 널 안아주려고 기다린단다.'"

나는 손을 그의 어깨에 얹은 다음 하늘에 모여드는 먹구름을 올려다보았다. "내일 눈이 오면," 내가 말했다. "어떤 책을 가져갈까?"

메리, 메리 문을 닫아라 / 벤자민 M. 슈츠

1992 Mary, Mary Shut the Door

벤자민 M. 슈츠(미국, 1949~)

워싱턴 출생. 펜실바니아주 라파이에트 대학에서 심리학 학사학위를 받음. 워싱턴 카톨릭 칼리지 오브 아메리카에서 치료심리학 박사학위를 받음. 현재 법의학 전문 정신과 의사로 개업하고 있고, 법의학 교재를 2권 집필했다. 리오 해거티가 주인공인 소설을 6권 썼는데, 「A Tax in Blood」가 1987년 샤무스상 최고 사립탐정소설 부문을 수상했다. 「메리, 메리, 문을 닫아라」는 에드가상과 샤무스상을 한꺼번에 수상했다.

메리, 메리, 문을 닫아라

벤자민 **M.** 슈츠

1992 Mary, Mary Shut The Door

엔조 스콜라리는 내 사무실로 휠체어를 밀고 들어오더니 내게 앉으라고 손짓을 했다. 앉지 못할 것도 없기에 나는 자리에 앉았다. 그는 내 책상 옆으로 다가와 손을 무릎에 올려놓고 깍지를 끼더니 나를 훑어보았다.

"해거티씨, 당신을 고용하고 싶소." 그가 단호한 어조로 말했다.

"무슨 일 때문입니까, 스콜라리씨?"

"내 조카딸의 결혼식을 막아줬으면 좋겠소."

"알았습니다. 그런데 이유는 뭔가요?"

"정말 끔찍한 실수를 그애가 저지르고 있는데, 가만히 앉아서 결혼하도록 내버려 둘 수는 없소."

"정확히 말해서 조카따님이 어떤 실수를 하고 있는 겁니까?"

"지나는 그 자에 대해서 아무것도 모르고 있기 때문이오. 두 사람은 이제 막 만난 사이란 말이오. 그애는 그 자에게 한눈에 반했다는 것 외에는 아무것도 몰라요. 남자에 대해 전혀 모르는 애요, 아무것도. 자기한테 처음으로 관심을 보이는 사람이 생기자 결혼하고 싶다는 거요."

"그들이 막 만난 사이라고 하셨지요? 정확히 말해서 얼마 전입니까?" 객관적으로 어디까지가 실제의 일인지 약간 확인해 볼 필요가 있었다.

"2주 전이오. 믿어집니까? 2주라니. 게다가 난 그걸 어제서야 알았소. 어젯밤에 집으로 그 자를 데려왔어요. 파티가 있었는데 모든 이들에게 그 자를 소개시키더니만 결혼하겠다고 우리한테 말했어요. 어떻게 겨우 2주 동안 알고 지낸 사람과 결혼합니까? 웃기는 일이오. 이 결혼은 분명히 실패하게 되어 있고 그애는 아주 상심하게 될 거요. 그런 일이 일어나게 내버려둘 수는 없소."

"스콜라리씨, 이 일에 관해 당신을 도와드릴 수 있을 것 같지가 않습니다. 조카따님이 멍청한 짓을 하고 있는지는 몰라도 그럴 권리를 갖고 있거든요. 조카따님의 행복을 위해 걱정하시는 건 이해하지만 신부나 상담원이라면 몰라도 조사원이 필요한 것 같지는 않습니다. 우리는 결혼 전의 뒷조사는 하지 않습니다. 우리가 조사하는 일은 주로 범죄 사건입니다."

"해거티씨, 범죄는 아직 일어나지 않았을 뿐이오. 내 조카딸은 멍청한 처녀애일 수도 있겠지만 그 자는 그렇지 않아요. 자기가 무슨 일을 하고 있는지 정확히 아는 놈이오."

"그게 무슨 일인데요?"

"그애가 세상 물정에 어둡다는 것, 순진하다는 것, 무서움을 타고 외로워하는 것을 이용해서 그애의 돈을 차지하려는 거요. 그게 바로 범죄요, 해거티씨."

그것은 증명하기가 지독하게 어려운 범죄였다. "스콜라리씨, 도대체 뭘 두려워하시는 겁니까? 그 사람이 돈 때문에 조카딸을 죽일까봐요? 그건 그들이 결혼하겠다는 충동적인 결정을 지나치게 비약하신 것 같은데요. 그 사람이 살인자라고 생각할 만한 이유라도 있습니까?"

그는 몸을 쭉 펴더니 거기에 대해 잠시 생각했다. 엔조 스콜라리는 어깨가 아주 반듯했고 머리는 납작하며 어깨가 떡 벌어져 커다란 촛대처럼 보였다. 눈처럼 하얀 눈썹과 콧수염은 눈과 입술에 차양처럼 내려와 있었다.

"아니오. 그런 증거는 없소. 하지만 그 자가 지나를 사랑하지 않는다는 것은 알 수 있어요. 어젯밤에 그 자를 눈여겨봤어요. 지나가 옆을 떠나기만 하면 시선이 다른 데로 가더란 말이오. 사랑에 빠진 남자라면 자기의 여자가 가는 곳 어디라도 눈이 따라가는 법인데, 그게 아니라 하녀나 지나의 가장 친한 친구만 따라 다녔어요. 지나가 돌아오면 그 아이가 해돋이라도 되듯이 환하게 웃어 보이는 거요. 지나는 또 그걸 믿고 있소.

지나의 손을 잡고 있는 것보다는 벽걸이 융단을 만져보는 데 더 시간을 쓰더란 말이오. 손님이 아니라 빚장이처럼 집안을 싹싹 훑어보고 다녔어요. 그 자는 지나를 원하는 게 아니라 그애의 돈을 원하는 거요. 당신 말대로 살인은 거기서 지나치게 비약된 것이긴 하지만 그것 말고도 도둑질에는 더 쉬운 방법들이 있어요. 지나는 한번도 자신을 위한 결정을 스스로 내려볼 필요가 없었던, 조용하고 수줍음을 많이 타는 애요. 이게 그애의 책임이라고는 생각하지 않소. 이젠 세상을 떠난 가엾은 내 누이는 무슨 끔찍한 일이라도 지나에게 일어날까봐 겁을 먹고 있었고 모든 것으로부터 그애를 보호하려고 애썼어요. 하지만 그런 일들도 소용이 없소. 죽은 사람은 누이였고 그래서 조카딸애야말로 슬픔에 빠지게 되었으니까. 이제 지나는 혼자서 이 세상을 살아가야 하는데 어떻게 살아야 할지를 모르고 있어요. 만약 그 자가 결혼하자고 그애를 그렇게 빨리 유혹할 수 있었다면 그애의 돈을 자기가 관리하게끔 만드는 데도 아무 문제가 없을 거요.”

“지금 우리가 얘기하는 돈이 도대체 얼마나 됩니까?”

“천만 달러요, 해거티씨.” 스콜라리는 자기의 주장이 맞다는 것을 내게 납득시켰다는 뜻으로 웃음을 보였다. 인간들은 그보다 훨씬 적은 돈 때문에 결혼도 하고 살인도 저질러왔던 것이다.

“그 돈이 다 어디서 났습니까?”

“그애를 위한 신탁기금이지요. 우리 아버지가 만들어놓은 신탁재산이오. 누이와 내가 스콜라리 회사를 각자 절반씩 상속했소. 누이가 죽자 그 몫은 외동딸인 지나에게 간 거요.”

“신탁기금은 누가 관리합니까?”

“물론 나요.”

물론이겠지. 그가 결혼식을 막으려는 두 번째 이유가 막 나타난 것이다. “그렇다면 무슨 문제가 있습니까? 만약 당신이 돈을 관리한다면 그 사람은 아무것도 손댈 수가 없는데요.”

“난 내 누이의 피신탁인으로서 돈을 관리하고 있어요. 지나가 아직도 어린애였을 때부터 시작했소. 이젠 그애 나이가 찼으니 원한다면 그애가 돈을 관리할 수도 있지요.”

“그렇다면 당신은 천만 달러를 사용할 권리를 잃게 되는 거군요. 맞습니까?”

스콜라리는 그 점에 대해 나하고 언쟁을 벌이려고 하지는 않았다. 나는 그 점이 마음에 들었다. 나라도 애타주의에 대한 망상보다는 뻔뻔스러운 이기주의를 언제라도 선택할 것이기 때문이었다.

“만약 그들이 이제 막 만난 사이라면 그 사람이 조카따님에게 그 많은 돈이 있다는 것을 알고 있다는 것은 어떻게 아십니까?”

스콜라리는 나를 뚫어지게 쳐다보더니 쓸쓸한 대답을 내뱉었다. “그게 아니라면 왜 그 자가 지나를 쫓아다니겠소? 그애는 둔하고 평범하며 초라하고 왜소한 애요. 남자를 무서워해요. 식탁 차리는 법 따위나 가르치는 그럴싸한 여학교에서 지금까지 평생을 보냈어요. 모든 것을 두려워하면서 집에서는 제 엄마한테 매달려 있었고. 이젠 혼자가 되었으니 자기를 구원해 줄 첫 남자한테 꼭 달라붙은 모양이오.”

“당신이 이 결혼에 대해 어떻게 생각하는지 조카따님은 알고 있나요?”

그는 고개를 끄덕였다. “알아요. 어젯밤에 내가 아주 분명하게 말했으니까.”

“어떻게 받아들이던가요?”

“내 일이나 알아서 하라고 합디다.” 그가 코웃음을 쳤다. “제 결혼이야말로 내 일이라는 것조차 몰라요. 그 자를 사랑하고 있고, 무슨 일이 있어도 결혼할 거라고 했소.”

“아주 초라하고 왜소한 사람의 말로는 들리지 않는데요. 전에도 당신의 말을 거역한 적이 있었습니까?”

“아니, 전혀 없었소. 다른 일 때문에 대들었다면 내가 박수를 치겠소. 하지만 인간이 태어나 처음으로 내리는 결정이라는 게 곧 결혼이어서는 안 되는 거요.”

“말을 듣게끔 얘기해 줄 만한 다른 사람은 없을까요?”

“없소. 그애는 외동딸이오. 그애가 두 살 때 그애 할아버지가 돌아가시고 내 다리마저도 다친 폭발사고가 일어나 그애 아버지도 죽었소. 그애 엄마는 1년 전에 교통사고로 죽었고. 나도 아내가 죽고 없는데다가 지나는 우리 아들들하고는 전혀 가깝게 지내지 않았어요. 지나가 어렸을 때 그애들이 겁을 많이 주었으니까. 우리 애들은 시끄럽고 거칠었어요. 그애를 놀려대고 울렸지요.” 남자애들이란 다 그런 법이라는 듯이 스콜라리는 어깨를 으쓱였다. “난 그걸 좋아하지 않았고 그러는 걸 볼 때마다 못하게 했지만 지나가 워낙 겁장이라서 그애가 근처에 있기만 하면 우리 애들의 잔인성이 솟아나는 것 같았소. 지나한테는 다른 친척이 없소.”

나는 책상에서 파이프를 집어들어 입에 물었다. 파이프는 마음을 가라앉히는 데는 최고였다. 또한 입안을 실수로 깨물지 않게 해주었다. 이 사건은 우리 회사가 맡을 일이 아니었다. 하지만 일은 일이었다.

“좋습니다, 스콜라리씨. 이 일을 맡지요. 하지만 우리는 이 결혼식을 막을 수도 없거니와 막으려고 하지도 않을 거라는 사실을 이해하시기 바랍니다. 그 따위 일을 하는 사람들도 있고 누구인지 알고도 있지만 이름을 가르쳐 드릴 수는 없어요. 우선 그 사람의 배경을 알아보고 혹시라도 조카따님의 마음이나 당신의 마음을 바꿀 만한 사실을 발견할 수 있나 보겠습니다. 어쩌면 두 사람은 정말로 서로를 사랑하는지도 모릅니다. 아시다시피 진짜로 그런 일이 일어날 수도 있으니까요. 첫 출발치고는 정신나간 짓 같지만 그렇다고 결혼생활에 장애가 될 거라고는 생각하지 않습니다. 결승점이 어디인지 모르면서 달리기를 하는 가장 좋은 방법은 뭐겠습니까?” 나는 분명히 그 대답을 모르고 있었고 스콜라리도 대답하지 않았다.

“해거티씨, 난 도박을 꺼리지는 않지만 그렇다고 해서 맹목적인 사람도 아니오. 하지만 승부를 계산하는 데 도움이 될 만한 정보가 있다면 알아야겠소. 날 위해서 알아봐줬으면 하는 게 바로 그거요. 해거티씨, 솔직하게 얘기해 줘서 고맙소. 어쩌면 당신이 내 마음을 바꿀지도 모르지만 아마 그런 일은 없을 거요.”

“좋습니다, 스콜라리씨. 그 사람의 생김새, 이름, 그에 대해 당신이 알고 있는 거라면 무엇이든지 필요합니다. 월요일 아침 제일 먼저 직원에게 이 사건을 맡겨서 일을 시작하겠습니다.”

"그래 가지고는 안 되오, 해거티씨. 이 일은 지금 당장 시작해야만 합니다."

"왜요?"

"둘이 결혼하러 간다면서 오늘 아침 세인트 메리스행 비행기를 탔기 때문이오."

"그럼 우리가 조금 늦은 게 아닐까요?"

"아니오. 세인트 메리스에서는 그 섬에 이틀 이상 체류하기 전까지는 결혼증명서를 신청할 수 없답니다."

"허가받는 데는 얼마나 걸립니까?"

"대사관에 전화를 해봤소. 신청서를 처리하는 데는 사흘이 걸린답니다. 가능하다면 그 시간을 연기할 수 있는지 알아보는 중이오. 일단 증명서가 나오게 되면 대부분 사람들은 그 날이나 다음날로 결혼한다지요."

"그러면 우리한테 대엿새 정도밖에는 시간이 없는 겁니까, 스콜라리씨? 그 시간만 갖고서는 뒷조사를 완전히 끝낼 수 없습니다. 그 누구도 못 합니다. 시간이 너무 모자랍니다."

"만약 이 일을 모든 직원들한테 맡겨서 스물네 시간 일하게 한다면?"

"그렇다면 모를까, 그래도 간신히 될까 말까지요. 우리가 그렇게 빨리 뭔가를 찾아내려면 그 사람 잔등에 러쉬모어 산만큼 커다란 여드름이라도 나 있어야겠지요. 만약 당신 생각대로 그 사람이 음흉하고 교활한 기회주의자라면 아마 완벽하지는 않더라도 엿새 갖고는 찾아낼 수 없을 정도로 은밀하게 감추어놓았을 겁니다. 게다가 전 직원들이 이 일만 하게 할 수는 없어요. 계속 조사해야 되는 다른 사건들도 많으니까요."

"그렇다면 사람들을 더 써서 다른 사건들을 맡기고 나머지 사람들은 이 일을 맡게 하시오. 돈은 문제가 아니오, 해거티씨. 이 일에 당신이 가진 모든 수단을 써주기 바라오.”

불이 꺼진 파이프를 꽉 깨물고 있느라 턱이 아팠다. 스콜라리는 멍청한 실수를 저지를 정도로 나이가 충분히 든 사람이다. 최선을 다해도 별 승산이 없을지도 모른다고 이미 그에게 말했다. 이제 그 이상 무엇을 말해 줄 수 있겠는가. 하지만 언제부터 내가 심령술사가 되어 사건이 어떻게 진전될 것인지 알고 있었던가. 만약 죽은 전처가 세 명이나 있다든가 하는 사실을 발견한다면? 그럴 리는 없었다. 자신에게 농담은 하지 말자. 게다가 모든 직원들에게 엿새 동안 24시간 일을 시키려면 돈이 엄청나게 든다. 록키가 뭐라고 했더라? 사업을 할 때는 언제나 돈이 필요한데, 돈이 넉넉한 때란 절대로 없는 법이다. 그 두 가지를 혼동하지 말 것이며 사업 때문에 밤을 새우지 말 것.

나는 머리 속에서 모든 것을 정리한 다음 결정을 내렸다. “좋습니다, 스콜라리씨. 우리가 맡지요. 하지만 돈이 얼마나 들 것인지 지금은 계산도 안 됩니다. 모든 경비에다 직원들의 시간당 수수료가 포함된 청구서를 보내겠습니다. 선금은 3만 달러면 적당하겠습니다.”

그는 눈도 깜짝하지 않았다. 아마 천만 달러의 1주일치 이자도 안 될 것이다.

“스콜라리씨, 이런 상황이 아니라 해도 우리가 꼭 뭔가를 찾아낸다는 보장은 없습니다. 당신은 할 수 있는 최선을 다 했다는 것은 아시게 되겠지만 이 일에서 확실히 알게 되는 것은 그 정도에 지나지 않게 될지도 모릅니다.”

“현재 당신이 확실하게 아는 것도 그것뿐이오, 해거티씨.”

나는 노트를 꺼내 메모를 적었다. “세인트 메리스의 어디로 갔는지 아십니까?”

“그렇소. 바나나 베이 비치 호텔이라는 휴양지요. 그리고 미안하지만 내 마음대로 그 호텔에 당신 이름으로 예약을 해놓았소.”

“뭐라고요?” 나는 그의 자동차 앞바퀴에 깔려 있는 물건 같은 기분이 되었다.

“그 휴양지는 아주 외진 곳이고 절벽의 한쪽 옆에 올라앉은 곳이오. 나는 그곳에서는 자유롭게 돌아다니지 못할 거라고 들었소. 당신이 내 다리, 내 눈이 되어줬으면 좋겠소. 당신의 직원들이 여기에서 뭔가 알아낸다면 누군가가 그 정보를 내 조카딸에게 전할 수 있어야 하지요. 누군가가 그곳에 가 있어야 해요. 그 사람이 바로 해거티씨 당신이어야 하오. 그래서 내가 돈을 내는 거요. 내가 갈 수 없는 대신 당신의 두뇌, 당신의 눈, 당신의 다리가 거기에 가는 거요.”

나는 스콜라리의 비틀어빠진 다리와 그가 타고 있는 자동 휠체어를 뚫어지게 쳐다보았다. 그는 그냥 돈이 많은 정도가 아니라 엄청난 부자였다. 그리고 돈이야말로 궁극적으로는 최고의 의족이었다.

“처음부터 시작하지요. 그의 이름은 뭡니까?”

세인트 메리스 섬은 바다 가운데 뚝 떨어져 있는, 푸른 숲이 울창한 산 중의 하나였다. 그곳의 얼마 안 되는 평지가 서쪽 해변에 있었고 대부분의 주민들이 그곳에 살고 있었다. 중앙의 고지와 산들은 아직도 야생이었고 태고의 모습을 간직하고 있었다.

내가 탄 비행기는 섬의 남단을 빙 돌아서 평지 중의 한 곳인 국제공항을 향했다. 나는 엔조 스콜라리의 방문과 비행기 출발 시간 사이의 몇 시간 동안 모은 서류의 파일을 들추어보았다. 비서인 켈리가 여행을 준비하는 동안 나는 모든 직원들을 회의실로 불러 일을 나누어 맡겼다. 클랜시 하버는 사건 분담량을 재조정하며, 조사 중인 다른 사건들을 맡을 임시 직원들을 고용하기로 했다. 델 윈슬로는 문제의 인물인 데릭 마샬에 대한 조사를 시작했다. 진짜인지 아닌진 몰라도 우리는 그의 이름, 주소와 전화번호를 얻었다. 델은 스콜라리가 설명한 데릭의 인상에 의거해 우리가 그린 그림을 들고서 집집마다 찾아다니기로 했다. 래리 버데트는 명랑한 목소리로 계속 전화를 걸어댈 것이다. 정보를 얻기 위해, 접근이 가능한 모든 컴퓨터화된 데이타 베이스에 전화할 것이다. 마샬의 이름이 나타나기만 하면 정보를 다른 조사원들에게 나눠주어 모든 사실을 확인시키고 그 다음에는 데릭 마샬의 인생을 재구성할 수 있을 때까지 일일이 전화를 걸거나 직접 찾아가 다시 확인할 것이다. 성공할 확률이 가장 높은 곳은 세인트 메리스의 결혼증명 담당국이었다. 결혼증명서를 신청하자면 마샬은 여권과 출생증명서, 만약 결혼한 경험이 있다면 이혼증명서, 홀아비라면 전처의 사망증명서, 이름을 바꾼 적이 있다면 합법적인 개명증명서를 제출해야 했다. 그 서류들이 일반 대중에게도 공개된다면 팩시밀리 복사본을 얻든지 내가 담당 부서들을 찾아다니며 직접 읽어볼 작정이었다. 비행기의 창문 밖으로 활주로가 보이기에 지나 데일샌드로의 사진을 마지막으로 한 번 더 보았다. 데릭 마샬의 그림도 본 뒤 파일을 덮어서 가방에 넣었다.

비행기에서 내리자 열기가 나를 휩싸안았다. 비행장으로 걸어 들어가는 동안 건조한 바람이 내 주위로 열기를 몰아왔다. 나는 여권을 제시했다. 세관에 신고할 물건도 없었다. 공항 관리는 내가 섬을 방문한 것을 환영한다고 말했다. 비행장을 나오자 배차 담당이 택시 기사를 소개해 주었다. 나는 그를 따라 낡아빠진 토요타로 가서 앞자리에 올라탄 다음 가방을 다리 사이에 내려놓았다. 그는 문을 쾅 닫은 다음 어디로 가겠느냐고 물었다.

"바나나 베이 비치 호텔." 그가 시동을 걸고 길로 접어드는 동안 내가 말했다.

"좋습니다."

"얼마지요?" 차는 잠자고 있는 경찰관 옆을 튀듯이 달려 지나갔다.

"80이씨입니다."

미국 돈으로 35 달러였다. "얼마나 멉니까?"

"거리로요 아니면 시간으로요?"

"둘 다요."

"9킬로미턴데 한 시간 반 걸립니다."

그 말을 들었을 때 택시를 내렸어야 했다. 지옥으로 가는 길이 포장도로라 하더라도 분명히 세인트 메리스를 지나가지는 않았을 것이다. 해변을 달리는 길은 산의 옆구리를 꼬불꼬불 감아 돌고 있었는데 차도는 마치 푹 파인 구덩이들을 엮어놓은 것처럼 울퉁불퉁했다. 길에는 중앙 분리선도 없었고 신호등도 없었고 교통 표지판도 없었고 난간도 없었다. 바다는 3백 미터 밑에 있었지만 그리로 떨어지는 데는 몇 초도 걸리지 않을 것 같았다.

언덕을 올라갔다 내려갔다 하다 보니 나무들에 씌워진 파란 봉지들이 보였다.

"저 봉지들은 뭡니까?" 내가 물었다.

"바나나입니다. 익는 동안 곤충들이 접근하지 못하게 하는 거지요."

나는 언덕들을 훑어보며 거기에 올라가 바나나에 봉지 씌우는 일을 상상해 보았다. 누가 했는지는 몰라도 분명히 그 일에 합당한 급료를 받지는 못했을 것이다. 로프에 매달린 전투기처럼 90분 동안 그런 길을 오르락내리락하며 가로지르고 나자 중력과 싸우느라 지치고 말았다. 마침내 휴양지에 도착했을 때는 그 여행의 끝을 알리는 종소리라도 울릴 것을 기대했을 정도였다.

호텔에 들어가 수속을 한 뒤 귀중품들을 호텔 금고에 맡기고 열쇠와 한 묶음의 휴양지 안내서를 받은 다음 내 숙소가 있는 언덕으로 향했다. 저녁식사는 한 시간 가량 뒤에 있었다. 정신을 차려서 짐을 풀고 샤워할 시간이 충분했다.

내 방은 2층의 바와 식당을 내려다보고 있었다. 밑으로는 해변과 만, 그리고 그곳을 에워싼 절벽들이 보였다. 손이 닿을 정도로 가까운 곳에는 봉황목과 부들이 떼지어 자라고 있었고 초가지붕을 씌운 베란다에는 해먹이 걸려 있었다. 화장실은 깨끗했고 모든 것이 제대로 작동되고 있었다. 침실은 넓었지만 가구는 거의 없었다. 분명히 이곳은 관광은 밖에서만 하고 방에서는 잠만 자도록 된 곳이었다. 침대에 씌운 모기장과 옷장 위의 모기향은 그다지 좋은 징조가 아니었다. 때는 비가 오는 계절이었고 카리브해의 모기들은 아주 대담할 수도 있었다. 안티구아에서는 모기 한 마리가 나를 쫓아서 노먼 베이츠(*앤소니 퍼킨스가 주연한 영화 싸이코의 미치광이 주인공)처럼 화장실 샤워 커튼을 젖히고 들어온 적도 있었다.

서둘러 짐을 푼 다음 안내서를 읽었다. 휴양지의 지도, 서비스 목록, 개점 시간, 그리고 먹을 수 없는 과일, 곤충에게 물린 경우, 익사 사고처럼 카리브해 연안의 흔한 사고를 피하는 요령 등에 대한 것이었다. 그곳의 지도를 눈으로 익힌 다음 지나와 데릭의 사진과 그림을 꺼냈다. 내가 할 일을 사무실 직원들이 찾아주기 전까지 가장 먼저 할 일은 그들을 찾아내 미행하는 것이었다.

샤워를 하고 옷을 갈아입은 다음 저녁식사 시간을 기다리며 침대에 누워 있었다. 식당에 나타나기 가장 좋은 때는 식사 중간쯤이었다. 일찌감치 온 사람들은 나가고 느림보들이 들어올 때인 것이다.

여덟시 반쯤 곤충을 쫓는 약을 몸에 뿌린 다음 주머니에 열쇠를 넣고 식당으로 향했다. 시간표를 보니 식사는 해변에서의 바베큐라고 되어 있었다.

호텔 접수부에서 발을 멈추어 밑에 있는 해변 쪽 낮은 벽을 내려다보았다. 자신은 그곳에서 자유롭게 돌아다닐 수 없을 거라던 스콜라리의 말은 옳았다. 숙소들은 절벽 위로 불쑥 튀어나와 있었고 가파른 통로로 연결되어 있었다. 게다가 그곳부터 언덕은 절벽으로 변하고 있었다. 계단이 해변까지 구불거리며 내려가고 있었다. 호텔 하녀가 계단의 숫자는 126개나 된다고 말했다.

나는 난간이 안전한지 확인하기 위해 가끔 멈추면서 계단을 내려가기 시작했다. 길에는 가로등도 없었다. 늦은 밤 샴페인에 약간 취한 신부가 끔찍한 사고를 당할 수도 있는 곳이었다. 그 밑의 콘크리트 길을 흘낏 내려다보았다. 지나가 떨어지면 반동으로 튀어오르지도 못할 것이고 살아 남지도 못할 것이 분명했다.

지그재그 모양의 계단을 다 내려가 보니 올라오는 길은 더 위험하다는 것을 알 수 있었다.

석유등잔들이 해변의 식당과 바로 가는 길을 밝혀주었다. 둥글의자에 앉아 옐로버드 칵테일을 시킨 다음 식당 안을 둘러보았다. 대부분 쌍쌍이었고 나머지는 가족들끼리 온 사람들이었다. 모두 백인이었고 대부분 미국, 캐나다, 영국, 독일 사람들이었다. 아무튼 안내서에는 그렇게 써 있었다.

술을 마시며 식당 안을 훑어보았다. 그들은 눈에 띄지 않았다. 나는 젊지 않았지만 밤은 아직도 젊었다. 아무런 문제도 없었다. 그들이 어둠 속에서 나타나 식당에 들어왔을 때 나는 칵테일을 두 잔째 마시고 있었다. 우리가 그린 마샬의 그림은 꽤 정확했다. 그는 가운데 가르마를 탄 갈색 머리에다 호리호리하고 창백했으며 둥근 자라테 안경을 쓰고 있었다. 지나의 팔꿈치를 꼭 붙잡고 그녀에게 볼우물이 폭 파인 미소를 보내고 있었다. 마치 지나가 배의 키라도 되듯이 잡아 이끌면서 테이블 사이로 걸어 들어왔다. 그들이 자리에 앉기에 나도 앉을 자리를 찾느라 주위를 둘러보았다. 살그머니 그들의 얘기를 엿들을 수 있을 정도로 가까이에서 마샬의 얼굴을 살펴보고 싶었다. 그들 자리로부터 두 자리 안쪽에 비껴 있는 테이블이 비워지고 있었다. 술잔을 들고 바에서 나와 어슬렁거리며 그쪽으로 갔다. 허드렛일을 하는 사람이 테이블을 치웠다. 나는 술을 쭉 들이킨 뒤 잔을 테이블에 내려놓았다.

지나 데일샌드로는 긴 꽃무늬 원피스를 입고 있었다. 끈이 없는 옷이라 드러난 어깨에는 햇볕에 그을린 수영복 자국이 나 있었다. 그녀는 손을 귀로 가져가 머리채를 뒤로 넘겼다. 옆에서 본 그녀는 입술이 얇았고 매부리코에 얼굴이 길었다. 그녀는 마샬의 눈을 들여다보면서 그때까지 잡고 있던 그의 손에 입을 맞추었다. 손가락 마디마다 입맞추며 올라가 끝까지 간 다음 천천히 손을 자신의 입에 넣었다.

"지나, 사람들이 보겠어." 그가 속삭였다.

"볼 테면 보라지요." 그녀는 손가락을 입에 넣은 채로 미소지으며 말했다.

마샬은 손가락을 빼더니 주위로 힐끗 시선을 보냈다. 그의 시선이 내 쪽을 지나갔을 때는 마침 담당 웨이트리스가 왔기에 주문하던 중이었다. 나는 생선 크림 수프와 고추로 속을 채워서 구운 돌고래고기와 술을 한 잔 더 주문했다.

지나는 마샬의 손을 자신의 뺨에 갖다 대더니 뭐라고 다정한 말을 한 모양이었다. 그는 미소를 짓더니 그녀에게 손으로 키스를 날려보냈다. 그들은 주문을 한 다음 웃음 소리와 미소가 간간이 섞인 나직한 어조로 얘기를 나누었다. 나는 그녀 외삼촌의 무시무시한 파수꾼이 되어 그들 근처에 앉아 기다리며 지켜보았다.

디저트가 나오자 지나는 자리에서 일어나 숙녀 화장실을 향했다. 마샬은 그녀가 나가는 것을 지켜보았다. 그의 표정에서나 눈에서는 아무것도 읽을 수 없었다. 그녀가 화장실 안으로 사라지자 그의 시선은 식당 안을 배회했지만 누구에게도 머무르지 않았다. 그녀가 나타나자 그녀에게만 시선을 주었고 도로 테이블로 오라고 시선으로 말을 건넸다. 하지만 그 모든 것은 아무것도 증명해 주지 않았다.

우리 모두는 바나나케익과 커피를 즐겼다. 나는 적당한 간격을 두고서 그들을 따라 나가 숙소로 향했다. 우리는 말없이 계단을 터벅터벅 올라가 바와 접수부를 지나서 어둠 속으로 들어갔다. 나는 내 숙소 쪽으로 가면서 그들을 계속 지켜보았다. 그들은 내 방보다 2층이 더 높고 뒤쪽에 있는 7호실로 갔다. 그들 방문이 찰칵 닫기는 것을 보고 돌아서서 바 밖에 있는 관광일람표판으로 다시 갔다. 그들이 어떤 관광 여행을 신청했는지 보려고 다음날의 여행 계획표를 훑어보았다. 근처의 화산으로 가는 아침 관광을 신청해 놓았기에 거기에 내 이름도 써넣은 뒤 아침에 전화로 깨워 달라고 부탁하러 프론트로 갔다.

샤워를 간단히 한 뒤 모기향을 피워놓고 불을 가장 어둡게 낮춘 다음 모기장 밑으로 기어들어갔다. 내가 가져온 책과 전화기를 모기장 안으로 끌어당긴 다음 베개를 몇 개 포개 놓고 기대어 사무실에 전화를 했다. 스콜라리는 조사비를 냈으니 무슨 대답을 들을 권리가 있었다. 그는 대답을 얻었다.

“프랭클린 조사소입니다.”

“델, 잘 있었나? 데릭 마샬에 대해 뭘 좀 알아냈어?”

“아주 조금입니다, 사장님. 그것뿐이에요.”

“그거라도 말해 봐.”

“마샬이 사는 동네를 집집마다 돌아다녔습니다. 그런데 그 친구는 아마 투명인간인가 봅니다. 아무도 그를 몰라요. 아파트를 빌려서 살고 있었습니다. 관리인이 그러는데 집세는 제때에 정확히 낸답니다. 그 외 다른 것은 하나도 알아내지 못했어요. 우편 배달부는 못 만나봤는데 내일 기다려 볼 예정입니다. 무슨 정보라도 말해 줄지 물어보겠습니다. 이웃들은 그의 얼굴만 아는 정도입니다. 그게 전부입니다. 시끌벅적한 파티도 하지 않는답니다. 수많은 여자들과 다니는 것을 본 사람도 없어요. 한 이웃은 그가 어떤 여자를 사귀는 것 같다고 생각했었지만 그 여자를 본 지도 오래 됐다고 합니다.”

“그 아파트에는 얼마나 오래 살았대?”

“3년이오.”

“관리인이 아파트 임대 계약서를 보여주던가?”

“사장님, 그건 비밀 서류라는 것을 아시잖아요? 그 정보에 대해서는 묻지도 못했습니다.”

“우리 사업은 다른 사람들의 부주의 덕분에 번창하는 거야. 물어 보긴 했어?”

“네, 그랬더니 기분 나빠하면서 화를 내던데요.”

“그래봤자지.”

“월요일 아침에는 지난 3년 간의 각종 법정 기록, 면허, 허가증을 전부 찾아볼 작정입니다. 무슨 정보라도 혹시 떨어질는지 모르니까요.”

“이웃들이 다른 얘기를 한 건 없나?”

“아니오, 말씀드렸듯이 얼굴밖에 모른답니다. 그게 전부입니다.”

“그의 차는 찾았어?”

“네, 그런데 거기서 그야말로 금광을 캤습니다. 차가 스티커로 전부 덮여 있었어요.”

“어떤 스티커?”

“부시—퀘일을 지지한다는 스티커요. 청년공화당원협회 명단을 들춰보겠습니다. 그리고 조지타운 법대 스티커도 있었어요.”

“우리 사무실 전용 전화번호부에서 찾아봤나?”

“네, 하지만 아무것도 없었어요. 게으름뱅이거나 아니면 아주 겸손한 친구인 모양입니다.”

“오늘 밤에 월터 오닐에게 전화해 봐. 그 이름을 주고서 그 자가 어떤 법률회사에 다니는지 알아볼 수 있느냐고 물어봐. 어쩌면 그 자에 대해 얘기해 줄 수 있는 사람을 알아볼 수도 있을 거야.”

“알았습니다. 내일은 그 학교에 가서 도서관에도 가보고 동창회 명부 등도 찾아보겠습니다. 같이 수업을 들었던 사람들을 찾을 수 있나 봐야지요. 그런데 동창 관계는 월요일까지 기다려야 합니다.”

“국내 범죄기록 파일은 확인해 봤어?”

“깨끗합니다. 영장을 받았다거나 구속된 적도 없습니다. 깨끗하든지 수완이 좋든지 둘 중의 하나겠지요.”

“차에서 다른 것은 못 찾았나?”

“‘얼티메이트 프리스비 대회’라는 스티커가 있었어요. 그게 어떤 건지 아는 사람이 이곳에는 아무도 없습니다. 프리스비협회를 찾아서 그 대회가 어디서 열렸는지 알아본 다음 사람들을 면담해 보겠습니다.” (*프리스비 ; 던지며 노는 데 쓰는 플래스틱 원반.)

“좋아. 아직도 시간이 사나흘은 있어. 사무실은 어때? 다른 사건들도 다 알아서들 하고 있지?”

"모든 사람들한테 나눠줬습니다. 클랜시가 프리랜스 조사원을 몇 명 고용했는데 다음주에 일을 시작할 겁니다. 현재는 래리하고 클랜시하고 저하고 이 사건을 맡아 2교대로 일하고 있습니다. 월요일이 되어 각 사무실들이 문을 열고 데이타 베이스들이 열리면 두 사람을 새로 더 쓰게 되겠지요."

"좋아. 세인트 메리스의 기록 담당계에서는 소식이 있었어?"

"아뇨. 그곳도 마찬가지입니다. 주말이라 문을 닫았어요. 월요일까지는 아무것도 알아볼 도리가 없습니다."

"좋아. 잘했어, 델." 내 전화번호를 그에게 알려주었다. "뭐라도 발견하게 되면 밤낮을 가리지 말고 여기로 전화해. 직접 통화가 안 되면 호출해. 내일 아침에는 지나와 마샬이 가는 여행을 따라 가겠지만 그 후에는 종일 이 근처에 있을 거야."

"알았습니다. 내일 또 전화하지요."

나는 모기장 밑으로 전화를 밀어냈다. 베개를 부풀린 다음 누워서 책을 펴들었다. 독신 생활은 나를 광적인 독서가로 만들었다. 마치 나의 다른 모든 욕망이 내가 다른 누군가가 될 수 있게 하고 나를 다른 어느 곳으로 데려갈 수 있고 최소한 내가 잠들 수 있게 도움을 주는 단어들에 대한 욕망으로 변한 것만 같았다. 하지만 읽으면 읽을수록 책에 주의를 집중하기가 더 힘들었다. 권태는 느릿느릿한 죽음처럼 내게 스며들었다. 나는 창녀를 찾아가 발기를 하거나 섹스를 끝내려면 더 변태적인 장난이 필요한 늙고도 지쳐빠진 고객이었다. 얼마 안 있으면 아무것도 나를 자극하지 못하게 될 것이다. 그때까지는 〈시간의 목격자〉가 주는 짜릿한 충격, 그 두툼한 분량과 마이클 멀론(*이 책의 저자)이 고마웠다.

지칠 줄 모르고 울려대는 전화 소리에 잠을 깼다. 침대에서 기어나와 전화해 준 프론트 데스크에 고맙다고 인사를 했다. 카멜레온 한 마리가 침대 밑에서 쏜살같이 기어나오더니 문가로 갔다. "만나서 반가워." 내가 소리를 질렀다. 내 방을 곤충이 없는 장소로 지켜 주느라 먹이를 실컷 잡아먹으면서 보낸 즐거운 저녁 시간이었기를 바랐다. 옷을 입은 다음 서둘러 아침식사를 하러 갔다.

가시여지 열매 주스를 우선 한 잔 마신 다음 빵, 바다 생선과 양파를 먹고 커피를 잔뜩 마셨다. 데릭과 지나는 식당에 없었다. 어쩌면 룸서비스를 시켰는지도 몰랐고 아직도 자느라 여행을 못 가게 될지도 몰랐다. 빨리 식사를 마친 다음 두 잔째 커피를 마시면서 계속 시계만 들여다보았다. 운전기사가 도착해 관광 일람표판을 보고 있었다. 한 쌍의 남녀가 그에게 다가가 자신들을 소개했다. 입을 닦은 뒤 그들이 있는 곳으로 가기 위해 식당을 나섰다. 내가 그리로 가자 막 데릭과 지나가 언덕을 내려오고 있었다. 운전기사는 자신은 웰링튼 브램블이며 내무부에 등록된 관광 안내원이라고 말했다. 먼저 온 한 쌍이 밴의 뒷자리에 올랐고 데릭과 지나는 중간에 앉았다. 나는 앞에 훌쩍 올라타 웰링턴 옆에 앉은 뒤 뒤를 돌아보면서 내 소개를 했다.

"안녕하십니까. 리오 해거티라고 합니다."

"안녕하세요. 난 데릭 마샬이고, 이 사람은 내 약혼녀 지나 데일샌드로입니다."

"만나서 반가운데요."

데릭과 지나는 뒷자리를 돌아보았고 우리 모두는 일리노이주의 시카고에서 온 탐과 도로시 니댐 부부와 인사를 나누었다.

웰링턴은 차창 밖으로 머리를 내민 뒤 호텔의 한 하녀에게 얘기를 걸었다. 그 여자가 그의 팔을 툭 치면서 나무라는 뜻으로 손가락을 흔들 때까지 그들은 그곳 사투리로 빠르게 지껄였다.

그는 차에 시동을 걸었고 접수부 앞에서 차를 빼서 나왔다. 우리는 섬의 활화산을 에워싸고 있는 열대우림을 보러 간다고 했다. 그 모든 대화는 이방인들의 언어, 이방인들을 위한 언어인 영어로 이루어졌다.

도로시 니댐은 우리 모두가 걱정하고 있던 질문을 했다. "이 길로 가면 화산까지 얼마나 걸리나요?"

웰링턴이 웃음을 터뜨렸다. "20분입니다. 그 다음에는 화산을 향해 걸어가지요."

우리는 해변의 길을 지난 뒤 '세인트 메리스 아일랜드 보호구역——데빌즈 컬드런 화산과 열대우림'(*악마의 솥이라는 뜻)이란 표지판이 붙은 문을 통과했다. 나는 차에서 제일 먼저 내린 다음 여자들이 진흙투성이의 길로 내려서는 것을 도와주었다. 웰링턴은 우리를 일렬로 세워서 정글로 이끌고 가면서 큰 소리로 식물과 꽃들의 이름들을 말해 주었고 질문에 대답했다.

정글에는 가시여지, 라임, 육두구, 구아바, 바나나, 코코넛, 코코아, 야생 백합, 봉황목, 열대 무궁화, 고사리, 새빨간 부들이 우거져 있었다. 우리는 아주 커다란 고사리가 서 있는 길 앞에서 발을 멈추었다. 웰링턴이 몸을 돌려 그것을 가리켰다.

"여기, 이 풀을 만져봐요. 바로 여기요." 그를 의심스런 눈으로 바라보는 데릭을 가리키며 그가 말했다. "당신을 해치지 않을 테니 만져봐요."

데릭은 손가락을 뻗어서 고사리를 만졌다. 즉시 이파리들이 오므라들더니 돌돌 말려들었다.

"'메리 메리 문을 닫아라'라고 부릅니다. 보다시피 아주 섬세하고 수줍음을 타는 식물이지요."

그는 가자고 우리에게 손짓했고 우리는 그의 뒤를 따랐다. 지나는 데릭과 팔짱을 끼고 머리를 그의 어깨 위에 기댔다. 그녀는 그의 팔을 가볍게 쥐었다.

"데릭, 나도 한때는 저 식물 같았다는 걸 당신도 알지요? 당신이 나타나기 전까지만 해도 그랬었어요. 꼭꼭 폐쇄되어 있었고 혹시 누가 너무 가까이 올까봐 겁에 질려 있었어요. 하지만 이제는 더 이상 그렇지 않아요. 난 너무 행복해요." 그녀는 말한 다음 그의 팔을 다시 꼭 잡았다.

자기혐오에 약간 빠져 있는 것을 제외한다면 나도 즐거운 여행을 하고 있었다. 우리는 숲에서 빠져나와 화산으로 올라갔다. 웰링턴이 우리 쪽으로 돌아섰다.

"신사 숙녀 여러분, 잘 들으세요. 우리는 지금 활화산의 꼭대기에 있습니다. 하지만 딱딱한 지각층이 없기 때문에 압력도 쌓이지 않아서 화산분출의 위험은 없습니다. 가장 최근의 분출은 2백년도 훨씬 선에 있었어요. 하지만 여기에 아무런 위험도 없다는 말은 아닙니다. 언제나 표시된 길 위만 걸어야 하고 난간이 없는 곳에서는 아주 조심해야 합니다. 화산 안에 있는 물은 섭씨 150도가 훨씬 넘습니다. 발을 헛딛어 거기로 떨어지면 산 채로 타버리게 되지요. 쓸데없이 여러분을 놀라게 하고 싶지는 않지만 몇 년 전에 한 관광객이 목숨을 잃었어요. 그러니까 아주 조심하기 바랍니다. 이제 나를 따라오세요."

내가 가본 그 어느 곳과도 다른 환경에서 우리는 넉넉히 간격을 둔 채 한 줄로 서서 걸어갔다. 화산의 둥그런 꼭대기는 마치 지구에 난 상처같이 보였다. 땅에서는 김을 뿜고 있었고 연기가 솟아오르고 있었다. 그곳에서는 아무것도 자라지 않았다. 피딱지 밑에서 피가 스며나오는 것처럼 땅의 딱딱한 껍질 덩어리에서는 여기저기 시커먼 물이 새어나오고 있었다. 모든 곳에서 유황 냄새가 났다.

　나는 데릭과 지나를 따라가면서 그녀가 지나가기 전에 그가 몇 번이나 멈춰서서 난간을 흔들어보는 것을 지켜보았다. 조심하는 것일까, 데릭이? 아니면 시험 삼아 해보는 것일까.

　우리는 화산을 한 바퀴 돈 다음 도로 길을 내려와 밴으로 갔다. 약속한 대로 우리는 20분 뒤에 호텔로 돌아왔다. 지나는 흥분해서 얼굴이 발갛게 달아올라 있었고 그곳에 또 가볼 수 있겠느냐고 데릭에게 물었다. 그는 갈 수는 있겠지만 그 주에는 그곳으로 가는 안내 관광이 없으니까 차를 빌려서 그들끼리만 가야 할 거라고 말했다. 나는 그녀가 길가에 서서 사진이라도 찍는 모습, 그리고 그가 숲을 통과해 영원으로 가는 길로 그녀를 이끌고 가는 모습을 상상해 보았다.

　우리는 모두 점심식사를 하러 갔지만 식사는 각자 따로 했다. 나는 그들이 숙소에 들렀다가 해변으로 가는 것을 따라갔다. 그들은 해변의 맨 끝까지 걸어가더니 사람들과 떨어져서 등을 돌리고 앉아 있었다. 나는 바로 들어가 맥주를 두 병이나 비웠다.

　한 쌍의 남녀가 식당 안에서 말다툼을 하고 있었는데 어쩌면 사랑 싸움 같기도 했다. 사정이 어쨌는지는 몰라도 그 여자는 남자더러 돼지새끼라고 독일어로 욕을 하더니 실제로 돼지고기 덩어리를 자르는 것처럼 당수로 세게 내려쳤다. 그의 얼굴은 원숭이 엉덩이보다 더 시뻘겋게 달아올랐다.

　그 여자는 의자를 뒤로 밀어내더니 180도 홱 돌아서서 긴 금발 머리를 흔들며 그곳을 박차고 나갔다. 발로 담배꽁초를 짓뭉개는 것처럼 그녀가 한 걸음 한 걸음을 내딛으며 나가는 것을 지켜보았다. 그렇게 걸으니까 엉덩이가 묘하게 흔들리고 있었다.

　내 옆에 누군가가 와 있다는 것을 알아차리고 나는 그녀로부터 눈을 떼었다. 누가 나를 짓궂은 눈길로 열심히 흘낏거리고 있었다.

나는 천천히 몸을 돌렸다. "뭐요?"

모래사장에 뿌려진 코코넛처럼 흔하고 아무데나 널린, 해변을 어슬렁거리며 손님을 낚는 남창 중의 하나였다.

"이 근처에서 많이 봤어. 근데 혼자야? 그건 좋은 게 아닌데. 친구가 필요할 텐데……. 그런 생각이 들어서. 이 낙원을 같이 즐길 수 있는 누군가가 어때? 마음에 있어?"

나는 머리를 저었다. "아닌데."

그는 상을 찌푸렸다. "안 그런 줄 알았는데, 뭘 그래? 젖통이 커다란 그 금발 여자를 쳐다보는 걸 내가 봤는데, 왜 그래? 뭐가 겁이나?" 그는 말을 멈추더니 내 대신 대답해 주려고 했다. "병은 없어. 아무 걱정 없어."

내가 아무 말도 하지 않자 그는 신경질을 냈다. "그럼 뭐 때문이야? 모르는 사람하고는 그 짓도 안 하나?"

"네 말 귀 들어, 이 사식아. 난 흥미가 없단 말이야. 더 이상 쓸데없는 말 하지 마."

그는 나를 요리조리 살펴보더니 말썽을 일으킬 만한 가치가 없다고 판단했다. 둥글 의자를 홱 돌려 앉더니 사투리로 뭐라고 날 불렀다. 그게 '선생'이 아니라는 것은 확실했다.

나는 오두막 밑에 빈 라운지가 있는 것을 발견하고 그곳에서 데릭과 지나를 지켜보았다. 내가 자리에 앉아 편한 자세를 취하자마자 지나가 일어나더니 화산재로 이루어진 코코아색 모래사장을 건너가 해변가의 바 쪽으로 걸어갔다. 그녀의 살갗은 전체적으로 햇빛에 그을어 있었다. 아마 오늘은 늦게까지 밖에 있지 않을 것 같았다. 데릭은 내 쪽으로 등을 돌리고 있었기 때문에 나는 그녀를 계속 지켜보기 위해 고개를 돌렸다. 그녀가 자리에 앉자 일하는 여자 하나가 다가와 그녀의 머리카락을 빗어내리기 시작했다. 갈래머리를 촘촘히 땋고 있었다. 아마 최소한 한 시간은 그곳에 있을 것 같았다. 나는 어슬렁거리며 돌아다니던 웨이터에게 술을 주문한 다음 눈을 감고 긴장을 풀었다.

지나는 머리를 조그만 갈래머리들로 단단하게 땋았는데 끝에는 색색가지의 구슬이 끼워져 있었다. 그녀는 느릿느릿 걸어서 돌아갔다. 미소를 짓고 있었고 바닷물을 발로 차서 조금씩 흩뿌리고 있었다. 난 그녀가 데릭을 붙들어 의자에서 일으키는 것을 보았다. 그녀는 돌아서더니 땋아내린 갈래머리가 흔들릴 정도로 머리를 앞뒤로 흔들었다. 그들은 스노클과 물갈퀴를 집어들더니 물가로 향했다. 나는 그들이 어느 쪽으로 가는지 지켜보았다. 만의 왼쪽에는 '돌아가시오. 다음 정거장은 파나마입니다'라고 쓴 강한 파도에 대한 경고판들이 여럿 박혀 있었다.

그들이 물로 들어가기에 나도 그들을 따라갔다. 어쩌면 약간의 공포일 수도 있겠고 어쩌면 사랑인지도 몰랐지만 산호초 위를 맴도는 동안에도 그녀는 그의 손을 계속 잡고 있었다. 나는 좀더 멀리까지 나갔다가 그들을 계속 지켜볼 수 있도록 중간에서 돌아섰다. 산호초는 내가 본 중에서 가장 화려했고 카리브해에서 최고 중의 하나라는 명성이 날 만도 했다.

나는 그들 가까이에 자리를 잡고 있으면서 내 밑에 있는 오징어 떼들처럼 그들이 움직이는 대로 따라 움직였다. 오징어들은 다리를 움츠린 채 무리를 지어 양쪽 옆의 축을 기준으로 지느러미를 흔들며 위치를 유지하고 있었다. 움직일 때는 즉시 모두 함께 움직였고 각자로부터 같은 간격을 유지하고 있었다. 나는 산호초 위에 있다가 해초들이 떼지어 자라는 곳으로 내려갔다. 두 마리의 생물이 해초 사이를 걷고 있었다. 회색이 섞인 초록색에다가 마디와 울퉁불퉁한 것이 여기저기 돋아나 있었고 다리와 날개까지 달려 있었다. 그것들은 극독성 쓰레기 때문에 태어난 변종 생물들이 아니라 날아다니는 바다물고기였다. 내가 그들 위쪽으로 잠수해 내려가자 보랏빛 날개를 쭉 펴고 날아가버렸다.

수면 위로 올라와 보니 데릭과 지나도 올라오고 있었다. 나는 아래쪽 해변으로 헤엄쳐 내려갔다가 그들과 함께 해변으로 올라갔다. 지나는 옆구리를 움켜잡고 손등을 들여다보고 있었다. 데릭은 그녀를 부축해서 물갈퀴를 벗는 것을 도와주었다.

"데릭, 그게 뭔지 나도 몰라요. 그냥 내 옆을 살짝 스쳐갔는데 꼭 벌한테 쏘인 것 같았어요. 정말 화끈거려요." 지나가 말했다.

그 옆을 지나가면서 내가 말했다. "해파리가 쏜 것 같은데요. 언제 그랬습니까?"

"1초 전이었어요." 두 사람이 동시에 말했다.

"기기에 제일 좋은 섯은 파파야 껍질이죠. 독을 중화시키는 효소가 들어 있어요. 해변의 식당에 가면 아주 많습니다. 이런 사고 때문에 갖다 놓는 겁니다. 하지만 빨리 가보는 게 좋겠어요. 즉시 발라야만 효과가 있으니까요."

"고맙습니다. 정말 감사합니다."

데릭은 말하고 나서 지나가 해변으로 내려가는 것을 도와주기 위해 돌아섰다. "네, 정말 고맙습니다." 그녀가 그의 어깨 뒤쪽에서 말했다.

"천만에요." 나는 내 자신에게 그렇게 말한 다음 몸을 말리러 갔다.

나는 바에 앉아 저녁식사를 기다리며 혼자서 배가면 게임을 하고 있었다. 데릭과 지나가 들어와 주문을 하러 바로 갔다. 그녀의 옷은 보라색, 검정색, 흰색이 어지럽게 섞여 있는 것으로 머리에 끼운 구슬들과 같은 색깔들이었다. 데릭은 환한 연초록색 반바지에 흰색 반소매 셔츠를 입고 있었다. 그들은 술잔을 들고 내 쪽으로 걸어왔다. 나는 일어나 악수를 한 다음 내 자리에 앉으라고 권했다.

"아까 해주신 조언 덕분에 살았어요. 바로 가서 즉시 파파야를 발랐지요. 5분 정도 지나니까 통증이 없어졌나봐요. 그런데 그걸 어떻게 아셨어요?" 지나가 물었다.

"전에 나도 쏘였던 적이 있거든요. 어떤 사람이 말해 주었습니다. 이젠 당신한테 가르쳐주었고요. 입에서 입으로 전해지는 겁니다."

"정말 고맙습니다. 우린 이 섬에서 결혼할 예정인데 그 일을 지금 망치고 싶지 않았거든요."

나는 술잔을 들어올려 건배했다. "두 분 모두 축하합니다. 결혼하기에 정말 아름다운 곳이지요. 결혼식은 언제입니까?" 나는 술을 한 입 마시며 물었다.

"내일이오." 지나가 데릭의 팔짱을 끼면서 말했다. "너무 흥분해서 어쩔 줄 모르겠어요."

목을 도로 넘어온 럼펀치를 하마터면 그녀에게 뒤집어씌울 뻔했다. 간신히 몸을 돌렸지만 그 대신 꿀꺽 삼키느라 숨이 막히고 말았다. 가슴을 두들겼다. 도와주겠다는 것을 물리치느라 손을 내저었다.

"괜찮으십니까?" 데릭이 물었다.

"네 네, 괜찮아요." 간신히 정신을 차리면서 나는 말했다. 내일이라고? 어떻게 해서 그게 내일로 되었지? "미안합니다. 술을 마시면서 동시에 얘기하려고 하다가 그만 그렇게 됐네요. 그게 잘 안 되는군요."

자기가 술을 한 잔 더 사도 되겠느냐고 데릭이 묻기에 내 잔을 바로 가져가도록 내버려두었다.

"이 섬에서 결혼하는 절차에 대해 관광 안내서에서 읽었습니다. 결혼 허가를 받는 데는 얼마나 걸립니까? 신청서를 제출하기 전에 이 섬에 이틀 동안 체류해야 한다던데요."

지나는 앞으로 몸을 굽히더니 내 무릎에 손을 가져다 댔다. "보통은 2, 3일 걸리는데 데릭이 일을 서두르는 방법을 찾아냈어요. 서류를 이곳 관리인에게 미리 보내면 우리가 이미 섬에 있는 것처럼 대신 제출해 주겠다고 했거든요. 내일 아침이면 준비가 되니까 정오가 지나면 바로 결혼할 거예요."

"정말 잘 됐습니다. 결혼식은 어디에서 할 건가요?" 내 머리는 빙빙 돌고 있었다.

"이곳 호텔에서요. 해변가에서 할 거예요. 호텔에서 꽃과 사진과 샴페인과 케익을 제공한대요. 결혼식 뒤에 열릴 축하연에 오시겠어요?"

"고맙습니다. 친절하시군요. 하지만 그때까지 내가 여기에 있을지 모르겠습니다. 비행기가 오후에 떠나는데 아시다시피 비행장까지 갈 길을 생각하면 결혼식 때쯤이면 떠나야 할 겁니다. 그때까지 여기에 있을 수 있다면 좋겠는데요."

데릭은 술을 갖고 돌아와 지나에게 바싹 다가앉더니 그녀를 감싸 안았다.

"당신이 어떻게 생각할지도 모르면서 내가 해거티씨를 결혼식 뒤의 파티에 초대했어요." 지나가 기대하는 눈빛으로 미소를 지었다.

"괜찮습니다. 제발 와주시면 좋겠는데요. 그건 그렇고, 당신은 전에도 이 섬에 와 보신 것같이 들리던데요? 우린 이번이 처음입니다. 스쿠버 다이빙을 해보신 적이 있습니까?" 데릭은 아주 우아하게 행동했다.

“네, 당신도 해보려고요?”

“어쩌면요. 초보자를 위한 강습이 내일 있답니다. 우선 강습을 받아본 다음 우리가 좋아하게 될지 보자고 얘기하고 있었어요.” 그가 말했다.

“난 좀 겁이 나요. 그게 정말 위험한가요?” 지나가 물었다.

절대적으로 치명적인 것이다. 총알을 하나만 비우고 모두 장전된 총으로 러시아 룰레트 게임을 하는 것과 마찬가지다. 하면 절대로 안 돼. 내가 가장 미워하는 적에게도 권하지 않겠다.

“아니, 그렇게 위험하지는 않습니다. 하지만 부주의하면 위험할 수도 있고 꽤 심각한 사고가 날 수도 있어요. 바다는 인간의 실수에 대해 그렇게 관대하지는 않습니다. 하지만 자신이 하는 일에 대해 자신감을 갖고서 제대로 훈련을 쌓기만 하면 아주 위험하지는 않습니다.”

“난 모르겠어요, 데릭. 당신이 하는 걸 보기만 할래요.”

“당신은 왜 그래? 스노클로 잠수하는 것이 정말 재미있다고 했잖아. 숨을 쉬느라 물 위로 올라가야 하는 것 때문에 언제나 걱정할 필요가 없어지면 얼마나 더 재미있을지 상상이 가?” 데릭은 지나의 팔을 꼭 눌렀다. “게다가 당신이 새 잠수복을 입은 모습은 정말 내 마음에 들어.”

나는 다른 사람들이 식당을 가기 위해 나가는 것을 보며 배가면판에서 게임 조각들을 치우기 시작했다.

“해거티씨, 당신이——.” 지나가 말을 꺼냈다.

“해거티씨를 또 만나게 될 거야, 지나. 오늘 오후에 도와주셔서 고맙습니다.” 데릭은 그렇게 말한 다음 그녀를 데리고 식당으로 갔다.

나도 술잔을 비운 뒤 식당에 가서 식사를 했다. 그들이 샥샥 밴드의 음악에 맞추어 춤을 추는 것을 가만히 앉아서 보았다. 그녀는 머리를 그의 어깨 위에 기대고 있었고 몸을 그에게 꼭 밀착시키고 있었다. 그들은 연인이나 어머니와 아기만이 서로 나눌 수 있는 완벽한 조화 속에서 함께 흔들리고 있었다. 그녀는 머리를 그의 어깨에 기대고 입술에는 평화로운 미소가 어린 모습으로 그들은 식당을 떠났다. 나는 내가 느끼는 아픔을 없앨 만큼 충분히 술에 취할 수가 없었지만 마침내 포기하고 침대에 들었다.

전화를 하자 델이 받아서 짤막하고도 나쁜 소식을 전해 주었다.

"우편 배달원한테서도 아무것도 알아내지 못했습니다. 대학 도서관에도 갔었고 교수와 학생들에게도 물어봤습니다. 지금까지는 아무도 쓸 만한 정보를 말해 주지 않았습니다. 학생 명단을 얻어서 지금 훑어나가는 중입니다. 하지만 월트가 단서가 될 만한 것을 찾았습니다. 데릭은 작은 법률회사의 말단 사원이랍니다. 그 회사를 '구멍 가게'라고 부르더군요."

"무슨 법 전문이지?" 아마 세금과 유산상속 전문일 것이다.

"이민과 귀화법이랍니다."

"젠장. 또 다른 건 없어?"

"그 회사에 들어간 지는 얼마 안 됐답니다. 어떤 회사에서 옮겨 왔는지도 아직 모르고요. 내일 아침 제일 먼저 그 회사 직원들로부터 정보를 얻어볼까 합니다."

"제일 먼저 해야 할 거야. 우리의 계획표가 엉망이 되었어. 그들이 내일 정오에 결혼한대."

"맙소사! 정말 시간이 촉박하군요. 일할 시간이 몇 시간밖에 없겠는데요."

"나한테 그걸 상기시키지 마. 또 다른 건 없어?"

"지금으로서는 없습니다. 얼티메이트 프리스비 대회를 하는 사람들을 찾아 클랜시기 바들을 뒤지고 있습니다. 데릭의 그림을 갖고 서요. 아직까지 소식이 없습니다.”

“그래, 만약 뭐라도 알게 된다면 몇 시든 상관 말고 전화해. 내일 아침 내내 이 근처에 있을 거야. 직접 통화가 안 되면 아주 급한 일이라고 하고 호출해. 이젠 매달릴 만한 것이 아무것도 없군.”

“사장님, 그냥 시간이 모자랄 뿐입니다. 며칠만 지나면 분명히 뭔가 찾아낼 수 있을 텐데요.”

“그럴지도 몰라. 하지만 내일 정오 무렵에 누군가가 지나와 데릭의 주례를 서면서 이 결혼에 반대하는 사람이 있다면 지금 입을 열어 말하든지 아니면 영원히 침묵하라고 말할 때 손을 들어서, 조금 있으면 분명히 뭔가 찾아낼 테니까 며칠만 기다려 달라고 할 수는 없잖아.” (*서양의 결혼식에서는 주례가 앞과 같은 질문을 하객들에게 한다.)

“우리는 최선을 다 했습니다. 우리가 든 카드가 좋지 않을 뿐이지요.”

“델, 우리는 개똥 같은 패를 들고 있는 거야.” 스콜라리가 카드를 돌렸을 때 패를 내려놓고 게임을 포기했어야 했다.

전화를 끊은 다음 방안에 있는 모든 곤충과 동물을 내쫓을 준비를 했다. 모기장 안에 앉아 내게 남은 선택에 대해 생각해 보았다. 내가 지나의 인생에 간섭할 만한 이유는 전혀 없었다. 그녀가 평생을 기다려온 남자가 데릭이 아니라고 생각할 만한 다른 이유도 없었다. 그녀의 행복은 진정한 것이었다. 그녀는 그의 손길 밑에서 꽃피어나고 있었다. 내 눈으로 직접 그것을 보았다. 게다가 행복이란 깨지기 쉬운 것이었다. 내가 누구기에 감히 그녀의 행복에 그늘을 던질 수 있겠는가. 게다가 아무런 이유도 없이. 내일은 그녀에게는 아주 특별한 날이었다. 앞으로 그녀는 어떤 식으로 내일을 기억할 것인가? 그리고 나는?

밤새 잠을 제대로 못 이루고 뒤척거리다가 일찍 일어나 사무실에 전화를 걸었다. 새로 밝혀진 사실은 아무것도 없었다. 스콜라리에게 전화해서 간단히 얘기를 나누었다. 시간도 없고 쓸 만한 정보도 없다고 했다. 몇 가지 질문을 했더니 몇 가지 나쁜 소식과 좋은 소식을 말해 주었다. 그 외 다른 할 일이 없었기 때문에 약혼한 한 쌍을 보러 내려갔다. 그들은 식당에 앉아서 서로 손을 잡고 커피를 마시고 있었다. 그들에게 다가가 함께 앉아도 좋은지 물어보았다.
"안녕히 주무셨어요, 해거티씨. 아름다운 날씨죠?" 지나가 말했다. 그녀의 얼굴에서는 광채가 나고 있었다.
나는 자리에 앉은 다음, 그들에게 충격을 주기로 마음을 먹었다.
"결혼식을 올리기 선에 몇 가지 소식을 전하지요."
그들은 똑바로 몸을 일으켜 앉더니, 아직도 잡고 있던 손을 테이블에서 내려놓았다.
"외삼촌 엔조 스콜라리씨는 데일샌드로양이 그의 동의 없이는 돈의 명의를 옮긴다거나 어떤 식으로라도 쓸 수 없도록 데일샌드로양의 유산상속분에 대해 갖고 있는 피신탁인의 재량권을 발동시키라고 변호사에게 말해 놓았다는 것을 여러분에게 알리고 싶어합니다. 이런 수단을 취하게 된 것을 미안하게 생각하지만 여러분이 결혼하겠다고 고집을 피웠기 때문에 다른 방도가 없다고 했습니다."
"이런 개자식! 그 늙은이를 위해 우리를 감시했구나!" 데릭이 소리를 버럭 지르더니 물잔을 나에게 던졌다. 나는 속으로 열까지 세면서 물을 뚝뚝 흘리며 앉아 있었다. 지나는 얼굴이 창백해졌고 눈물을 떨어뜨리기 직전이었다. 마샬은 벌떡 일어섰다. "일어나, 지

나. 가자. 이 인간이 내 가까이 어디라도 있는 게 싫어." 그는 내 쪽으로 몸을 기울이더니 손가락으로 나를 가리켰다. "당신의 고용주인 그 스콜라리 선생한테 전화해서 그 작자가 얼마나 한심한 인간인가 하는 것을 말할 작정이야. 게다가 당신은 두 배나 더 나쁜 인간이야." 그는 돌아섰다. "지나, 안 갈 거야?"

"잠깐만요." 그녀가 속삭였다. "금세 따라갈게요." 마샬은 걸리적거리는 의자와 테이블들에 부딪치면서 박차고 나갔다.

"왜 나한테 이런 짓을 하는 건가요? 난 오늘을 위해 평생을 기다렸어요. 날 사랑해 주고 나와 함께 살고 싶어하고 그 사실을 함께 즐거워할 누군가를 찾기 위해서요. 우린 외삼촌과 그의 집착에서 벗어나기 위해 여기에 왔어요. 무엇이 나를 가장 가슴 아프게 하는지 알아요? 나라는 사람 자체만 보고 사랑하는 사람이 있다고는 믿지 않는 외삼촌을 내게 상기시켰다는 점이에요. 내 돈 때문이라는 거지요? 그럼 나는 도대체 어떤 여자인가요? 말해 줄래요?" 그녀는 흐느끼기 시작하면서 손바닥으로 눈물을 씻어냈다. "결혼식날 묻기에는 너무도 기가 막힌 질문이지요? 참 장한 일을 했어요, 해거티 씨. 당신도 자신을 자랑스럽게 생각하기 바래요."

나는 그녀가 나에게 던진 말보다는 차라리 마샬이 나의 얼굴에 초산이라도 끼얹었었기를 바랐다. "데일샌드로양, 한 가지만 생각합시다. 이렇게 하면 아무것도 손해 보지 않습니다. 만약 그가 지금 당신과 결혼하지 않는다면 당신은 엄청난 괴로움, 게다가 그보다 더 끔찍할지도 모르는 일까지도 피할 수 있게 되는 겁니다. 하지만 그가 이런 사실을 알면서도 결혼한다면 당신은 그가 원하는 것이 당신의 돈이 아니라 당신이라는 사실을 알고 안심할 수 있게 됩니다. 내가 보기에는 그 어느 쪽도 당신에게 손해가 아닙니다. 어쨌든 미안합니다. 나한테 다른 방도가 있었다면 이렇게는 하지 않았을 것입니다.”

“알았어요. 가야겠어요, 해거티씨.” 그녀는 일어나 냅킨을 테이블 위에 떨어뜨린 다음 주워모을 수 있는 모든 당당함을 가지고 천천히 그곳을 걸어나갔다.

나는 최후의 일이 어떻게 벌어지는지만 기다리며 바에서 나머지 아침 시간을 보냈다.

정오가 되자 지나는 길고 하얀 드레스를 입고 나타났다. 손에는 꽃다발을 들고 있었고 미소를 지으려고 애써 노력하고 있었다. 나는 진통제 대신 술을 마시고 있다가 그녀를 외면하고 말았다. 이제는 더 이상 일을 어렵게 만들 필요가 없었다. 내가 마샬이 나타나기를 바라는 것인지 아닌지조차 확신이 가지 않았다.

데릭은 수놓은 흰 셔츠에 카키색 바지를 입고 그녀의 옆에 나타났다. 모든 것이 예정된 대로 진행되고 있었다. 그들은 천천히 계단을 내려갔다. 나는 방에 기서 짐을 싼 다음 계산을 치렀다. 세시에 나는 섬을 떠나 집으로 가고 있었다.

데릭 마샬이 나를 만나러 와 있다고 켈리가 인터폰으로 알려온 것은 그때로부터 거의 1년이 지난 뒤였다.

“들여 보내.”

그는 하나도 변하지 않았다. 우리 둘 다 악수하려고 손을 내밀지도 않았다. 앉으라고 권하지 않자 그는 그냥 자리에 앉았다.

“뭐 때문에 왔지, 마샬?”

“스콜라리가 신탁 조건을 변경시켰다고 당신이 나한테 말했던 그 순간을 영원히 잊을 수 없을 겁니다. 그것도 공공장소에서요. 지나와 다른 모든 사람들 앞에서 내가 나쁜 놈으로 보이도록 만들려고 했던 것 때문에 아주 화가 났었지요. 여태까지 응어리가 져 있었어요. 하지만 이제 난 이곳을 떠납니다. 떠나기 전에 들러서 옛날 은혜를 갚을까 합니다.”

“지나는 잘 있나?” 나는 떨리는 분노 속에서도 간신히 침착을 가장하면서 물었다.

“그러지 않아도 말하려던 참입니다. 그녀와 사별을 했지요. 6개월 전쯤 끔찍한 사고를 당했어요. 우린 스쿠버 다이빙을 하고 있었지요. 지나는 처음이었고 난 이미 몇 번 강습을 받았었지요. 그녀는 내 말을 잘못 알아들었는지 물 위로 올라오는 동안 숨을 쉬지 않고 가만히 있었어요. 폐가 찢어지고 말았어요. (*수압 때문에 수면 위로 올라올 때는 숨을 내쉬어야 한다.) 내가 해변으로 끌어올리기도 전에 죽었습니다.”

나는 거의 파이프를 깨물어 먹을 뻔했다. “정말 똑똑한 놈이군. 아주 매끄럽게 잘도 해냈어. 잘못된 정보에 의한 사고사였겠군. 그러고도 무사히 빠져나왔겠지. 그렇지?”

“공식적인 판결은 사고사로 되어 있지요. 상상이 가겠지만 스콜라리는 반쯤 정신이 나가버렸어요. 지나의 재산을 나 혼자서 상속했고 신탁 조건에 의하면 그녀 할아버지의 돈은 절반이 내 거니까요. 그게 모두 스콜라리 회사의 주식이라서 그 노인네와 타협을 봤습니다. 그는 나를 회사에 들여놓지 않아도 되고 나는 주식 가격보다 50퍼센트 더 쳐서 돈으로 받았지요.”

“조심하면서 살아야 할 거야, 데릭. 그 노인은 얼마 못 살아. 죽으면서 널 함께 데려가기로 마음을 먹을지도 몰라.”

“그 생각도 내 머리를 스쳐갔어요. 그래서 그와 나 사이에 거리를 두려고 내 돈을 갖고 떠나는 겁니다.”

그는 나가려고 자리에서 일어섰다. “그건 그렇고, 당신의 공갈은 그렇게 형편없는 것만은 아니었어요. 실제로 잠시나마 나를 당황하게 만들었으니까요. 그래서 당신한테 물을 끼얹은 겁니다. 우선 그 자리를 떠나서 내가 간과했던 것은 없었는지 확인해 볼 시간이 필요했거든요. 하지만 그런 건 없었어요.”

“그게 공갈인 것을 어떻게 알았지?” 이 건방진 개자식.

마샬은 잠시 그 질문에 대해 생각했다. “이제는 말해도 괜찮아요. 당신은 그 사실을 영원히 증명하지 못할 테니까요. 이건 어떤 서류에도 적혀 있지 않아요. 내가 법대에 다닐 때 스콜라리 노인네——지나 할아버지의 유산을 관리하던 법률회사에서 무보수로 1년간 실습했던 적이 있었지요. 지나의 어머니가 죽었을 무렵입니다. 여러 가지 사실들을 발견했어요. 회사에서 서류를 복사하다가 읽게 된 거지요. 그래서 그 신탁 조건에 대해 알게 된 거지요. 지나 어머니의 몫은 지나에게로 갔습니다. 그리고 지나의 모든 재산은 지나의 유언장에 지정된 사람이 상속하도록 되어 있었습니다. 그런데 지나는 고아에다가 형제도 없었어요. 그러면 지나가 유언장을 만들지 않고 죽는다 하더라도 남편인 내가 자동적으로 단독 상속하게 되는 거지요. 스콜라리는 절대로 신탁 내용이나 조건을 바꿀 수 없었습니다. 당신이 보여준 그 깜짝 쇼는 오히려 지나에게 내 사랑이 진실하다는 것을 확인시켜 줬을 뿐이지요. 나는 그녀더러 유언장을 쓰라고 빨리 재촉할 필요도 없었습니다. 스콜라리가 유언장을 만들라고 압력을 가했을 때도 그녀는 완강하게 거부했어요. “아까도 말했지만 당신의 공갈은 꽤 괜찮았지요. 지나는 당신을 믿었었지요. 하지만 난 그녀야말로 자신의 돈에 관해서는 아무것도 몰랐던 단 한 사람이었다고 생각합니다. 자, 이제 나는 가야겠습니다. 비행기를 타야 하니까요.” 자신은 개고 나는 그 개가 즐겨 오줌을 누는 나무인 양 데릭은 의기양양하게 웃었다.

그를 위협하고 싶은 충동과 싸우기는 힘들었지만 협박이란 경고

일 수도 있었다. 게다가 내게는 정정당당하게 마샬과 맞설 의사가 없었다. 지난 번에는 일할 시간이 오직 이틀밖에 없었다는 사실로 내 마음을 달랬다. 이제 내게는 평생이란 시간이 남아 있었다. 바깥의 문이 닫히는 소리를 듣고 인터폰으로 켈리를 불렀다.

"네, 해거티씨?"

"데릭 마샬 사건 조사를 다시 시작한다."

켈러의 요법 / 로렌스 블록
____

1993 Keller's Therapy

켈러의 요법

로렌스 블럭

1993 Keller's Therapy

"꿈을 꾸었습니다." 켈러가 말했다. "그래서 당신 충고대로 기록해 놓았어요."

"잘했습니다."

켈러는 소파에 앉기 전에 재킷을 벗어서 의자 등받이에 걸쳐 놓았다.

그는 소파에서 일어나 재킷 안주머니에서 노트를 꺼낸 다음 도로 소파에 앉아 써 놓은 꿈 내용을 찾았다.

그는 재빨리 내용을 읽어 내려간 다음 노트를 덮고 나서, 어떻게 해야 좋을지 모르겠기에 그대로 자리에 앉아 있었다.

"좋을 대로 하시지요." 브린이 말했다. "편한 대로, 앉아도 좋고 누워도 좋습니다."

"어떻게 해도 괜찮습니까?"

어떤 자세가 더 편안할까? 앉는 자세는 대화를 나누기에 더 자연스러울 것 같았고, 소파에 눕는 자세는 정신과의 상담 전통에 따른다는 장점이 있었다.

켈러는 이번 상담에서 효과를 좀 보고 싶었기 때문에 전통을 따르기로 마음먹었다. 켈러는 소파에 몸을 쭉 펴고 누운 뒤 발을 소파 위에 올려놓았다(역주 : 미국 정신과 상담에서는 주로 사무실에 소파를 마련해 놓고 환자들이 편히 누워서 이야기를 할 수 있게 한다).

켈러가 말했다.

"꿈에서 나는 어떤 집에 살고 있었는데 그곳은 집이라기보다는 커다란 성 같은 곳이었습니다. 복도는 모두 끝없이 길고 방도 수십 개나 되었습니다."

"그게 당신 집인가요?"

"그건 아니고 그냥 그 집에 사는 겁니다. 사실은 그 집 주인에게 고용된 하인 노릇을 하는 거지요. 그 가족들은 왕족같이 사는 사람들이고요."

"당신은 하인이란 말이지요?"

"나는 할 일도 별로 없고, 가족과 똑같은 대우를 받는다는 것만 빼면요. 가족들하고 테니스도 칩니다. 뒤뜰에 테니스장이 있거든요."

"그게 당신 일인가요, 테니스를 치는 것이?"

"아뇨. 그 사람들이 나를 그들과 똑같이 대우해 준다는 한 가지 예지요. 난 하인들이 아니라 그 가족들과 한 식탁에서 밥을 먹습니다. 내가 하는 일은 생쥐를 처리하는 겁니다."

"생쥐요?"

"그 집에는 생쥐가 들끓거든요. 난 그 가족들과 저녁밥을 먹고 있습니다. 내 접시에는 맛있는 음식이 산더미처럼 쌓여 있는데, 정장에 까만 넥타이를 맨 웨이터가 들어와 뚜껑이 덮인 그릇을 하나 내놓습니다. 뚜껑을 열어보면 그릇에 쪽지가 들어 있는데, 그 쪽지에 '생쥐'라고 써 있는 겁니다."

"그 말 단 한마디요?"

"그게 답니다. 나는 식탁에서 일어나 그 웨이터를 따라 긴 복도를 쭉 걸어가는데, 그러면 가구가 없는 텅 빈 다락방으로 올라가게 되지요. 그런데 그 방 안에는 조그만 생쥐들이 우글거리고 있습니다. 아마 스물…… 서른 마리쯤 될 겁니다. 바로 내가 그놈들을 죽여야 합니다."

"어떻게요?"

"발로 짓밟아서요. 그게 가장 빠르고도 인간적인 방법이긴 한데, 어쩐지 마음이 내키지 않고 죽이고 싶지도 않아요. 하지만 배가 고프니까, 빨리 그 일을 해치워야 식탁으로 돌아갈 수 있지요."

"그래서 생쥐들을 죽이나요?"

"그래요." 켈러는 말했다. "한 마리는 거의 도망칠 뻔했지만 문쪽으로 뛰어가는 놈을 뒤쫓아가서 콱 밟아 버립니다. 그러고 저는 식탁으로 돌아오는 겁니다. 그런데 사람들은 아직 모두 먹고 마시며 웃고 있는데 내 접시는 치워져 있어요. 내가 한바탕 소동을 벌이고 나서야 접시를 부엌에서 도로 가져옵니다. 그렇지만 그건 그전에 내가 먹으려던 음식이 아닙니다. 뭐냐하면……."

"뭔데요?"

"생쥐요. 껍질을 벗겨서 요리한 생쥐가 접시에 수북하게 나옵니다."

"그럼 그걸 먹나요?"

"바로 그때 잠이 깹니다. 늦지도 이르지도 않은 바로 그 순간에 잠에서 깨는 겁니다."

"아, 그렇군요."

브린이 말했다.

그는 키가 큰 데다가 팔다리도 길어 좀 멍청해 보이는 사람이었다. 치노스 면바지에 진한 초록색 셔츠를 입었고 거기에 갈색 고르덴 재킷을 걸치고 있었다.

켈러에게는 그가 고등학교 때는 전형적인 머저리였다가 아주 이상야릇한 방법으로 간신히 눈에 띌 만한 수준으로 변신한 사람처럼 보였다.

그는 다시 "아!"하고 말하더니 자기 손을 마주잡고는 그 꿈이 어떤 뜻이라고 생각하느냐고 켈러에게 물었다.

"의사는 당신 아닙니까?"

"내가 바로 의사라는 뜻이라고 생각합니까?"

"아니, 그게 아니라, 그 꿈이 무슨 뜻인지 말할 수 있는 사람은 당신뿐이라는 말입니다. 어쩌면 잠자리에 들기 바로 전에 로키 로드 아이스크림을 먹으면 안 된다는 뜻에 지나지 않을지도 모르지요."

"그 꿈이 무슨 뜻을 담고 있다고 생각하는지 말해 보세요."

"어쩌면 난 내 자신을 고양이라고 생각하고 있는 건지도 모르지요."

"아니면 해충 박멸업자라고 생각하는 게 아닐까요?"

켈러는 아무 말도 하지 않았다.

"우선 아주 피상적인 면에서 그 꿈을 분석해 봅시다." 브린이 말했다. "당신 직업은 대기업을 위해서 골치 아픈 문제를 해결해 주는 일입니다. 물론 당신은 다른 표현을 쓰지만요."

"사람들은 주로 우릴 업무 촉진사라고 부릅니다. 골치 아픈 일을 해결해 주는 게 바로 그것이지만요."

"평소에는 당신이 할 일이 없습니다. 그래서 당신한테는 즐거운 삶을 꾸려 나가고, 오락을 즐길 만한 기회가 꽤 많은 편입니다. 꿈에서처럼 테니스를 친다든가 부자들이나 권력을 가진 사람들과 함께 식탁에 앉아 즐길 수 있는 기회 말입니다. 그런데 생쥐들이 발견됩니다. 그러면 당신은 해야 할 일이 있는 하인 신분이라는 것이 즉시 뚜렷해지는 거지요.”

“무슨 뜻인지 알겠습니다.”

켈러가 말했다.

“얘기를 더 계속해 보세요. 내 말이 무슨 뜻인지 당신 자신의 말로 표현해 보세요.”

“글쎄, 꿈이 말하는 것은 아주 뚜렷한 것 같아요. 그렇지요? 무슨 문제가 생기면 사람들이 나를 부르는데, 그러면 나는 하던 일을 다 팽개치고 가서 그걸 해결해야 합니다. 그러자면 과격하고 독단적인 행동을 해야 하죠. 일이란 게 사람을 해고하고 회사 부서 하나를 완전히 없애 버리는 일 따위거든요. 나는 꼭 그 일을 해야만 하는데, 그 일이 결국 생쥐를 짓밟는 일하고 똑같다는 거지요. 그러고 나서 식탁에 돌아오면 밥이 먹고 싶어집니다…… 이게 내 보수 아닐까요?”

“당신이 일한 대가입니다. 맞습니다.”

“그런데 밥 대신 생쥐 고기 한 접시를 얻는 겁니다.”

켈러는 얼굴을 찡그렸다.

“다른 말로 하면 뭐랄까? 내가 받는 보수는 내가 마음 내키는 대로 해고하는 사람들의 일생을 망치는 데서 나옵니다. 그 사람들을 희생시켜서 내 생계를 꾸려가는 거지요. 그러면 이 꿈을 꾸는 건 죄의식 때문일까요?”

“당신 자신은 어떻게 생각합니까?”

“죄의식 때문인 것 같습니다. 내 이익은 다른 사람들이 겪는 불행, 내가 다른 사람들에게 안겨 주는 슬픔에서 생기는 거니까요. 바로 그거 아닙니까?”

"물론 겉에서 보면 그렇습니다. 하지만 좀더 깊이 파고들어가 보면 이 꿈은 다른 원인들과도 관련이 있다는 것을 알게 될 겁니다. 처음에 당신이 이런 직업을 고르게 된 까닭이나 당신의 어린 시절하고도 관련이 있을 겁니다."

그는 손을 깍지끼더니 의자에 도로 앉았다.

"모든 것이 다 관련이 있지요. 혼자서 존재할 수 있는 것이란 없습니다. 우연도 없습니다. 당신 이름마저도 예외가 아닙니다."

"내 이름요?"

"피터 스톤씨, 다음 상담 때까지 거기에 대해 생각해 보시지요."

"내 이름에 대해 생각해 보라고요?"

"당신 이름, 그리고 그게 얼마나 당신한테 어울리는가에 대해서요. 그리고……."

브린은 손목시계를 흘끔 쳐다보았다.

"상담 시간이 끝난 것 같군요."

제롤드 브린의 사무실은 94번가와 센트럴 파크 웨스트 길이 만나는 곳에 있었다.

켈러는 콜럼버스 애비뉴까지 걸어가 버스로 다섯 구획을 간 뒤 건너편 길에서 택시를 잡았다. 그는 택시 기사에게 센트럴 파크를 지나서 가자고 말했다.

50번가에서 내렸을 때 그는 아무도 자기를 미행하지 않았다는 확신이 들었다. 샌드위치 가게에서 커피를 한 잔 산 뒤 길에 서서 마시면서 주위를 두리번거리며 살폈다.

그러고는 퍼스트 애비뉴 길이 48번가와 49번가 중간쯤에서 만나는 곳에 있는 아파트로 돌아왔다. 아르 데코식으로 꾸며진 로비에 경비원이 운행하는 엘리베이터가 있는 아파트로 2차대전 전에 세워진 고층 건물이었다.

경비원이 말을 걸어왔다.

"켈러씨, 오늘 날씨가 아주 좋습니다."

"정말 좋은데요."

켈러도 맞장구를 쳤다.

켈러는 19층에 침실 하나짜리 아파트를 갖고 있었다. 창문 밖으로 내다보면 유엔 본부 건물과 이스트강, 퀸즈 지역이 보였다.

11월 첫 일요일이 되면 뉴욕 마라톤 경주의 중간 지점에서 겨우 몇 킬로미터 떨어지지 않은 퀸즈보로 다리를 꽉 채우면서 달리는 선수들을 구경할 수도 있었다.

그건 켈러가 놓치지 않고 꼭 보고 싶어하는 구경거리였다. 그는 창가에 몇 시간이고 앉아서 수천 명의 선수들이 눈앞을 지나쳐 가는 것을 바라보았다.

처음에는 세계적인 수준을 가진 선수들이 지나가고 그 다음에는 행렬 중간에서 선수들이 터벅거리며 지나갔다. 그리고 맨 나중에는 그중에서도 가장 느린 선수들 몇몇이 걷거나 절룩거리며 지나갔다.

선수들은 스태튼 아일랜드에서 출발하여 센트럴 파크까지 달려가는데, 그가 볼 수 있는 거리라고는 선수들이 다리를 넘어 맨해튼으로 들어가느라 헐떡거리며 고생하는 몇 백 미터뿐이었다.

그 장면은 늘 그를 울먹이게 만들었지만 그는 자기가 왜 그러는지 말로 표현할 수가 없었다.

어쩌면 브린과 나눈 이야기 때문인지도 몰랐다.

브린의 사무실 소파로 켈러를 이끈 사람은 도나라는 에어로빅 강사였다.

켈러는 그 여자를 체육관에서 만났다. 둘은 데이트를 몇 번 했고 잠자리도 몇 번 같이 했는데 그것으로 성적인 면에서 서로 맞지 않다는 사실을 충분히 알 수 있었다.

아직도 켈러는 무쇠로 된 운동기구를 들어올리기 위해 1주일에 두세 번은 그 체육관에 나갔으며, 도나와 마주치면 변함없이 서로 다정하게 대했다.

어딘가 출장을 갔다가 막 돌아온 켈러는 그곳이 얼마나 살기 좋은 동네였는지 도나에게 한참 수다를 늘어놓았다.

"켈러." 그녀가 말했다. "처음부터 뉴욕 시민으로 살도록 태어난 사람이 있다면 그건 바로 당신이에요. 당신도 알고 있지요?"

"그런 것 같아."

"하지만 언제나 당신은 몬태나주 엘레판트 같은 곳에서 재미나게 살아간다는 환상 따위를 가지고 있어요. 어딜 가든 그곳에서 일생을 보낼 공상을 하지요."

"왜? 그게 나빠?"

"누가 나쁘대요? 하지만 정신과 치료를 받으면 틀림없이 좋아질 거예요."

"내가 치료를 꼭 받아야 될 것 같아?"

"당신은 치료를 받는 게 좋을 것 같아요. 당신은 이 체육관에 운동을 하러 와요. 그렇지요? 와서는 계단 올라가기 기계를 오르내리고 역기를 들었다 놓았다 하지요."

"주로 역기를 드는 편이지."

"뭐든지요. 하지만 당신은 몸이 나빠져서 운동을 하는 건 아니에요."

"몸매를 유지하려고 하는 거야. 그런데?"

"내 생각에 당신은 꽉 닫힌 문 안에서 밖으로 나오려고 팔을 뻗고 있는 사람 같아요. 전국을 샅샅이 돌아다니면서, 부동산 중개인들한테 사지도 않을 집을 보여 달라고 하잖아요.”

“그런 일은 겨우 몇 번밖에 없었어. 어쨌든 그게 그렇게 나쁜 일인가? 시간을 보내느라 하는 일인데.”

“그런 짓을 하면서도 자신이 왜 그러는지 모르고 있으니까 문제지요. 정신과 치료가 어떤 건지 알아요? 그건 모험이에요. 무언가를 찾기 위한 항해예요. 당신이 체육관에 나오는 것과 마찬가지고요. 하지만 이 얘기는 없던 걸로 해요. 당신이 흥미를 느끼지 못한다면 소용없는 일이니까요.”

“어쩌면 흥미를 느낄 수도 있지.”

그는 말했다.

도나도 정신 치료를 받고 있었다. 그녀가 찾아가는 의사는 여자였다.

켈러에게는 도나도 켈러 자신도 남자 의사가 더 편하겠다는 생각이었다.

도나는 이혼한 전남편이 찾아가는 의사로 웨스트 사이드 지역에서 사무실을 열고 있는 브린이라는 사람이 있는데 전남편이 마음에 쏙 들어한다고 했다. 그렇다고 도나가 그 의사를 만나 보거나 전남편하고 사이가 아주 좋은 것은 아니었다.

“하지만 켈러, 당신이 원한다면…….”

“그러지 않아도 돼. 내가 직접 전화해 볼게.”

그는 브린에게 전화를 걸어 도나 전남편의 소개를 받은 사람이라고 자기를 소개하며 말했다.

“그런데 그는 내 이름만 들어선 나를 기억하지 못할 겁니다. 오래 전에 파티에서 이야기를 나누기는 했지만 그 뒤로 만난 일은 없으니까요. 그런데 그 사람이 한 말 가운데 갑자기 생각나는 것이 있어서…… 그게 뭔지 캐 봐야겠다는 생각이 들었어요.”

“직관이라는 건 언제나 훌륭한 선생이니까요.”

켈러의 말에 브린이 대답했다.

켈러는 피터 스톤이라는 가짜 이름으로 상담 약속을 했다. 켈러는 브린과 처음 만나는 자리에서 자신이 이름을 밝힐 수 없는 대기업에서 일하고 있다고 이야기했다.

“아직도 우리 회사에서는 정신 치료에 대해 낡은 사고방식을 가지고 있습니다. 그래서 내 주소나 전화번호를 가르쳐 드릴 수 없어요. 상담료는 그때그때 현금으로 내겠습니다.”

“당신 인생은 비밀로 가득 차 있군요.”

브린이 말했다.

“아마 그런 것 같습니다. 내가 하는 일 때문에 그럴 수밖에 없으니까요.”

“여기는 당신이 솔직하게 마음을 열어 보일 수 있는 곳입니다. 정신 치료 자체가 자기 자신한테도 감추고 싶은 비밀을 털어놓는 데 있으니까요. 여기서는 고해소처럼 당신의 비밀을 안전하게 지키겠지만 그렇다고 해서 당신의 죄를 용서하는 것이 내 일은 아닙니다. 결국 당신이 스스로를 용서해야 합니다.”

“알겠습니다.”

“그렇지만 당신에게는 꼭 간직해야 할 비밀이 있을 겁니다. 나는 그 사실을 존중합니다. 내가 어쩔 수 없이 상담 약속을 취소해야 하는 경우가 아니라면 당신 주소나 전화번호는 필요 없습니다. 그러니까 약속 시각 한두 시간 전에 미리 확인 전화를 해 주세요. 여기까지 왔다가 허탕을 쳐서 시간을 낭비할 수도 있으니까요. 만약 당신이 약속을 취소할 경우에는 24시간 전에 전화하십시오. 그렇지 않으면 상담료를 청구하겠습니다.”

“그렇게 하면 서로에게 공평하겠군요.”

켈러는 말했다.

그는 1주일에 두 번, 월요일과 목요일 오후 2시에 브린의 사실에 찾아갔다. 그러나 상담에서 좋은 결과를 얻고 있다고 말하는 어려웠다.

소파에 누워 마음을 완전히 느슨하게 풀고 어린 시절에 대해 자유롭고 솔직하게 이야기할 때도 있었지만, 50분 동안 이어지는 상담이 아슬아슬한 곡예처럼 느껴질 때도 있었다. 무엇이든 다 털어놓고 싶기도 했고, 모든 것을 비밀로 간직하고 싶기도 했다.

켈러가 정신 치료를 받고 있는 것은 아무도 몰랐다.

언젠가 우연히 마주친 도나가 의사에게 전화해 보았느냐고 들었을 때 ,그는 쑥스럽다는 듯 어깨를 움츠려 보이고는 전화하지 않았다고 대답했다.

"생각은 해봤어. 그런데 어떤 사람이 마사지 전문가를 소개해 줬거든. 그 여자는 스웨덴식 마사지와 시압을 합친 치료를 해. 누군가 내 머릿속을 찔러 보고 뒤적여 보는 것보다는 그게 나한테 훨씬 맞는 것 같아."

"아, 켈러!" 그녀는 쌀쌀맞다고는 할 수 없는 말투로 말했다. "앞으로도 변하지 말고 그렇게 살아요."

생쥐 꿈에 대해 브린에게 자세히 말한 것은 월요일이었다.

수요일에 전화벨이 울렸다. 다트였다. 그녀가 말했다.

"만나고 싶어하시는데요."

"곧 가지."

그는 넥타이를 매고 재킷을 입고는 택시를 잡아탔다.

그랜드 센트럴역까지 간 다음 기차로 화이트 플레인즈까지 갔다. 거기서 다시 택시로 워싱턴 블루바드로 가서 노워크 길모퉁이에서 내려 달라고 했다.

택시가 그를 내려 주고 떠나자 노워크에서 타운튼 플레이스 길까지 걸어간 다음 왼쪽으로 돌았다. 오른쪽에서 두 번째 집은 포치가 집을 빙 두르고 있는 오래된 빅토리아식 건물이었다. 초인종을 누르자 다트가 나와 문을 열어 주었다.

"켈러, 2층 서재에서 당신을 기다리고 계세요."

그는 2층으로 올라간 지 40분만에 도로 아래층으로 내려왔다. 루이스라는 젊은이가 그를 차로 기차역까지 데려다 주었는데, 거기까지 가는 길에 그들은 ESPN 방송에서 최근에 본 권투 경기에 대해 잡담을 나누었다.

루이스가 말했다.

"나는 텔레비전 소리를 안 나게 하는 단추를 리모콘에 붙이고 싶습니다. 중계하는 사람의 목소리는 들리지 않게 하고 그 대신 관중들의 고함소리와 주먹으로 갈기는 소리만 들리게 하는 겁니다. 그러면 중계하는 사람이 우리 귀에 대고 계속 어쩌고저쩌고 떠드는 소리를 안 들어도 되니까요."

켈러는 그런 리모콘을 만들 수 있을지 모르겠다고 말했다.

"왜 못 만듭니까? 다른 건 모두 만들잖아요. 사람을 달까지 가게 할 수 있다면, 앨 번스틴이 입을 다물게도 할 수 있어야지요."

켈러는 기차를 타고 뉴욕으로 돌아와 아파트까지 걸어갔다. 전화를 몇 군데 걸고 나서 여행 가방을 꾸렸다. 3시 반에 아래층으로 내려가 반 구획을 걸은 뒤 거기에서 택시를 불러 세워 JFK 공항까지 타고 간 다음, 아메리칸 항공사의 투썬행 5시 55분 비행기표를 받았다.

대합실에서 비행기 출발을 기다릴 때에야 내일 상담 약속이 있다는 것이 생각났다. 켈러는 목요일 약속을 취소하기 위해 전화를 걸었다.

하지만 브린은 24시간이라는 기한이 벌써 넘었기 때문에, 다른 환자가 대신 와서 그 빈 시간을 채울 수 있다면 몰라도 상담료는 청구하겠다고 말했다.

"괜찮습니다." 켈러는 그에게 말했다. "월요일 약속 시간까지는 돌아올 수 있을 것 같지만, 이 일이 얼마나 오래 걸릴지는 알기 힘들어요. 하지만 만약 그때까지 돌아오지 못한다면 최소한 24시간 전에 미리 알릴 수는 있겠지요."

켈러는 달라스에서 비행기를 갈아타고 밤 12시 바로 전에 투썬에 도착했다. 손에 든 가방 말고 다른 짐은 없었지만 그래도 짐이 나오는 곳으로 갔다.

챙이 넓은 밀짚모자를 쓴, 삐삐 마른 남자가 NOSCAASI라고 손으로 쓴 표지판을 들고 서 있었다. 켈러는 몇 분 동안 그를 지켜보면서 아무도 그를 보고 있지 않나는 것을 확인했다.

켈러가 다가가서 말했다.

"달라스까지 오는 동안 내내 궁리했어요. 내 짐작으로 그건 Isaacson을 거꾸로 쓴 것 같은데요."

"맞아요." 그가 말했다. "바로 그겁니다."

그는 켈러가 일본 해군 암호를 풀기라도 한 듯 아주 놀란 모양이었다.

"다른 짐은 없지요? 가져오지 않을 거라고 생각했습니다. 차는 이쪽에 있습니다."

차 안에서 그는 켈러에게 사진 석 장을 보여주었다. 모두 같은 사람 사진이었다. 몸집이 크고 가무잡잡한 피부에 번들거리는 새까만 머리를 가진 사진 속의 얼굴은 욕심 많은 돼지처럼 보였다. 콧수염은 숱이 많았고, 눈썹은 짙었으며, 코의 털구멍은 커다랗게 늘어나 있었다.

"그놈이 롤리 바스퀘즈입니다." 그가 말했다. "그 개새끼는 미인 대회에 나가서 1등은 못하겠지요."

"못하겠군요."

"갑시다. 그놈이 어디 사는지, 어디서 밥을 사먹는지, 어디에서 시간을 죽이는지 보여 드리겠습니다. 롤리 바스퀘즈, 이게 바로 네가 사는 모습이다."

두 시간 뒤 그는 켈러를 라마다 인 호텔에 내려주면서 자동차 열쇠와 방 열쇠를 주었다.

"숙박 수속은 모두 밟아놓았어요. 차는 당신 방에서 가장 가까운 계단 밑에 주차되어 있습니다. 미츠비시 에클립스인데 타고 다니기에 꽤 좋아요. 차 색깔은 은빛이 도는 파란색이어야 되는데, 렌트카 서류에는 회색이라고 써 있습니다. 차 등록증은 조수석 앞 서랍에 들어 있어요."

"다른 것도 주기로 되어 있을 텐데요?"

"그것도 거기에 들어 있습니다. 물론 잠겨 있지만 자동차 열쇠 하나로 시동도 걸고 서랍도 열 수 있습니다. 문하고 짐칸도 마찬가지지요. 그리고 참, 열쇠는 위 아래를 바꾸어 넣어도 맞게 되어 있습니다. 열쇠에 위 아래가 없으니까요. 그런 건 정말 일본놈들한테 맡겨야 합니다."

"그자들이 다음에는 뭘 생각해낼까요?"

켈러가 물었다.

"이젠 생각해낼 만한 것도 별로 없을 것 같은데요. 맞는 열쇠를 가졌는지 확인하느라 시간을 낭비하고, 그 다음에는 맞는 쪽을 집어넣었는지 확인하느라……."

"그 시간을 모두 합치면 엄청나지요."

"그럼요. 탱크에 기름을 꽉 채워놨습니다. 보통 기름을 넣으면 되는데, 물론 한 탱크만 갖고도 2백 킬로미터는 충분히 뛸 겁니다."

"타이어는 얼마나 달릴 수 있지요? 아니, 됐어요. 농담이었어요."

"아주 그럴싸한 농담입니다." 그가 말했다. "타이어는 얼마나 달리느냐? 내 맘에 들었습니다."

차는 세워놓기로 한 자리에 제대로 있었다. 서랍에 등록증과 반자동 피스톨인 22구경 캘리버 호스트맨 선 독 총이 장전된 채 들어 있었고, 여벌 총알통이 그 옆에 놓여 있었다. 켈러는 총과 총알통을 손가방에 넣고 차를 잠근 뒤 프론트 데스크를 그대로 지나 방으로 갔다.

샤워를 마친 다음 의자에 앉아 다리를 응접실 탁자 위에 올려놓았다.

모든 것이 다 준비되어 있어 일이 더 간단해졌지만, 그래도 가진 것이라고는 상대방 이름과 주소가 고작이고 아무도 편의를 봐주지 않는 것이 더 좋을 때도 있었다. 모든 것이 준비되면 간편하고 좋지만, 혹시 무슨 자국을 남길지도 모르기 때문이었다.

만약 경찰이 NOSCAASI 표지판을 들고 있던, 콩깍지처럼 말라빠진 그 녀석을 붙잡아서 실토하라고 윽박지르면 무슨 소리를 해댈지 아무도 모르는 일이었다.

그래서 이 일을 더 빨리 해치워야 했다. 유선방송에서 나오는 흘러간 옛 영화를 졸음이 올 때까지 한참 보았다.

켈러는 아침에 일어나 손가방을 들고 차로 갔다. 방으로 다시 돌아올 생각이었지만, 그러지 못할 경우를 생각해서 아무것도, 지문 하나도 남기지 않을 셈이었다.

데니즈 식당에 들러 아침밥을 먹었다. 1시쯤에는 피겨로아 길에 있는 멕시코 식당에서 점심을 먹었다. 오후 늦게 도시 북쪽 산기슭으로 차를 끌고 들어가 해가 질 때까지 거기에 있었다. 그런 다음 라마다로 돌아왔다. 목요일은 그렇게 보냈다.

금요일 아침에 면도를 하는데 전화벨이 울렸다. 울리게 그냥 내버려두었다. 샤워를 하고 있는데 또 울렸다. 이번에도 내버려두었다. 막 방을 나가려는데 또다시 울렸다. 그래도 수화기를 들지 않았다. 작은 수건으로 지문을 두 번째 닦으면서 방을 돌아다녔다. 그러고는 차로 갔다.

오후 2시에는 사과로 레인즈 볼링장 남자 화장실로 들어가는 롤리 바스퀘즈를 따라가서 그의 머리에 총을 세 발 쏘았다.

그 작은 총은 타일을 바른 화장실 칸막이 안에서도 그다지 시끄러운 소리를 내지 않았다. 그는 총을 더 무겁거나 두툼하게 만들지 않으면서도 총소리를 작게 해 주는 소음기를 그 전에 미리 만들어놓았다. 만약 이렇게 간단히 총소리를 작게 만들 수 있다면 앨 번스틴이 입을 다물게도 할 수 있어야 한다는 생각이 들었다.

켈러는 바스퀘즈를 화장실 칸막이 안에 기대어 세워놓고 그 자리를 떠났다. 그는 거기에서 4백 미터 가량 떨어진 하수구에 총을 버렸고, 차는 공항 장기 주차장에 세워놓았다.

집으로 돌아오는 비행기 안에서 켈러는 도대체 그 사람들에게 왜 애초부터 자기가 필요했는지 이상하다고 생각했다. 그들은 차와 총과 밀고자를 제공해 주었다. 왜 자기들이 직접 해치우지 않을까? 생쥐 한 마리를 밟아 죽이라고 뉴욕에서부터 자기를 데려올 필요가 있었을까?

"내 이름에 대해 생각해 보라고 했지요?" 그는 브린에게 말했다. "이름의 중요성에 대해서요. 하지만 그게 왜 중요한지 모르겠습니다. 내 이름을 내가 고른 것도 아닌데요."

"이론을 하나 제시해 보겠습니다." 브린이 말했다. "인간은 자기 인생의 모든 것을 자기가 선택한다는 형이상학적인 이론이 있습니다. 예를 들자면, 자기를 낳아줄 부모도 자기 스스로 고른다는 거지요. 인생에서 일어나는 모든 일은 모두 우리 의지의 표현이라는 말입니다. 그러므로 인생에는 사고나 우연의 일치란 것은 없습니다."

"난 그렇게 생각하지 않는데요."

"꼭 그렇게 생각할 필요는 없습니다. 그저 그렇게 가정해 보자는 겁니다. 만약 당신이 피터 스톤이라는 이름을 당신 스스로 골랐다고 가정한다면, 그 선택은 우리에게 뭘 말해 주는 걸까요?"

소파에 몸을 쑥 펴고 누워 있던 켈러는 그 화제가 영 마음에 들지 않아 마지못해 대답했다.

"글쎄요. 피터에는 페니스라는 뜻도 있지요. 스톤 피터라면 페니스가 발기한 걸 말하는 건가요?"

"그럴까요?"

"자기를 피터 스톤이라고 부르는 남자는 뭔가 증명해 보이고 싶어하는 사람이라고 생각되는군요. 자신의 남성다움에 대해 초조감을 느끼는 거겠지요. 그런 대답을 듣고 싶은 겁니까?"

"난 당신이 뭐라고 말하는지 듣고 싶은 겁니다." 브린은 말했다. "자신의 남성다움에 대해 초조함을 느낍니까?"

"그렇게는 전혀 생각한 적이 없는데요." 켈러는 말했다 "물론 태어나기도 전에 내가 날 낳아줄 부모를 고르고, 부모들이 날 위해 지어줄 이름을 내가 고르던 그 무렵에 초조함을 얼마나 느꼈는지는 말하기 어렵지요. 아마 그 나이엔 발기 상태를 유지하기도 꽤 힘들었을 테니까 초조해할 만한 이유도 많았겠지요."

"그럼, 지금은요?"

"발기 불능에 대해 묻는 거라면 그런 문제는 없습니다. 10대 때처럼 하룻밤에 서너 번씩 발기하던 나이는 지났으니까요. 게다가 정신이 똑바로 박힌 사람이라면 누가 하룻밤에 서너 번씩이나 하고 싶겠어요? 어쨌든 난 제대로 일을 해치우는 편이지요."

"제대로 일을 해치운다고요?"

"맞습니다."

"제대로 기능을 발휘한다고 표현해야지요."

"아니, 뭐 잘못되었습니까?"

"잘못되었다고 생각합니까?"

"그러지 말아요." 켈러는 말했다. "질문에 질문으로 대답하지 말아요. 내 질문에 대답을 하고 싶지 않다면 그냥 가만히 있어요. 나한테 도로 화살을 돌리지 말아요. 정말 짜증납니다."

브린이 말했다.

"당신은 제대로 기능을 발휘합니다. 제대로 일을 해치웁니다. 하지만 피터 스톤씨, 그게 문제가 아니라 그럴 때 느낌은 어떻습니까?"

"느낌이오?"

"구어체에서 피터가 페니스라는 것은 의심할 수 없는 사실입니다. 하지만 그 말은 예전에는 다른 뜻으로 쓰였어요. 예수가 베드로(역주 : 영어로는 베드로가 피터이다)한테 한 말 생각납니까? '그대는 피터이니라. 그리고 이 반석 위에 나는 교회를 세울 것이니라.' 피터는 바위라는 뜻이기 때문이지요. 우리 주님께서는 말장난을 하신 겁니다. 자, 그러면 당신 이름은 바위고, 성은 돌이 됩니다. 그게

무슨 뜻이지요? 딱딱하고 완강하고 차갑다. 무감각하고, 느낌이
없고……."
　"그만해요."
　켈러가 말했다.
　"꿈에서 생쥐를 죽일 때는 느낌이 어떤가요?"
　"아무것도 못 느끼는데요. 그냥 일을 해치우고 싶을 뿐이지요."
　"생쥐가 느끼는 고통을 함께 느낍니까? 일을 잘 해치운 데서 오
는 만족감과 성취감 때문에 흐뭇한가요? 생쥐가 죽을 때 짜릿함과
성적 쾌감을 느낍니까?"
　"아니오. 아무것도 못 느낍니다. 우리 잠시만 쉬고 합시다."
　"지금 느낌은 어떻습니까?"
　"속이 조금 메스꺼울 뿐인데요."
　"화장실에 가겠습니까? 물이라도 한 잔 가져올까요?"
　"아니, 괜찮습니다. 일어나 앉으면 나아지겠지요. 곧 없어질 겁
니다. 벌써 없어지고 있습니다."

　켈러는 자기 집 창가에 앉아, 이번에는 마라톤 선수들이 아니라
자동차들이 퀸즈보로 다리를 꽉 채우며 지나가는 것을 바라보며
이름에 대해 생각했다.
　무엇보다도 가장 짜증이 나는 것은 피터 스톤이라는 이름이 무
엇을 암시하는지 알기 위해 전문의 자격증이 있는 형이상학자의
치료를 받을 필요는 없다는 사실이었다. 그 이름이야 켈러 자신이
제롤드 브린과 첫 상담 약속을 하기 위해 전화했을 때 그냥 고른
것일 뿐이다.
　브린이 물었다.
　"이름은 뭡니까?"

"스톤입니다. 피터 스톤."

그는 냉정하고 완강하고 무감각하지만 멍청하지는 않았다. 만약 이름으로 장난을 치고 싶다면 평생 써온 이름들만 갖고도 얼마든지 장난을 칠 수 있었다.

그의 이름은 존 폴 켈러였지만, 켈러 말고 다른 이름으로 그를 부르는 사람은 아무도 없었고 그의 이름과 가운데 이름을 아는 사람도 거의 없었다. 아파트 임대 계약서와 지갑에 든 신용 카드에는 대부분 모두 **J. P.** 켈러라고 되어 있었다.

사람들은 남자든 여자든 누구나 그를 그냥 켈러라고 불렀다.('위층 서재에 계세요, 켈러. 당신을 기다리고 계세요.' '아, 켈러! 앞으로도 변하지 말고 그렇게 살아요.' '어떻게 표현해야 좋을지 모르겠어요, 켈러. 하지만 우리 관계에서 난 내가 원하는 걸 전혀 얻지 못하고 있어요.')

켈러. 독일어로는 지하실 또는 술집이라는 뜻이 된다. 하지만 알 게 뭐냐. 외국어로까지 무슨 뜻인지 알아야 할 필요도 없다. 켈러에서 모음을 하나 바꾸면 된다. 바로 킬러다.

그 정도면 뜻이 분명하지 않을까?

소파에 누워 눈을 감은 채 켈러는 말했다.
"치료가 효과가 있는 모양입니다."
"왜요?"
"어젯밤에 어떤 여자를 만나서 술을 몇 잔 사준 다음 그 여자 집에 같이 갔어요. 잠자리에 들었는데 아무것도 못했습니다."
"아무것도 못했어요?"
"꼭 구체적으로 말하라면, 굳이 하려면 할 수 있는 일은 있었어요. 편지를 타이프친다거나 피자를 주문할 수는 있었겠지요.〈멜랑 콜리 베이비〉 노래를 부를 수도 있었어요. 하지만 기대하던 일은 못했단 말입니다. 섹스 말이오.”

“발기 불능이었나요?”

“정말 머리가 좋군요. 내 말을 놓치지 않고 다 알아들으니.”

“발기 불능이 내 탓이라고 생각하는 모양이군요.”

브린이 말했다.

“내가요? 그렇지는 않아요. 그게 내 탓인지 아닌지조차 모르겠는걸요. 솔직히 말하자면 난 당황했다기보다는 좀 우스웠어요. 그리고 그 여자도 화를 내지는 않았고요. 아마 내가 민망해하지 않으니까 안도감을 느낀 모양이지요. 그래도 앞으로는 그런 일이 절대로 일어나지 않도록 내 이름을 딕 하딘으로 바꾸기로 마음먹었습니다.” (역주: 딕은 속어로 남성 성기를 가리키며, 하딘이란 딱딱해진다는 뜻이다.)

“아버지 이름은 뭡니까?”

“우리 아버지? 맙소사! 도대체 무슨 질문이 그래요? 그건 왜 묻지요?”

브린은 아무 말도 하지 않았다.

몇 분 동안 켈러도 말을 하지 않았다. 그러다가 눈을 감고 말했다.

“난 우리 아버지를 한 번도 본 적이 없어요. 아버지는 군인이었답니다. 내가 태어나기도 전에 전사했대요. 아니, 외국으로 파병되었다가 내가 태어나고 몇 달 지나지 않아 전사한 모양입니다. 그렇지 않으면 내가 조금 자랐을 때 휴가를 받아 돌아와서 나를 무릎에 앉히고 나를 자랑스럽게 생각한다고 말했을지도 모릅니다.”

“그게 모두 기억난다는 겁니까?”

“기억나는 거라고는 어머니가 말해 준 것뿐인데, 오히려 그 때문에 온통 뒤죽박죽이 되고 말았지요. 어머니가 말해 줄 때마다 내용이 다 달랐으니까요. 아버지는 내가 태어나기 전이나 태어난 다음 바로 전사했든가, 아니면 한 번쯤 날 무릎 위에 앉혀 보고 죽었습니다. 우리 어머니는 참 좋은 사람이었지만 여러 가지로 흐릿했어요. 한 가지 분명하게 말해 준 거라고는 아버지가 군인이었다는 사실뿐이지요. 그리고 전사했다는 겁니다.”

“아버지 성은 뭔데요?”

‘물론 켈러였지.’

그는 생각했다.

“나하고 똑같지요. 하지만 이름 얘기는 더 이상 하지 맙시다. 이름보다 더 중요한 게 있습니다. 내 얘기를 좀 들어보세요. 어머니는 아버지 사진을 한 장 갖고 있었어요. 머리와 어깨까지 보이는 사진인데 군복을 입고 군모를 쓴 잘생긴 젊은 군인이었지요. 벗으면 납작하게 접히는 군모였어요. 내가 어렸을 때 그 사진은 어머니 화장대 위에 있는 금빛 사진틀에 들어 있었어요. 그런데 어느 날인가 그 사진이 사라진 겁니다. ‘없어졌다.’고 어머닌 말했어요. 어머니가 말한 건 그게 전부였어요. 그때 난 일고여덟 살쯤 되었으니까 나이가 좀 들어서였지요. 몇 년 뒤에 나는 개를 한 마리 키웠어요. 아버지 이름을 따서 이름을 솔져라고 붙였지요. 그런데 이름을 붙이고 한참 지나니 두 가지 생각이 나더군요. 솔져란 개 이름치고는 이상하다는 사실이었지요. 게다가 도대체 누가 자기 아버지 이름을 따서 개 이름을 짓는답니까? 하지만 그 무렵에는 그걸 하나도 이상하게 생각하지 않았어요.”

“그 개는 어떻게 되었습니까?”

“발기 불능이 되고 말았어요. 제발 입 좀 다물어요. 내가 하려는 얘기는 그 개보다 훨씬 더 중요한 거니까. 나는 열대여섯 살쯤 되었을 때 학교가 끝나면 막일을 하는 우리 이웃 사람을 돕곤 했어요. 지하실과 다락방을 치우고 쓰레기를 끌어내 버리는 그런 잡일이었죠. 그런데 재봉용품 가게가 문을 닫게 되었어요. 주인이 죽었던 모양이에요. 나는 새로 들어올 주인을 위해 그 가게 지하실을 치우고 있던 중이었어요. 허접 쓰레기가 가득한 상자들이 곳곳에 널려 있기에 하나씩 정리하고 있었습니다. 그 일꾼은 쓸어내 버리는 물건을 팔아서 돈을 조금씩 벌기도 했으니까요. 하지만 쓰레기를 샅샅이 뒤지다 보면 시간을 너무 낭비하게 되니까 대충 챙겼지요. 나는 상자 하나를 살펴보고 있었어요. 그런데 거기서 아버지 사진이 든 사진틀이 나왔단 말입니다. 어머니 화장대 위에 놓여 있던 바로 그 사진요. 군복과 군모를 쓴 아버지 사진, 사라져 버린 바로 그 사진 말이지요. 게다가 우리 집에 있던 바로 그 사진틀에 들어 있었어요. 도대체 그게 왜 거기 있었을까요?"

브린은 아무 대답도 하지 않았다.

"그때 내가 뭘 느꼈는지 아직도 기억이 납니다. 마치 트와이라이트 존 연속극 줄거리 같아서 놀라 멍청해졌지요. 상자에 손을 넣어, 손에 잡히는 걸 무작정 꺼내 보았는데 똑같은 사진틀에 든 똑같은 사진이었어요. 상자는 사진틀로 꽉 차 있었어요. 반쯤은 그 군인 사진이고, 나머지는 머리를 짧게 자르고 활짝 웃고 있는 아주 젊은 금발 여자 사진이었어요. 그건 바로 사진틀 상자였어요. 공장에서는 전시용으로 사진을 넣어 싸구려 사진틀을 포장했던 겁니다. 지금도 그렇게들 팔고 있을 겁니다. 어머니는 싸구려 물건을 파는 가게에서 사진틀을 산 다음에 그게 아버지라고 나한테 말한 것이 틀림없어요. 그러다 내가 나이를 먹자 치워 버린 거지요. 그래서 그 사진틀을 하나 집으로 가져왔어요. 어머니한테는 아무 말도 하지 않았고 보여주지도 않았지만 얼마 동안 간직하고 있었지요. 그 사진은 2차대전 때의 군인 사진이라는 것도 알아냈습니다. 다시 말하자면 그 사진은 우리 아버지일 수가 없었던 거지요. 군복이 달라야 했으니까요. 나는 그때쯤에는 벌써 어머니가 들려준 아버지 얘기가 그저 꾸며낸 이야기에 지나지 않다는 걸 알고 있었어요. 어머니는 내 아버지가 누군지도 몰랐을 거라고 생각해요. 아마 술에 취해서 누군가와 잤든가 아니면 남자가 서너 명 있었겠지요. 하지만 그게 뭐 중요합니까? 어머니는 다른 도시로 이사한 뒤 동네 사람들에게 남편은 군대에 있다거나 아니면 죽었다고 말했겠지요."

"그런 사실에 대해서는 어떻게 느낍니까?"

"어떻게 느끼냐고요?" 켈러는 머리를 저었다. "내가 손을 택시 문에 꽝 찧어도 당신은 내가 어떻게 느끼느냐고 묻겠군요."

"그래도 당신은 어떻게 대답해야 할지 모를 테지요." 브린이 말했다. "자, 다시 묻겠습니다. 당신 아버지는 누굽니까?"

"내가 지금 막 말하지 않았나요?"

"하지만 누군가, 어떤 사람이 당신이라는 씨앗을 뿌렸습니다. 당신이나 당신 어머니가 그 사람이 누군지 알든 모르든 상관없이, 자라서 당신이라는 사람이 된 그 씨앗을 심은 특정한 사람은 존재하는 겁니다. 재림한 예수가 자기 자신이라고 믿고 있다면 또 모르지만."

"아니오." 켈러는 말했다. "다행히도 그런 환상은 갖고 있지 않아요."

"그렇다면 그 사람이 어떤 사람인지, 당신을 만든 그 사람이 누군지 말해 봐요. 당신이 들은 얘기, 당신이 지금까지 어렵게 알아낸 사실을 토대로 대답하진 말아요. 사고를 하고 이성적 판단을 내리는 당신 두뇌에 묻는 게 아닙니다. 진실을 저절로 깨닫는 당신 직관

에 묻는 겁니다. 누가 당신 아버지였나요? 뭘 하던 사람이었나
요?"

"군인이었습니다."

켈러는 말했다.

켈러는 시내 쪽으로 2번가까지 걸어갔다. 그는 문득 애완 동물
가게 앞에 서서 창문 안에서 장난치고 있는 강아지 몇 마리를 우
두커니 쳐다보는 자신을 발견했다.

그는 가게 안으로 들어갔다. 한쪽 벽에는 강아지와 새끼 고양이
들이 갇힌 우리가 높이 쌓여 있었다. 우리 안을 들여다보고 있노
라니 그는 기분이 우울해졌다. 슬픔이 파도처럼 다가와서 그를 흔
들었다.

돌아서서 다른 동물들을 바라보았다. 새들은 새장에, 쥐와 뱀들
은 마른 어항에, 열대어들은 어항에 갇혀 있었다. 그런데 그 동물
들에게는 슬픔이 느껴지지 않았다. 그가 차마 눈길을 줄 수 없는
것은 강아지들이었다.

그는 가게를 나왔다. 다음날 동물 보호소에 가서 누군가 데리고
갈 사람이 나타나기만을 기다리고 있는 개들이 갇힌 우리 사이를
걸어다녔다.

이번에는 도저히 참을 수 없을 만큼 슬펐다. 가슴을 눌러 오는
육체적인 고통을 느낄 정도였다. 그런 기색이 얼굴에 떠올랐던 모
양이다.

거기서 일하는 젊은 여자가 그에게 어디 아픈 데가 있는지 물어
보았다.

"좀 어지러워서요."

그 여자는 사무실로 그를 데리고 가서, 만약 갖고 싶은 강아지

종이 있으면 구해 줄 수도 있다고 말했다. 그의 이름을 적어놓았다가, 그런 강아지가 들어오면…….

"나는 애완 동물을 키울 수 없을 겁니다." 켈러는 말했다. "여행을 자주 하니까요. 그리고 나는 동물을 책임지고 키워낼 수도 없어요."

그 여자는 아무 대답도 하지 않았다. 켈러가 방금 한 말은 그 여자가 지키는 침묵 속에서 메아리쳤다.

"하지만 돈을 좀 내고 싶군요. 당신들이 하는 일을 돕고 싶어요."

그는 지갑에서 지폐를 꺼내 세어보지도 않고 그 여자에게 건네주었다.

"익명으로 낸 걸로 해 줘요. 영수증도 필요 없어요. 공연히 나 때문에 시간을 낭비하셨군요. 강아지를 데려가지 못해서 미안합니다. 고마워요. 정말 고마워요."

그 여자가 뭐라고 말하고 있었지만, 그는 듣지 않고 서둘러 그곳에서 나왔다.

"'당신들이 하는 일을 돕고 싶어요.' 그 여자한테 그렇게 말했지요. 그러고는 그 여자가 고맙다고 인사할까봐 얼른 거기서 나왔어요. 아니, 어쩌면 그 여저가 뭔가 내게 물어보는 것이 싫었을지도 모르지요."

"그 여자가 뭘 물어볼 것 같았습니까?"

"나도 몰라요."

켈러는 소파 위에서 몸을 굴려 브린을 등진 채 벽 쪽을 바라보았다.

"'당신들이 하는 일을 돕고 싶어요.' 하지만 난 그 사람들이 어떤 일을 하는지 알지도 못해요. 그 사람들은 동물이 살 곳을 찾아주지만, 집을 못 찾아준 동물은 어떻게 처리하나요? 죽일까요?”

“아마 그렇겠지요.”

“난 어떤 일을 도우려고 하는 걸까요? 집 찾아주기, 아니면 죽이기?”

“어떤 쪽인지 당신이 말해 봐요.”

“난 지금까지 너무도 많이 떠들었어요.”

“어쩌면 그것으로는 충분하지 않을지도 모르지요.”

켈러는 아무 말도 하지 않았다.

“왜 개들이 우리에 갇힌 것을 보니까 슬퍼졌습니까?”

“개들이 느끼는 슬픔을 나도 느꼈으니까요.”

“인간은 오직 자기 자신의 슬픔만 느낄 수 있어요. 개가 우리에 갇힌 것이 왜 슬프지요? 당신도 지금 우리에 갇혀 있습니까?”

“아니오.”

“당신이 길렀던 강아지, 솔져 얘기를 해봐요.”

“좋아요. 그 얘기는 할 수 있어요.”

상담을 한두 번 더한 뒤 브린이 말했다.

“결혼한 적은 없습니까?”

“없는데요.”

“난 해봤어요.”

“그래요?”

“8년 동안 함께 살았지요.” 브린이 말했다. “내 사무실 접수계원으로 일했던 여자였어요. 상담 약속을 받고 환자를 대기실로 안내하는 일을 했지요. 이제 난 접수계원을 쓰지 않습니다. 그 대신 응답기가 전화를 받지요. 나는 상담 시간 사이사이에 기계를 틀어보고 전화를 받기도 하고 걸기도 하지요. 애초부터 나한테 기계가 있었다면 괴로움을 많이 면할 수 있었을 겁니다.”

“결혼 생활이 그다지 행복하지 않았던 모양이지요?”

브린은 그 물음을 듣지 못한 것 같았다.

“난 아이가 있었으면 했어요. 그런데 아내는 8년 동안 아이를 세 번이나 지우고도 한 번도 나한테 말을 하지 않았습니다. 한마디도 요. 그러다가 어느 날 갑자기 나를 한 방 먹인 겁니다. 난 의사한테 도 가보고 검사도 해보았어요. 얼마든지 임신시킬 수 있다는 결과 가 나왔지요. 정자의 숫자도 많은 데다가 굉장히 활동적이라고 했 어요. 그래서 아내가 의사한테 가보았으면 했지요. 그랬더니 ‘정말 멍청하군요. 난 벌써 당신 애를 셋이나 지웠어요. 그러니까 날 좀 가만히 내버려둬요.’하는 겁니다. 이혼하자고 했더니, 아내는 그러 려면 내가 경제적 손해를 많이 볼 거라고 하더군요.”

“그래서 어떻게 되었습니까?”

“이혼한 지 9년째가 됩니다. 달마다 위자료 수표를 그 여자한테 부칩니다. 마음 같아서는 그 돈을 죄다 불살라 버리고 싶지만…….”

브린은 말을 끊었다.

조금 뒤에 켈러가 물었다.

“왜 나한테 그런 애기를 하는 겁니까?”

“별다른 이유는 없습니다.”

“그게 내 정신 상태하고 무슨 관련이라도 있나요? 내 문제하고 관련된 사실을 알아내 손으로 이마를 딱 치면서 ‘물론이지, 바로 그거였어! 내가 눈이 멀어서 몰랐구나!’ 해야 됩니까?”

“당신은 나한테 속마음을 털어놓았어요. 나도 내 마음을 털어놓 는 것이 옳을 것 같아서요.”

며칠 뒤에 다트에게서 전화가 왔다.

켈러는 화이트 플레인즈까지 기차를 타고 갔다. 역에 루이스가 나와 있다가 그를 타운튼 플레이스까지 데려다 주었다. 얼마 뒤 루이스는 그를 다시 기차역까지 데려다 주었다. 켈러는 뉴욕으로 돌아왔다.

그는 응답기에 대고 말할 수 있도록 시간을 잘 조절해서 브린 사무실로 전화를 걸었다.

"피터 스톤입니다. 샌디에고로 출장을 가느라 비행기를 탑니다. 다음 상담 약속은 못 지키게 되었고, 그 다음 약속도 어려울 것 같습니다. 미리 알리도록 해 보겠습니다."

전화를 끊고 나서 가방을 챙긴 뒤 앰트랙 기차를 타고 필라델피아로 갔다. 역에 그를 마중 나온 사람은 없었다.

화이트 플레인즈에 사는 그 사람이 켈러에게 사진을 한 장 보여주었고 이름과 주소를 쓴 쪽지를 주었다.

문제의 인물은 필라델피아 독립기념관에서 몇 구획 떨어지지 않은 곳에 있는 성인용 책방에서 일하고 있었다. 그곳 길 건너편에는 술집이 하나 있어서 책방을 지켜보기에는 딱 좋았다. 하지만 그 안을 들여다보니, 넥타이와 재킷을 벗어던지고 하수도에서 20분을 뒹군 다음이라면 몰라도, 사람들 눈에 띄지 않으면서 그곳에서 시간을 보내기는 어려울 것 같았다.

바로 그 길에서 켈러는 식당을 하나 찾아냈는데, 제일 끝자리에 앉으면 거울로 된 책방 유리창을 지켜볼 수 있었다.

켈러는 거기서 커피를 한 잔 마신 다음 다시 길을 건너 책방으로 돌아왔다.

두 사람이 일하고 있었다. 한 사람은 인도 아니면 파키스탄에서 온 것 같은 청년으로 구슬픈 눈빛을 하고 있었고, 다른 사람은 목 피부가 축 늘어지고 눈알이 살짝 튀어나와 있었다. 켈러가 화이트 플레인즈 집에서 본 사진에 있던 사람이었다.

켈러는 비디오 테이프가 꽂힌 선반을 지나 잡지들을 차례로 뒤적거렸다. 15분쯤 거기에서 서성거렸을 때, 젊은 친구가 저녁을 먹으러 가겠다고 말했다.

늙은 쪽이 말했다.

"벌써 시간이 그렇게 됐나? 그래, 하지만 7시에는 교대하러 꼭 돌아와야 돼. 알았지?"

켈러는 시계를 보았다. 6시였다. 책방 안에 있는 다른 손님들은 가게 뒤쪽, 테이프가 꽂힌 네모난 칸막이 안에 있었다. 하지만 아까 그 젊은 점원이 켈러의 얼굴을 보고 말했다. 굳이 위험을 무릅쓰면서까지 서둘러 일을 해치울 필요는 없었다.

그는 잡지를 몇 권 집어들고는 값을 치렀다. 목이 늘어진 남자는 봉투에 잡지를 넣은 다음 테이프로 봉했다. 켈러는 잡지를 가방에 넣은 다음 호텔을 찾아 나섰다.

이튿날에는 박물관에 들렀다가 극장에서 영화를 보고 난 뒤 6시 10분에 책방에 도착했다. 젊은 점원은 없었다. 아마 어디에선가 카레라도 먹고 있을 것이다.

목이 늘어진 남자는 계산대 뒤에 있었다. 가게 안에는 손님이 세 명 있었는데, 둘은 테이프를 고르고 있었고 하나는 잡지를 보고 있었다.

켈러는 이리저리 어슬렁거리면서 손님들이 다 나가기를 기다렸다. 그러다가 테이프가 꽂힌 벽 앞에 섰는데, 갑자기 그것이 우리에 갇힌 개들로 변했다. 아주 짧은 순간이었지만 그것이 환상인지 아니면 지나간 과거의 한 장면인지 분간이 되지 않았다. 어쨌든 마음이 언짢았다.

손님 하나가 가게에서 나갔지만, 다른 두 명은 아직도 남아 있었다. 게다가 또 한 사람이 새로 들어왔다. 인도 젊은이는 반 시간 뒤면 돌아올 것이다. 그가 한 시간을 다 채우지 않고 돌아올지도 모를 일이었다.

켈러는 자기가 지금 느끼는 것보다 더 초조한 표정을 지으려고 애쓰면서 계산대로 다가갔다. 그는 눈동자를 이리저리 굴리면서 주위를 살피듯이 기웃거리다 목소리를 낮추어 말했다.

"잠깐 단둘이 얘기 좀 할 수 있을까요?"

"왜요?"

켈러는 눈을 내리깔고 어깨를 움츠린 채 말했다.

"특별한 걸 찾고 있어요."

"어린애들이 출연하는 물건을 찾는 거라면, 당신을 깔봐서 하는 말은 아니지만, 난 그런 건 몰라요. 알고 싶지도 않고, 당신에게 어디를 소개해 줘야 하는지도 몰라요."

"그런 건 절대 아닙니다."

그들은 뒤에 있는 사무실로 들어갔다. 목이 축 늘어진 남자가 문을 닫았다.

그가 돌아서려 할 때, 켈러는 손 날을 세워 그의 목과 어깨가 만나는 곳을 내려쳤다. 그의 무릎이 푹 꺾였다. 그 순간 켈러는 둥그런 철사를 그의 목에 감았다.

1분 뒤 켈러는 가게 문을 나섰고, 1시간 뒤에는 북쪽으로 가는 메트로라이너 고속 버스를 타고 있었다.

집에 도착해서야 아직도 가방에 잡지가 들어 있다는 사실을 깨달았다. 정말 칠칠찮은 짓이었다. 잡지들을 어젯밤에 버렸어야 했는데 까맣게 잊은 채 봉투를 열어보지도 않은 것이다. 이제 와서 열어볼 이유도 없었다. 켈러는 복도 끝으로 가서 소각로 안에 잡지를 던져 버렸다.

집에 돌아온 켈러는 물에 탄 묽은 스카치를 마시며 디스커버리 방송에 나오는 기록 영화를 보았다.

사라지는 열대 우림. 또 하나의 빌어먹을 걱정거리였다.

“오이디푸스.” 제롤드 브린이 말했다. 두 손을 가슴 앞에서 맞잡고 손가락 끝을 맞대고 있었다. “그 얘기는 알고 있겠지요? 오이디푸스는 자기 아버지를 죽이고 어머니하고 결혼했어요.”

“지금까지 내가 그럭저럭 피해 온 두 가지 함정이지요.”

“그렇게 생각합니까?” 브린이 말했다. “하지만 그게 진짜일까요? 당신이 대기업 문제 해결사로서 공적인 능력을 발휘하기 위해 어딘가로 비행기를 타고 가면 거기서 실제 어떤 일을 하지요? 사람들을 해고하고, 경리 부서를 없애 버리고, 공장 문을 닫고 사람들 인생을 다시 정리해 줍니까? 그게 정확한 표현인가요?”

“그런 것 같은데요.”

“확대해서 말하자면 그것도 폭력이라고 할 수 있습니다. 사람을 해고하고 그 사람의 직장 생활을 끝장내는 일은 상징적으로는 살인과 마찬가지니까요. 그리고 당신은 그 사람이 누군지 개인적으로 모르지요. 게다가 가장 중요한 사실은 그 사람이 당신보다 나이가 많을 거라는 점입니다. 맞지요?”

“도대체 무슨 말을 하려는 겁니까?”

“당신이 그런 일을 하는 것은 누군지 알 수 없는 아버지를 찾아서 죽이는 일과 마찬가지란 말입니다.”

“글쎄요. 그건 좀 비약한 게 아닐까요?”

“그리고 당신이 여자들과 사귀는 것을 보면,” 브린은 말을 이었다. “거기에도 강력한 오이디푸스적인 요소가 있어요. 당신 어머니는 흐릿하고 초점이 명확하지 않은 여자였어요. 당신 인생에 불완전하게 자리잡고 있었고, 다른 사람들과 제대로 인간 관계를 맺지 못했습니다. 당신이 다른 여자들과 사귀는 것도 그것처럼 초점이 어긋나 있습니다. 그리고 발기 불능 문제도…….”

“그건 딱 한 번이었어요!”

“그것도 이런 혼란에서 나온 당연한 결과입니다. 어머니는 돌아가셨겠군요. 그런가요?”

“네.”

“그리고 당신 아버지는 찾을 수도 없습니다. 아마 분명히 돌아가셨겠지요. 피터씨, 그래서 당신은 상징적인 면에서 이런 모든 패턴을 거꾸로 되돌리기 위해 특별히 꾸며진 행동을 하게끔 되는 겁니다.”

“도대체 무슨 말인지 모르겠는데요.”

“이해하기가 좀 까다롭지요.”

브린은 인성했다.

그는 다리를 꼰 뒤 무릎 위에 팔꿈치를 올려놓은 다음 엄지손가락을 쭉 펴 뼈만 두드러진 턱을 괴었다.

분명히 브린은 전생에 황새였을 거라고 켈러는 벌써 몇 번이나 생각하고 있었다.

“당신이 남자들과 올바른 인간 관계를 맺으려면,” 브린은 말을 계속했다. “적어도 당신보다 몇 살 많은 사람이 좋을 겁니다. 당신을 상대해 주면서 아버지 역할을 해 줄 수 있는 사람, 충고도 해 주고 의논 상대도 되어 줄 수 있는 사람이 좋겠지요.”

켈러는 화이트 플레인즈에 사는 그 사람을 떠올렸다.

“바로 그 사람을 죽이는 대신,” 브린은 말했다. “상징적으로, 난 단지 상징적으로만 말하는 겁니다. 과거에 아버지 역할을 한 사람들한테 한 것처럼 그 사람을 죽이는 대신, 그를 살찌울 수 있는 일을 할 수도 있겠지요.”

화이트 플레인즈에 사는 사람을 위해 음식을 요리해 준다? 햄버거를 사 준다? 샐러드를 섞어 준다?

“그 사람에게 손해를 입히는 일이 아니라, 그 사람에게 도움이 되는 일에 당신의 재능을 발휘할 수 있는 방법을 생각해낼 수도 있을 겁니다.”

브린은 말을 이으면서 호주머니에서 손수건을 꺼내 이마를 닦았다.

“그 사람 인생에 존재하는 어떤 여자, 상징적으로 말하자면 당신 어머니가 됩니다. 어쩌면 그 여자가 당신 아버지에게는 아주 골칫거리일지도 모릅니다. 그러니까 오이디푸스처럼 아버지를 죽이고 그 여자랑 잠자리에 드는 대신 그 패턴을 거꾸로 밟아서…… 그 남자에게는 다정하게 대하고 대신 그 여자를 죽일 수도 있겠지요.”

“그럴까요?”

켈러가 말했다.

“상징적으로 말하자면 그렇다는 겁니다.”

“알겠습니다. 상징적으로 그렇다는 거군요.”

켈러는 말했다.

1주일 뒤에 브린은 켈러에게 사진 한 장을 건네주며 말했다.

“주제 인식 검사라는 걸 하겠습니다. 이 사진을 보고 얘기를 꾸며내 보는 겁니다.”

“어떤 얘기요?”

“어떤 거라도 좋아요. 상상력 연습이니까요. 사진에 있는 사람을 보고 이 여자가 어떤 여자고 무엇을 하고 있는 건지 상상하는 겁니다.”

컬러 사진이었다.

정장 차림에 진한 밤색 머리와 진한 갈색 눈을 가진, 꽤 우아한 여자가 개 끈을 붙잡고 있었다. 개는 중간 정도 몸집에 아주 통통했고, 경계하는 표정을 짓고 있었다. 털빛은 애견가들은 파란색이라고 부르지만 그 밖의 모든 사람들은 회색이라고 부르는 빛깔이었다.

"여자하고 개가 있군요."

켈러가 말했다.

"아주 잘 맞혔습니다."

켈러는 숨을 깊이 들이마셨다.

"이 개는 말을 할 줄 압니다. 하지만 다른 사람들 앞에서는 하지 않아요. 이 여자는 개가 말할 수 있다는 것을 자랑하려고 했다가 망신을 톡톡히 당한 적이 있었습니다. 그래서 이제는 자랑하지 않습니다. 둘만 있으면 개는 쉴새없이 떠들어대는데, 30년 전쟁이 일어난 진찌 이유부디 라자냐를 가장 맛있게 만드는 요리법까지 자기 견해를 피력할 수 있는 놈입니다."

"굉장한 개군요."

브린이 말했다.

"그럼요. 이제 이 여자는 개가 말을 할 줄 안다는 사실을 사람들에게 알리고 싶어하지 않습니다. 개를 빼앗길까봐 겁이 나서지요. 사진을 보아하니 이들은 공원에 있네요. 센트럴 파크 같은데요?"

"어쩌면 워싱턴 스퀘어일 수도 있지요."

"워싱턴 스퀘어일 수도 있겠지요." 켈러는 그 말에 동의했다. "이 여자는 미치도록 이 개를 좋아합니다. 하지만 개도 여자를 미치도록 좋아하는지는 확실하지 않습니다."

"이 여자에 대해서는 어떻게 생각합니까?"

"매력적인데요."

켈러가 말했다.

"겉으로 보기에는 그렇지요. 하지만 그 안으로 들어가 보면 얘기가 달라집니다. 내 말이 맞습니다. 그런데 이 여자는 어디에 살 것 같습니까?"

켈러는 잠시 생각해 보았다.

"클리블랜드요."

"클리블랜드? 맙소사, 도대체 왜 클리블랜드입니까?"

"클리블랜드에 사는 사람도 있어야 할 것 아닙니까."

"이 검사를 받는 사람이 나라면, 이 여자는 워싱턴 스퀘어가 있는, 피프스 애비뉴 맨 끝에 산다고 상상하겠습니다. 피프스 애비뉴 1번지에 사는 걸로 하겠어요. 난 그 건물을 잘 알고 있거든요. 한때 거기서 산 적도 있으니까요."

"그래요?"

"고층에다가 아주 넓은 아파트였지요. 그리고 한 달에 한 번씩 수표를 써서 그 주소로 부칩니다. 내 주소였던 바로 그곳으로요. 그러니까 이 특정한 건물을 마음에 두고 있는 것이 당연하지요. 바로 이 특정한 사진을 볼 때면 더 그렇구요."

그의 눈길이 켈러의 눈길과 마주쳤다.

"나한테 묻고 싶은 것이 있나 보군요. 그렇지요? 물어봐도 좋습니다."

"이 개는 무슨 종이지요?"

"오스트레일리아 캐틀 독이랍니다. 보기에는 잡종 같지요? 그리고 얘기해 두지만 이 개는 말을 할 줄 몰라요. 하여간 그 사진은 갖고 가시지요."

"그러지요."

"치료가 정말 순조롭게 이루어지고 있어요." 브린이 말했다. "당신이 하는 일에 대해 고마움을 표시하고 싶습니다. 당신이 앞으로 할 일은 올바른 일이라는 것만 알아두십시오."

며칠이 지난 뒤 켈러는 워싱턴 스퀘어 공원의 벤치에 앉아 있었다. 읽던 신문을 접은 뒤, 베레모를 쓰고 블레이저 재킷을 입은 진한 밤색 머리의 여자에게 걸어갔다.

"실례지만, 이 개는 오스트레일리아 캐틀 독이지요?"

"맞아요."

그 여자가 말했다.

"정말 잘생긴 놈이군요. 찾아보기 어려운 종이지요."

"사람들은 대개 이 개가 잡종인 줄 알아요. 거의 알려지지 않은 종이니까요. 이런 개를 갖고 계시나봐요?"

"그랬시요. 그런데 이혼하면서 아내가 개 양육권을 빼앗아갔어요."

"어머, 정말 안됐네요."

"개가 더 안됐지요. 이름은 솔져였어요. 아내가 이름을 바꾸지만 않았으면 아직도 솔져겠지요."

"우리 개 이름은 넬슨이에요. 그냥 부르는 이름이지요. 물론 족보에 있는 이름은 엄청나게 길어요."

"개를 명견 대회에 보냅니까?"

"이 개는 죄다 구경했어요. 이젠 더 볼 것이 없어요."

(*역주 : 여자는 켈러의 질문을 잘못 알아듣고 엉뚱한 대답을 하고 있다. 개 위주로 생각하기 때문임.)

"지난주에는 그리니치 빌리지에 갔어요." 켈러가 말했다. "그런데 믿지 못할 일이 일어났습니다. 어떤 여자를 공원에서 만났습니다."

"믿지 못할 일이란 그겁니까?"

"글쎄, 나한테는 여간해서 생기지 않는 일이니까요. 난 주로 여자들을 바나 파티에서 만나거나 누구한테서 소개받거든요. 하지만 우린 우연히 만나서 이야기를 나누었고, 그 이튿날 아침에도 우연히 또 마주쳤습니다. 그래서 내가 카푸치노 커피를 샀지요."

"우연히 이틀이나 만났다는 말입니까?"

"그래요."

"그리니치 빌리지에서요?"

"내가 사는 동네가 거기니까요."

브린이 얼굴을 찌푸렸다.

"그 여자하고 함께 있는 것을 다른 사람이 보면 안 되는 것 아닌가요?"

"왜 안 됩니까?"

"위험하다고 생각하지 않나요?"

"지금까지 내 주머니에서 나간 건 카푸치노 값밖에 없는데요."

"난 우리가 합의를 다 보았다고 생각했는데요."

"무슨 합의요?"

"당신은 빌리지에 살지 않습니다." 브린이 말했다. "난 당신이 어디 사는지 알고 있어요. 그렇게 놀란 표정을 짓지 말아요. 당신이 처음 여기에 왔다가 갈 때 창문으로 지켜봤습니다. 미행을 떨쳐 버리려는 것처럼 행동하더군요. 그래서 난 계속 기다렸지요. 당신이 더 이상 경계하지 않게 되었을 때 당신 뒤를 따라갔습니다. 그다지 어렵지 않았어요."

"왜 나를 따라왔는데요?"

"당신이 누군지 알아내려고요. 당신 이름은 켈러고, 퍼스트 애비뉴 865번지에 삽니다. 당신이 무슨 일을 하는 사람인지도 진작부터 알고 있었어요. 당신이 꾼 꿈 애기를 들으면 누구라도 알아차릴 수 있을 겁니다. 게다가 치료비를 모두 현금으로 내고, 갑자기 출장을 떠나곤 하는 것만 봐도 그렇지요. 하지만 당신 고용주가 범죄단 두목인지 우리 나라 정부인지는 아직 몰라요. 어쨌든 그건 상관없습니다. 내 아내하고는 같이 잤나요?"

"아내가 아니라 전처라고 해야지요."

"내 물음에나 대답해요."

"그랬어요."

"맙소사. 그래, 기능은 제대로 발휘했나요?"

"했지요."

"그런데 그 말을 하면서 왜 싱글벙글 웃습니까?"

"기능을 꽤 괜찮게 발휘했다는 생가이 들어서요."

브린은 아주 오랫동안 말이 없었다.

그의 눈길은 켈러의 어깨 오른쪽 위에 있는 어떤 한 점에 머물러 있었다.

그러다가 브린이 입을 열었다.

"정말 실망했습니다. 난 당신의 오이디푸스 콤플렉스가 재발하지 말고 그 전설을 초월할 능력을 찾기를 바랐어요. 그렇지만 당신은 아주 재미를 봤군요. 정말 못된 짓을 한 겁니다. 상징적인 당신 아버지를 이긴 셈이군요. 그 여자를 침대로 데려갔으니까요. 그 여자를 임신시켜서, 그 여자가 매정하게 나한테 거절한 것을 당신에게는 줄 수 있게끔 만드는 상상도 분명히 했겠지요. 그렇지요?"

"그런 생각은 전혀 떠오르지 않았는데요."

"얼마 안 있어 떠오를 겁니다."

브린은 몸을 앞으로 기울였는데, 얼굴에는 걱정하는 빛이 어려 있었다.

"지금까지 치료해서 나아졌는데, 이런 식으로 망치는 걸 보고 싶지 않단 말입니다."

"지금까지는 치료를 아주 잘 받아왔는데요."

침실 창문에서는 워싱턴 스퀘어 공원을 내려다볼 수 있었다. 그곳에는 개들이 아주 많았지만 오스트레일리아 캐틀 독은 한 마리도 없었다.

"경치가 참 좋은데." 켈러가 말했다. "아파트도 참 좋고."

"그럼요." 그 여자가 말했다. "내가 정당하게 얻은 거예요. 당신, 지금 옷 입어요? 어디 가요?"

"약간 좀이 쑤셔서. 넬슨을 데리고 산책을 나가도 되겠어?"

"당신은 개한테 너무 잘해 주네요. 당신 때문에 넬슨이나 나나 우리 모두 버릇이 나빠졌어요."

수요일 아침에 켈러는 라 과르디아 공항까지 택시를 타고 가서 세인트 루이스행 비행기를 탔다. 화이트 플레인즈에 사는 사람의 동료와 함께 커피를 마신 다음, 뉴욕으로 돌아오는 저녁 비행기를 탔다.

택시로 피프스 애비뉴 맨 끝에 있는 아파트로 곧장 돌아온 켈러는 수위에게 말했다.

"난 피터 스톤이라고 하는데, 브린 부인이 날 기다리고 있을 거요."

수위는 그를 뚫어지게 쳐다보았다.

"브린 부인 말이오." 켈러가 다시 말했다. "17 J에 사는 사람."

"아이고, 맙소사!"

"왜, 뭐라도 잘못되었소?"

"소식을 못 들은 모양이군요." 수위가 말했다. "그 얘기를 당신에게 해 줘야 할 사람이 하필이면 나라니!"

"당신이 그 여자를 죽였어요."

켈러가 말했다.

"말도 안 되는 소립니다." 브린이 켈러에게 말했다. "그 여자는 자살했어요. 창문 밖으로 몸을 던졌어요. 전문가인 내 의견을 듣고 싶다면 말해 주겠는데, 그 여자는 우울증으로 고생하고 있었죠."

"만약 전문가인 내 의견을 듣고 싶다면 말해 주지요." 켈러가 말했다. "그 여자는 애인한테서 많은 위안을 받고 있었어요."

"당신이 니리면 이런 언쟁을 더 계속하지는 않을 텐데요." 브린이 말했다. "만약 경찰이 살인범을 찾으러 나선다면 스톤-켈러, 바로 스톤 킬러를 열심히 찾아다닐 겁니다. 그러면 난 당신이 나하고 내 사생활에 병적으로 집착하게 되었다고 경찰에 말할 수밖에 없습니다. 당신이 자신의 콤플렉스를 다른 사람에게 전가시켰으며, 오이디푸스 콤플렉스 패턴을 거꾸로 밟으려는 미치광이 계획을 도저히 말릴 수 없었다고요. 그러면 경찰은 당신이 왜 가명을 쓰는지, 무엇으로 생계를 꾸려 나가는지 물을 겁니다. 잠자는' 개를 건드리지 않는 것이 어째서 가장 좋은 방법이라고들 하는지 이해가 갑니까?"

이때 무슨 신호라도 받은 것처럼 넬슨이 책상 밑에서 걸어나오더니 켈러를 보고 꼬리를 치기 시작했다.

"앉아." 브린이 말했다. "봤어요? 훈련이 잘된 개지요. 당신도

의자에 앉는 게 어떨까요?”

“서 있겠어요. 당신은 그 여자를 죽인 다음 이 개를 데리고 나왔군요.”

브린은 한숨을 쉬었다.

“경찰은 아파트의 열린 창문 앞에서 끙끙거리고 있는 이 개를 발견했어요. 나는 시체를 확인하고, 그 여자가 전에도 자살 기도를 몇 번 했다고 말한 다음 자진해서 개를 데리고 왔어요. 이 개를 돌봐줄 사람이 아무도 없으니까요.”

“내가 데려갈 수도 있었는데요.”

켈러가 말했다.

“하지만 그럴 필요는 없는 걸로 아는데요? 앞으로 내 개를 산책시키라거나, 내 아내하고 섹스를 하라거나, 내 아파트에서 자라는 부탁을 하지는 않을 테니까요. 이제 당신 서비스는 더 이상 필요 없어요.”

브린은 자신이 내뱉은 말이 얼마나 냉정한지 깨닫고 몸서리를 치는 것 같았다. 그의 얼굴빛이 조금 부드러워졌다.

“자, 이제부터는 그것보다 훨씬 더 중요한 당신의 치료 문제로 돌아갈 수 있겠군요.” 그는 소파를 가리켰다. “지금이라도 저기에 눕는 게 어떻겠습니까?”

“그것도 괜찮은 생각이군요. 하지만 우선 저 개부터 다른 방으로 내보내는 게 어떨까요?”

“저 개가 상담을 방해할까봐 그러는 건 아니겠지요? 아, 그건 농담이었습니다. 개는 바깥 사무실에서 기다려도 됩니다. 저리 가거라, 넬슨. 착한 강아지야…… 아니, 맙소사! 감히 총을 이 자리에 가져왔어요? 당장 내려놔요.”

“그러고 싶지 않은데요.”

"도대체 왜 날 죽여요? 난 당신 아버지가 아니라 당신을 돌봐주는 정신과 의사입니다. 당신이 날 죽인다는 것은 말도 안 돼요. 날 죽인다면 당신은 아무것도 얻지 못한 채 모든 걸 잃게 될 거예요. 정말로 이성적이지 못한 일입니다. 아니, 그것보다 더 끔찍한 일이지요. 노이로제라는 병 측면에서 본다면 그야말로 자신을 파괴하는 일입니다."

"아마 난 아직도 치료가 덜 된 모양이지요."

"무슨 농담을 그렇게 아슬아슬하게 합니까? 하지만 맞는 말입니다. 당신은 완치되려면 아직 멀었어요. 사실 당신은 정신 치료 과정에 나타나는 위기를 맞고 있다고 말해야 할 겁니다. 그런데 날 쏴 버리면 어떻게 혼자서 그 위기를 헤쳐 나갈 겁니까?"

켈러는 창문으로 가서 문을 활짝 열어젖혔다.

"당신을 쏴 죽이지는 않을 겁니다."

"나한네는 사살할 성향이 전혀 없는데요." 브린은 책꽂이로 들어찬 벽에 등을 꽉 붙이면서 말했다. "전혀 없어요."

"전처가 죽고 나자 우울해졌다고 말하면 되지요."

"끔찍한, 정말 끔찍한 말입니다. 그런데 누가 그 말을 믿겠어요?"

"그건 두고 봐야지요." 켈러는 그에게 말했다. "정신 치료 위기 문제는…… 글쎄, 그것도 두고 보겠어요. 좋은 생각이 떠오르겠지요."

동물 보호소에서 일하는 여자가 말했다.

"정말 우연의 일치라더니 바로 그거군요. 언젠가 당신이 오스트레일리아 캐틀 독을 원한다고 이름을 적어놓고 갔잖아요. 아시다시피 이 개는 우리 나라에서는 보기 힘든 종이에요."

"보기 어렵지요."

"그런데 오늘 아침 어떤 개가 들어왔는지 아세요? 기가 막히게 잘생긴 오스트레일리아 캐틀 독이 들어온 거예요. 커다란 망치로 한 대 맞은 기분이에요. 이 개 정말 잘생겼지요?"

"진짜 멋있군요."

"여기에 온 뒤로 내내 끙끙거리고 있었어요.정말 불쌍해요. 주인이 죽었는데, 이 개를 돌봐줄 사람이 아무도 없었대요. 어머나, 세상에! 개가 당신에게 곧장 가는 걸 보세요. 당신이 좋은가봐요."

"우린 서로를 위해 태어난 모양이지요."

"그런가봐요. 개 이름은 넬슨이에요. 물론 당신이 이름을 바꿔도 돼요."

"넬슨이라."

개의 두 귀가 쫑긋 섰다.

켈러는 귀를 긁어주려고 몸을 굽혔다.

"아니, 이름을 바꿀 필요는 없을 것 같은데요. 그런데 넬슨이 도대체 누굽니까? 영국의 어떤 영웅 아닙니까? 유명한 장군인가 그렇지요?"

"아마 제독일 거예요."

"뭔가 통하는 게 있긴 있군요. 육군이 아니라 해군이니 그 정도면 웬만큼 비슷하지요? 자, 개를 데려가려면 수수료도 내야 되고 서류도 만들어야겠지요?"

그 일을 마친 뒤 여자가 말했다.

"아직도 믿어지지 않아요. 우연의 일치 말이에요."

"어떤 사람을 알고 지낸 적이 있는데," 켈러가 말했다. "인생에는 사고라든가 우연의 일치라는 것이 없다고 주장하던 사람이지요."

"글쎄 그 사람은 이 일을 어떻게 설명할지 궁금하네요."

"그 사람이 뭐라고 애써 설명할지 나도 듣고 싶군요." 켈러는
말했다. "넬슨, 가자. 착한 강아지야."

역자 후기

오래 전부터 에드가상수상 장편전집을 기획하고 있었다. 이에 대해 몇 출판사와 의논했지만 알맞는 출판사를 찾지 못했다. 작품수가 너무 많아 출판하기에 부담이 된다는 말이었다. 그렇다면 단편상을 받은 작품을 모은 단편집은 어떨까 하는 생각이 났다. 40여편이니까 3권 정도의 분량으로 충분히 출판할 수 있을 것 같았다. 그래서 수상작품들의 리스트를 만들었다. 리스트는 거우거우 완성했지만 문세는 원본들을 모두 구할 수 없는 것이었다.

엘러리 퀸의 작품은 거의 갖고 있었고, 에드워드 D. 호크, 에이브람 데이비슨, 스탠리 엘린, 로알드 달의 작품들이 수록된 앤솔로지들을 다행히 갖고 있었다.

최근 작가인 루스 렌델과 포사이드의 단편집도 물론 갖고 있었다. 그러나 이것들을 다 정리해도 전체 작품의 절반 정도에 지나지 않았다.

미스테리 원서를 많이 소장하고 계신 한국추리작가협회의 이가형 명예회장님에게 수소문해 또 몇 편을 보충했지만 그래도 완전하지 못했다. 수상작들이 실린 잡지들이 너무 오래 전의 것이라 구할 수가 없었다.

어느 헌 책방을 통해서 〈PLAYBOY〉 잡지를 오래 전부터 수집해 온 분이 있다는 말을 듣고 그 분을 통해서 그 잡지에 게재된 3편을 추가할 수 있었다.(70년대의 〈PLAYBOY〉를 보니 유명한 작가의 작품들이 매호에 실린 것을 알 수 있었다.) 이러는 동안에 미국추리작가협회(MWA)에서 매년 테마별로 출간하는 앤솔러지에 에드가상 수상작 앤솔러지 「THE EDGAR WINNERS」가 간행된 것을 알았다. 그 책을 구하면 별달리 다른 원본을 구하지 않아도 될 것 같아서 미국의 여러 서점에 연락해 보았으나 그 책은 절판 상태라 구할 수 없었다. 몇 군데 미국 대학도서관에도 수배를 했고, 심지어 캐나다의 대학까지 연락을 해보았지만 결국 구하지 못하고 말았다.

일본에서 그 책이 번역되었을 것 같아서 그 방면을 조사했다.

일본어판은 쉽게 구할 수 있었다. 빌 프론지니가 편집한 것을 보니 1947년부터 1980년도까지 수상작이 수록되어 있었다. 본서의 서문은 그 책의 편집자 빌 프론지니의 글을 옮긴 것이다.

그리고 마틴 H. 그린버그가 편집한 「THE NEW EDGAR WINNERS」의 일본판도 구할 수 있었다. 이 책은 1981년부터 1988년까지 작품이 수록되어 있었다.

원본을 구하지 못한 작품은 할 수 없이 일본어판을 보고 번역을 하는 수밖에 없었다.(책이 나오고 난 다음에 알았지만, 일간스포츠 문화부의 육홍타 기자가 THE EDGAR WINNERS를 소장하고 있는 것을 알았다. 기회가 되면 그 책을 빌려 부족하다고 생각되는 부분을 번역 보충할 생각이다.)

부록 : 1. 에드가상이란
      2. 본서에 수록된 작품이 처음 게재된 잡지들
      3. 수상 작가들
      4. 에드가상 수상작 리스트

1. 에드가상이란

MWA는 정회원, 준회원 모두 1,500여 명으로 본부는 뉴욕에 있고 미국의 8개 도시에 지부가 있다.

매년 봄 수상 디너석상에서 발표되는 에드가상(정식으로는 미국추리작가협회상. 수상자에게 에드가 알란 포의 흉상을 주기 때문에 미국에서는 주로 이렇게 부른다.)은 회원의 투표로 선정되고, 미스테리 장르의 발전에 기여한 각 분야의 뛰어난 작품에 수여한다.

1945년의 제1회는 최우수신인상, 미스테리 비평상, 영화상만 있었으나, 해가 지남에 따라 새로운 상이 추가되어 단편상은 1947년부터, 최우수장편상은 1953년부터, 그랜드마스터상은 1954년, 그리고 페이퍼백상은 1969년부터 제정되었다.

2. 본서에 수록된 작품이 처음 게재된 잡지들

MWA최우수단편상이 한 작품의 단편소설에 수여된 것은 1954년부터였다. 1991년까지의 수상작 38편을 보면 〈EQMM〉에 실린 작품이 15편으로 압도적으로 많다. 〈EQMM〉이 전통 있는 미스테리 전문지이기 때문에 당연한 결과라고 할 수 있다.

〈EQMM〉에 이어서 많은 작품이 소개된 잡지는 1960년 말에 폐간된 〈새터디 이브닝 포스트〉. 여기에 게재된 제랄드 커쉬, 셜리 잭슨, 워너 루우의 3편이 받았다. 그리고 남성잡지 〈플레이보이〉 역시 3편의 수상작을 탄생시켰다.

〈AHMM〉은 1985년, 1989년에 수상작 2편. 미스테리 전문지로서는 〈세인트〉〈슐루스〉 두 잡지에서 각각 1편씩 선정되었을 뿐이고, 〈맨헌트〉에서는 한 편도 나오지 않았다. 〈뉴요커〉에서 2편(로알드 달, 리스 데이비스), 〈코스모폴리탄〉에서 2편(존 더람, 데이빗 엘리). 1편만 선정된 게재지는 〈맥콜즈〉〈스토리〉〈아고시〉와 남성잡지 〈갤러리〉〈에스콰이어〉에서도 한 편씩 수상했다.

3. 수상 작가들

이 앤솔러지 Ⅰ권에는 10작가의 13작품, Ⅱ권에는 15작가의 15작품, Ⅲ권에는 12작가의 12작품으로, Ⅱ, Ⅲ권에 루스 렌델과 할란 엘리슨이 중복되어 있는 것을 계산하면 모두 35작가의 40작품이 실려 있다.

미국 작가는 27명이고, 남은 8명이 영국 출신 작가다. 이 중 3명(필립 맥도날드, 제랄드 커쉬, 매트릭 퀜틴)은 미국에 귀화했고, 존 콜리어도 미국 생활을 오래 했기 때문에 순수한 영국 작가는 겨우 4명(로알드 달, 리스 데이비스, 루스 렌델, 프레데릭 포사이드)이다. MWA 회원 중에는 미국 국적 이외의 작가도 많고, 또 회원이 아니라도 에드가상을 수상할 자격이 있지만, 역시 미국 작가들이 우위를 차지하고 있다.

수록 작가 중에 이미 고인이 된 사람은 14명으로 3분 1정도가 된다. MWA의 48년의 역사를 보면 당연한 결과인지도 모른다. 생존한 사람들 중에 나이가 많은 사람은 1903년생인 로렌스 트리트와 1908년생의 토마스 월쉬 두 사람.

MWA단편상을 수상한 여성 작가는 셜리 잭슨을 비롯하여 지금까지 모두 6명이 수상했다.

4. 에드가상 수상작 리스트 (1945~1995)

(영문 제목은 국내 미번역 작품)

＊ 최우수장편상

1953년	Beat Not the Bones	샤롯제이
1954년	기나긴 이별	레이몬드 찬들러
1955년	Beast in View	마가렛 밀러
1956년	작은 독약병	샤롯 암스트롱
1957년	Room to Swing	에드 레이시
1958년	제 8 지옥	스탠리 엘린
1959년	The Hours Before Dawn	시리아 프레믈린
1960년	Progress of a Crime	줄리언 사이먼즈
1961년	기디온과 방화마	J. J. 메릭
1962년	죽음과 즐거운 여자	엘리스 피터스
1963년	The Light of Day	에릭 앰블러
1964년	추운 나라에서 스파이	존 르 까레
1965년	The Quiller Memorandom	아담 홀
1966년	King of the Rainy Country	니콜라스 프릴링
1967년	God Save the Mark	도날드 E. 웨스트레이크
1968년	위급한 경우는	제프리 허드슨(마이클 크라이튼)
1969년	Forfeit	딕 프랜시스
1970년	웃는 경관	마이 슈발, 페루 발
1971년	재칼의 날	프레데릭 포사이드
1972년	The Lingala Code	워렌 키퍼
1973년	Dance Hall of the Dead	토니 힐러맨
1974년	Peter's Pence	존 크리어리
1975년	Hopscotch	브라이언 가필드

1976년	약속의 땅	로버트 파커
1977년	망명 시인 빗 속에 사라지다	윌리암 할라한
1978년	바늘 구멍	켄 폴렛
1979년	The Rheingold Route	아서 메일링
1980년	오른손	딕 프랜시스
1981년	Peregrine	윌리암 베이어
1982년	Billingsate Shoal	리 보이여
1983년	라브라바	엘모어 레나드
1984년	백색전쟁	로스 토마스
1985년	The Suspect	L. R. 라이트
1986년	A Dark Adapted Eye	바바라 바인
1987년	Old Bone	아론 엘킨스
1988년	A Cold Red Sunrise	스튜어트 M. 카밍스키
1989년	Black Cherry Blues	제임스 리 버크
1990년	New Orleans Mourning	줄리 스미스
1991년	백정들의 미사	로렌스 블록
1992년	Bootiegger's Daughter	마가렛 머런
1993년	여류 조각가	미네트 월터즈
1994년	절규	메리 윌리스 워커

＊ 최우수신인상

1945년　Watchful at Night　줄리어스 파스트
1946년　The Horizontal Man　헬렌 유스티스
1947년　The Fabulous Clipjoint　프레데릭 브라운
1948년　The Room Upstairs　밀드레드 데이비스
1949년　What a Body!　아란 그린
1950년　Nightmare in Manhattan　토마스 월쉬
1951년　Strangle Hold　메리 매크라멘
1952년　Don't Cry for Me　윌리암 캠벨 골드
1953년　죽음의 키스　아이라 레빈
1954년　Go, Lovely Rose　진 포츠
1955년　The Perfectionist　레인 카우프만
1956년　Rebecca's Pride　도날드 맥넛 더글라스
1957년　Knock and Wait a While　윌리암 롤 윅스
1958년　The Bright Road to Fear　리차드 마틴 스턴
1959년　회색 플란넬 수의　헨리 스레사
1960년　The Man in the Cage　존 홀브릭 반스
1961년　The Green Stone　스잔 브렌
1962년　The Fugitive　로버트 L. 피쉬
1963년　The Florentine Finish　코넬리어스 하슈버그
1964년　Friday the Rabbi Slept Late　해리 캐멜먼
1965년　In the Heat of the Night　존 볼
1966년　The Cold War Swap　로스 토마스
1967년　Act of Fear　마이클 콜린스
1968년　Silver Street　E. R. 존슨
1969년　A Time of Predators　조 고어스
1970년　앤더슨의 테이프　로렌스 샌더스
1971년　모비를 찾아서　A. H. Z. 카

1972년	Squaw Poing	R. H. 샤이머
1973년	The Billion Dollar Sure Thing	폴 에드먼
1974년	플레치	그레고리 맥도날드
1975년	The Alvarez Journal	렉스 번스
1976년	The Thomas Berryman Number	제임스 패터슨
1977년	A French Finish	로버트 로스
1978년	Killed in the Rating	윌리암 데안드리아
1979년	라스코	리차드 노스 패터슨
1980년	The Watcher	케이 놀테 스미스
1981년	Chiefs	스튜어트 우드
1982년	프로페셔널 킬러	토마스 페리
1983년	The Bay Psalm Book Murder	윌 해리스
1984년	스트라이크 살인	리차드 로젠버그
1985년	큰 가지가 부러질 때	조나산 켈러맨
1986년	No One Rides for Free	래리 바인하트
1987년	Death Among Strengers	데이드레 라이켄
1988년	Carolina Skeletons	데이빗 스타우트
1989년	The Last Billable Hour	수잔 울프
1990년	Post Mortem	퍼트리시아 콘웰
1991년	Slow Motion Riot	피터 브로너
1992년	The Black Echo	미카엘 코넬리
1993년	A Grave Talent	로리 킹
1994년	The Caveman's Valentine	조지 도스 그린

*최우수 단편상

1947년	미친 티 파티	엘러리 퀸
1948년	만찬 후의 이야기	윌리암 아이리쉬
1950년	메기 이야기	로렌스 G. 블록맨
1951년	꿈 판단	존 콜리어
1952년	무서운 사랑	필립 맥도날드
1953년	맛있는 흉기	로알드 달
1954년	파티의 밤	스탠리 엘린
1955년	꿈꾸지 말라	필립 맥도날드
1956년	브레싱톤 계획	스탠리 엘린
1957년	병 속의 수수께끼	제랄드 커쉬
1958년	그쪽은——어둠	윌리암 오파렐
1959년	여주인	로알드 달
1960년	호랑이	존 더람
1961년	라호아 병영 사건	에이브람 데이비슨
1962년	요트 클럽	데이빗 엘리
1962년	운 없는 남자(특별상)	패트릭 퀜틴
1964년	살인의 H	로렌스 트리트
1965년	악의 가능성	셜리 잭슨
1966년	선택된 것	리스 데이비스
1967년	직사각형의 방	에드워드 D. 호크
1968년	세계를 속인 남자	워너 로우
1969년	잘 있거라 고향아	조 고어즈
1970년	리가 숲의 짐승은 더 난폭하다	M. F. 브라운
1971년	달빛의 정원사	로버트 L. 피쉬
1972년	보라색 수의	조이스 해링톤
1973년	채찍질당한 개들의 신음소리	할란 엘리슨
1974년	드리워진 커튼	루스 렌델

1975년　유치장　　　　　　　　　　　제시 힐 포드
1976년　끔찍한 외침　　　　　　　　　에터 리베스
1977년　마지막 기회　　　　　　　　　토마스 월쉬
1978년　처마 밑의 구름　　　　　　　바바라 오웬스
1979년　권총 소지에 따른 남자　　　　제프리 노먼
1980년　트럼펫 부는 남자　　　　　　클라크 하워드
1981년　에밀리는 여기 없다　　　　　잭 리치
1982년　아일랜드에는 뱀이 없다　　　프레데릭 포사이드
1983년　여자 친구　　　　　　　　　루스 렌델
1984년　새벽의 빛 속에　　　　　　　로렌스 블록
1985년　번개를 타라　　　　　　　　존 러츠
1986년　핀톤군(郡)의 비　　　　　　　로렌스 샘프슨
1987년　소프트 몽키　　　　　　　　할란 엘리슨
1988년　공포 영화　　　　　　　　　빌 크렌쇼
1989년　도둑들　　　　　　　　　　　도날드 E. 웨스트레이크
1990년　엘비스는 살아 있다　　　　　린 배러트
1991년　아홉 명의 아들　　　　　　　웬디 혼스비
1992년　메리, 메리, 문을 닫아라　　　벤자민 M. 슈츠
1993년　켈러의 요법　　　　　　　　로렌스 블록
1994년　The Dancing Bear　　　　　더그 앨린

＊최우수페이퍼백상

1969년	The Dragon's Eye	스콧 C. J. 스톤
1970년	Flashpoint	댄 J. 마로우
1971년	For Murder I Charge More	프랭크 매코리프
1972년	The Invader	리차드 웝저
1973년	Death of an Informer	윌 페리
1974년	The Corpse that Walked	로이 윈저
1975년	Autopsy	존 R. 피갈
1976년	Confess, Fletch	그레고리 맥도날드
1977년	The Quark Maneuver	마이크 쟌
1978년	Deceit and Deadly Lie	프랭크 밴디
1979년	호그 연속살인	윌리암 데안드리아
1980년	Public Murder	빌 S. 그랜저
1981년	The Old Dick	L. A. 모스
1982년	한밤의 암살자	테리 화이트
1983년	Mrs. White	마가렛 트레이시
1984년	그래드 마스터	워렌 머피, 모리 코크란
1985년	Pigs Get Fat	워렌 머피
1986년	The Junkyard Dog	로버트 캠벨
1987년	Bimbos of the Death Sun	샤린 맥카럼
1988년	The Telling of Lies	티모시 핀드리
1989년	The Rain	키스 피터슨
1990년	The Man Who Would Be F.Scott Fitzgerald	데이빗 핸드러
1991년	Dark Maze	토마스 애드콕
1992년	A Cold Day for Murder	다나 스태브노
1993년	Dead Folk's Blues	스티븐 워낵
1994년	Final Apeal	리자 스코톨린

＊최우수 평론, 평전상

1976년　The Encyclopedia of Mystery and Detection
　　　　크리스 스타인부르너, 오토 펜즐러, 마빈 랙멘, 찰스 샤이벡
1977년　Rex Stout　　　　　　　　　　　　　　　　존 마카리아
1978년　아가사 크리스티의 비밀　　　　　　　　　그웬 로빈스
1979년　Dorothy L. Sayers : A Literary Biography　랄프 호완
1980년　Twentieth Century Crime and Mystery Writers　존 라일리
1981년　What About Murder　　　　　　　　　　　존 L. 브린
1982년　Cain　　　　　　　　　　　　　　　　　　로이 호프스
1983년　The Dark Side of Genius : The Life of Alfred Hitchcock
　　　　　　　　　　　　　　　　　　　　　　　도날드 스포트
1984년　Novel Verdicts : A Guide to Courtroom Fiction
　　　　　　　　　　　　　　　　　　　　　　　존 L. 브린
1985년　John Le Carre　　　　　　　　　　　　　　피터 루이스
1986년　Here Lies : An Autobiography　　　　　　　에릭 앰블러
1987년　Introduction to the Detective Story　　　　르로이 랏드 페넥
1988년　Cornel Woolrich : First You Dream, Then You Die
　　　　　　　　　　　　　　　　　　　프랜시스 네빈스 주니어
1989년　The Life of Graham Greene, Volume : 1904~1939
　　　　　　　　　　　　　　　　　　　　　　　노만 셰리
1990년　Trouble Is There Business : Private Eyes in Fiction,
　　　　　Film and Television, 1927~1988　　　　　존 콘퀘스트
1991년　Edgar A. Poe : Mournful and Never-Ending Remembrance
　　　　　　　　　　　　　　　　　　　　　　　케네스 실버맨
1992년　Alias S. S. : Van Dine　　　　　　　　　　존 라거리
1993년　The Saint : A Complete History　　　　　　벌 베어러
1994년　Encyclopedia Mysteriosa　　　　　　　　　윌리암 L. 드앤드리아

*그랜드마스터상

1954년　아가사 크리스티
1957년　빈센트 스타릿
1958년　렉스 스타우트
1960년　엘러리 퀸
1961년　얼 스탠리 가드너
1962년　존 딕슨 카
1963년　조지 하몬 콕스
1965년　조르쥬 심농
1966년　베이나드 켄드릭
1968년　존 크리지
1969년　제임스 M. 케인
1970년　미뇽 에버하트
1971년　존 D. 맥도날드
1972년　저드슨 필립스
1973년　로스 맥도날드
1975년　에릭 앰블러
1976년　그레엄 그린
1977년　다프네 듀 모리아 / 도로시 B. 휴즈 / 나이오 마슈
1978년　아론 마크 스타인
1979년　W. R. 버넷
1980년　스탠리 엘린
1981년　줄리언 사이먼즈
1982년　마가렛 밀러
1983년　존 르 까레
1984년　도로시 솔즈베리 데이비스
1985년　에드 맥베인

1986년   마이클 길버트
1987년   필리스 A. 휘트니
1988년   힐라리 워
1989년   헬렌 매클로이
1990년   토니 힐러맨
1991년   엘모어 레나드
1992년   도날드 E. 웨스트레이크
1993년   로렌스 블록
1994년   미키 스필레인

편역자 약력

• 정태원
  에드가상수상작품집 I, II, III 참조.
• 신재원
  1958년 서울 출생.
  1980년 서강대학교 사학과 졸업.
  1984년 미국 National Collage of Education
         대학원에서 이중언어 교육학 수학.
  1988년 캘리포니아 샌디에이고 주립대학원에서 회계학 수학.
  1991년 동 대학원에서 문화인류학, 심리학 등을 수학.
  현재 미국 샌디에이고에 거주, 번역 일을 하고 있음.
  번역서 :「Voice of the Planet」,
         「Two from GALILEE」
         「Style is not a size」 외 다수.

편역자와의
계약으로
인지생략

에드가상 수상작품집 Ⅳ   값 15,000원

1995년 10월 25일 제1판제1쇄인쇄
1995년 10월 30일 제1판제1쇄발행

          편역자   정 태 원   신 재 원
          펴낸이   박   명   호

          펴낸곳   명   지   사

서울특별시 동대문구 장안동 369-1
등   록 : 1978.   6.   8.   제5-28호
전   화 : 243-6686 · FAX 249-1253
사 서 함 : 서울청량우체국사서함 제154호
대체구좌 : 010983-31-1742329

ISBN 89-7125-107-7 03840   ＊잘못된 책은 바꾸어 드립니다.

프랑스 미스테리 걸작선

선 아 編譯

명지사

현대 공포소설의 기수 초 베스트셀러 메이커
스티븐 킹
공포 미스테리 초특급
이경재 편역
STEPHEN KING
명지사

독일미스테리걸작선

이규주 편역

국내 처음 소개되는 독일 미스테리 ! 현재 독일에서 인기를 끌고
있는 크리스토프 곳트발트의 종신 피자 등 2편 수록 !

 명지사

영·미·캐나다 미스테리 걸작선

정성호 편역

현재 영국과 미국, 캐나다에서 가장 많이 읽히고 있는 작가들의
미스테리를 엄선, 작가들의 프로필과 함께 수록!

명지사

에도가와 란보賞

수상작가걸작선

EDOKAWA RANPO AWARDS

이경재 · 정태원 編譯

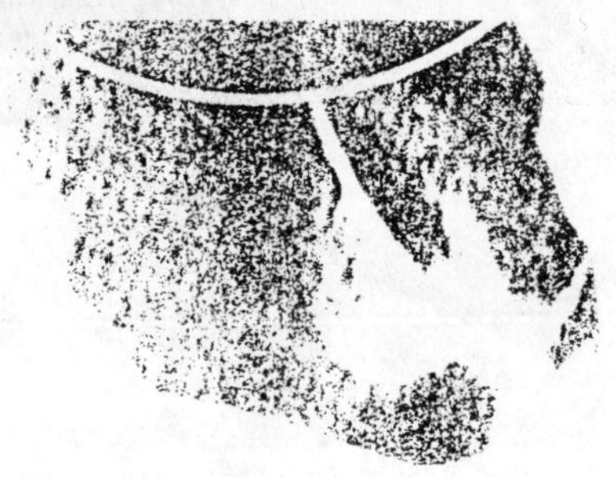

에도가와 란보상 수상작가들의 가장 우수한 미스테리들만을
엄선, 작가들의 프로필과 함께 수록 !

명지사